ELVY JANSEN

„SCHWARZE KATZE...

UND DAS PARADOXON

DER RACHE

...Getrennte Wege führen

oft zusammen ...

Text und Data Mining
Die automatisierte Analyse des Werkes,
um daraus Informationen insbesondere über
Muster, Trends und Korrelationen gemäß §44b UrhG
(„Text und Data Mining") zu gewinnen ist untersagt.

Impressum

© 2024 Elvy Jansen
Verlag: BoD • Books on Demand GmbH, In de Tarpen 42,
22848 Norderstedt
Druck: Libri Plureos GmbH, Friedensallee 273, 22763 Hamburg
ISBN: 978-3-7597-8336-3

Der Schreibtisch wirkte leer und aufgeräumt. An den Stellen, an denen kein Staub war konnte man erkennen, dass der Schreibtisch einst mit Computer, Laptop und sonstigen Technikkram besiedelt war. Nur noch ein traurig wirkender Kaktus mit verdorrten Stacheln, in einem viel zu kleinen Topf mit bröckeliger, trockenen Erde, stand einsam neben einer älteren Zeitschrift. „Wirtschaft und Kapital" prangten einem als Titel auf dem hochglänzenden Papier entgegen. Der Kaktus schien kein Interesse dafür zu entwickeln, sondern war wahrscheinlich mehr an dem tropfenden Wasserhahn mit dem kostbaren, unerreichbaren Nass interessiert. In aller Ruhe packte der Mensch seine letzten Sachen ein. Dann warf er einen prüfenden Blick in die Wohnung. Das edle Interieur würde er wahrscheinlich nie mehr wieder sehen. Viele persönliche Gegenstände standen noch in der Wohnung. Das teure Bild an der Wand, welches er erst kürzlich auf einer Auktion erworben hatte und verschiedene Skulpturen, an denen besonders sein Herz hing. Es war leider nicht zu ändern und das musste er mit in Kauf nehmen. Aber bei einer Skulptur wurde er schwach. Ein kleiner asiatischer Mönch aus Bronze mit einem kleinen Lächeln im Gesicht, wanderte vom Regal in seine Reisetasche. Nun fiel ihm der Abschied etwas leichter.

„Nein. Ich habe nichts vergessen."

Die Wohnungstür ging auf. „Da bist du ja endlich. Ich kann es kaum erwarten von hier wegzukommen."

„Was heißt hier endlich? Ich bin pünktlich auf die Minute."

„Ich habe es nicht anders erwartet."

„In meiner Branche kann man nur so arbeiten. Ich kann mir keine Verspätungen erlauben. Meine Termine sind so eng, dass mir keine Fehler unterlaufen dürfen."

„Ich bin kein Fehler. Darauf kannst du dich verlassen."

„Du bist vor allen Dingen eine teure Investition."

Gemeinsam verließen sie die Wohnung und ließen den traurigen Kaktus alleine zurück. Mit dem unauffälligen Wagen fuhren sie los.

6

„Was willst du denn hier? Zum Flughafen geht es doch in die andere Richtung?"

„Ich habe etwas vergessen."

„Was solltest du denn vergessen haben? Alles, was von Bedeutung ist, hatte ich in der Wohnung. Und dort liegt nichts mehr."

„Es hat nichts damit zu tun."

„Dann verstehe ich dich nicht."

Der Wagen blieb an einem Feldweg stehen. „Lass uns das letzte Stück laufen."

„Warum muss ich mitkommen, wenn du etwas vergessen hast? Ich kann doch besser hier im Auto warten und meine Mails abchecken."

„Ich will da nicht alleine hingehen."

„Also gut! Wenn es denn sein muss."

„Nimm deine Reisetasche mit."

„Wozu denn das? Für kurze Zeit kann sie doch im Auto bleiben. Wir sind doch gleich wieder hier."

„Nimm sie mit. Sicher ist sicher."

Missmutig steckte der Mensch sein Handy wieder in die Tasche, griff nach der Reisetasche und stieg aus. Mittlerweile war es stockfinster. Die Häuser standen still und friedlich an der Straße. Vereinzelt drang Lichterschein von gemütlichen Wohnzimmerlampen nach draußen. Dann hörten die Häuser auf.

„Und was jetzt? Willst du um diese Zeit einen Waldspaziergang machen?"

„Sei nicht so ungeduldig. Wir sind gleich da."

„Was willst du bloß in dieser gottverlassenen Gegend? Wegen dir verpassen wir noch das Flugzeug!"

„Habe ich dich jemals enttäuscht?"

„Nein. Aber ich kann dich nicht verstehen."

Nach weiteren Minuten tauchte vor ihnen die Silhouette eines Hauses auf. Es war mehr so eine Art Villa, mit großen Glasfenstern und großzügig angelegter Grünanlage. Kein Lichtschein drang nach außen. Es war das letzte Haus in dieser Straße. Etwas weiter war die Silhouette eines Waldes zu erkennen.

„Wo sind wir hier?"

„Das ist nur ein ganz normales Haus, in einer normalen Stadt."

„Und was willst du in diesem normalen Haus, in der normalen Stadt? Ich finde es etwas groß für eine normale Bude."

„Ich habe etwas vergessen."

Sie gingen durch den Garten und standen vor einer Garage. Sie liefen daran vorbei und standen schließlich vor einer Kellertür. Einer der beiden stolperte über einen Randstein, den er in der Dunkelheit nicht gesehen hatte.

„Kannst du nicht aufpassen?"

„Es ist ziemlich finster. Aber es scheint niemand da zu sein. Willst du etwa einbrechen? Warum sollen wir uns so kurz vorm Ziel noch unnötig in Gefahr bringen?"

„Wozu einbrechen, wenn man einen Schlüssel hat. Meine Güte jetzt schau nicht so entsetzt! In vier Stunden sitzen wir im Flugzeug und keiner weiß, dass wir jemals hier waren. Nimm die Hände vom Zaun und fasse nichts an! Hörst du? Nichts anfassen! Vergiss das nicht!"

Gummihandschuhe tauchten aus der Tasche auf.

„Das wird mir zu heiß. Zieh die an. Dann sind wir auf alle Fälle sicher, dass wir keine Spuren hinterlassen."

„Die Dinger sind sehr unbequem. Und ich weiß immer noch nicht, warum ich an dieser Exkursion teilnehmen muss."

„Ich wollte es dir nicht sagen. Aber jetzt muss es raus. Weil ich mich in der Dunkelheit fürchte."

„Soll ich dir die Hand halten?"

„Mit Gummihandschuhen? Bewahre!"

Der Schlüssel drehte sich leise im Schloss.

„Was um Himmelswillen, hast du denn hier vergessen? Wie war es dir überhaupt möglich, hier hereinzukommen? Hat das Haus keine Alarmanlage?"

„Jede Technik kann man überlisten. Jede! Ich bin überrascht, dass ausgerechnet du das bezweifelst. Doch die war hier noch nicht einmal nötig."

„Aber das funktioniert auch nur, wenn man sich damit auskennt."

„Auskennt? Das ist ein Witz. Ich hoffe, dass du einen Witz gemacht hast."

„Das war natürlich blöd von mir. Ich weiß was du meinst."

„Da bin ich aber erleichtert."

„Ich werde dich nie mehr enttäuschen."

„Irren ist menschlich und kostet mitunter viel Geld."

„Ich bin nicht so orientiert über die Baupläne dieses Gebäudes. Aber, was hast du tief hier unten in diesen Räumen vergessen? Hier ist doch nichts von Bedeutung. Nur Gartenmöbel!"

Die nächste Tür, im letzten Kellergeschoss, öffnete sich wie von Geisterhand. Es roch muffig und feucht. In diesem Raum gab es keine Frischluftzufuhr. Alles wirkte so, als ob er schon immer dagewesen wäre. Der Mensch fühlte sich nicht wohl und bekam so etwas wie Beklemmungen. An der Wand hing ein Werbeplakat.

„Das ist doch ein alter Entwurf. Wie kommt der hierher?"

„Die Mittel und Wege sind manchmal seltsam."

Das Plakat wurde zusammengerollt und achtlos in die Ecke

geworfen. Dann endlich wurde eine Holztür sichtbar. Es dauerte etwas, bis sich die Tür öffnen ließ, die quietschend in den Angeln hing. Dahinter befand sich ein Raum, der nur aus nackten Wänden bestand. Hier war nur purer Fels und Erde zu sehen. Der Boden war feucht und irgendetwas lebendes, mit mehr als vier Beinen, floh vor dem Lichtschein der Handys und verzog sich in eine Ritze.

„Ich bin froh, wenn wir hier wieder draußen sind. Hier ist einfach keine Luft zum atmen."

„Die braucht man hier auch nicht, aber für meine Belange genügt sie vollends."

„Ich stelle mir gerade vor wie es wäre, hier unten eingeschlossen und vergessen worden zu sein."

„Das ist spannend und entspricht manchmal der Wahrheit."

„Können wir jetzt gehen? Ich fühle mich hier nicht wohl. Was hast du denn hier vergessen? Hier ist nichts. Rein gar nichts!"

Plötzlich sah der Mensch in den Lauf einer Pistole, mit einem Schalldämpfer.

„Ich habe vergessen dich umzubringen."

„A...aber ich habe dir doch alles gegeben. Was willst du denn noch?"

„Es war nicht genug."

Ein Plopp,wie aus einer Sektflasche, ertönte. Mit ungläubigem Blick schaute der Mensch in das Dunkel hinter dem grellen Licht des Handys. Als er auf dem Boden aufschlug, war er bereits tot. Geringschätzig warf die Person einen letzten Blick auf die Leiche und zog ihr die Gummihandschuhe aus.

„Ich hätte nicht gedacht, dass man dich so billig einkaufen kann." Die Holztür wurde knarrend und quietschend wieder verschlossen. „Ich mache es dir noch gemütlicher. Aber darum kümmere ich mich später!"

10

In aller Ruhe verschloss der Mensch die schwere Eisentür und verschwand ungesehen im Dunkel der Nacht.

*

In dem neuen Industriegebiet wurde schon wieder ein neues Gebäude fertiggestellt. So ein scheußliches Ding, mit viel zu viel Glas. Manchmal bauen die Menschen Häuser wie Käfige, oder die an eine Mischung zwischen Gewächshaus und Mikrowellenherd erinnern. Also ich kann daran nichts schönes finden. Als es im Bau war, haben wir es des Öfteren erkundet. Man konnte zu dieser Zeit wunderbare Mäuse dort finden. Aber dann war es fast fertig und wir kamen nicht mehr in das Haus hinein. Heute sollte es unser letzter Besuch werden. Edle Möbel aus Spanien wurden angeliefert. Jetzt staunt ihr, woher ich das weiß! Mit einem großen, schwarzen, lärmenden und stinkenden Truck. Ein Mann mit langen grauen Haaren stieg aus, mit Papieren in der Hand. „Da haben wir die „Inotec". Ich geh' fragen, wo die Möbel abgeladen werden." Aber es gelang ihm nicht, das Gebäude zu betreten. Egal welche Tür er anstrebte, alles war verschlossen und als er daran rüttelte, ertönte ein schriller Pfeifton. Ein Mann mit Arbeitskleidung und Helm kam ihm entgegengerannt.

„Warten sie bitte. Sie müssen hinter dem Haus abladen. Vor dem Lastenaufzug."

„Dort steht der Truck schon in weiser Voraussicht. Aber wie soll ich hier anliefern? Alles ist zugestellt!"

Eine Frau mit langen schwarzen Haaren stieg aus. Auf ihren Armen waren jede Menge Drachen tätowiert.

„Reg dich doch nicht so auf. Dann müssen eben zuerst die Paletten mit dem Holz weggeräumt werden, und dann klappt das schon. Machen wir in der Zeit Frühstückspause."

Der Mann mit Helm nickte. „In spätestens zwanzig Minuten ist alles weg."

Hach, so sieht man sich wieder! Die beiden waren uns wohlvertraut. Rolf und Elvy. Die beiden wären noch viel netter, wenn sie nicht in so einer schwarzen Höllenmaschine herumfahren würden. In diesem Industriegebiet haben wir uns schon öfter getroffen. Ich machte mich durch maunzen bemerkbar.

„Ach sieh mal einer an. Die Bauaufsicht ist auch schon da."

Bei der Bauaufsicht handelte es sich um meine Wenigkeit, eine kleine, schwarze, etwas zu klein geratene, aber wahnsinnig attraktive Katze, mit Namen Laila; Oscar, den riesigen schwarzweißen Kater, den man leicht mit einem Kalb verwechseln kann, und seiner klugen, schönen, grau gestriften Mama, der Namenlosen. Sie hatte nie einen Namen angenommen. Zusammen wohnen wir bei unserer Familie Laura, Sebastian und der kleinen Rosa, die bald schon ein Jahr wird. Die Katergang war gerade dabei, einen seltsamen Raum in dem Glaspalast zu begutachten. Bei der Gang handelt es sich um fünf Kater, die sich schrecklich gerne prügelten, aber auch sonst viel Unsinn zusammen anstellten. Ich sollte unbedingt erwähnen, dass wir alle zusammen stolze Paten und Patinnen der kleinen Rosa sind. Boss der Gang war Zorro, ein großer, imposanter, schwarzer Kater. Ihm folgten Richie der rote, Pirat der Einäugige, Robert, der gerne die Gegend absichert, und, der bunt gescheckte, kleine Kater Ekki. Seine Gedankengänge sind manchmal für andere nicht leicht nachzuvollziehen, daher sorgt er immer wieder für Verwirrung. Manche von uns können auch Botschaften versenden. Man kann es nicht erlernen, sondern es ist angeboren und die müssen diese Fähigkeit weiter ausbauen. Warum außer mir und der Namenlosen ausgerechnet Ekki über diese Gabe verfügt, war uns schon immer ein Rätsel.

Rolf und Elvy luden uns zu einem Frühstück ein. Aber sie brachten die leckeren Sachen aus ihrem Truck zu uns, weil mich keine zehn Pferde dazu bringen konnten, diese schreckliche, stinkende

Höllenmaschine zu betreten.

„Wo bleibt denn der bunt gescheckte? Mag der keine Schinkenwurst?"

Elvy hatte acht Papierchen mit leckerer Wurst vor sich ausgebreitet. Alle waren da, bis auf einen.

„Das Zimmer bewegt sich und fährt direkt in den Himmel hinein," schoss mir eine Botschaft durch den Kopf.

„Ist dir etwas auf den Kopf gefallen, Ekki?" antwortete ich.

Die Namenlose schaute mich entsetzt an. „Was hat Ekki jetzt schon wieder angestellt?"

„Ich komme hier nie wieder heraus. Elendig und einsam werde ich mein Leben hier beschließen. Könnt ihr bitte meinem Menschen und seiner Freundin Bescheid geben, dass ich nie wieder zu ihnen komme. Ich habe jetzt schon großen Hunger. Und ich muss vor Aufregung pinkeln."

„Wo bleibt dieser karierte Blödmann?" schimpfte Zorro. „Selbst wenn es leckere Knusperherzen regnet, vergisst Ekki seine Pfoten aufzuhalten."

„In dem Zimmer, das sich gerade bewegt, regnet es keine Knusperherzen."

„Bist du dir da sicher, Laila?"

„Wie kann ich sicher sein, ich weiß doch gar nicht wo er ist."

Elvy schaute sich suchend um. Und wir wollten nicht ohne Ekki dieses Frühstück einnehmen.

„Irgendwann bringe ich diesen Patchworkkater um," schimpfte Zorro. „Irgendwann ganz bestimmt. Der treibt mich noch in den Wahnsinn."

„Fangt ohne mich an. Die Wurst sieht von hier oben so gut aus. Dieser zartrosa Schimmer. Ich kann förmlich fühlen, wie sie auf meiner Zunge zergeht. Nie wieder werde ich so etwas leckeres essen können. Übrigens sitzt mit mir zusammen eine Maus in dem fliegenden Zimmer. Ich will sie nicht essen. Wir sind jetzt Freunde. Ich glaube, sie hat euch gerade zugewunken," erreichte mich die nächste Botschaft.

„Du kannst uns sehen?"

Ungläubig schauten wir alle nach oben. Rolf und Elvy folgten unserem Blick.

„Ich weiß nicht, wie er es geschafft hat, aber der kleine Bunte sitzt offensichtlich in dem Lastenaufzug."

„Allerdings Elvy. Aber wir sollten ihm helfen, alleine findet er nie wieder heraus. Mich interessiert mehr, woher die andern Katzen plötzlich wussten, wo sich der kleine bunte Kater befindet."

Wir begleiteten Rolf und Elvy. Robert blieb vor den leckeren Wurststückchen sitzen, damit sich kein anderer daran gütlich tun konnte.

„Das zu erklären, würde zu weit führen, und euch geistig völlig überfordern," maunzte ich.

In dem Lastenaufzug saß Ekki und schaute auf uns herab. Ab und zu ging die kleine Schnauze auf, aber es war kein Ton zu vernehmen. Aber der Lastenaufzug war nicht so einfach zu bedienen. Es war keine Tastatur zu erkennen. Rolf lief zum Empfang, um Hilfe zu holen. Ekki bekam ein satte Panikattacke und heulte laut los. Die Maus setzte sich zwischen seine Pfoten, um ihn zu beruhigen. Zorro wurde jetzt auch unruhig.

„Was sollen wir nur machen, wenn dieses Glaszimmer nicht mehr herunterkommt und dieser karierte Kater weiterhin so brüllt?"

„Wir könnten ihn notschlachten," meinte Pirat.

„An diese Möglichkeit habe ich auch schon gedacht, aber wir kommen nicht in das Innere dieses komischen Zimmers hinein."

„Wenn die Möglichkeit bestände, in das Zimmer zu gelangen, gäbe es auch eine andere Lösung. Aber ich weiß nicht, welche das sein soll. Weil mich keine zehn Pferde dazu bringen würden, dieses Zimmer zu betreten."

„Wie willst du Ekki dann notschlachten?" Pirat wurde jetzt doch ein wenig mulmig zumute.

„Ich will eigentlich nur, dass dieser karierte Blödmann mit seinem neuen Freund aus diesem Glaskasten kommt."

„Meinst du, er besteht auf dieser Freundschaft mit der Maus? Oder wäre das nicht ein nettes Geschenk für Rolf und Elvy? Dann hätten sie ein kleines Haustier, an dem sie ihre Jagdfähigkeit trainieren könnten."

„Tot oder lebendig? So ganz sicher ist das noch nicht, dass Ekki und diese bescheuerte Maus dieses Debakel überstehen."

„Das sind aber auch Probleme."

Mir war nicht ganz klar, ob die Kater es damit ernst meinten. Ekki und die Maus heulten mittlerweile gemeinsam um die Wette. Eine Frau mit schulterlangen braunen Haaren kam in Begleitung von Rolf zurück. Sie hatte ein Tablet dabei und hantierte damit herum. Wie von Geisterhand kam das Glaszimmer langsam herunter. Als es unten ankam und sich die Tür öffnete, brüllten Ekki und die Maus noch immer. Die Maus hatte sich Schutz suchend hinter Ekki verkrochen. Die Frau schüttelte mit dem Kopf und sagte nur. „Du hast zwanzig Sekunden, danach ist die Tür wieder zu. Und wenn du dann keinen Berechtigungsausweis hast, sieht es sehr schlecht für dich aus. Es ist mir sowieso ein Rätsel, wie du hier hereingekommen bist."

Das gab Ekki nun doch zu denken. Die Maus krallte sich im dichten Fell von Ekki fest. Dann rannte er in direkter Linie vor die appetitlich angerichtet Wurst.

„Wage es nicht zu essen, bevor wir nicht alle da sind. Sonst werde ich dich höchstpersönlich zu Wurst verarbeiten."

„Echt Boss? Würzt du mehr mit Thymian oder Majoran? Ich persönlich bevorzuge allerdings lieber Petersilie."

„Ekki?"

„Ja, Boss?"

„Halt die Klappe und schick endlich die Maus zum Teufel."

Die Maus warf Ekki noch ein Kußpfötchen zu, bevor sie sich in die nahestehenden, zurechtgestutzten, dichten Hecken zurückzog. „Ich hätte dich gerne zum Essen eingeladen."

Aber durch unsere pure, in den Augen schimmernde Mordlust, traf sie wohl die klügere Entscheidung und verharrte im Gehölz.

Die Frau sah mit Verwunderung den Katzen nach, wie sie sich alle um die Wurst platzierten.

„Nächste Woche haben wir die offizielle Eröffnung. Die teuren Designer Accessoires aus Spanien geben hier den letzten Schliff. Dann kann es endlich losgehen."

„Aber ihre Sicherheitsvorkehrungen sind sehr streng. Es war mir nicht möglich, das Gebäude zu betreten."

„Dann hätten sie diesen kleinen Kater fragen sollen. Er weiß anscheinend, wie man in dieses Gebäude gelangt."

Ich beobachtete, wie eine Gestalt hinter das Gebäude ging und nicht wieder auftauchte.

*

Wieder und wieder suchte der Mann hektisch in den Unterlagen, die auf dem Schreibtisch lagen. Aber es handelte sich nur um eine für ihn unwichtige Dokumentenmappe.

„Es muss doch hier irgendwo sein."

Der Monitor stand unbenutzt auf dem Schreibtisch. Er war gesichert und der Mann verfügte über kein Passwort, um ihn anzuwerfen. Das war vergebliche Mühe. Obwohl er in diesem Genre ziemlich tough war, ist es ihm nicht gelungen, an diverse, für ihn wichtige, Informationen zu kommen. Er hatte es aufgegeben, sein Problem digital zu lösen. Ihm blieb nicht mehr viel Zeit. Zwei Gemälde hingen an den Wänden. Es waren keine Originale, aber sehr gute Drucke, die auch einiges Wert waren. Hinter den Bilderrahmen fand er einen Schlüssel.

„Meine Güte! Wie altmodisch!"

Aber wozu passte dieser kleine Schlüssel? Für einen eingebauten Wandsafe war er zu klein. Zumal man in der heutigen Zeit so etwas nur noch elektronisch sicherte. Ein Wandsafe? Warum eigentlich nicht? So ein Ding vermittelte Sicherheit. Er tastete die Wand hinter den eingerahmten Bildern ab. Und tatsächlich. Hinter einem Bild bemerkte er eine kleine Unebenheit. Erst auf den zweiten Blick waren feine Umrisse zu erkennen. Der Mann griff in seine Tasche, und förderte ein kleines, scharfes Messer zu Tage. Mühelos entfernte er die Holzplatte. Und tatsächlich tauchte dahinter ein Safe auf. Er war erstaunt, wie leicht er zu knacken war. Aber als er die Tür öffnete, war er bitter enttäuscht. Nur Fotos von Kindern und diverse Spielsachen waren darin zu finden. Ein Gegenstand fand sein Interesse.Völlig überrascht sah er, dass er nicht mehr alleine war.

„Eigentlich kündigt sich Besuch vorher an?"

„Ich wollte keine Ungelegenheiten machen."

„Das ist sehr nett."

„In diesem Safe liegen seltsame Dinge."

„Ich mag seltsame Dinge. Du hast den Code geknackt. Dafür hast du meine Hochachtung verdient."

„Genau wie du. Er wurde nicht aktiviert. Wie hast du das gemacht?"

„Das fragst du allen Ernstes?"

„Gelernt ist gelernt."

„Oder du hattest Hilfe."

„Der Joke war gut."

„Dafür wurdest du gut bezahlt."

„Ich hatte schon bessere Honorare."

„'Augen auf' bei der Berufswahl, kann ich da nur sagen. Jeder Job kann der Letzte sein. Hier hast du deine Aufgabe zum Beispiel nicht ganz erledigt."

„Ich habe den Code, wie verabredet, geknackt."

„Aber die Zielperson läuft nach wie vor völlig unbehelligt herum."

„Die Zeit ist falsch ausgerechnet. Ich bin noch nicht soweit."

„Dafür ist es jetzt zu spät. Du hast versagt."

„Dann sollten wir schleunigst versuchen, aus diesem Gebäude herauszukommen."

„Du vielleicht. Ich nicht."

Der Mann versuchte, seine Waffe im Schulterhalfter zu erreichen.

„Denk noch nicht einmal daran. Stell dir doch nur einmal diesen Lärm vor!"

„Dir liegt viel daran, dass ich dieses Zimmer nicht mehr lebend verlasse?"

„Das hast du sehr gut erkannt. Ich muss leider so handeln, da das Ergebnis nicht ganz so zufriedenstellend war, wie ich es erhofft habe. Aber weißt du was? Ich baue dir eine Brücke. Hast du eigentlich gefunden, was du suchen solltest? Schließlich ist der Preis dafür sehr hoch!"

„Heißt das, ich kann Bedingungen für mein Leben aushandeln?"

Vor dem Büro waren Schritte zu hören. Irgendwo wurden Türen geöffnet und wieder geschlossen.

„Das kommt auf deine Antwort an. Also ich wiederhole. Hast du etwas gefunden?"

„Ich glaube schon." Dann zeigte er auf den Gegenstand in seiner Hand.

„Schön, dass du dich daran erinnerst. Aber was willst du damit?"

Der Mann suchte fieberhaft nach einem Ausweg. Sein Gegenüber ließ sich durch nichts aus der Ruhe bringen, und schlug entspannt die Beine übereinander.

„Hier ist alles elektronisch und digital gesichert. Warum ausgerechnet am Safe so einen altmodischen Schlüssel?"

Der Mann versuchte, so viel Zeit herauszuschlagen, wie irgend möglich. Auf seiner Stirn entstanden kleine verräterische Schweißperlen. Die edle Krawatte aus Seide empfand er plötzlich als extrem eng. Sein Herzschlag beschleunigte sich. Die Pulsfrequenz stieg.

„Das sind so Spielereien aus dem vorigen Jahrhundert. Sentimentale und unnötige Spielereien. Mir gefallen sie. Mir gefallen sie sogar außerordentlich!"

„Ich habe sonst leider nichts gefunden, was von Wert sein könnte. Kannst du mir einen Tipp geben?"

„Du bist zu früh. Bis jetzt war hier noch kein Geld zu verdienen."

Von irgendwo im Haus war ein Geräusch zu vernehmen. Irritiert schaute der Mann zur Tür. Er vernahm, dass sein Gegenüber nicht den leisesten Hauch Unruhe von sich gab. Ein Überleben war jetzt wichtiger als alles andere. Der Mann dachte daran, laut zu schreien.

Der Schalldämpfer war das allerneueste, was es auf dem Markt gab. Ein leises „Plopp" ertönte. Im Kopf des Mannes breitete sich ein Gewitter in wundersamen Farben aus. Die Konturen des Menschen, mit der Waffe in der Hand, verschwammen, und wurden eins mit dem Gewitter in seinem Kopf. Ströme von Farben flossen ungehindert durch sein Gehirn, immer wieder von Blitzen unterbrochen. Er verspürte keinen Schmerz. Blut lief ihm über die Augen. Das Gewitter nahm schwarz-weiße Farben an, die Blitze wurden weniger, und dann war es nur noch dunkel. Seine rechte Hand ballte sich in einem allerletzten Moment zur Faust. Der Mund stand immer noch weit offen und schien einen stummen Schrei auszustoßen.

*

Die Frau wankte an den Gleisen entlang. Ihr war schwindlig. Das kam die letzte Zeit öfter vor. In dem Rucksack, den sie stets auf dem Rücken trug, lag ein Brötchen mit Käse. Sogar noch in der Tüte und mit Preisetikett. Irgend jemand hatte das Brötchen gekauft, sich dann anders entschlossen und es im Bahnhof in den Abfall geworfen. Ihr fiel ein, dass sie heute Morgen das letzte Mal auf der öffentlichen Toilette etwas Wasser getrunken hatte. Vielleicht war das der Grund für die Schwindelanfälle. Als sie heute Morgen aufwachte, hatte sie rasende Kopfschmerzen. Sie setzte sich vor dem Bahnhof auf eine Bank, um etwas zu verschnaufen und schaute zum Himmel hoch. „Ein Abendessen habe ich. Jetzt muss ich mir nur noch einen Platz für die Nacht suchen. In welcher Stadt bin ich hier eigentlich?"

Das war eine rein rhetorische Frage. Es war ihr vollkommen egal, wo sie sich gerade aufhielt. Und selbst wenn sie im Bahnhof den Namen der jeweiligen Stadt gelesen hätte, wäre er in ihrem Gehirn nicht länger als fünf Minuten gespeichert worden. Aus irgendeinem Grund, der ihr völlig unbekannt war, konnte sie sich auch nicht merken, in welcher Stadt sie sich gerade aufhielt. Sie wusste auch nicht, wie alt sie war. Wenn sie an einem Schaufenster vorbei lief, sah ihr eine Frau, mit blondem, strohigem Haar und großen blauen Augen entgegen. Sie konnte die Vierzig überschritten haben, aber genau so gut war es möglich, dass sie bereits über fünfzig war. Wenn es viel geregnet hatte, verspürte sie starke Schmerzen im Rücken. Manchmal, wenn sie sich in einem Schaufenster betrachtete, hatte sie das Gefühl, dass sie von einem Mann in einem schwarzen Anzug beobachtet wurde. Aber wenn sie sich umdrehte, war er verschwunden. Aber es konnte auch sein, dass ihr jetziger Zustand ihr bloß etwas vorgaukelte. Manchmal war sie eben nicht in der Lage, die Wirklichkeit von ihren Träumen zu unterscheiden. Ihre Kleidung sah noch ganz passabel aus. Zu ihr gehörte ein Rucksack, der voll mit Garderobe war. Sie hatte nicht die geringste Ahnung woher der Rucksack stammte. Als sie morgens in einer Nische des Bahnhofs aufwachte, lag er neben ihr. Ihr war entfallen, zu welcher Stadt der Bahnhof gehörte. Als nach einer Weile der Rucksack immer noch auf der Bank lag, hatte sie ihn an sich genommen. Oder war er schon immer ihr Eigentum? Sie hatte keine Ahnung. Aber für sie war er eine große Hilfe. Ihr einziges persönliches Hab und Gut war ein Foto. Darauf war eine junge Frau in eleganter Garderobe zu sehen, die in einem Sessel saß. Auf ihren Beinen war der Umriss eines Schattens erkennbar, aber es gelang ihr nicht, den Schatten zuzuordnen. Das Foto war auf einem Balkon oder einer Terrasse gemacht worden. Die junge Frau auf dem Foto sah ihr weitest gehend ähnlich, und darum nahm sie an, dass das Foto sie selbst zeigte, aber ganz sicher war sie sich da nicht.

„Die Mode mag ich. Aber ich bin mir nicht sicher, dass ich das bin."

Auf dem Foto war noch der Rand eines weiteren Sessels zu erkennen. Etwas lag darauf, aber die Frau war nicht in der Lage zu erkennen, um was es sich handelte. Die Schwindelanfälle ließen etwas nach. Das kleine Café an der Ecke kam ihr irgendwie bekannt vor. Aber dann fiel ihr ein, dass es ein bekanntes Logo war, und es in jeder Stadt solche Cafés gab. Es war nicht wichtig. Ihr Verstand war nur in der Lage, sich auf den heutigen Tag zu konzentrieren. Morgen fing ein neuer an, der sie voll und ganz beschäftigen würde. Sie hatte relativ schnell verinnerlicht, dass es besser war, wenn sie Menschen meidet, und nur für sich blieb. Mit schleppendem Gang verließ sie das Bahnhofsgelände und wandte sich dem kleinen Güterbahnhof zu.

Er lag größtenteils still und nur eine kleine Rangierlokomotive zog einen Waggon hinter sich her. Neben den Gleisen führte ein Weg in den Wald. Zuerst war sie etwas unsicher. Aber dann steuerte sie doch zielstrebig darauf zu. Die Schwindelanfälle kamen immer öfter. Was sie jetzt brauchte, war ein vernünftiger Platz zum übernachten. Sie musste endlich etwas essen. Es war ihr gelungen, die Wasserflasche in einer öffentlichen Toilette aufzufüllen. In ihrem Nacken spürte sie ein seltsames Kribbeln. Auf dem Weg in den Wald war sie ganz allein. Aber war es normal, dass die Äste der Büsche sich so stark bewegten? Ihr Hunger wurde übermächtig. Sie setzte sich ins Gras und fischte aus dem Rucksack das Brötchen mit Käse. Das Aroma des Brötchens stieg ihr durch die Tüte in die Nase. Die Äste der Bäume bewegten sich stärker, und sie glaubte einen Arm zu sehen, der sich durch das Dickicht wühlte. Überstürzt ließ sie das Brötchen fallen und lief tiefer in den Wald hinein.

*

In meiner Nachbarschaft war so einiges los. In einer Seitenstraße ist ein neues Haus gebaut worden. Wir haben keinen Tag vergehen lassen, ohne uns anzusehen, wie aus einem riesigen hässlichen Loch, ein noch riesigeres hässliches Haus entstand. In dem großen Loch ließen sich gute, fette Mäuse fangen. Aber je weiter das Bauvorhaben stieg, um so weniger Mäuse blieben auf dem Grundstück für uns übrig! Eine Schande so etwas! Also mir gefällt es überhaupt nicht! So ein verschachteltes, modernes Ding mit viel zu vielen Wänden, und Glas vom Boden bis an die Decke. So etwas ungemütliches. Wer denkt sich nur so etwas hässliches aus? Unser Haus hingegen...Ach, das ist so gemütlich. An jedem Fenster sind breite Fensterbänke und auf jedem, ich betone...wirklich, auf jedem, liegen gemütliche Kissen. Schließlich ist es wichtig, von jeder Position aus die Gegend im Auge zu behalten. Aber das allerbeste befindet sich in unserem Wohnzimmer. Vor dem Fenster steht eine kleine Treppe und die ist dafür gedacht, dass unser guter Freund Sam, eine fünfundsiebzig Kilo schwere Bordeauxdogge, sich ebenfalls auf dieser besonders großen Fensterbank niederlassen kann. Er wohnt nebenan in einem ebenso schönen, alten, gemütlichen Haus mit Wolfgang und Helga zusammen, die sehr gute Freunde von uns sind.

Ich habe soeben gesehen, dass Rosa, das Junge von Laura und Sebastian, von unseren Knusperherzen geknabbert hat. Es erfüllt mich mit Stolz, dass wir auch etwas zur gesunden Ernährung der Kleinen beitragen können. Das nächste Mal bringe ich ihr eine blutige, noch dampfende Leber einer Maus mit. Ihre Zähne sind schon soweit entwickelt, dass Rosa lernen kann, wie man Beute aufreißt.

Oscar liegt gemütlich auf der Terrasse in der Schaukel von Rosa, und schläft tief und fest. Nachdem ich ihm erfolglos dreimal ins Ohr gebrüllt habe, muss ich zu härteren Maßnahmen greifen. Voller Argwohn beobachtet mich die Namenlose.

„Muss das unbedingt sein? Er schläft doch gerade so schön. Sieh doch nur wie niedlich er aussieht."

Ich hatte von niedlich eine gänzlich andere Vorstellung. Er lag in der Schaukel auf dem Rücken, hatte alle Beine von sich gestreckt, der Kopf hing fast bis auf den Boden, und die Zunge hing ihm aus dem Hals. Dabei schaukelte er sachte hin und her.

„Niedlich? Er sieht aus, als ob er überfahren worden wäre."

Ich sprang ihn ohne Vorwarnung an. Die Schaukel kam ordentlich in Bewegung und Oscar rutschte heraus, wie ein nasses Stück Seife. Irritiert und völlig verschlafen schaute er um sich, bis sein Blick bei mir landete.

„Ich nehme an, du hast etwas damit zu tun, dass ich so unsanft geweckt wurde."

„Natürlich habe ich etwas damit zu tun. Ich sorge dafür, dass dein Leben bunt und ereignisreich ist. Wenn es nach dir geht, würdest du über die Hälfte deines Lebens im Koma verbringen!"

Oscar runzelte unzufrieden seine Stirn. Mit der Pfote begann er seine Schnurrbart Haare zu bearbeiten. Die Namenlose rollte mit den Augen.

„Was macht denn mein Leben so bunt und ereignisreich, dass du mich auf so brutale Art und Weise wecken musstest?"

„In dem schrecklichen Glashaus sind Menschen eingezogen. Mich interessiert, wie die so drauf sind."

Oscar steuerte wieder auf die Schaukel zu.

„Dann geh doch. Mich interessiert das nicht die Bohne."

Die Namenlos schüttelte mit dem Kopf.

„Ich habe eine Nachricht von Ekki bekommen. Demnach muss auch eine anmutige Katzendame eingezogen sein. Zumindest schätzt er sie so ein."

Manche Katzen von uns sind in der Lage, Nachrichten zu versenden und zu empfangen. Warum ausgerechnet der leicht gestrickte Ekki über diese wunderbare Eigenschaft verfügt, ist uns allen ein absolutes Rätsel. Die Ohren von Oscar standen plötzlich aufrecht wie kleine Pyramiden.

„Eine Katzendame? Dann sagt das doch gleich. Es obliegt mir, zu prüfen, ob sie wirklich so hübsch ist, wie Ekki vorgibt."

Meine Eifersucht floss wie Lava durch meine Adern. „Ich hätte es wissen müssen! Und wenn das Haus gebrannt hätte, wäre es mir nicht gelungen, dich aufzuwecken. Aber kaum hörst du etwas von einer Katzentussi, bist du hellwach und stehst stramm!"

„Man kann es dir aber auch nicht recht machen, Laila. Können wir jetzt gehen?"

Diese Katzentussi würde ich einer genauen Prüfung unterziehen! Ich habe sie noch nicht zu Gesicht bekommen, aber macht jetzt schon alle Kerle in meinem Umkreis verrückt!

*

Sie verstand die Welt nicht mehr. Wie konnte ihr das nur entgangen sein? Jahrelang hatten sie an diesem Programm gearbeitet. Und nun war ihr jemand zuvorgekommen. Sie musste unbedingt herausfinden, wer dahintersteckte. Der Name sagte ihr zunächst nichts. Er war unverbindlich und sollte den Menschen gut im Ohr bleiben.

„Inotec"

Aber was gab es da lange zu überlegen? Sie waren damals eine Clique, die zusammen studierte und auch privat viel Zeit miteinander verbrachte. Das Leben trieb sie nach Jahren auseinander. Mit den meisten stand sie noch über das Internet in Kontakt. War einer von ihnen dabei, der dieses Konzept durchgezogen hatte? Normalerweise entging ihr doch so etwas nicht. Als Geschäftsführer tauchte ein ihr völlig unbekannter Name auf. Über das Internet war nicht viel über diesen Mann zu erfahren. Wie war es ihm gelungen, dieses System zu vervollständigen? Unauffällig sein, war so ziemlich die beste Tarnung, die es gab. Sie musste unbedingt mehr über ihn erfahren.

*

Susanne schaute auf die Uhr. Sie verfügte noch über genügend Zeit. Stefan war schon lange unterwegs und die Kinder waren bereits in der Schule. Der neue Job fing an, ihr Spaß zu machen. Die Siamkater schauten etwas kritisch, weil sie die letzte Zeit immer zu unregelmäßigen Zeiten das Haus verließ. Das passte ihnen nicht. Missmutig warf Apollo seine Gummiente in die Luft. Und mit noch schlechterer Laune pfefferte Adonis das Spielzeug unter das Sofa.

„Ihr werdet euch daran gewöhnen müssen! Ich bin jetzt jeden Tag bis neun Uhr morgens Zuhause. Aber heute werde ich wieder eine

Runde joggen gehen...und ihr dürft euch freuen! Dann bin ich wieder da, springe kurz unter die Dusche, und dann seht ihr mich erst am späten Abend, zusammen mit den Kindern, wieder. Ich feiere heute in der neuen Firma meinen Einstand. Ihr dürft mich beglückwünschen!"

Adonis setzte sich ans Fenster und tat so, als ob etwas schrecklich interessantes im Garten passieren würde.

„Wir denken nicht einmal im mindesten daran, dich zu beglückwünschen. Da wird bestimmt nur gesoffen und dumm gelabert. Wenn ich das schon höre! Einstand feiern."

Apollo legte den Kopf schief und dachte nach. „Stell dir nur einmal vor, jede Katze, die neu in unsere Straße zieht, müsste zum Einstand eine Maus an uns abgeben."

Adonis hob abwägend eine Pfote. „Das hört sich allerdings nicht schlecht an. Vielleicht sollten wir diese Sitte einführen."

„Das ist etwas völlig anderes, Adonis. Aber in der Familie wollen wir unsere Ruhe wieder haben. So eine Unordnung! Das ist fürchterlich. Wie sollen wir da ungestört unserem Tagesgeschäft nachgehen? Wie findest du das?"

„Ja Apollo! Es ist entsetzlich! Man hat doch schließlich so seine Routine. Zumal hier der Haussegen zur Zeit etwas schief hängt."

„Diese Familie mutet uns schon allerhand zu. Aber eigentlich ist es nur Susanne, die aus der Reihe tanzt."

„Und wir müssen darunter leiden."

„Was sollen eigentlich diese schrillen Klamotten, Adonis? Glaubt Susanne etwa, dass sie damit schneller läuft?"

„Die Dinger haben keinen Motor. Also wird das nichts."

„Wo soll der auch sitzen? Da passt noch kein Haar einer Maus mehr dazwischen."

„Also auf mich wirkt das so, als ob sie auf sich aufmerksam machen möchte."

Apollo starrte völlig entgeistert seinen Bruder an.

„Willst du damit sagen, dass Stefan nicht mehr das Alphamännchen für Susanne ist?"

Adonis legte die Ohren eng an den Kopf.

„Ich weiß es nicht. Nur so ein doofes Gefühl."

Susanne band sich ihre schulterlangen, braunen Haare zu einem Zopf zusammen und steckte ihr Handy in die Tasche.

„Also dann Jungs, bis später!"

Die Siamkater schauten Susanne fassungslos nach, wie sie im flotten Laufstil das Haus verließ. Der Pferdeschwanz wippte im Takt dazu.

„Wenn sie in diesen Klamotten stürzt, platzt sie wie eine Leberwurst auseinander!"

Susanne lief die Straße entlang, bis sie an einem Feldweg ankam. An einer der nächsten Seitenstraßen kam eine Frau auf sie zugelaufen, die ungefähr das gleiche Alter wie sie hatte. Sie hatte ihre dunklen Haare auch zu einem Zopf gebunden. Jeden Morgen trafen sie hier aufeinander. Die nächsten Kilometer würden sie gemeinsam laufen. Susanne blieb einen Moment überrascht stehen. Die Frau trug exakt die gleichen Klamotten wie sie. „Hast du auch das Angebot in dem neuen Sportgeschäft wahrgenommen, Kathrin?"

„Du hast mich neugierig gemacht. Entgegen zu sonst war mein Outfit dreißig Prozent günstiger. Jetzt sind wir Schwestern. Zumindest was das Joggen angeht."

Das machte unglaublichen Spaß. Es war Frühling, die Temperaturen waren angenehm und die Vögel zwitscherten. Besser kann man einen Tag nicht beginnen. Während des laufens tratschten sie über dies und das, über Mode, und darüber, was gut schmeckt. Ganz belangloses Zeug. Auf dem Rückweg lief die Frau wieder in die Seitenstraße. Sie blieb kurz stehen und stopfte sich Kopfhörer in die Ohren.

„Ich freue mich schon auf morgen, Susanne."

„Ich mich auch, Kathrin."

Ihr Handy klingelte, Kathrin hob entschuldigend die Hand und lief mit flottem Tritt weiter.

„Ich bin gleich da. Es gibt keinen Grund sich aufzuregen. Geben sie mir Dreißig Minuten."

Susanne hörte noch, dass Kathrin langsam ärgerlich wurde.

„Natürlich weiß ich wie wichtig das ist."

Susanne wandte sich wieder dem Nachhauseweg zu, als ihr Blick auf den Boden fiel. Eine zierliche Börse lag am Wegesrand. Susanne hob sie auf. Es befanden sich mehrere Kreditkarten und eine Firmenkarte darin. Auf der Firmenkarte befand sich ein schemenhaftes Foto.

„Das ist doch Kathrin. Meine Güte! Da hat sie aber einen strengen Blick drauf."

Susanne konnte gerade noch sehen, dass Kathrin in das neue Industriegebiet abgebogen war.

„Kathrin warte! Du hast etwas verloren."

Aber Kathrin lief zügig und unbeirrt weiter.

„Du kannst mich nicht hören weil du AirPods trägst."

Susanne schaute auf ihre Uhr. Ihr blieben immer noch dreißig Minuten Zeit. Sie spurtete los. Unweit davon, im neuen Industriegebiet, war das Gebäude der Firmenkarte zu finden. Eine schwarze Limousine fuhr sehr langsam durch die Straße. Susanne dachte sich, dass der Fahrer oder die Fahrerin eine bestimmte Adresse suchte. So manches Unternehmen befand sich noch im Bau. An vielen Büros hingen Schilder an den Glasfassaden, dass günstig und in exquisiter Lage noch Gewerberäume anzubieten waren. Susanne hatte das Gebäude erreicht. Der schwarze Wagen blieb stehen. Sie musste die Straße überqueren. Der schwarze Wagen fuhr, ohne auf Susanne zu achten, mit hoher Geschwindigkeit an. Im letzten Augenblick gelang es ihr, zur Seite zu springen. Der Wagen blieb kurz stehen. An der Beifahrerseite wurde geräuschlos die Scheibe heruntergelassen.

„Können sie nicht aufpassen? Sie hätten mich beinahe überfahren."

„Entschuldigung!" tönte es aus dem Inneren des Wagens. Susanne konnte den Fahrer nicht erkennen. Nur die Hände waren zu sehen. „Wie komme ich aus diesem Industriegebiet wieder heraus?"

„Sie können nicht geradeaus fahren, das ist eine Sackgasse. Nehmen sie die nächste Straße rechts und dann wieder rechts, dann sind sie wieder auf der Hauptstraße."

„Danke." Die schwarze Limousine verschwand mit quietschenden Reifen und leicht schwankend in der nächsten Seitenstraße. Kopfschüttelnd sah Susanne dem Wagen hinterher.

„Ich kann doch nichts dafür, wenn du die Adresse nicht findest."

Susanne kümmerte sich nicht weiter darum und überquerte endlich die Straße, um zu der Firma zu gelangen. Es handelte sich um ein modernes zweistöckiges Haus, mit dunklen Glasfassaden. Direkt vorne am Eingang saß eine Frau vor einem Monitor. Es gab nur diesen Eingang, und der war durch eine Glastür blockiert. Ein Mitarbeiter zeigte seine Karte und legte sie auf die weiße Apparatur der Tür. Es ertönte ein Summton, die Tür schob sich zurück und gab den Eingang frei. Aber als Susanne mit hinein wollte, ertönte ein schriller Pfiff, und die gläserne Tür schob sich vor ihre Nase. Susanne erschrak und stieß einen kleinen Schrei aus.

„Mit schreien kommen sie hier nicht weiter...sie aktivieren höchstens das Alarmsystem. Kann ich ihnen sonst wie behilflich sein?"

Ihre Stimme wirkte auf Susanne unpersönlich und kalt. Kritisch wanderten ihre Augen auf Susannes pinkenes Sportoutfit hinauf und hinunter. Neben dem Computer stand ein Schild mit ihrem Namen. Desiree Ganzholt. Desirees Gesicht war bis zur Perfektion geschminkt. Aber ihr Antlitz wirkte wächsern und leblos. Susanne erinnerte die Frau an eine dieser seelenlosen Schaufensterpuppen. Susanne probierte es mit ausgesuchter Höflichkeit.

„Oooh ja, das können sie. Guten Morgen, Frau Ganzholt. Hat vor kurzer Zeit eine Frau in gleichen Sportklamotten wie ich dieses Haus betreten?"

Die Schaufensterpuppe in dem beigen Kostüm setzte ihre Lesebrille ab. Die permanent angebrachten Augenbrauen zogen sich entrüstet nach oben. Soweit es die mit Botox behandelte Stirn zuließ.

„Das kann ich kaum glauben! Warum sollte sie ausgerechnet in so schrillen Sportklamotten hier erscheinen? Normalerweise trägt man hier ausgesuchte Businessgarderobe."

Susanne ärgerte sich über die fehlende Kommunikationsbereitschaft der Schaufensterpuppe. Außerdem lief ihr die Zeit davon. Die Lautstärke ihrer Stimme hob etwas an.

„Hat sie das Haus betreten oder nicht? Was ist an dieser Frage so schwierig?"

„Sie brauchen nicht pampig zu werden. Verfügen sie über einen Ausweis, der sie berechtigt dieses Gebäude zu betreten?"

„Ich brauche einen Ausweis? Nein! So ein Ding habe ich nicht."

„Dann müssen sie einen beantragen, wenn sie die „Inotec" betreten wollen."

„Aber ich will doch nur etwas abgeben."

„Geben sie es mir und ich werde es weiterleiten. Ansonsten haben sie hier nichts zu suchen. Ich muss sie bitten, das Gebäude umgehend zu verlassen, sonst..."

Susannes Puls beschleunigte sich, und das nicht nur, weil die Zeit immer knapper wurde. Sie wurde langsam böse, weil sie in dem wächsernen Gesicht von Frau Ganzholt keine Emotionen deuten konnte. Und sie hatte schon gar keinen Bock darauf, dieser Nörgeltante etwas persönliches von Susanne auszuhändigen.

„Sonst was? Rufen sie dann die Polizei?"

Die Dame in dem beigen Kostüm griff zum Telefon. Eine blonde elegante Frau, in einem edlen Designerhosenanzug, kam leichtfüßig die Treppe vom Untergeschoss hochgelaufen.

„Was ist denn das für ein Lärm? Und so früh am Morgen? Der Tag hat doch noch gar nicht richtig angefangen!"

Die Schaufensterpuppe am Empfang wies unfein mit dem Finger auf Susanne.

„Diese Frau will sich unter einem scheinheiligen Vorwand Zutritt zum Gebäude verschaffen, und ich bin gerade dabei, sie entfernen zu lassen."

Die Frau achtete mit keinem Wort auf das aufmüpfige Geschwafel von Frau Ganzholt. Sie wollte ihre Karte auf die Tür legen. „So ein Mist. Wo habe ich sie denn? Bestimmt habe ich sie in meiner Tasche liegen lassen."

Kathrin fordert Frau Ganzholt auf, die Tür zu öffnen. „Diese Person besitzt keinen Berechtigungsausweis, Frau Siebenstock."

„Das weiß ich. Öffnen sie trotzdem bitte die Tür?"

„Aber nur unter Protest." Die aufgespritzten Lippen von Frau Ganzholt wurden schmal wie Striche. Die Glastür zog sich nach innen zurück.

„Susanne? Was machst du denn hier?"

„Ich habe etwas für dich. Lass uns kurz vor die Tür gehen, Kathrin. Ich mag mich hier nicht so gerne aufhalten. Mach schnell, bevor du wieder diesen Cerberus um Hilfe bitten musst."

Kathrin trat nach draußen. Die Tür rauschte zu.

„Du, ich habe nur sehr wenig Zeit. Aber die nehme ich mir für dich. Eigentlich bin ich schon viel zu spät."

Dann wandte sie sich an die Dame am Empfang. Ihre perfekten

Lippen waren immer noch Strich zusammengepresst. Dadurch bildeten sich auf ihrer Oberlippe doch tatsächlich so etwas wie kleine Fältchen.

„Es ist alles in Ordnung. Sie können das Level wieder herunterfahren, Frau Ganzholt."

„Ich dachte, heute sind wir so etwas wie eine geschlossene Gesellschaft. Aber der Zeitplan..."

„Ich weiß, dass ich etwas zu spät bin. Aber glauben sie mir, ich habe alles unter Kontrolle."

Irritiert warf Frau Ganzholt einen Blick auf ihre Uhr und starrte ungläubig darauf. Sichtlich pikiert wandte sich die Angesprochene ihrem Bildschirm zu. Draußen vor der Tür schaute Kathrin aufmerksam, aber hektisch zu Susanne. Immer wieder wanderte ihr Blick auf ihr Handy.

„Was gibt es denn? Ich habe wirklich nicht viel Zeit?"

Susanne griff in ihre Tasche und übergab Kathrin die zierliche Börse.

„Ich habe dir noch nachgerufen, dass du etwas verloren hast. Aber du hast es nicht mehr wahrgenommen und ich wollte auf keinen Fall, dass diese komische Tante hinter ihrem Bildschirm etwas davon erfährt."

Kathrin lächelte und umarmte Susanne. Sie öffnete die Börse und stellte erleichtert fest, dass die Firmenkarte drin war und hielt sie triumphierend hoch.

„Ich muss mich bei dir bedanken. Ohne diese Karte hätte ich keinen Zugang zu meinem Büro bekommen. Ich dachte schon, ich hätte sie im Wagen liegen lassen. Alles mit komplizierten Codes gesichert. Kannst du dir vorstellen, was in zehn Minuten hier los gewesen wäre? Ich darf gar nicht daran denken. Denn ausgerechnet heute habe ich eine, ach was rede ich da, die wichtigste Präsentation in meinem Leben, und ich wäre noch nicht einmal in der Lage gewesen, meine Unterlagen beizusteuern. Mein Chef wäre nicht begeistert gewesen, wenn ich das verbockt hätte. Ich kann dir nicht genug danken. Es tut mir leid, Susanne, aber ich muss jetzt los."

Das Handy klingelte.

„Natürlich bin ich hier. Wo sollte ich denn sonst sein?"

Kathrin warf Susanne einen Blick zu und rollte übertrieben mit den Augen.

„Nein. Ich bin noch nicht in meinem Büro. Und ja, ich weiß, dass es bereits nach acht Uhr ist. Aber in fünf Minuten kann es losgehen. Ja, ich weiß, dass du alles bereit gestellt hast und die Gäste kommen können. Was würde ich nur ohne dich tun? Na, warte! Das hast du nicht umsonst gesagt."

Kathrin zeigte Frau Ganzholt ihre Karte und betätigte den Öffnungsmechanismus der Tür. Frau Ganzholt nickte unverbindlich und streng. Vorschrift war schließlich Vorschrift. Kathrin winkte Susanne noch einmal zu, aber bevor sie wieder im Gebäude verschwand drehte sie sich noch einmal um.

„Das vergesse ich dir nicht. Dafür werde ich mich noch erkenntlich zeigen. Bis morgen, Susanne!"

Rechts und links des Geländes war noch Natur und nichts bebaut. In den anderen Straßen des Industriegebietes, sah es da schon anders aus. Auf dem großzügigen Parkplatz trafen die ersten Wagen ein. Manche kamen auch mit dem Taxi angereist. Susanne winkte zurück. Auf dem digitalen Werbeschild der „Inotec" war es acht Uhr und fünf Minuten. Sie war überrascht, dass es bereits nach acht Uhr war. Eigentlich wollte sie um diese Zeit schon Zuhause unter der Dusche stehen. Diesen Morgen würde sie wohl ein wenig zu spät kommen. Und das ausgerechnet heute, an dem sie ihren Einstand feiern wollte. Sie rannte los.

Neugierig sind wir wieder in das Industriegebiet marschiert. Ekki hatte immer noch Respekt vor dem großen Glaskasten. Das Haus war inzwischen mit Menschen bevölkert. Aber es gab keine Möglichkeit, es wieder zu betreten. Das Gelände betrachteten wir als verloren. Ekki hielt Ausschau nach seinem Freund.

„Du glaubst doch wohl nicht, dass die Maus auf dich gewartet hat. Das war eine Notgemeinschaft. Aber jetzt ist dein Freund wieder ganz oben auf unserer Ernährungskette."

„Du kannst so grausam sein, Pirat."

„Oooh ja! Sag ihm das, wenn du ihn triffst."

„Hier ist es stinklangweilig."

„Lass uns zurück in den Wald gehen."

Zwei Frauen in gleichen Klamotten kamen uns entgegengerannt. Eine davon haben wir sofort erkannt.

„Das ist doch Susanne. Die Frau von unserem Kommissar. Aber wer ist die andere? Sie sehen aus wie Schwestern."

„Und warum rennen die so? Oder rennen sie vor etwas davon?"

„Menschen machen so einen sinnlosen Krampf," Pirat zog sich ein Stück Holz zwischen den Pfoten heraus. „Und das Beste ist, wenn sie die Hunde noch miteinbeziehen, und die auch noch völlig sinnlos die Gegend verpesten und Haufen machen, die nur jemand überspringen kann, der Leichtathletik macht."

„Aber die Menschen nehmen doch die Hundehäufchen immer in so entzückenden Tütchen mit."

„Ich rede von den Menschen. Die nehmen ihre Häufchen nie mit."

Ekki reckte den Hals, um die Frauen besser zu sehen.

„Ich werde die Menschen nie verstehen. Wer ist die Frau neben Susanne?"

Die Namenlose drehte ihre Ohren nach hinten. „Das ist die Frau, die dir das Leben gerettet hat, Ekki. Mit ihrer schwarzen Tafel hat sie dem Glaskasten befohlen nach unten zu fahren. Wenn sie nicht gewesen wäre, würdest du wahrscheinlich immer noch darin sitzen."

„Aber was will Susanne von ihr? Sie sitzt schließlich nicht im Glaskasten."

„Nichts. Sie haben sich gerade getrennt, nachdem sie sinnlos in der Gegend herum gerannt sind."

Aber Susanne hob etwas auf, lief der anderen Frau hinterher und rief mehrmals ihren Namen. Aber die andere reagierte nicht.

„Das will ich jetzt doch genau wissen."

Weil wir über das Feld liefen, überholten wir Susanne und erreichten vor ihr dieses scheußliche Glashaus. Aber von der anderen Frau war weit und breit nichts zu sehen.

„Wohin ist sie so schnell verschwunden?"

„Das gefällt mir nicht! Das gefällt mir ganz und gar nicht!"

*

Ekki blinzelte träge in die Nachmittagssonne. Er hatte sich in der Wiese eine angenehme Mulde zurechtgelegt, und war so in der Lage, das neue Haus zu beobachten, ohne selbst wahrgenommen zu werden. Sein braun-weiß-schwarz geschecktes Fell verschmolz mit der Umgebung. Die hohen Glasfenster waren mit Jalousien verdeckt. Vor dem Haus fuhr der letzte Möbelwagen weg. Kleine Fenster, unmittelbar über dem Boden, deuteten auf Kellerräume hin. Die dem Garten zugewandte Seite des Glaspalastes verfügte über eine großzügig angelegte Terrasse, mit weißen und grauen Gartenmöbeln und einem eleganten Swimmingpool. Eine breite, ausladende Treppe führte in den perfekt angelegten Garten. Hohe Mauern schützten das Anwesen vor neugierigen Blicken der Nachbarn. Aber was waren schon Mauern für Katzen? Vor allem kein Hindernis. Für Ekki jedenfalls nicht. Eine Bewegung hinter einer Glasfassade hatte seine Aufmerksamkeit geweckt. Sein Hals wurde immer länger. Aber es nützte ihm nichts. Wenn er mehr sehen wollte, musste er sein sicheres Domizil verlassen. Da war es wieder! Unter einer Jalousie war für einen kurzen Augenblick ein entzückendes, zartes Pfötchen zu sehen.

„Das wurde aber auch allerhöchste Zeit, dass in diesem Viertel endlich mal Frischfleisch eingezogen ist!"

Erschrocken wandte Ekki sich um. Hinter ihm saß Pirat, ein getigerter Kater, der leide auf Grund von körperlichen Auseinandersetzungen mit Seinesgleichen, nur noch über ein Auge verfügte. Auf Grund ihres hervorragenden Geruchssinns hatten die beiden natürlich sofort festgestellt, dass es sich hier um eine Katzendame handelte. Ekkis Hals wurde immer länger.

„Glaubst du, dass sie hübsch ist?"

„Woher soll ich das wissen?"

„Ich habe eine Pfote von ihr gesehen. Das sah schon sehr vielversprechend aus, Pirat."

Pirat warf einen geringschätzigen Blick auf Ekki.

„Ist dein Gehirn ein Computer?"

Ekki spürte ein leichtes Ziehen im Kreuz, weil es mit langem Hals doch sehr anstrengend war, ständig Ausschau zu halten, und so schloss er den Rest seines Körpers der Höhe des Kopfes an.

„Das verstehe ich nicht,"

„Das war auch nicht anders zu erwarten."

„Warum sagst du es dann?"

Pirat rollte genervt mit einem Auge.

„Also pass auf. Du fütterst den Computer nur mit dem Katzenpfötchen, und..."

„Das kann man nicht machen, Pirat! Da bin ich absolut dagegen. Dieses entzückende Pfötchen fehlt doch dann der Katze, die zu diesem Pfötchen gehört."

Pirat nickte nachsichtig.

„Alles klar. Ich habe vergessen, dass man mit dir auf einer komplett anderen Ebene arbeiten muss. Wir fangen noch einmal von vorne an. Also, du gibst ein Foto dieses Pfötchens in den Computer ein, und der Computer ist in der Lage, das Aussehen der Katze zu vervollständigen."

„Wenn du meinst, Pirat. Ich weiß jetzt nicht wozu das wichtig ist. Aber was hat das alles mit mir zu tun?"

„Vergiss es, Ekki."

„Was ich nicht verstanden habe, kann ich sehr schnell vergessen."

Die großzügige Glasfront öffnete sich. Wie durch Zauberhand verschwand ein Glaselement hinter einer Wand. Ein Mann und eine Frau betraten die große Terrasse. Die Frau wirkte einige Jahre jünger als der Mann, der die vierzig bereits überschritten hatte.

„Das ist doch der Wahnsinn! Und funktioniert alles digital."

Die Frau nickte beeindruckend.

„Es ist schade, dass wir vorläufig noch keine Sauna bauen können, Joschi."

„Es wird nicht für immer sein. Und eine Ewigkeit kann es auch nicht mehr dauern. Sie ist doch ziemlich hinfällig, Gerda."

„Ich will nicht, dass du so von ihr sprichst. Ich verstehe immer noch nicht, warum wir sie nicht im Obergeschoss wohnen lassen!"

Joschi steckte ärgerlich beide Hände in die Tasche.

„Nach meinem Dafürhalten wäre sie besser in einem Altenheim aufgehoben. Dort wird sich Tag und Nacht um sie gekümmert, und sie wäre nicht alleine. Dein Job erlaubt dir doch nicht, dass du dich ausreichend um sie kümmern kannst, so wie es nötig ist."

„Das ist schon schlimm genug. Ich habe ein sehr schlechtes Gewissen, dass wir meine Großmutter in diesem großen Haus in den Keller verbannt haben."

Der Mann lief ärgerlich auf der Terrasse hin und her.

„Ich weiß jetzt wirklich nicht, was du willst. Was heißt denn hier Keller? Es ist gemütlich eingerichtet, und kein Mensch käme auf die Idee, dass es sich hier um unser, ich nenne es mal, „Untergeschoss" handelt. Außerdem ist es ebenerdig erreichbar. Kannst du dir vorstellen, was das für ein Aufwand wird, wenn dein Großmutter aus dem Obergeschoss mit dem Krankenwagen abgeholt werden muss?"

„Noch ist es nicht soweit."

„Aber so etwas kann schnell gehen. Du hast doch auch gesehen, wie sie sich in letzter Zeit verändert hat."

„Sie wird sich bei uns wieder erholen."

„Ich sehe nur, dass sie älter und hinfälliger wird, und jede Menge Mist baut."

„Du sollst nicht so von ihr reden, Joschi."

„Man kann sie doch nicht mehr alleine auf die Straße lassen."

„Ich verstehe so manche Sachen auch nicht."

„Du solltest dich damit abfinden, dass deine Großmutter nicht mehr ganz zurechnungsfähig ist."

„Was willst du damit sagen?"

„Das sie in absehbarer Zeit rund um die Uhr betreut werden muss. Deshalb musste sie ihr viel zu großes Haus verlassen und bei uns einziehen."

Eine zartgliedrige Katze, mit rot leuchtendem Fell, betrat die Terrasse. Pirat und Ekki duckten sich im Gras und pirschten sich näher heran.

„Miranda! Geh zurück ins Haus."

Die Frau versuchte, die Katze zurück ins Haus zu scheuchen. Miranda sprang hinter einen der ausladenden Sessel, blieb stehen, und hielt witternd ihr entzückendes Näschen in den Wind. Anmutig hob sie eine zarte Pfote hoch.

„Das Mädel ist ein Traum," flüsterte Pirat. „Du hattest mit deiner Einschätzung absolut recht. Du verblüffst mich immer wieder, Ekki."

„Frauen sind absolut mein Ding!"

„Du bist der Womenizer schlechthin."

„Ich bin ein was?"

Die rote Katze sprang elegant und leichtfüßig in den Garten. Die blonde Frau rannte aufgeregt die Treppe hinunter.

„Hoffentlich läuft sie nicht weg. Das wäre ein Drama. Ich wüsste nicht, wie ich das meiner Großmutter erklären soll."

Der Mann schüttelte mit dem Kopf und ging zurück ins Haus.

„Die Katze ist genau so bescheuert wie ihr Frauchen. Seit sie einen Schlag auf den Kopf bekommen hat, ist sie nicht viel besser." Miranda tat so, als würde sie die Kater nicht bemerken und stolzierte an ihnen vorbei.

„Miranda sieht nicht nur gut aus, sie riecht auch phantastisch! Wie ein Vanillepudding."

„Also mich erinnert sie an alles andere, als an einen Vanillepudding, Ekki. Manchmal möchte ich wissen, was in deinem Kopf so vor sich geht."

„Ich mag eben Vanillepudding."

„Und ich mag ihren aufregenden, sexy Gang. Es ist alles genau da, wo es hingehört."

Aus dem unteren Bereich schlug Miranda eine bekannte Witterung entgegen. Zielstrebig lief sie auf den offenen Eingang zu und verschwand im Haus. Die blonde Frau rannte erleichtert hinter ihr her und verschloss die Tür.

„Dein Frauchen kommt heute noch und ist bereits unterwegs. Dann wartest du eben hier auf sie."

Ist das zu fassen? Nachdem der gestrige Tag in dem Industriegebiet so langweilig war, haben wir uns dieses Haus angesehen. Wir sitzen schon eine Weile hinter diesen bräsigen Katern, und die haben unsere Anwesenheit wegen dieser roten Mieze noch nicht einmal bemerkt. Oscar war, genau wie die anderen, nicht ansprechbar, und glotzte der blöden Katze hinterher. Wütend gab ich ihm eine Kopfnuss. Viel Eindruck hinterließ meine Attacke nicht, und ich schickte noch zwölf Schläge hinterher. Gelangweilt drückte er mir seine Riesenpfote ins Gesicht und ich stand plötzlich im Dunkeln. Seine Pfote roch nach dem Lieblingsbrei von Rosa. Ein Duft von Bananen, Äpfeln und Keksen umhüllte mich.

„Jetzt ist es aber gut, Laila! Dreizehn Kopfnüsse sind genug, sonst sag ich es meiner Mama!"

Die Namenlos schüttelte nur ihren Kopf.

„Was haltet ihr davon, wenn ihr endlich den Erwachsenenstatus erreicht?"

Ein Taxi fuhr vor das Haus.

„Deine Großmutter kommt früher, als erwartet."

„Das ist sehr gut. Jetzt siehst du, wie wichtig es ist, dass alles gut vorbereitet war."

Der Mann ließ das Taxi durch das Tor in den Hof einfahren. Diensteifrig sprang der Taxifahrer heraus und öffnete die Tür für seinen Fahrgast.

„Das ist sehr höflich von ihnen. Sie sind sehr aufmerksam."

Eine ältere, füllige Frau, mit grellrot gefärbten Haaren, nahm dankbar die Hand, die der Taxifahrer ihr reichte, und stieg mühsam aus dem Wagen.

„Diese Fahrt hat mir so viel Spaß gemacht, Achmed."

„Mir auch. Es war mir eine Freude."

„Ich habe so viel über ihr Land gelernt. Eigentlich ist es schade, dass die Fahrt schon vorbei ist."

Der Taxifahrer nahm ihr Gepäck aus dem Kofferraum des Wagens.

„Soll ich es in ihre Wohnung bringen?"

„Nein!" antwortete Joschi. „Dann läuft nur unnötig der Taxizähler weiter und verteuert die Fahrt. Wir kümmern uns schon darum."

Die füllige Frau schüttelte unwillig mit dem Kopf. „Meine Güte, Joschi. Zeigst du wieder einmal die ganze Bandbreite deines Könnens? Achmed und ich haben einen Festpreis ausgehandelt und der Geldtransfer hat auch schon stattgefunden. Du regst dich also völlig umsonst auf."

Die Frau reichte dem Taxifahrer zum Abschied die Hand.

„Vielen Dank für diese herrliche Fahrt. Und wenn ich das nächste Mal heiße Schokolade trinke, werde ich ihren Ratschlag befolgen und etwas Kardamom dazu tun und an sie und ihr Land denken."

„Und ich freue mich, dass sie mir das Rezept für einen Gugelhupf gegeben haben."

Der Fahrer stieg in seinen Wagen und fuhr aus dem Hof.

„Oma! Endlich bist du da!"

Überglücklich nahm Gerda ihre Großmutter in die Arme. Die füllige Frau streichelte Gerda sanft über den Kopf und drückte ihr einen zarten Kuss auf das Haar.

„Du weißt, dass du mich nicht Oma nennen sollst."

„Aber ja, O...äääh ich meine natürlich Magdalena. Aber, dass du meine heißgeliebte Oma bist, darf doch trotzdem jeder wissen. Was hast du mit deinen Haaren gemacht?"

„Ich dachte, das ist mal etwas Neues."

„Ja," flüsterte Joschi, „sie sieht aus wie ein Feuermelder. Aber wenn sie wegläuft, kann man sie schon in der Ferne erkennen."

Magdalena überhörte geflissentlich die Äußerung über ihre Haarfarbe.

„Natürlich bin ich deine Oma. Aber ich fühle mich so schrecklich alt, wenn du mich so rufst. Wie findest du meine neue Haarfarbe? Die Friseurin hat sie speziell für mich zusammengemischt."

Gerda legte den Kopf schief und sah ihre Großmutter an. „Ich finde, es macht dich jünger. Auf alle Fälle gehst du nicht in der Menge unter."

Hinter der Tür war ein zartes Miauen zu vernehmen.

„Höre ich da meine Miranda? Ich will sofort zu ihr. Wie geht es ihr?"

„Es geht ihr hervorragend! Von ihrer Verletzung scheint sie völlig kuriert zu sein, und benimmt sich wie eine normale Katze. Ab und zu geht sie sogar in den Garten."

Magdalena strahlte über das ganze Gesicht. „Ach, ist das schön. Davor hatte ich nämlich Angst, dass sie sich nicht zurecht findet. Es freut mich, dass zumindest diese Sorge unbegründet war. Außerdem will ich mir meine vorübergehenden Räumlichkeiten ansehen."

„Kannst du dir denn nicht vorstellen, für immer bei uns zu wohnen?"

Magdalena warf einen skeptischen Blick auf Joschi.

„Nicht so richtig. Aber gut Ding will Weile haben. Ich muss mich mit der neuen Situation auch zuerst einmal abfinden. Ich war bis vor kurzem nicht auf fremde Hilfe angewiesen, und muss das alles noch auf mich einwirken lassen."

Miranda stand hinter der Glastür und miaute nun etwas lauter.

„Für meine Katze ist es nicht leicht. Jetzt muss ich deinem Mann auch noch dankbar sein, dass sie hier wohnen darf. Joschi war zunächst nicht so begeistert, und wenn ich mich nicht durchgesetzt hätte, würde Miranda in einem Tierheim sitzen."

„Das hätte ich nie zugelassen, Om...Magdalena."

Magdalena warf einen skeptischen Blick auf Joschi, der gerade dabei war, die Koffer ins Haus zutragen.

„Aber ich habe mich an das Vieh gewöhnt, Magdalena. Und jetzt, wo du da bist, sehe ich sie nicht allzu oft. Wichtig ist jetzt, dass du dich einlebst und deine Medikamente regelmäßig nimmst."

Magdalena seufzte. „Ich werde auch dafür sorgen, dass du mich nicht allzu oft siehst. Ich ziehe mich für heute schon einmal dezent zurück."

„A...aber willst du denn nicht mit uns zu Abend essen?"

„Nein, danke Gerda. Du kennst doch meinen Hang zur Dramatik! Ich will mich auf das schicke Sofa legen und ganz ungestört in die Kissen weinen."

*

Der Fahrstuhl ging auf. Davor stand ungeduldig ein Mann in den Dreißigern.

„Mein Gott, wo bleibst du denn?"

Der Mann zeigte unruhig auf die Uhr. Kathrin warf einen letzten, prüfenden Blick in den Spiegel des Fahrstuhls. Eine widerspenstige Haarsträhne wollte nicht auf ihrem Platz bleiben. Aber ansonsten war sie mit ihrem Aussehen sehr zufrieden. Bei so einer wichtigen Verhandlung wie heute, kam es nicht nur auf den Inhalt der

Dokumentenmappen an. Ein selbstsicheres und zufriedenes Auftreten ihrerseits, ohne arrogant zu wirken, war ebenfalls sehr wichtig.

„Warum sind in Fahrstühlen so oft Spiegel eingebaut?"

„Damit will man mehr Perspektive und Raum vermitteln, als es in Wirklichkeit ist, Kathrin. Deine Sorgen möchte ich haben!"

„Das sind keine Sorgen Hansmann. Es hat mich wirklich brennend interessiert."

„Lenke deine Interessen bitte in den Konferenzraum. Du weißt, wie viel für uns davon abhängt. Fast alle Herrschaften sind versammelt. Es kann sofort losgehen. Es ist einigen so wichtig, dass sie sogar mit dem Flugzeug unterwegs sind. Selbst aus Amerika sind sie gekommen."

„Alles gut, Hansmann. Wir schaffen das! Außerdem zahlen wir die Hotelunterkunft. So schwer wird es ihnen also nicht gefallen sein."

„Wo sind deine Unterlagen?"

Kathrin schlug sich leicht vor die Stirn.

„Die sind noch in meinem Büro. Begleitest du mich, Hansmann? Dann muss ich den Konferenzraum nicht alleine zu spät betreten."

„Das habe ich mir gedacht. Ich kann mich vor Freude kaum noch beherrschen."

„Das weiß ich doch. Hier in der Firma bist du mein bester Freund."

„Ich tue dir den Gefallen. Zugleich ehrt es mich, dass ich ein Tabu brechen und deinen sakralen Tempel betreten darf."

„Bilde dir bloß nichts darauf ein. Das ist nur eine Ausnahme."

„Jetzt lässt du aber die eiskalte Geschäftstussi heraushängen. Ich bekomme schon Eiszapfen an den Ohren."

„Du weißt, dass ich nur Spaß mache. Aber mein Büro darf wirklich nicht für jedermann zugänglich sein. Nichts für ungut. Ich bin wahnsinnig nervös. Heute darf nichts schiefgehen."

Kathrin nahm ihre Karte, hielt sie an das Lesegerät, und die Tür zu ihrem Büro ging summend auf.

„Da liegen die wichtigen Dokumente so unschuldig auf meinem Schreibtisch. Jetzt kann es endlich losgehen."

Die Tür zum Konferenzsaal ging auf und ein Herr in einem klassischen, dunkelblauen Anzug erschien auf der Bildfläche.

„Was ist denn los? Es ist bereits 8Uhr 30. Alle Beteiligten sind da, die einzigen, die noch fehlen, seid ihr und..."

Dem Mann blieb vor Schreck die Stimme weg. Kathrin saß auf dem Boden. Tränen rannen ihr über das Gesicht. Ihre Augen waren vor Schreck weit aufgerissen. Herr Hansmann stand fassungslos vor dem edlen Schreibtisch, und wusste nicht was er tun sollte. Hilflos reichte er Kathrin ein Papiertaschentuch. Auf dem Boden, in unweiter Nähe des offenen Safes, lag ein Mensch. Es war ein Mann. Seine Augen waren weit aufgerissen. Auf seiner Stirn befand sich ein hässliches kleines Loch.

*

Zorro, der große, imposante, schwarze Kater, lag entspannt unter einem Holunderbusch. Im Holunderbusch thronte Richie, ein Kater, mit beeindruckendem, feuerrotem Fell. Er hing gemütlich auf einem Ast und ließ alle Pfoten baumeln. Wenn ihn ein Sonnenstrahl traf, leuchtete sein Fell wie pures Feuer. Ein grau getigerter Kater lief auf dem Weg entlang und schaute ständig nach allen Seiten. Ekki und Pirat lagen vor ihrem Clubheim, einem verlassenen Schuppen am Rande des Waldes, und waren eingeschlafen. An Ekkis entrücktem Gesichtsausdruck war unschwer zu erkennen, von was er gerade träumte.

„Was machst du da, Robert? Du gehst mir mit deinem ständigen Geschleiche auf die Nerven. Deine Sohlen unter den Fußballen werden viel zu dünn."

„Ich habe eine Witterung in der Nase, Boss."

„Soll vorkommen. Schließlich sind wir im Wald. Hier wimmelt es nur so von Witterungen."

„Ich rieche aber einen Menschen."

„Donnerwetter!" tönte es aus dem Holunderstrauch. „Was für eine Erkenntnis, Robert! Droht Gefahr von ihm? Ist er bewaffnet? Will er uns alle machen? Müssen wir auf Gefechtsstation gehen? Soll ich in unserem Clubheim Schießscharten einrichten, damit wir ihn bei Gefahr mit Fledermausscheiße bewerfen können?"

Zorro hörte dem Dialog der Kater zu. Er ahnte, wie es wieder enden würde. Noch wandelten Ekki und Pirat im Land der Träume. Zorro sandte ein Stoßgebet zum Katzengott, dass es so bleiben möge.

„Du bist so bescheuert, Richie. Deine Schießscharten nutzen nichts, weil du nämlich zu blöd zum werfen bist. Ich achte eben immer darauf, dass sich niemand unerkannt in unserem Revier herumtreibt. Im Gegensatz zu dir leichtsinniger Leichtpfote, will ich wissen, ob von diesem Menschen Gefahr für unser Clubheim droht."

„So, so. Ich bin also also eine Leichtpfote und zu blöd zum werfen. Meine Leichtpfote passt übrigens wunderbar auf dein Gesicht. Aber du erfüllst die olympische Disziplin? Ich erinnere nur daran, wie du in unserer Straße eine Maus gefangen hast."

„Was war daran falsch?"

„Du hast sie hochgeworfen, und anstatt aufzufangen, ist sie dir in den Gully gefallen. Ich habe immer noch ihr hämisches Lachen im Ohr."

Robert legte ärgerlich die Ohren nach hinten.

„Die Maus hat nicht gelacht."

„Doch hat sie. Und seit diesem Tag reißt sie zotige Witze über dich in der Kanalisation. Und es werden täglich mehr...soll ich dir einige erzählen?"

„Dir wird das Lachen gleich vergehen."

„Ich kann nichts dafür. Die Maus hat gelacht. Ich würde mich das nie wagen."

Richie hielt sich mit einer Pfote die Schnauze zu, weil er sonst vor lachen zu platzen drohte.

„Nimm die Pfote herunter. Ich will dein Gesicht sehen."

„Ich denke nicht daran!"

„Warum willst du das Gesicht von Richie sehen, Robert? Das kennst du doch in und auswendig? Und so schön finde ich es auch nicht."

Was Zorro befürchtet hatte, trat ein. Ekki und Pirat wurden durch den heißen Disput der Kater vorzeitig aufgeweckt. Ekki reckte sich und krallte sich mit seinen Pfoten am Waldboden fest. Pirat öffnete verschlafen die Augen, und das erste was er sah, war das prächtige Hinterteil von Ekki.

„Ekkis karierter Hintern ist aber auch schwer erträglich. Allerdings finde ich ihn attraktiver, als das Gesicht von Richie."

Richie wurde jetzt böse. Er sprang vom Holunderstrauch herunter, und stellte sich angriffslustig auf. Zorro ahnte was kommen würde, und fing an, hektisch seinen Hinterkopf zu bearbeiten.

„Halt dich da raus, Pirat. Du weißt doch gar nicht, um was es geht."

„Das ist doch nicht wichtig. Ich weiß nur, dass deine Visage eine ziemliche Zumutung für uns alle ist. Selbst das hässliche Gesicht des Tausendfüßlers, der gerade im Begriff ist, unter deinen Hintern zu kriechen, hat mehr Charakter als deines!"

Erschrocken sprang Richie auf, und der verwirrte Tausendfüßler glitt entsetzt, fürchterliche Flüche murmelnd, unter den nächsten Stein.

Ekki drehte sich im Kreis.

„Ist mein Hintern wirklich attraktiver, als das Gesicht von Richie?

Ich kann machen was ich will, es gelingt mir nicht, ihn anzuschauen."

Zorro schaute verzweifelt in das Blau des Himmels, als wenn von dort eine verheißungsvolle Feuerschrift erscheinen würde. „Wenn man bedenkt, wie diese geistreiche Unterhaltung angefangen hat."

„Es hat damit angefangen, dass Robert eine Witterung in die Nase bekam. Und irgendwie sind wir dann über Fledermaus-Scheiße und der Kanalisation bei Ekkis Hintern gelandet."

„Also, ich weiß nur, dass wir alle hier irgendwie bei deiner hässlichen roten Fratze gelandet waren, dass sogar der Tausendfüßler Reißaus genommen hat. Ich frage mich, wie dein Mensch Willi, so viel Hässlichkeit aushält."

„Das hast du nicht umsonst gesagt, Pirat! Lass Willi aus dem Spiel!"

Pirat bedachte, dass Richie, natürlich was Willi anbelangte, absolut im Recht lag. Er nickte zustimmend und wollte sich bei Richie entschuldigen. Willi hatte das gleiche rote Fell, zumindest, was die Kopf und Brustbehaarung anging, wie Richie. Bis sie endlich zueinander gefunden hatten, mussten beide, Kater und Mensch, gefährliche und lebensbedrohliche Situationen überstehen. Aber das wird in Teil drei „Schwarze Katze..und die Abgründe der Moral" detailgenau beschrieben. Sie leben glücklich in ihrer Männerwohngemeinschaft, und oft ist die ganze Bande bei ihnen Zuhause in der Feriensiedlung eingeladen. Dann sitzen wir gemeinsam mit herrlichen Knusperherzen vor dem Fernseher und glotzen zusammen uralte schwarz-weiß Westernfilme. Aber es war für Pirat müßig, über eine Entschuldigung nachzudenken, weil Richie sich wutentbrannt auf ihn stürzte. Die anderen Kater sahen nicht lange tatenlos zu und reihten in diesen Reigen ein. Zorro saß eine Weile ziemlich nachdenklich da. In seinem Kopf formten sich allerlei intelligente philosophische Worte, die eventuell diese Keilerei beenden konnten. Schließlich war er der Boss dieser total durchgeknallten bescheuerten Bande. Aber dann dachte er...

„Ach was! Scheiß drauf!"

Mit einem eleganten Sprung landete er mitten in dem Gewusel. Innerhalb weniger Sekunden waren die Kater zu einem einzigen Knäuel verkeilt, und teilten sich gegenseitig ordentliche Schläge aus. Ich hörte schon von weitem das Fauchen und Brüllen der Kater, und rannte etwas schneller, um bloß nichts zu verpassen.

„Jetzt warte doch!" rief Oscar. „Es könnte doch etwas ernstes sein, das man zunächst klären muss."

„Deeskalation ist in einer Gruppe so wichtig!" rief die Namenlose.

„Schon wieder so ein Fremdwort. Was heißt das denn?"

„Man sucht das Gespräch, anstatt sich zu prügeln, Laila."

„Du meine Güte! Wer will denn so etwas, Namenlose?"

„Es ist doch besser zu kommunizieren, als sich gegenseitig körperlich zu deformieren."

„Das kann man nach der Prügelei auch noch."

„Wenn ihr dann noch in der Lage seid zu sprechen!" schimpfte Oscar.

Begeistert stürzte ich mich, ohne lange zu überlegen, in das Durcheinander der Kater. Grasfetzen, gemischt mit Katzenhaaren, fielen wie Konfetti zu Boden. Die Namenlose und Oscar setzten sich andächtig hin und beobachteten das Geschehen. Plötzlich drehte die Namenlose den Kopf weg, und sah in eine gänzlich andere Richtung. War unsere herrliche Keilerei so uninteressant geworden? Für einen Moment hatte ich keine Deckung und bekam von Robert einen flotten Tritt in meinen Hintern, und von Zorro persönlich einen Schlag mit seiner Riesenpfote. Bunte Sternchen tanzten vor meinen Augen.

„Nimm es bitte nicht persönlich," maunzte er.

„Ich gebe mir Mühe, es sportlich zu sehen. Dein Charme ist unwiderstehlich!"

Aber auch er sah, dass sich die Namenlose und Oscar abgewandt hatten. Richie nutzte seine Chance und verpasste Zorro einen passablen Schlag mit seinen Hinterpfoten. Durch die Wucht des Schlages reckte Zorro den Hals weit in den Himmel, und reckte seine Vorderarme nach oben.

„Jetzt sieht unser Boss aus wie eine Gottesanbeterin!"

Zorro schüttelte den Kopf, um sich neu zu justieren. Aber weiterhin hatten die Namenlose und Oscar das Interesse an dem Kampf verloren. So ganz ohne Zuschauer macht die schönste Keilerei keinen Spaß mehr.

„Feierabend, Leute! Aber sofort! Sonst gibt's von mir eine Extraration Prügel!"

„Das ist eine tolle Logik. Dann können wir doch auch einfach so weitermachen, Boss!" moserte Pirat.

Ekki wühlte sich durch das fellige Knäuel.

„Ich verstehe nicht so ganz den Sinn. Wir sollen aufhören uns zu prügeln, und wenn wir nicht aufhören, verprügelst du uns?"

Zorro verdrehte genervt die Augen.

„Diese Gurkentruppe treibt mich an den Rand des Wahnsinns. Euer Verstand ist ungefähr so lebendig, wie bei einem Bratapfel. Wenn ich Feierabend sage, könnt ihr euch doch bestimmt vorstellen, dass es einen Grund dafür gibt, dass ich Feierabend sage!"

Pirat nickte bedächtig.

„Ich könnte mir vorstellen, dass du langsam in die Jahre kommst, und dir die Puste ausgeht."

Zorro ging mit würdevollen Schritten auf Pirat zu.

„Ist das wirklich deine Meinung?"

Pirat schaute Beifall heischend die anderen Kater an.

„Na ja. Könnte doch gut sein, dass deine Schnelligkeit und körperliche Kraft mit den Jahren etwas nachge..."

Blitzschnell, und für die anderen unsichtbar, drehte sich Zorro um die eigene Achse und seine Hinterpfote landete punktgenau unsanft in der Schnauze von Pirat. Von der Wucht des Aufpralls verlor Pirat das Gleichgewicht und landet auf dem Rücken.

„Ist sonst noch jemand der Meinung, dass ich irgendwelche körperlichen Defizite habe?"

Ich war begeistert.

„Das ist phantastisch. Diesen Dreh musst du mir unbedingt beibringen."

„Bei Gelegenheit, Laila. Aber jetzt lenken wir unser Augenmerk auf die Namenlose und ihren, etwas aus den Fugen geratenen, Sohn."

Die Namenlose wandte ihren Kopf dem Waldweg zu, der fast gänzlich mit Brombeeren zugewachsen war. Eine Frau kämpfte sich verzweifelt durch die Hecken. Ihr Haar war blond. Sie war irgendwie anders als die Menschen, die sich so in unserem Umfeld bewegten. Als sie den Waldweg endlich verlassen hatte, war sie völlig erschöpft und setzte sich ins Gras. An den Händen trug sie blutige Striemen, die von den Bomberhecken her rührten. Auf dem Rücken trug sie einen großen Rucksack.Von ihr ging ein tiefes Knurren aus. Aber ihr Mund blieb dabei geschlossen. Das hatte ich so noch nie erlebt und gehört.

„Was ist das denn? Diese Frau kann, ohne ihre Mimik zu verziehen, knurren wie ein Hund? Aber wen knurrt sie an? Ich habe nicht den Eindruck, dass sie uns sehen kann."

Ekki hob seine kleine Nase.

„Kann es sein, dass die Frau schnurrt?"

„Vollkommener Blödsinn, Ekki! Das ist alles mögliche, aber kein Schnurren."

Zorro schlich sich an, und blieb vor einer Hecke mit erhobener Pfote stehen.

„Sie sieht nicht böse aus. Aus ihren Augen laufen Tränen. Sie sollte nicht alleine hier im Wald sein."

Wieder war dieses fürchterliche Knurren zu hören. Ekki pirschte sich an Zorro heran.

„Jetzt glaube ich auch nicht mehr, dass das Schnurren ist.Vielleicht hat diese Frau unbeabsichtigt so einen Drachen aus er Zwischenwelt geschluckt?"

„Ich habe die Befürchtung, dass mit deinem Futter irgend etwas nicht stimmt, Ekki. Kann es sein, dass dein Mensch dir irgendwelche bewusstseinserweiternde Drogen ins Essen mischt?"

Ekki warf einen ratlosen Blick auf Pirat.

„Ich weiß jetzt nicht so genau was du meinst."

„Was sollen bei Ekki bewusstseinsfördernde Drogen schon groß anrichten? Höchstens, dass er sich selbst mit „Sie" anspricht."

„Und was habe ich davon, Pirat? Also bleiben wir zunächst bei dem Drachen. Das ist viel wichtiger. Bei meinem Menschen kommt das nämlich auch hin und wieder vor. Und in der Nacht will der Drachen wieder aus meinem Menschen raus, und faucht Stunden lang. In den frühen Morgenstunden geht mein Mensch aufs Klo und der Drachen ist verschwunden. Es kann doch sein, dass der Drachen wieder heraus will, weil es doch nicht so ganz seinen Erwartungen entspricht?"

„Ekki?"

„Ja, Boss?"

„Halt die Klappe!"

Unsere Neugier wurde auf's ärgste strapaziert. Wieder tönte das Knurren über den Platz.

„Das Knurren kommt von ihrem Magen."

„Ihr Magen kann knurren wie ein Raubtier, Namenlose?"

„Ja, weil er leer ist, Laila. Die Frau muss etwas essen."

„Sie ist auch zu dünn," stellte Oscar fest. „Ihre Wangen wirken durchscheinend. Und traurig ist sie auch noch."

Neugierig pirschten wir uns näher an sie heran. Sie saß einfach im Gras und weinte still vor sich hin. Ich berührte mit meiner Pfote sanft ihre Tränen.

„Die schmecken salzig."

Auch die Kater kamen langsam näher. Ekki hatte aus dem Clubheim ein Katzenstängchen mitgebracht und legte es in ihren Schoß. Sie schüttelte den Kopf und schaute verwundert auf uns Katzen.

„Ihr wirkt so vertraut. Vielleicht hatte ich in meinem früheren Leben auch eine Katze. Aber das weiß ich nicht mehr. Ich weiß auch nicht mehr, wo ich hingehen soll. Das einzige was ich weiß, dass ich Menschen meiden muss. Sie tun mir aus einem Grund, der mir unbekannt ist, nicht gut. Manchmal habe ich das Gefühl, dass ich verfolgt werde. Ein Mann in einem schwarzen Anzug. Aber das können auch nur leere Hirngespinste sein. Ich glaube, das nennt man Halluzinationen."

Sie zuckte mit den Achseln.

„Wenn ich an Menschen denke, die mir zu nahekommen, verbinde ich es immer mit Schmerz."

Ekki blinzelt die Frau an.

„Sie ist irgendwie voll süß, auch wenn sie einen Drachen im Bauch hat."

Wir rückten noch näher an sie heran. Unsere Nähe schien die Frau zu beruhigen.

„Wir müssen uns um sie kümmern," stellte die Namenlose sachlich fest.

„Die Frau braucht eine Schlafstelle, wo sie keine Angst vor Menschen haben muss."

Zorro dreht seinen dicken Kopf zum Clubheim.

„Dafür werden wir sorgen. Sie ist in unserem Clubheim herzlich willkommen. Aber vorher wird die Bude aufgeräumt! Das heißt, die halben Mäuse, toten Käfer, alten Knochen, die Mumie von dem toten Hasen, und die sonstigen Überreste werden hinaus befördert."

„Kann man denn nicht wenigstens eine halbe Maus als Anschauungsmaterial oder so..."

„Nein!"

*

Stefan Wieland und Jordi Montroig, die beiden Kommissare, saßen an ihren Computern.

„Wann bekommen wir endlich die dämlichen Berichte fertig?"

„Wenn ich das wüsste, wären wir entschieden weiter. Jetzt brauche ich einen Kaffee, Stefan."

„Wir haben gerade erst angefangen. Das heißt, noch mindestens vier Stunden Arbeit. Es ist doch alles dokumentiert. Warum muss man dann immer noch in Form eines Berichtes seinen Senf dazu geben?"

„Weil es ohne unsern Senf anscheinend nicht geht."

„Liest sich irgendjemand diesen Mist durch, oder wandert er direkt ins Archiv? Meinst du wir könnten jetzt schon bei dieser öden Arbeit einen Kaffee trinken?"

„Willst du damit zum Ausdruck bringen, dass es keine gute Zeit zum Kaffee trinken ist?"

„Äääh...nein. Nur mit Kaffee kann man so einen bürokratischen Schwachsinn überstehen. Ich wollte lediglich sagen...ach was. Ich mag auch einen. Aber keinen vom Automat. Der ist böse und die Brühe schmeckt nach Diesel."

„Ich springe schnell runter in die Kantine und hole uns einen vernünftigen, mit duftender Crema oben drauf."

Als Jordi das Büro verließ, stieß er mit einem jungen Polizisten zusammen.

„Der Kaffee muss leider warten. In dem neuen Industriegebiet, bei der Firma „Inotec", wurde eine Leiche gefunden."

Stefan schaltete seinen Computer aus.

„Ist es denn schon erwiesen, dass es Mord war?"

„Die Leiche hat ein kreisrundes Loch in der Stirn. Mit einem Kaffeelöffel ist das nicht zu schaffen."

„Wir sind schon unterwegs. Aber so ein Schuss ist doch meilenweit zu hören."

„Was soll ich euch jetzt sagen? Ihr seid für Mord zuständig, und ich war nicht dabei als der Mann erschossen wurde."

„Troll dich und verzieh dich hinter deinen Computerschirm."

„In unserer Kantine gibt es sogar neuerdings äthiopischen Kaffee, für den ihr leider keine Zeit habt. Ich sage euch...er ist so was von phantastisch, und wenn er in dieser neuen Maschine produziert wird, verströmt er einen herrlichen Duft und..."

Ein Aktenordner wurde rüde gegen die Tür geknallt. Der junge Polizist verschwand, bevor er von dem Ordner getroffen wurde. Mit schadenfrohem Grinsen zog er sich in sein Büro zurück.

Die edle Glasfassade der Firma schimmerte in der Morgensonne. Mehrere Einsatzwagen der Polizei standen in der Einfahrt. Ein Krankenwagen parkte direkt vor der Glasfassade. Ein Notarzt kümmerte sich um eine Frau mit schulterlangen, braunen Haaren. Tränen liefen ihr über die Wangen und ihre Hände zitterten. Kriminaltechniker Dennis Willich von der KTU, kam Stefan und Jordi entgegen. Er wies verstohlen auf die Frau.

„Das ist eine der führenden Persönlichkeiten in dieser Firma.

Kathrin Siebenstock. Sie ist zuständig für die Weiterentwicklung der Software. Sie und ihr Kollege, so genau weiß ich das jetzt gar nicht, Malte Hansmann, haben den Toten gefunden. Er lag in ihrem Büro. Aber sie weiß nicht, wie er da hinein gekommen ist. Alle Türen sind mit einem Code verschlossen. Das verspricht interessant zu werden."

Stefan wartete, bis der Notarzt mit der Behandlung fertig war.

„Geht es ihnen wieder etwas besser Frau Siebenstock? Können sie mir einige Fragen beantworten?"

Frau Siebenstock zitterte immer noch, aber sie nickte.

„Haben sie den Toten gekannt?"

„Nein. Ich habe ihn vorher noch nie gesehen."

„Wie kann er in ihr Büro gekommen sein?"

„Es ist mir ein absolutes Rätsel. Unsere Sicherheitssysteme gelten als die besten der Welt. Ich weiß es nicht. Und das macht mir Angst."

„Wovor haben sie denn Angst, Frau Siebenstock?"

Die Frau sah Stefan mit großen Augen an. In ihnen lag eine unverhüllte Panik.

„Es ist ja nicht nur so, dass in meinem Büro ein mir völlig fremder Mann liegt. Nein, es muss noch jemand dagewesen sein, der ihn ermordet hat. Unser Sicherheitssystem ist keinen Pfifferling mehr wert. Wie soll das bloß weitergehen?"

Die Frau fing an zu weinen. Der Notarzt wies darauf hin, dass die Patientin einen Schock erlitten hat, und die Befragung später fortgesetzt werden soll. Stefan wandte sich wieder Dennis zu.

„Lothar wartet schon auf euch, er ist sehr schlecht gelaunt. Er hat angefragt, ob ihr die Zeit wieder mit Kaffee trinken verplempert habt. Ich begleite euch. Es gibt hier einige Unregelmäßigkeiten."

„So eine Leiche in diesem Umfeld ist mitten in der Woche schon auffällig."

„Und am Wochenende nicht, Jordi?"

„Da ist die Firma zu."

„Ich kann dir nicht ganz folgen..."

Die Dame am Empfang saß mit steinerner Miene da, und zeigte mit erhobenem Zeigefinger auf die oberen Stockwerke. Aber zunächst studierte sie akribisch die Ausweise.

„Gehen sie nur. Gehen sie nur nach oben in die Chefetagen. Hier tut heute sowieso jeder was er will. Ich bin vollkommen unwichtig geworden."

„Nur heute, Frau Ganzholt. Wir sind sicher, dass sie ansonsten einen sehr wichtigen Job haben und es nur ihnen zu verdanken ist, dass hier nicht alles drunter und drüber geht." Frau Ganzholt wurde puterrot im Gesicht und murmelte so etwas wie, „das sieht außer ihnen keiner."

Sie teilten sich den Fahrstuhl mit zwei schwarz gekleideten Herren, die einen Zinksarg umständlich, aufrecht stehend hinein manövrierten. Stefan musste unwillkürlich an eine Mumie im Sarg denken, wie sie in einem Museum ausgestellt wird. Ein Mitarbeiter der Firma gab im Fahrstuhl mit seinem Handy einen Code ein. Stefan sah ihn fragend an.

„Ohne den Code bewegt sich der Fahrstuhl keinen Millimeter. So soll verhindert werden, dass unbefugte Gäste unser Terrain betreten. Ich bin Georg Kramacher. Ressortchef und Teamleiter unserer Firma. Und sie sind?"

„Kommissar Wieland und mein Kollege Montroig. Gehörte das Mordopfer zur Firma?"

„Nein. Mir ist er völlig unbekannt. Ich habe ihn vorher noch nie gesehen."

„Dann wird er wohl die Treppe benutzt haben."

„Das funktioniert auch nicht. Jeder muss an unserer Empfangsdame vorbei, dort bekommt man dann einen Besucherausweis und wenn er sich damit nicht eingecheckt hat, ertönt ein Warnsignal."

„Wir sind doch auch so vorbeigegangen."

„Bei den vielen Polizisten, die sich momentan hier im Haus befinden, haben wir das System deaktiviert. Sonst wäre das heute zu aufwändig und würde zu viel Zeit kosten."

„Gibt es einen Hintereingang? Irgendwo muss doch auch in so einem Haus Kopierpapier und sonstige Sachen für das Büro angeliefert werden? Vom Klopapier ganz zu schweigen."

Konsterniert verschränkte Herr Kramacher die Arme.

„Wir haben einen Hintereingang. Aber der ist ständig verschlossen. Von innen, mit einem soliden Schloss mit mehreren Riegeln, und zusätzlich ist dieser Eingang mit einem Code gesichert, der nur bei Bedarf, also wenn Lieferdienste kommen, geöffnet wird. Das Lieferpersonal hat nur Zugang bis in den Flur. Die nächste Tür ist wieder elektronisch gesichert. Dort stellen sie die Waren ab und verlassen das Gebäude. Wir haben einen Lastenaufzug. Aber auch hier kann kein Unbefugter eintreten. Er ist aus Glas und von außen einsehbar."

„Wenn sie sagen, dass es unmöglich ist, dieses Haus zu betreten, dann muss er durch das Fenster geflogen sein."

„Mir fehlt für solche Art von Humor jegliches Verständnis."

„Ist es möglich, dass er zu Gast bei einem ihrer Kollegen war?"

„Das glaube ich nicht. Wir haben heute ein sehr wichtiges Meeting. Unser Konferenzsaal sitzt voll mit elitären Geschäftsleuten. Diese Veranstaltung ist sehr wichtig für uns."

„Ich will jetzt nicht unhöflich sein, aber das können sie knicken."

Herr Kramacher zog die Mundwinkel nach unten und krauste die Stirn. „Ich glaube nicht, dass es ihnen zusteht solche Entscheidungen zu treffen. Zumindest muss doch der Geschäftsführer davon unterrichtet werden."

„Auch der Geschäftsführer steht außen vor, wenn in der Firma ein Mord geschieht. In welchem Büro befindet sich denn der werte Herr Geschäftsführer?"

Kramacher fing an zu stottern. „Ä...äh er befindet sich im Moment außer Haus."

„Außer Haus? Bei so einer, wie sie sagen, wichtigen Veranstaltung? Normalerweise zeigt ein Geschäftsführer stolz die Flagge, wenn es darum geht, die Firma in einem guten Licht dastehen zu lassen. Aber, wenn er nicht da ist, gibt es auch kein Problem damit, die Befehlskette zu verkürzen. Das Meeting fällt aus."

Stefan schaute an dem feinen Herrn vorbei und beobachtete, wie angestrengt die Bestatter bemüht waren, den Sarg aufrecht stehen zu lassen."

„Das ist schon doof, wenn einer von außerhalb kommt und die Befehlskette unterbrochen wird. Aber in ihrem Haus ist ein Mensch ermordet worden, der nach ihrem eigenen Ermessen gar nicht hier sein dürfte. Die Aufklärung dieses Verbrechens hat absolute Priorität, und nicht irgendwelche Geschäftsabschlüsse. Je schneller sie sich daran gewöhnen umso besser!"

Eine Haarsträhne rutschte aus dem sorgsam frisierten Haarschopf des Mannes. Auf Grund seines Zustandes drang die Duftnote seines edlen Herrenparfüms, gemischt mit Schweiß, in die Nasen der anderen Fahrgäste und in den doch mehr als begrenzten Rauminhalt. Der Sarg rutschte entsetzlich quietschend über den Bodenbelag. Verzweifelt zogen die Herren in Schwarz den Sarg in die ursprüngliche Position. Der Lärm war ohrenbetäubend.

„Entschuldigung!" flüsterte einer der Herren.

„Ich muss sie darauf hinwiesen, dass sie beim nächsten Mal die Treppe nehmen!" fuhr Herr Kramacher die Herren in Schwarz an.

„Beim nächsten Mord? Oder wie sollen die Herren das verstehen?"

Herr Kramacher stierte Stefan mit bösem, abfälligem Blick an. „Ich werde mich an einer übergeordneten Stelle über sie beschweren. Sie hören noch von mir."

„Darauf können sie sich verlassen, dass ich von ihnen höre!" konterte Stefan. „Denn jeder in diesem Haus ist verdächtig. Und sie sitzen schneller im Präsidium im Stuhl vor mir, als ihnen lieb ist!"

Der Fahrtstuhl hielt an und die Herren in Schwarz bugsierten ihren Zinksarg, mit jeder Menge Getöse und Anrempeln, aus der Kabine.

„Da kann man froh sein, dass die Leichen wirklich tot sind," flüsterte Jordi.

Die Tür zum Konferenzsaal stand offen. Etwa dreißig Damen und Herren saßen an einem großen Tisch. Es wurde heftig gestikuliert und ausgiebig mit den jungen uniformierten Polizisten gestritten. Die Polizisten ließen sich davon nicht beeindrucken und forderten sie auf, zu warten bis die Ermittlungsarbeiten beendet waren. Ein großer Bildschirm an der Wand zeigte das Logo der Firma, und hieß seine Gäste herzlich willkommen. In modernen schwungvollen Buchstaben flimmerte immer wieder „Inotec" über den Schirm. Aber keiner der Damen und Herren interessierte sich noch ernsthaft dafür. Vor jedem Teilnehmer lag eine in Leder gebundene Informationsmappe, aber keiner warf noch einen Blick darauf. Als die Bestatter mit dem Zinksarg vorbeiliefen, schwiegen sie kurz betreten. Als die Kommissare auftauchten, standen alle auf, drängten die jungen Polizeibeamten rücksichtslos zur Seite, und verlangten, dass sie das Haus umgehend verlassen dürfen. Herr Kramacher stellte sich vor die aufgebrachten Menschen und versuchte, sie zu beruhigen.

„Wollen sie noch einen Kaffee? Wir können ihnen auch einen kleinen Snack servieren lassen. Sie werden sehen, es wird sich alles aufklären und dann können wir mit unserer Konferenz fortfahren."

Stefan schüttelte nur den Kopf.

„Was soll ich über so viel Unverstand sagen? Ich bin jetzt seit zehn Minuten hier im Haus. Das Mordopfer habe ich noch nicht zu Gesicht bekommen. Aber sie verlangen von uns, dass sie unverzüglich das Haus verlassen können? Ist ihnen schon einmal der Gedanke gekommen, dass jeder von ihnen ein Mörder sein kann? Sie bleiben solange hier, wie es nötig ist. Und sie werden bei den Polizisten genaue Angaben über ihre Person machen und wann sie das Haus betreten haben. Sie müssen sogar damit rechnen, dass wir für unsere polizeilichen Ermittlungen ihnen ihre Fingerabdrücke abnehmen müssen. Haben sie mich genau verstanden? Und bevor wieder die üblichen Drohungen kommen, dürfen sie jetzt mit ihren Anwälten telefonieren."

Trotz der lauten Widersprüche verließ Stefan den Konferenzsaal und schloss die Tür.

Dennis Willich, der Kriminaltechniker, lief gehetzt im weißen Overall herum.

„Das ist phantastisch! Das Mordopfer hatte Zugang zu diesem Gebäude und keiner hat etwas gemerkt.

Wie hat er das angestellt?"

„Da fragst du genau die richtigen, Dennis."

Der Kriminaltechniker nickte zustimmend.

„Da kann ich genau so gut diesen Kaktus hier fragen... obwohl, der hat alles gesehen. Es ist alles nur eine Frage der Kommunikation."

Die Kommissare gingen zu dem Büro, in dem der Tote lag. Lothar Gingold kratzte von dem Blut ab, welches neben dem Toten auf dem Boden lag. Es handelte sich um einen Mann, der Mitte vierzig bis Mitte fünfzig sein konnte. Die Garderobe war gepflegt, ein dunkler Anzug, mit einem perfekten guten Schnitt. An den Füßen trug er edle Businessschuhe aus hellem Leder. Der Mann wirkte sehr gepflegt und durchtrainiert. In seiner Stirn prangte ein kleines Loch. Blut war daraus hervorgetreten, und hatte die edle Krawatte aus Seide und das Hemd ruiniert.

„Kannst du schon ungefähr sagen wann der Mann erschossen wurde?"

Lothar schob die Kapuze seines weißen Overalls nach hinten.

„Ich wünsche euch auch einen guten Morgen. So zwischen sieben und acht Uhr. Genaues kann ich erst nach der Obduktion sagen."

„Warum hat keiner den Schuss gehört? Oder war das Gebäude da noch leer?"

Dennis sah sich die Wunde des Opfers genauer an.

„Es ist eure Aufgabe, das festzustellen, Stefan. Aber ich würde sagen, dass hier mit einem Schalldämpfer gearbeitet wurde. Da kann die Hütte hier voller Menschen sein... das bekommt keiner mit."

„War der Mann bewaffnet?"

Lothar stemmte die Hände in die Hüften und sah Dennis herausfordernd an.

„Kannst du wieder einmal nicht warten, bis ich mit meiner Arbeit fertig bin? Er war wahrscheinlich bewaffnet. Jedenfalls trägt er ein Schulterhalfter. Aber es ist leer."

Stefan hob beschwichtigend die Hände.

„Alles ist wichtig für uns. Was hatte der Mann hier zu suchen? Kramacher, Team und Ressortchef von „Innotec" behauptet, ihn noch nie gesehen zu haben. Ebenso Frau Siebenstock. Sie hat laut Aussage, diesen Mann auch noch nie gesehen."

„Kann es denn sein, dass der Mann ein Gast war, Stefan?"

„Das muss doch leicht festzustellen sein, Jordi. Alle Gäste dieses Hauses verfügen über einen Besucherausweis mit Foto. Und auf der Liste von Frau Ganzholt war er auch nicht zu finden."

„Er wirkt nicht, als ob er auf Einbrüche angewiesen ist."

„Wenn er in der Wirtschaftsspionage tätig war, wird das in der Regel sehr gut goutiert. Da kann man sich schon hin und wieder so ein edles Outfit leisten."

Jordi warf einen missbilligenden Blick auf seine abgetragenen Sneakers.

„Wenn. Es kann auch andere Gründe geben die wir nicht kennen."

„In den Aktion-Filmen tragen solche Menschen immer schwarz, tragen Masken und haben jede Menge Gadgets dabei. Und vor allen Dingen, Taue. Dicke Taue, mit einem Enterhaken, an denen sie sich an den Häusern hochziehen, die vor den Filmaufnahmen vierundfünfzig Stockwerke haben."

„Im Film macht sich das sehr gut und trägt zur Spannung bei. Aber stell dir das einmal im wahren Leben vor. Du willst etwas aus dem Gebäude hier haben und musst zunächst einmal einen Transporter voll Werkzeug und Technik mitbringen. Und den ganzen Mist darfst du dann auch wieder unauffällig mitnehmen. Das funktioniert nicht wirklich."

„Und wo soll er an diesem Haus, mit seinen Glasfronten einen Enterhaken setzen?"

„Und wenn er daneben wirft, gibt es jede Menge Scherben, Jordi."

Dennis schüttelte nur mit seinem Kopf.

„Wie wäre es, wenn ihr euch auf das wesentliche konzentriert, anstatt die letzten hirnrissigen Aktion-Filme zu dokumentieren."

Stefan zeigte ein schiefes Grinsen.

„Ich fasse den jetzigen Wissensstand zusammen. Hier liegt ein Mann, der gar nicht hier sein dürfte, der wahrscheinlich von einem anderen, der auch nicht hier sein dürfte, trotz Kameraüberwachung ermordet wurde. Nur, dass der Mörder, der diesen hier ermordet hat, das Haus ungehindert wieder verlassen hat. Habe ich etwas vergessen?"

Lothar, der Rechtsmediziner, nickte schadenfroh. Er hielt sich die Nase zu, und sagte:

„Hier eine wichtige Durchsage! Jordi und Stefan möchten bitte aus dem Bällebad abgeholt werden."

Der Rechtsmediziner öffnete die Hand des Mordopfers. Eine kleine Spieluhr ließ die Melodie eines uralten Volksliedes ertönen. „Ich weiß nicht was soll es bedeuten."

*

Es gelang uns, „Goldhaar" ,wie wir die Frau ab jetzt nannten, sanft bis an das Clubheim der Kater zu geleiten. Sie setzte sich erschöpft auf einen Baumstumpf. Aber die Tränen liefen weiter an ihren Wangen herunter. Einer von uns blieb als Trost bei ihr sitzen, und die anderen nutzten die Zeit, um gründlich aufzuräumen.Wir hatten die letzten Fledermäuse hinausgejagt. Mit völligem Unverständnis und lautem Gemecker zogen sie sich in den Wald zurück. Der mumifizierte Hase wurde ordnungsgemäß neben der Hütte im Boden verbuddelt. Aber ich war schon einigermaßen erstaunt, was sich in dieser Hütte so alles angesammelt hatte. Von Tannenzapfen, die als Spielzeug von uns genutzt wurden, bis hin zu toten Käfern, halben Mäusen, und sogar eine tote Schlange, war so allerlei zu finden. Eine Herrenarmbanduhr tauchte auch auf. Sie stammte noch aus der Zeit, als Einbrecher den Schuppen, der später unser Clubheim werden sollte, als Lager für ihr Diebesgut nutzten. Wir haben ihnen damals die Suppe ordentlich versalzen und uns unser zukünftiges Clubheim erobert. Einmal lag sogar die Leiche eines Mannes darin. Da die Räuber den Mann nicht getötet hatten, wussten sie nicht wohin mit den sterblichen Überresten, und haben ihn im Wald beerdigt, so wie sich das gehört. Alles ziemlich kompliziert. Ich war sehr erleichtert, dass sie die komplette Leiche mitgenommen hatten, und wir keine weiteren Teile entsorgen mussten. Das könnt ihr aber selber nachlesen. Im zweiten Teil, *„Schwarze Katze...und der Mordsommer."*

Die Frau ließ uns nicht mehr aus den Augen. Ihre Tränen versiegten.

Sie legte den Kopf schief und sah zu, wie der Haufen vor dem Clubheim immer größer wurde. Als die tote Schlange aus dem Fenster flog, zuckte „Goldhaar" entsetzt zusammen. Aber Pirat konnte ihr glaubhaft versichern, dass von diesem Kadaver keine Gefahr mehr ausging. Aber das Knurren in ihrem Bauch wurde immer lauter. Aus Verzweiflung biss sie tatsächlich in das Katzenstängchen, welches Ekki ihr in den Schoß gelegt hatte.

„Vielleicht sollten wir es doch einmal mit einer frischen Maus probieren?" schlug Richie vor. „So ein Mäusefilet ist doch etwas feines."

„Es kann aber auch sein, dass sie zu diesen seltsamen Menschen gehört, die nur Grünes und Körner essen," meinte Pirat. „Dann können wir ihr doch etwas Gras zusammen zupfen. Ob wir es nun fressen und als Haarbällchen wieder auskotzen, oder der fremden Frau zur Verfügung stellen, macht doch nicht mehr Mühe."

Die Namenlose rollte genervt mit den Augen. „Habt ihr eure Menschen schon einmal Gras essen sehen? Sie braucht ganz andere Sachen."

Ekki nickt heftig. „Die Freundin meines Menschen isst manchmal so giftgrünes Zeug. Ich würde das noch nicht einmal mit der Pfote anfassen, so ekelhaft und glitschig ist das. Aber sie isst es mit Wohlbehagen und sagt, dass es aus dem Meer kommt. Sie nennt es Algen. Aber jetzt frage ich mich, wie wir ans Meer kommen, um dieses matschige Zeug zu besorgen."

Ekki schüttelte sich bei dem bloßen Gedanken daran, wenn er diese Algen berühren müsste. „Ekki! Du bist wirklich so intelligent wie dieser Stein hier," moserte Richie.

Neugierig setzte sich Ekki vor den Stein und beobachtete ihn.

„Glaubst du allen Ernstes, dass die Freundin deines Menschen immer ans Meer fährt, wenn sie Bock darauf hat das glitschige Zeug zu essen?"

„Das weiß ich nicht, Richie. Aber ich kann den Stein fragen.

Schließlich soll er so schlau wie ich sein."

Zorro legte seine Ohren nach hinten und das zeigte an, dass er mit dem Verlauf dieser Unterhaltung nicht sehr zufrieden war.

„Ekki?"

„Ja, Boss?"

„Halt die Klappe!"

Die Frau rieb sich mit der Hand über ihre Bauchgegend, aber das Knurren ihres Magens war nicht mehr zu überhören. Ekki zuckte zusammen und schielte zu Zorro hinüber.

„Goldhaar versucht bereits den Drachen zu besänftigen, indem sie ihn streichelt. Wir müssen etwas tun, bevor der Drache in ihrem Bauch zu eigenmächtig wird. Es kann doch sein, wenn er sich befreit, dass er zuerst die Frau frisst womit er wahrscheinlich schon angefangen hat, und dann sind wir dran."

Die Namenlos nickte leicht. „Im Prinzip sind wir auf dem richtigen Weg. Jeder von uns lebt bei Menschen. Also wird jeder von uns etwas von Zuhause mitbringen. Brot, Käse und was Menschen sonst noch so alles essen."

Zorros Gesicht nahm einen entschlossenen Ausdruck an.

„Ekki und Pirat. Eure Wohnungen sind am nächsten von hier aus. Ihr geht zuerst los und besorgt alles, was man, und ich betone noch einmal, was man sich als Mensch, so hinter die Kiemen schiebt."

„Zählt Zahnpasta und Rasierschaum auch dazu?"

Zorros Augen wurden gefährlich schwarz.

„Ekki! Wenn du nicht binnen Sekunden aus meinen Augen verschwunden bist, vergesse ich mich, du bescheuerter, karierter Telefonkater! Ich mache Hackfleisch aus dir. Dann kann man einen Neuversuch starten und dich wieder zusammenstricken. Es kann eigentlich nur besser werden."

„Aber Boss. Ob das hält? So zusammengestrickt? Und wer soll das machen? Ich habe dich noch nie mit Stricknadeln gesehen! Es gibt da so Fachzeitschriften, da kann man genau nachschlagen. Die Freundin meines Menschen probiert sich da öfters aus. Aber Katzen aus Hackfleisch habe ich da noch keine gesehen."

Über Zorros Kopf konnte man förmlich die Gewitterwolken mit den Blitzen sehen, die sich unheilvoll zusammenzogen. Pirat zog Ekki sanft an einem Ohr und flüsterte.

„Wir gehen jetzt und besorgen der Frau etwas zu essen. Sonst endest du doch noch als Hackbraten."

Mit großen Sätzen verschwanden der kleine bunte Ekki und der einäugige Pirat im Wald.

Goldhaar kramte in ihrem Rucksack. Anscheinend war sie auf der Suche nach etwas Essbarem. Aber sie fand nichts mehr. Sie nahm den Rucksack auf und ging zögerlich auf das Clubheim zu. Vor der Tür blieb sie allerdings stehen. Zum hineingehen verließ sie plötzlich der Mut und wollte wieder umdrehen.

„Es wird Zeit, dass ich weitergehe."

Die Namenlose stellte sich ihr in den Weg und schaute sie aufmerksam an.

„Es ist keine gute Idee weiterzugehen. In kürzester Zeit brichst du wieder zusammen. Was du jetzt brauchst ist Ruhe und etwas zu essen."

Wir alle nahmen vor ihr Platz und Zorro blieb einladend an der Tür stehen.

„Komm schon, Goldhaar. Vertraue uns. Nimm dir die Auszeit und erhole dich. Wenn es dir besser geht, kannst du wieder herumstreunen. Glaube mir, das weiß keiner besser wie Katzen."

Endlich trat sie mit kleinen Schritten ein und schaute sich um.

„Wenn es regnet werde ich nicht mehr nass. Und ich werde hier keinem Menschen begegnen. Ich danke euch herzlich für diese Einladung."

Goldhaar kramte in ihrem Rucksack und förderte einen Schlafsack zu Tage. Sie breitete ihn in einer Ecke aus.

„Das sieht doch schon richtig gemütlich aus. Aber ich muss sehen, dass ich etwas zu essen besorgen kann. Ob es schon Walderdbeeren gibt?"

Ich latschte über den Schlafsack.

„Das Ding ist weich und warm."

Die Namenlose schnüffelte daran herum.

„Der Schlafsack muss ihr schon lange gehören. Ich kann keine andere Witterung feststellen. Auch zeugt er von einer guten Qualität. Da sind Daunenfedern drin."

„Meinst du, dass Goldhaar schon lange herumstreunt, womöglich über Jahre?"

„Das ist gut möglich. Aber sie kann sich nicht gut mit Essen versorgen und wirkt ziemlich am Ende. Das passt irgendwie nicht zusammen."

Goldhaar stellte den Rucksack auf den wackligen Tisch.

„Ich werde in den Wald gehen und nachsehen, ob es Walderdbeeren gibt. Ich kann nicht wie ihr, Mäuse essen, aber ich habe so einen schrecklichen Hunger."

Aber sie kam nur bis zum Eingang. Dort wurde ihr wieder übel und sie musste sich setzen.

„Ich bin am Ende. Bis jetzt bin ich immer irgendwie über den Tag gekommen. In meinen Taschen hatte ich immer noch Kleingeld gefunden, von dem ich gelebt habe. Ein Brötchen am Tag hatte mir völlig genügt. Ich kann mich leider immer nur an den vergangenen Tag erinnern. Für die Zeit danach weiß ich nicht mehr, was geschehen ist. Heute habe ich am Bahnhof ein Brötchen mit Käse gefunden. Es war noch eingepackt. Aber ich hatte das Gefühl, dass man mich verfolgt. Ein Mann in einem schwarzen Anzug. Ich lief in den Wald hinein und wollte etwas essen. Da sah ich eine Bewegung in den Ästen und glaubte, der Mann ist wieder hinter mir her. Aber ich weiß nicht, ob der Mann wirklich real war. In diesem Moment glaubte ich es jedenfalls. Da ließ ich das Brötchen fallen und lief tiefer in den Wald. Jetzt bin ich hier und morgen weiß ich vielleicht nicht mehr, wie ich an diesem Ort gelandet bin. Aber was soll ein Mann im schwarzen Anzug auch in einem Wald? Das macht doch überhaupt keinen Sinn. Und ich weiß morgen schon wieder nicht, wie ich hierher gekommen bin."

Jetzt liefen ihr wieder die Tränen an den Wangen herunter.

„Wir werden dir morgen erzählen, wie du hier gelandet bist," maunzte die Namenlose.

„Und du wirst niemals alleine sein!" fügte Zorro hinzu. „In der Nacht werden immer Katzen um dich sein, die dich beschützen."

Goldhaar legte sich erschöpft auf ihren Schlafsack.

„Ich habe dir gesagt, du sollst nicht loslassen Ekki. Und was machst du?" tönte Pirats Stimme laut vor der Hütte.

„Ich musste loslassen. Du hast so schrecklich gezogen, dass ich meine Zähne verloren hätte. Kannst du dir das vorstellen? Ein Kater ohne Zähne?"

Die Namenlose hob erfreut den Kopf.

„Sie sind wieder da. Dann wollen wir doch einmal sehen was sie mitgebracht haben."

Ekki und Pirat standen erschöpft, aber durchaus zufrieden, vor uns. Zwischen ihnen lag eine arg ramponierte komplette Packung Toastbrot und ein Paket Scheibenkäse.

„Warum sieht das Toastbrot aus, als ob ein Auto darüber gefahren wäre?" Ekki versuchte, die Packung des Brotes mit der Pfote etwas glattzustreichen. Krümel hingen an der Pfote.

„Ach weißt du Boss, das war gar nicht so einfach. Das Brot aus dem Schrank klauen ging ja noch. Aber die Treppe herunter fand das Brot den Weg alleine. Aber es weiß nicht, dass man als Brot auf der Straße nichts zu suchen hat, und da ist es doch tatsächlich von einem Auto erfasst worden. Aber nur an einer Ecke."

„Aber die Packung ist zerrissen von vorne bis hinten."

„Das kann ich erklären, Boss. Dieses wabbelige Weißbrot ist größer als Ekki. Wir haben den Käse von mir darauf gelegt und so das Ganze transportiert. Und da ist es eben ab und zu auf den Boden gefallen."

„Das sieht katastrophal aus."

„Himmel-Katzengott-nochmal, Boss! Wir sind keine Möbelpacker!"

Von dem schrecklichen Gemaunze neugierig geworden stand Goldhaar auf, und trat vor die Hütte. Sie entdeckte das ramponierte Toastbrot und den Käse und fing wieder an zu weinen.

„Ganz toll! Das ist jetzt nicht unbedingt das Ergebnis, das wir sehen wollten!" fauchte Zorro.

Goldhaar drückte das Brot und den Käse fest an sich. „Ihr habt mir ein Dach über dem Kopf verschafft und etwas zu essen. Das werde ich euch nie vergessen. Ach was rede ich da? Morgen werde ich euch vielleicht nicht mehr erkennen. Deshalb sage ich jetzt aus vollem Herzen danke."

*

„Hat die Kameraüberwachung etwas ergeben, Dennis?"

Stefan war griesgrämig. Er hatte sich auf einen schönen Abend mit Susanne gefreut. Aber er hatte vergessen, dass sie in der neuen Firma ihren Einstand feierte und nicht Zuhause war. Seine Kinder, Melanie und Fabian, waren auf einem Geburtstag eingeladen, und so hatte er den ganzen Abend mit den Siamkatzen alleine verbracht. Sie bemerkten wohl, dass er sehr schlecht gelaunt war, und brachten ihm ihr gesamtes Repertoire an Spielsachen, einschließlich den Bratkartoffeln, die sie vorsorglich unter dem Sofa gebunkert hatten.

„Ihr seid wahre Freunde. Auf euch kann man sich wenigstens verlassen. Ich möchte auch etwas zum Abendessen beisteuern. Was haltet ihr davon, wenn ich uns frische Bratkartoffeln mit Rührei mache."

Damit waren Apollo und Adonis mehr als einverstanden. Die Kinder, Manuela und Fabian, kamen nach Hause. Aber sie wollten nichts mehr essen, und zogen sich in ihre Zimmer zurück. Als er schließlich zu Bett ging, war Susanne immer noch nicht da. Spät in der Nacht hörte er, wie Susanne nach Hause kam. Er tat so als ob er fest schlief.

Nach einer schlaflosen Nacht saß er nun griesgrämig, und sehr schlecht gelaunt, mit Jordi und Dennis im Büro. Stefan las die Werbung von „Inotec" durch. Als Geschäftsführer war ein Sinan Granthoff eingetragen. „Die „Inotec" hatte doch gestern eine wichtige Repräsentation. Wo war gestern eigentlich der Geschäftsführer? Den habe ich mit keinem Auge gesehen."

„Wer soll das sein?" Jordi studierte die Liste der eingetragenen Namen, die das Gebäude betreten hatten.

„Sinan Granthoff. Fünfunddreißig Jahre alt. Er hat Informatik und Mediävistik studiert. Sonst steht bei „Inotec" nichts über ihn."

„Nein. Er war gestern nicht anwesend. Ich lasse ihn durch das System laufen, ob er schon einmal erkennungsdienstlich aufgefallen ist."

Aber nach einer Weile schüttelte Jordi den Kopf. „Da ist nichts. Dieser Granthoff ist so sauber und weiß wie eine unbenutzte Windel."

„Wenn er etwas auf dem Kerbholz gehabt hätte, hätte er mit dem 'sich selbständig machen' in Deutschland so seine Probleme gehabt.

Aber wenn so eine wichtige Präsentation ansteht, sollte der Geschäftsführer doch dabei sein. Oder sehe ich das falsch, Jordi?"

„Normalerweise ist das so. Die hochrangigen Damen und Herren sitzen sich gegenüber und leisten nur noch Unterschriften. Alles andere, was wichtig ist, damit es zu Vertragsabschlüssen und dergleichen kommt, dürfen die emsigen Untergebenen machen."

„Das soll einer verstehen. Sind die ohne ihren Chef überhaupt geschäftsfähig?"

„Das wissen wir noch nicht. Wir werden überprüfen, ob einer der Abteilungschefs Prokura hat."

Dennis überprüfte das Foto des Geschäftsführers mit den Videos der „Inotec".

„Der Granthoff war gestern nicht da. Das System findet ihn nicht. Aber er war auch in der Vergangenheit kaum anwesend."

„Wie kann er da präsent sein?"

„Das weiß ich nicht, Jordi und ist eure Arbeit und geht die KtU nichts an. Ein wenig müsst ihr schon selbst arbeiten."

„Wage es nie wieder nach Rumkugeln zu fragen, Dennis."

„Nie wieder? Das ist unmenschlich und hart! Aber sehen wir uns doch einmal diese Siebenstock und Hansmann an, die die Leiche gefunden haben."

Nach einer Weile grinste er über das ganze Gesicht.

„Die beiden waren zusammen in diversen Hackerclubs und hatten mehrmals mit der Polizei Kontakt. Es ging um Lizenzen und Überschreitung des Datenschutzes. Also, auf deutsch gesagt, sie haben sich in Sicherheitssysteme gehackt. Aber es konnte ihnen nie etwas nachgewiesen werden. Das gehört in diesen Kreisen zum guten Ton. War bei mir auch nicht anders."

„Wer hat alles an diesem Tag die Firma betreten?"

„Ich habe dir die Aufnahmen auf deinen Computer überspielt. Sie zeigen ganz genau, wie Frau Ganzholt, die Empfangsdame, frühmorgens als erste Person das Gebäude betritt. Auch ansonsten zeigt es ganz genau, wer wann das Haus betreten hat. Am Hintereingang war ein LKW, der irgendwelche Paletten abgeladen hat. Das Gebäude ist also rundherum abgesichert, und für fremde Personen ist es schier unmöglich, ungesehen einzudringen. Die „Inotec" hatte an diesem Tag eine große Präsentation, daraufhin waren jede Menge Leute eingeladen. Also jede, wirklich jede Person, die das Haus an diesem Morgen betreten hat, ist auf diesen Aufnahmen zu sehen."

„Warum betonst du so, dass jede Person aufgenommen wurde? Hast du endlich entdeckt, wie der Mann, mit dem Loch in der Stirn, ins Haus gekommen ist?"

„Nein. Das habe ich leider noch nicht gefunden. Aber sieh dir diese Aufnahmen einmal an, Stefan."

„Du machst es aber spannend."

Auf dem Video war zu sehen, wie Frau Ganzholt um 7 Uhr das Gebäude betrat, an der Rezeption Platz nahm und ihren Computer einschaltete. Das gedämpfte Licht im Gebäude ging wie von Geisterhand alleine an. Nach und nach trafen die anderen Mitarbeiter ein. Sie stellten ihre Wagen auf dem Parkplatz ab, und betraten durch den Nebeneingang das Haus. Kurz darauf fuhr ein schnittiges, teures Cabriolet, mit verschlossenem Verdeck auf den Parkplatz hinter dem Gebäude. Eine Frau im eleganten, beigefarbenen Hosenanzug stieg schwungvoll aus. Sie warf einen prüfenden Blick auf ihr Spiegelbild in der Seitenscheibe ihres Wagens, zupfte hier und da eine Haarsträhne zurecht und betrat die Firma.

„Das ist doch Frau Siebenstock. Sie scheint in diesem Job ordentlich Kohle zu machen, wenn sie sich so ein edles Fahrzeug leisten kann. Die Kiste kostet soviel wie ein Einfamilienhaus. Wie kommt sie ins Gebäude?"

„Ganz genau, Stefan. Und sie hat einen extra Platz hinter dem

Gebäude. Aber sie betritt das Haus durch einen Seiteneingang."

„Dann scheint sie schon auf der Leiter einen Platz in den oberen Rängen zu haben."

„Davon ist sowieso auszugehen. Sie hat ein Büro, zu dem normalerweise nur sie Zutritt hat. Er ist mit einem Code gesichert."

„Der gar nicht so sicher ist. Vielleicht ist sie eine sogenannte Geheimnisträgerin und deshalb hat kein Unbefugter Zugang."

„Bis jetzt kann ich nichts ungewöhnliches entdecken, Dennis. Ich muss den Obduktionsbericht von Lothar abwarten, dann kann man sagen, ob einer der Menschen hier vielleicht ein Mörder ist."

„Wer lesen kann, dem wird geholfen, Stefan. Du hast den Bericht schon."

„Schläft der nie?"

„Du hast ihn doch verrückt gemacht, dass du die Ergebnisse dringend brauchst, und so weiter."

„Macht Sinn. Jordi? Kannst du den Obduktionsbericht aufrufen? Ich kann mir in der Zeit die Videos weiter ansehen."

„Mach ich. Allerdings lesen wir den gemeinsam. Jetzt interessiert uns nur, mit welcher Waffe der Mann getötet wurde, und vor allen Dingen die genaue Tatzeit."

Jordi überflog den umfassenden Bericht. „Der genaue Bericht der Ballistiker steht noch aus. Es handelt sich um eine Walther ppk Kaliber neun Millimeter. Aber wie Lothar schon vermutet hatte, war ein Schalldämpfer im Einsatz. Der Todeszeitpunkt liegt zwischen 7 Uhr 25 und 7Uhr 35."

„Was war eigentlich mit der Spieluhr, die der Mann krampfhaft in den Händen hielt? Davon steht auch noch nichts in dem Bericht."

Dennis verschränkte die Arme. „Damit konnte er sich nicht gut verteidigen, wenn du das meinst."

„Das ist wohl wahr. Hat es mit der Spieluhr etwas besonderes auf sich?"

„Sie gehört Frau Siebenstock und stammt aus dem Safe. Aber außer, dass sie „Berliner Luft" klimpert, kann ich nichts außergewöhnliches finden."

„Schön, dass wir das geklärt haben, Dennis. Aber das bringt uns keinen Deut weiter. Wir hängen immer noch am Morgen des Mordes herum."

„Da saß Frau Ganzholt bereits an ihrem Arbeitsplatz. Die Mitarbeiter trudelten langsam ein. Keiner von denen hatte Zeit, diesen Mord zu begehen. Was ist mit den Gästen?"

„Keiner von ihnen kommt dafür in Frage. Als die ersten ankamen, war unser unbekanntes Opfer schon tot."

„Aber es scheint noch etwas besonderes zu kommen, Dennis. Sonst würdest du mich nicht damit belasten. Im Normalfall wären die Rumkugeln eliminiert und danach hättest du dich stillschweigend verzogen."

Dennis zog sich auf seinen sicheren Beobachtungsposten zurück und wartete geduldig.

Jordi hatte die Liste mit den Gästen durchgearbeitet. Auf den ersten Blick war nichts außergewöhnliches an ihnen zu erkennen.

„Das sind alles hochdotierte Leute, die sich für dieses Sicherheitssystem interessieren. Die sind natürlich jetzt ganz schön geschockt, dass im eigenen Haus von „Inotec" der Mörder ungehindert das Haus betreten und wieder verlassen konnte."

„Was genau macht die „Inotec" eigentlich?"

„Das ist eine gute Frage, Stefan."

Jordi schaute sich die Homepage von „Inotec" auf seinem Computer an. „Die Inotec" macht Werbung damit, dass sie sich in das System integrieren und so vor Trojanern im Netz und die Gebäude vor unliebsamen Überraschungen jeglicher Art absichern. Aber das können schon mehrere und ist nicht unbedingt das Neueste. Die „Inotec" bietet an, auch auf dem Finanzmarkt jederzeit auf dem Laufenden zu sein, und bietet hierfür gegen ein Zusatzpaket ihre Dienste an. Für so manche Unternehmen, die mit Geld arbeiten, könnte das heißen, dass sie keine teuren Broker mehr bezahlen müssten. Hier steht auch, dass die „Inotec" in der Lage ist, neue Kunden für das jeweilige Produkt aufzuspüren und eine Zusammenarbeit herbeizuführen. Ich habe nicht so viel Ahnung, aber das hört sich für mich ziemlich phantastisch an. Ob so etwas funktioniert? Das klingt so nach KI."

„Nach was?"

Jordi wartete auf eine weitere Entgegnung von Stefan.

„KI eben. Das bedeutet künstliche Intelligenz. Ich weiß nicht, was ich davon halten soll."

Aber der glotzte mit offenem Mund auf seinen Bildschirm. Auf den Aufnahmen war zu sehen, wie seine Susanne energisch mit den Händen an den Hüften, ganz offensichtlich mit Frau Ganzholt Differenzen hatte. Einige Augenblicke später war dann zu sehen, wie sie sich mit Frau Siebenstock draußen vor dem Eingang unterhielt und ihr etwas überreichte. Einen Augenblick später hielt Frau Siebenstock eine Karte hoch und zeigte sie lächelnd Frau Ganzholt.

„Interessantes hautenges Outfit. Und dieses Pink! Verdammt sexy!"

Oberhalb über Stefans Nase bildete sich eine steile Zornesfalte.

„Ganz dünnes Eis, Dennis."

*

Magdalena hatte die Nacht sehr unruhig verbracht und kaum geschlafen. Erst in den Morgenstunden döste sie ein und wälzte sich unruhig im Bett hin und her. Miranda wurde es zu ungemütlich, sie nahm lieber auf der Fensterbank Platz und hörte den Vögeln zu. Direkt vor dem Fenster stand eine Sitzgruppe aus Rattan Möbeln. Miranda kannte diese Sitzgruppe. Sie stammte noch aus dem gemütlichen Zuhause von ihr und Magdalena. Auf den Sesseln waren schreiend bunte Kissen angeordnet, auf denen eine Frau mit blonder Mähne abgebildet war, die sich lasziv in einem hautengen roten Kleid auf den Kissen ausstreckte. Auf den anderen Kissen trug die gleiche Frau ein weißes Kleid. Anscheinend war sie einem Wind ausgesetzt, denn das Kleid wehte hoch und gab ihre makellosen Beine frei. Magdalena mochte diese Kissen sehr, und bei jeder Gelegenheit saßen sie gemeinsam darauf, wobei sie Miranda Fotos aus einem Buch zeigte. Miranda verstand nichts von Kunst, aber sie liebte diese gemeinsamen Nachmittage. Gestern ließ sich Miranda zum ersten Mal in den Kissen in dem neuen Zuhause nieder. Von hier aus konnte sie den kompletten Garten beobachten, aber wurde selbst nicht gesehen. Doch heute Morgen war irgend etwas anders. Miranda fand keine passende Erklärung dafür. Es konnte aber auch sein, dass die Witterung der Kater noch in der Luft hing und sie verunsicherte. Es war nicht so wichtig. Um ihren Menschen musste sie sich kümmern. Die wochenlange Trennung von ihr, hatte Miranda schwer belastet, und sie hatte Angst, ihren Lieblingsmenschen nie wieder zu sehen. Aber jetzt waren sie wieder zusammen. Magdalena schien manchmal in einer anderen Welt zu leben.

Magdalena erwachte. In ihren Träumen bewegte sie sich immer öfter über den Wolken. Waren das die ersten Vorboten des nahenden Todes? Es war ihr unheimlich. In ihrem bisherigen Leben war für Okkultismus und solche Sachen kein Platz. Aber wenn es doch der Wahrheit entsprach und sie langsam dement wurde? Aber in ihren Träumen befand sich in den Wolken eine Tür. Eine ganz normale Tür aus solidem Holz. Dieses Szenario wollte sich nicht so recht in die himmlischen Gefilde einfügen. Eine überirdische Stimme warnte sie davor, diese Tür zu öffnen. Wartet dahinter die Ewigkeit? Der Tod in seiner unfassbaren Schwärze? Magdalena war nie besonders gottesfürchtig gewesen und konnte sich diesen immer wiederkehrenden Traum nicht erklären. Unsicher schaute sie sich um. Im ersten Moment fehlte ihr die Orientierung und sie wusste nicht, wo sie sich befand. Aber dann fiel es ihr wieder ein. „Ach Miranda. Ich bin in dieser hässlichen Glasbude bei meiner Enkelin und ihrem Mann. Ich kann immer noch nicht verstehen, dass ich mich darauf eingelassen habe, heute Nacht hatte ich wieder diesen seltsamen Traum. Irgendwann werde ich die Tür öffnen. Vielleicht ist es dann für immer mit mir vorbei. Das macht mir Angst. Dabei ist es eine schöne Tür. Aus gutem Holz gearbeitet. Besonders himmlisch wirkt sie nicht."

„Ich verstehe das auch nicht, Magdalena. Aber irgendwie hast du dich verändert. Deine Enkelin Mensch und ihr Mann sagen, dass du alt wirst. Das vor allen Dingen dein Kopf alt wird und dein Verstand zerfließt, wie warme Butter. Und das macht mir Sorgen. Aber dieser Traum ist schon recht seltsam. Es ist meine Aufgabe, in der Nacht noch besser auf dich aufzupassen!"

Magdalena wälzte sich aus ihrem komfortablen Bett hinaus. „Ich will doch einmal sehen, wie diese hypermoderne Küche funktioniert und mir einen Kaffee kochen. Dann frühstücken wir zusammen, Miranda. Hoffentlich finde ich das Katzenfutter in dieser neuen Bude."

Miranda setzte sich vor den Schrank, in dem das Futter seit ihrem Einzug immer für sie bereit stand, und maunzte zart. Gerda hatte sie hier in der Wohnung gefüttert, damit sie sich schneller an die neue Umgebung gewöhnte.

„Ach wenn ich dich nicht hätte. Aber ich bin froh, dass ich mich durchgesetzt habe, dass du zusammen mit mir hier wohnst. Wenn es nach diesem Schnösel Joschi gegangen wäre, würdest du heute im Tierheim sitzen. Ich gehe nirgendwohin ohne dich! Wie funktioniert diese verdammte Kaffeemaschine?"

„Du wirst auch meine Hilfe brauchen, Magdalena. Du bist so anders geworden. Aber ich bin immer für dich da!"

Magdalena registrierte, dass in der Wohnung verschiedene

Gegenstände aus ihrem Haus standen, von denen Joschi und Gerda anscheinend geglaubt hatten, dass Magdalena besonders daran hing. Ein riesiger Sessel, dahinter stand die klobige Stehlampe und eine Bodenvase.

„Dieses scheußliche Ding hätten sie stehen lassen können. Die konnte ich nie leiden. Das war ein Geschenk meiner Schwiegermutter. Das Ding erinnert mich immer an eine übergroße Urne. Sobald es mir besser geht, werde ich diese hässliche, grausame, aber teure Steingutkunst, einer sehr noblen Manufaktur verscheuern."

Magdalena stellte eine Tasse in die vorgesehene Öffnung, schob eine dieser neumodischen Kapseln ein und schaltete die Maschine an. Bald zog ein feiner aromatischer Duft von frisch gebrühtem Kaffee durch die Wohnung.

„Ich muss lernen, die Medikamente regelmäßig zu nehmen. Ich sage dir, in wenigen Monaten geht es mir wieder besser, und dann werden wir in unser gemütliches Haus zurückkehren. Ich bin nicht dement. So etwas fühlt man doch. Oder glaubst du das nicht, Miranda?"

Miranda tat einen tiefen Seufzer. „Ach das wäre schön. Aber dafür müsste sich einiges ändern. Darüber werden wir uns noch unterhalten. Ich bin auch noch nicht ganz wiederhergestellt. Aber mit jedem Tag geht es mir besser."

„Gerda hat schon früh das Haus verlassen. Aber ihr Mann scheint noch da zu sein. Aber den muss ich nicht unbedingt sehen. Ich bin erleichtert, dass dieser widerliche Betreuer nicht mehr da ist. Anscheinend trauen meine Enkelin und ihr Mann mir wieder zu, den Tag wie jeder normale Mensch verbringen zu können. Wenn ich das jetzt ein paar Wochen durchhalte, können wir in absehbarer Zeit in unser herrliches großes Haus zurückkehren. Was hältst du davon, Miranda?"

„Wenn ich mir keine Sorgen mehr zu machen brauche, dass ich wieder überfallen werde, dann gerne. Es ist ein schönes Haus."

Miranda strich schnurrend um die fülligen Beine von Magdalena. Der pinkfarbene bodenlange Morgenmantel hüllte Magdalena völlig ein. Hier nahm sie den intensiven Duft ihres Lieblingsmenschen wahr. Eine Mischung zwischen kölnisch Wasser, ein Hauch Vanille und der Duft von verblühenden Rosen.

„Bevor ich in die Klinik gekommen bin, habe ich dafür gesorgt, dass das schöne Haus noch mehr gesichert ist. Dir kann nichts mehr passieren, Miranda."

„Ich hoffe es."

Magdalena öffnete alle Schränke in der komfortablen Küche und fand schließlich eine Packung Brot. Im Kühlschrank war Butter, Käse und Marmelade zu finden.

„So kann der Tag beginnen, Miranda. Setzen wir uns an den Tisch. Magst du Butterbrot und Käse?"

Natürlich wollte Miranda mit ihrem Lieblingsmensch frühstücken. Das bereitgestellte Katzenfutter fand von ihr keine Beachtung mehr. Mit jedem Schluck Kaffee stieg das Selbstbewusstsein von Magdalena.

„Nachher werden wir den Garten erkunden. Und die nächsten Tage die Umgebung. Ich bin sehr zuversichtlich Miranda und wir werden das Beste daraus machen. Wenn nur dieser seltsame und immerwiederkehrende Traum nicht wäre."

„Ich versuche deinen Traum zu träumen. Dann kann ich vielleicht mitsprechen."

Miranda ließ sich von der guten Laune anstecken und futterte genüsslich ihren Käse. Das Frühstück wurde unterbrochen, weil jemand die Klingel betätigte.

„Wer kann denn das so früh am Morgen sein? Gerda hat das Haus bereits verlassen, und wenn es Joschi ist, den will ich nicht sehen. Und sonst weiß keiner, dass ich hier bin. Lass uns gemütlich zu Ende frühstücken, Miranda."

Miranda hatte keine Freude mehr am Frühstück. Durch das Glasfenster war die Silhouette von zwei Menschen zusehen. Sie sprang vom Stuhl auf den Schoß von Magdalena.

„Möchtest du etwas Dosenmilch, so wie früher, als du klein warst?" flüsterte Magdalena. Sie flüsterte, weil sie dem Besuch vor der Tür vorgaukeln wollte, dass keiner in der Wohnung sei, oder sie noch tief und fest schlief. Es klingelte weiter. Miranda wollte keine Milch, sondern starrte nur auf die Tür. Magdalena trank weiterhin ihren Kaffee und biss in ihr Marmeladenbrot. Nach einer Weile ließ das klingeln nach.

„Jetzt kehrt wieder Ruhe ein. Ich warte noch ein Weilchen und dann werde ich mir noch einen Kaffee kochen. Vielleicht magst du dann etwas Dosenmilch? Du darfst sie auch direkt vom Tisch schlecken. Was hältst du davon?"

Miranda starrte weiterhin auf die Tür. Nur sie konnte sehen, dass die Schatten immer noch vor der Tür standen. Magdalena hörte, wie sich ein Schlüssel im Schloss drehte. Davon unbeeindruckt, aß sie ihr Marmeladenbrot weiter. Angespannt saß Miranda auf dem Tisch neben dem Frühstücksteller.

Die Tür ging auf und ein Hauch von Frühling, gemischt mit dem Duft von Rasierwasser, drangen in die Wohnung.

„Was soll das denn, Magdalena? Warum machst du die Tür nicht auf?"

Kopfschüttelnd bat Joschi den anderen Mann herein.

„Wie sie gerade gesehen haben, hat sich die Situation alles andere als verbessert. Man kann sie wirklich nicht alleine lassen. Ich bin froh, dass sie ihren Dienst wieder antreten... Und dieses verflixte Katzenvieh sitzt mitten auf dem Tisch. Zustände sind das!"

*

„Ich bin es wieder." Dennis stürmte wie immer unangemeldet ins Büro. „Wollt ihr immer noch wissen, wann dieser Granthoff in der Firma war?"

„Wenn du das nächste Mal nicht anklopfst, gibt es was auf die Fresse!"

„Ach Gottchen! Hat der Herr schlecht geschlafen?" Dennis drehte den Stuhl von Stefan herum, damit er ihn von Angesicht zu Angesicht sehen konnte. „Meine Güte! Gegen dich wirkt ein Zombie wie ein Fotomodell. Du siehst zum fürchten aus! Du gleichst mehr einem Vampir als einem lebenden Menschen. Wenn du in einen Spiegel schaust, kannst du dich dann noch sehen? Kommst du mit Sonnenlicht klar? Findest du Knoblauch abstoßend?"

„Ich habe heute noch keinen gebissen und das ist sehr gefährlich. Nicht einmal eine Kette aus Knoblauch um deinen dürren Hals, könnte mich davon abhalten, meine Reißzähne tief in deinen Hals zu versenken. Sag endlich was du willst, sonst fliegst du hochkant aus dem Büro! Durch die geschlossene Tür versteht sich... Ach, ich vergaß zu erwähnen, selbstverständlich völlig blutleer wie eine leere Wursthülle."

„Alles gut, Draculus Stefanus! Ich bin erleichtert, dass wir keinen Vollmond haben, sonst käme wahrscheinlich noch eine Wehrwolfsgeschichte dazu!"

„Es ist Vollmond," bemerkte Jordi. „Auf seinen Ohren sprießen die ersten Haare und ich habe außer dir kein Opfer, das ich ihm darbringen kann."

„O...ooooh." Dennis rückte respektvoll etwas auf Abstand, streichelte Stefan vorsorglich über die zerzauste schwarze Mähne und klappte seinen Laptop auf. „Es geht um diesen Sinan Granthoff, den Geschäftsführer. Habt ihr schon etwas Neues über den herausgefunden?"

„Nein. Den habe ich vollkommen vergessen. Oder hast du etwas herausgefunden, Jordi?"

„Nein. Er ist so weiß und unbefleckt, dass er fast unsichtbar ist."

„Da ist was dran, Jordi!" Dennis schielte nach den Keksen. Auf ihnen waren dicke Haselnüsse verteilt. Der Duft stieg ihm in die Nase. Mit einer Hand schaltete er seinen Laptop ein und mit der andere fischte er sich einen Keks heraus. Da kein Protest zu vernehmen war, angelte er sich noch einen heraus.

„Hier, seht euch das an. Dieser Sinan Granthoff hat bis jetzt im Verborgenen gearbeitet und schon so eine Firma an der Backe."

„Echt jetzt?"

„Meinst du ich rede Blödsinn?" Dennis schob sich den nächsten Keks rein.

„Und laut diesen Aufnahmen war er genau zweimal in der Firma. Aber an seinem Outfit gibt es nichts zu mäkeln. Alles vom Feinsten. Hier unterhält er sich mit Frau Ganzhold. Die ist von ihrem Chef natürlich hingerissen. Ist ja auch kein Wunder...so wie der Junge aussieht. Und hier kann man sehen, wie er sich mit diesem Kramacher unterhält. Aber eines ist seltsam, sie reden nur, wenn kein anderer dabei ist. Sobald jemand auftaucht verstummt Granthoff."

„Du hast uns sehr geholfen, Dennis. Und die letzten zwei Kekse kannst du auch noch aufessen. Die leere Packung nimmst du mit, sonst werfe ich sie dir hinterher."

Dennis fischte sich die letzten Kekse und schlich sich aus dem Büro.

Aber Stefan wirkte, trotz dieser wichtigen Information, geistesabwesend. Er starrte immer noch völlig entgeistert auf das Video. Er sah es sich mindestens zehnmal hintereinander an.

„Komm schon, Stefan. Das ist kein Grund, um sich aufzuregen. Susanne wird einen triftigen Grund haben bei der „Inotec" aufzutauchen."

Jordi warf einen warnenden Blick auf Dennis. Er nickte schicksalsergeben und verließ leise das Büro. Jordi stand hinter Stefan und legte ihm sanft die Hand auf die Schulter.

„Hat Susanne dir nicht von dieser Begegnung erzählt?"

„Nein. Als ich nach Hause gekommen bin, war sie noch nicht da. In ihrer neuen Firma hat sie gestern ihren Einstand gegeben. Ihr neuer Chef ist über alle Maßen von Susanne begeistert."

„Wer ist nicht von Susanne begeistert? Wir lieben sie alle, Stefan."

Stefan warf Jordi einen unergründlichen Blick zu.

„Die Kinder waren auf einen Geburtstag eingeladen. Ich habe mit unseren Siamkatern den Abend mit Bratkartoffeln und Rührei verbracht. Wir haben uns im Fernsehen eine Serie angeglotzt und ich habe ein Bier dabei getrunken. Den Abend hatte ich mir auch etwas anders vorgestellt. Ich werde mit ihr sprechen, sobald ich sie sehe."

„Hier geht es um einen Mordfall, Stefan. Und Susanne befindet sich in dem Gebäude, in dem kurz davor oder danach der Mann getötet wurde. Du solltest das zeitnah klären."

Stefans Augen bekamen einen eisgrauen Schimmer.

„Was willst du damit sagen, Jordi? Du glaubst doch nicht im Ernst, dass meine Frau etwas damit zu tun hat?"

„Selbstverständlich hat deine Frau nicht das geringste mit dem Mord zu tun! Meine Güte! Was will ich damit zum Ausdruck bringen? Kläre es ab, bevor unser Chef Rumpold auf die Idee kommt, und er in Handlungszwang gerät und Susanne vorlädt."

Stefan nickte betroffen. Er schaltete zum gefühlten hundertsten Mal das Video ein.

„Welche Uhrzeit zeigt das Video an, als Susanne in der Firma auftaucht, Stefan?"

„Acht Uhr und fünf Minuten."

„Das ist doch gut. Da war das Mordopfer schon mindestens dreißig Minuten tot!"

„Du redest allen Ernstes davon, dass meine Frau ein Alibi braucht?"

Alles in Stefan vibrierte. Sein Herzschlag wurde plötzlich rasend schnell und die Pupillen seiner blauen Augen wurden schwarz.

„Wir sind Polizisten, Stefan. Und alle Personen, die am Tatort anwesend waren, müssen wir nach dem Ausschlussverfahren berücksichtigen."

„Mit dir und Irene haben wir zusammen so schöne Abende verbracht. Wir waren zusammen in Wacken. Wir haben brandgefährliche Situationen ausgestanden und unser Leben war mehr als einmal in Gefahr! Und jetzt zählst du meine Frau zu den Verdächtigen? Ich kann es nicht fassen, Jordi!"

Wütend wischte Stefan die Hand Jordis von seiner Schulter.

„Nicht doch Stefan! Bitte nicht sauer sein. Das klärt sich bestimmt alles auf. Wir alle lieben und schätzen doch Susanne. Ich freue mich schon auf das nächste Festival, auf dem wir abgehen wie Raketen."

„Das kannst du vergessen!"

Stefan sprang unkontrolliert auf. Der Stuhl kippte nach hinten. Mit einem Wisch fegte Stefan alles was auf seinem Schreibtisch lag, auf den Boden. Gerade als er nach draußen stürmen wollte, um eine Zigarette zu rauchen, wurde die Tür von außen geöffnet. Rumpold stand mit hochrotem Gesicht im Eingang des Büros. Seine Augen sahen das völlige Durcheinander, aber aus seinem Mund kam etwas völlig anderes.

„Wieland! In mein Büro!"

Wütend knallte er ein Blatt der Boulevardpresse auf den Schreibtisch von Jordi. Darauf war in den Schlagzeilen zu lesen.

„Frau von Kommissar in den mysteriösen Mord verwickelt?"

Darunter war ein Foto von Susanne, in ihren pinkfarbenen Sportklamotten, zu sehen. Mit den Händen in den Hüften. Ein schwarzer Balken verdeckte ihre Augen, aber man konnte sehen, dass ihr hübsches Gesicht vor Wut verzerrt war.

„Ist das der Grund, weshalb sie hier so unangemessen ausrasten?"

Völlig entgeistert starrten Jordi und Stefan auf das Boulevardblatt. Rumpold bemerkte die Reaktionen seiner Kommissare.

„Sie wissen nichts von dieser infamen Schlagzeile?"

„N...nein."

Beide standen immer noch fassungslos herum und glotzen auf das bunt bedruckte Blatt. Die geladene Stimmung war immer noch zu spüren und es knisterte förmlich im Büro. Rumpolt deutete auf die Papiere, die quer durch den Raum lagen. Ein junger Polizist steckte neugierig seinen Kopf durch die Tür.

„Verpiss dich!"

Der junge Polizist zog sich erschrocken zurück.

„Das ist nicht unbedingt der normale Umgangston mit jungen Kollegen, Herr Wieland."

„Ich gebe ihm einen Kaffee aus und dann ist es wieder gut."

„Sie müssen viel Kaffee „ausgeben". Vielleicht sollten sie es doch einmal mit Freundlichkeit probieren. Unsere Polizeipsychologin kennt da so einige Tricks, wie man freundlich mit Menschen umgeht. Soll ich sie anmelden? Die wird sie die nächsten Wochen ordentlich coachen. Dann klappt es vielleicht besser mit dem normalen Umgangston."

„Sie wollen mir einen Maulkorb verpassen, Chef?"

„Nein! Verdammt noch mal. Sie haben es wieder einmal geschafft, Herr Wieland, jetzt verliere selbst ich die Fassung. Das ist nicht gut! Das ist überhaupt nicht gut."

„Wir sind alle Menschen und keine Maschinen."

„Es erleichtert mich ungemein, dass sie festgestellt haben, dass sie von Menschen umgeben sind, Herr Wieland, auch wenn sie sich benehmen wie ein tasmanischer Feuerteufel. Der junge Polizist würde sich freuen, wenn er den Menschen in ihnen erkennen kann. Arbeiten sie daran!"

„Das sollte ich in der Tat tun, Herr Rumpold. Fällt mir nur zur Zeit sehr schwer."

„Das sieht man. Was sie hier so unkoordiniert durch den Raum wirbeln, ist Staatseigentum! Ich muss mich mit ihnen unterhalten. Alleine! Wenn sie wollen, können wir das gleich hier vor Ort klären."

Das kam einer Abmahnung gleich. Jordi war es extrem peinlich, dass er Zeuge dieses unangenehmen Gesprächs von seinem Freund und Kollegen wurde. Er steuerte auf die Tür zu und wünschte sich er wäre unsichtbar.

„Ich weiß, es ist nicht üblich, aber mir wäre daran gelegen, wenn Jordi dabei bleiben könnte. Wir haben keine Geheimnisse voreinander."

Stefan begann, die Papiere wieder aufzusammeln. Jordi stellte den Stuhl auf und flüsterte Stefan ins Ohr. „Du bist so ein Arschloch! Jetzt sieh doch nur, in was für eine Situation du dich hineinmanövriert hast. Wie sollen wir das wieder hinbiegen?"

Rumpold hob sehr erstaunt die Augenbrauen. „Das ist der Vorteil, wenn man Kollege ist und kein Chef. Man kann halt einfach mal Tacheles reden."

Stefan und Jordi räumten weiter auf und unterdrückten ein Grinsen.

„Sagte ich schon, dass mein Gehör außergewöhnlich ist?"

„Nee, Chef. Aber ich sollte es mir auf alle Fälle merken."

Minuten später saßen sie alle drei am Schreibtisch.

„Wir müssen klären, wie diese Videoaufzeichnung an die Presse gelangen konnte. Unsere Presseabteilung hat verlautbaren lassen, dass sie nichts damit zu tun hat."

„Können wir da sicher sein?"

„Natürlich nicht Herr Wieland. Aber in diesem Fall glaube ich nicht, dass unsere Presseabteilung so eine Art...Nestbeschmutzer ist. Wenn ich es einmal so altmodisch ausdrücken darf. Was ist mit unseren Kriminaltechnikern?"

Stefan hob entsetzt beide Hände hoch.

„Für Dennis lege ich meine Hand ins Feuer. Der hat damit nichts zu tun. Dafür liebt er seinen Job viel zu sehr, als dass er ihn für so eine Handvoll Scheine aufs Spiel setzen würde."

„Dann haben wir ein Problem meine Herren. Wir müssen herausfinden, wer der Presse diese Aufnahmen zugesteckt hat. Und ich will wissen warum. Wir wissen immer noch nicht, um wen es sich bei dem Mordopfer handelt. Was wollte er in dem Büro von Frau Siebenstock? Wie wir wissen, war das Büro so gesichert, dass es nur durch einen bestimmten Code von Frau Siebenstock betreten werden konnte. Ach ja und noch etwas. Liegen in der zweiten Schublade immer noch die genialen Rumkugeln von ihrem Kiosk? Das sind sehr wichtige Fragen, für die ich ziemlich zeitnah eine Antwort haben möchte."

Stefan zog die Schublade auf und legte die selbstgemachten Rumkugeln von Frau Remberg, Inhaberin ihres Lieblingskiosks, auf den Tisch. Außerdem bekam man bei ihr den besten Kaffee in der ganzen Stadt.

Vor dem Büro war zu hören wie jemand rief: „Ich würde da jetzt auf keinen Fall hineingehen. Selbst in der Hölle ist es derzeit erträglicher!"

„Ja, ich weiß. Der Vampir hat heute Hochsaison. Ich muss da rein. Egal wie heiß die Hütte ist!"

„Der Chef höchstpersönlich faltet Stefan zusammen."

„Dann kommt so eine leckere Unterbrechung gerade richtig."

Da Dennis angeblich nichts davon wusste, dass der Chef im Büro war, trat er wie immer ohne anzuklopfen ein. Sein begehrlicher Blick fiel sofort auf die Rumkugeln. In der Hand hatte er ebenfalls das Boulevardblatt. Er schnappte sich ungefragt eine Praline und begann mit vollem Mund zu quatschen.

„Das ist hervorragend! Da sitzen genau die richtigen beieinander."

Stefan wollte etwas erwidern, aber Dennis kam ihm zuvor.

„Jetzt warte doch, bis ich erklärt habe, um was es geht. Das duldet leider keinen Aufschub!"

„Du hast die Kekse schon alle vernichtet. Wenn du noch einmal nach den Pralinen greifst, vergesse ich mich. Ach ja, Moment! Ich soll doch höflich sein. Also, wenn der Herr Willich sich noch einmal über Gebühr an dem Konfekt bereichern möchte, werde ich ihm meinen Fuß in den Allerwertesten platzieren und eigenhändig an Kopf und Kragen vor dieses Büro geleiten."

„Ab morgen werde ich es mir merken. Heute habe ich Rumkugeldemenz. Es geht um die Veröffentlichung des Fotos von Susanne!"

Endlich hatte er die Aufmerksamkeit aller Anwesenden. Selbst die Augenbrauen von Herrn Rumpold hoben sich wieder und er schaute ihn neugierig und mit Interesse an.

„Das kann nicht von unserem Präsidium aus zu der Presse gelangt sein. Ich habe soeben mit den Herrschaften ein Telefonat geführt. Sie haben mir versichert, dass ihnen das Video anonym zugespielt wurde. Und zwar bereits gestern Nachmittag. Da drangen bereits erste Meldungen über den Mord an einem Unbekannten ins Netz. Natürlich haben die von diesem Boulevardblatt diesen Umstand sofort ausgenutzt, um ihn für die Ausgabe am nächsten Tag zu veröffentlichen. Woher der anonyme Absender allerdings wusste, dass es sich dabei um die Ehefrau von Stefan handelte, ist nach wie vor ein Rätsel. Da hatten wir diese Videos doch selbst noch nicht komplett angesehen. Da ist uns einer zuvorgekommen."

Rumpold zog die Tüte mit den Rumkugeln etwas mehr in seine Nähe.

„An die Arbeit meine Herren. Es gibt viel zu tun."

Dann wandte er sich an Stefan.

„Und sie klären das mit ihrer Frau. Ich will das aus dem Kopf haben. Ich werde den Staatsanwalt anrufen, ob ich eine Verfügung erlassen kann, damit von ihrer Frau keine weiteren Videos mehr in der Presse und im Internet auftauchen. Ich gebe an, aus ermittlungstaktischen Gründen darf nichts mehr veröffentlicht werden."

„War´s das?"

„Was wollen sie denn noch, Wieland?"

„Ich dachte, sie wollten mich in den Senkel stellen, zur Ordnung rufen, Abmahnung schreiben und was man sonst noch so macht, wenn man einem seiner Untergebenen einen Einlauf verpasst."

„Für solche Sachen haben wir jetzt keine Zeit. Die letzte Rumkugel gehört mir!"

*

Unsere neue Aufgabe war schon ungewöhnlich. Jeder von uns nahm an Lebensmitteln mit, was er finden konnte. Ich fand in unserem Schrank Zuhause leckere Kekse. Die Namenlose war der Meinung, dass diese Kekse sehr gut gegen Hunger waren, aber, dass eigentlich Milch dazu gehörte. Oscar schimpfte, weil die Kekse Rosa gehörten. Aber im Vorratsschrank waren doch noch genug vorhanden und Rosa würde schon nicht verhungern. Zusammen schleppten wir mehrere Pakete heimlich aus der Wohnung. Dachten wir zumindest. Rosa hatte uns aber dabei beobachtet und brachte uns ein weiteres Paket mit Keksen auf die Terrasse. Bevor Laura und Sebastian entdeckten was sich hier so abspielte, versteckten wir die Kekse hinter der Hollywoodschaukel. Rosa war begeistert. Sie lief in die Wohnung und brachte noch ihren alten Beißring und einen Schnuller mit. Sam, die riesige Bordeauxdogge, steuerte ein nagelneues Schweineohr dazu. Rosa winkte uns von der Terrasse aus zu. Nacheinander schleppten wir die Kekse über den Feldweg in das Clubheim. Oscar brachte es sogar fertig, eine komplette Packung Milch in das Clubheim zu tragen. Sam hätte uns so gerne begleitet. Aber das war als Hund mit einem Kampfgewicht von fünfundsiebzig Kilo schlecht möglich. Und so zog er es vor, auf Rosa aufzupassen und sie stets mit frischen Schweineohren zu versorgen, damit die letzten Backenzähne auch gut auf die Welt kamen.

Immer, wenn Goldhaar schnell aufstand, bekam sie rasende Kopfschmerzen. Auch als sie sich die goldenen Haare mit einer Bürste zu einem Zopf binden wollte, verzog sie vor Schmerzen das Gesicht. Die Namenlose wollte diesen Schmerzen auf den Grund gehen. Die Kater lenkten Goldhaar ab und vollführten bescheuerte Kunststücke. Ekki zum Beispiel konnte Purzelbäume schlagen und Richie warf Tannenzapfen in die Luft. Goldhaar musste sogar lachen und warf dabei den Kopf in den Nacken. Die Namenlos kletterte vorsichtig hinter Goldhaar und sah sich ihren Kopf an. Es waren vereinzelte Blutkrusten zu sehen. Ganz sanft fuhr die Namenlose mit ihrer Pfote über den Schädel von Goldhaar. Aber selbst diese Berührung ließ sie vor Schmerz innehalten. Die Namenlose legte ihren Kopf an die Wange der Frau, um so anzuzeigen, dass es ihr leid tat.

„Entweder ist Goldhaar unglücklich gestürzt...oder sie hat einen empfindlichen Schlag auf den Kopf bekommen. Ihr Verletzung ist beträchtlich und eigentlich müsste sie zu einem Weißkittel."

Richie und Robert vollführten einen kleinen Tanz, um Goldhaar wieder zum Lachen zu bringen. Zorro stimmte der Namenlosen zu.

„Aber wie soll das vonstatten gehen? Goldhaar hat schon Angst, wenn sie nur Menschen in der Ferne sieht."

„Dann lassen wir sie doch hier," rief ich dazwischen. „Wir können so viele Kekse besorgen, dass sie Goldhaar in wenigen Tagen zum Hals heraushängen."

Goldhaar war gerührt, als sie sah, was die Kater und wir so alles anschleppten. Seit zwei Tagen war sie jetzt schon im Clubheim. Sie hatte vernünftig geschlafen und jede Menge Käsebrote gegessen. Als sie am ersten Morgen erwachte, wusste sie zunächst nicht, wo sie sich aufhielt. So wie jeden Morgen. Aber dann sah sie Pirat und Ekki auf dem kleinen Hocker neben ihrem Schlafsack sitzen.

„Ich kann mich an euch erinnern! Ist das schön. Ich kann mich erinnern, wie ihr mich in dieses wunderbare kleine Haus geführt habt. Du bist Einauge und du bist der kleine Kunterbunte."

Pirat und Ekki fingen beide an heftig zu schnurren um zu zeigen, dass sie alles verstanden hatten. Wir brachten die Kekse und die Milch ins Clubheim. Und auch uns erkannte Goldhaar wieder.

Die Namenlose war sehr erfreut.

„Das ist doch ein großer Fortschritt. Und Goldhaar ist mir nicht mehr böse, dass ich sie so einer schmerzhaften Untersuchung unterziehen musste."

Sie griff in ihren Rucksack und förderte eine kleine Schüssel zutage. Dann füllte sie sich etwas Milch hinein und tauchte einen Keks hinein.

„Ich weiß nicht, wann ich das letzte Mal so etwas gutes gegessen habe."

Oscar legte ihr den Beißring vor die Füße und ich brachte ihr den alten Schnuller von Rosa. „Sie soll ja auch etwas zum spielen haben. Mir hilft es immer, wenn ich mich mit irgendwas beschäftigen kann."

Verwundert nahm Goldhaar den Beißring und den Schnuller in die Hand. „Dieses Ding kommt mir bekannt vor. Man gibt es Baby´s, wenn sie ihre ersten Zähne bekommen. Es kann sein, dass ich es schon einmal irgendwo gesehen habe."

„Wenn es eine Verletzung ist, die ihr gewaltsam angetan wurde, ist es vielleicht doch keine Halluzination und es gibt diesen Mann im schwarzen Anzug wirklich."

Robert und Richie hatten die ganze Nacht Wache geschoben. Ihren aufmerksamen Augen und Ohren entging nichts. Aber etwas war schon seltsam. Robert war unterwegs auf seinem Patrouillengang. Richie fielen für einen winzigen Augenblick die Augen zu. In dieser kurzen Zeitspanne verließ Goldhaar geräuschlos das Clubheim. Richie wachte auf und sah, dass der Schlafsack leer war. Zusammen mit Robert machte er sich auf die Suche. Am frühen Morgen fanden sie Goldhaar orientierungslos am Rande des Waldes. Sie begleiteten die völlig irritierte Frau zurück zum Clubheim. Richie macht sich schwere Vorwürfe.

„Daran ist nichts zu ändern. Das Clubheim ist kein Gefängnis. Jetzt ist sie wieder da."

„Wir kennen alle Menschen, die sich in diesem Waldstück aufhalten. Aber heute Nacht hatten wir zum ersten Mal die Witterung eines Fremden. Nicht auszudenken was hätte passieren können, Robert."

*

Joschi betrat mit dem Mann unaufgefordert die Wohnung. Miranda fand das äußerst unschicklich und fauchte.

„Was machst du für Sachen, Magdalena? Warum lässt du uns nicht rein?"

Magdalena biss missmutig in ihr Marmeladenbrot.

„Willst du die Wahrheit wissen? Ich hatte nicht die geringste Lust, dich zu sehen. Aber wie ich feststelle, hast du noch einen Schlüssel und ich habe keinerlei Privatsphäre in diesem Haus."

„Ich habe mir Sorgen um dich gemacht, Magdalena."

„Aus irgendeinem Grund liegt dir daran, dass alle Welt glauben soll, ich hätte nicht mehr alle Tassen im Schrank!"

Joschi lief vor Wut puterrot an. Aber er durfte sich nach außen hin nichts anmerken lassen. „Da hören sie es, Herr Gieseck. Es ist nicht zu fassen. Wie kommst du bloß darauf, Magdalena?"

Magdalena nahm einen kräftigen Schluck Kaffee. „Meiner Enkelin glaube ich das sogar. Aber bei dir fällt mir das sehr schwer."

„Ich mache mir ehrlich Sorgen um dich. Manchmal scheinst du dich nicht unter Kontrolle zu haben. Dein Zustand ist wirklich sehr besorgniserregend. Du machst unerklärliche Sachen und hast selbst keine Erklärung dafür."

„Ich weiß nicht was du meinst."

„Du weißt genau was ich meine. Du hast in deinem eigenen Haus Sachen und Gegenstände verschwinden lassen, und dann uns um Hilfe gebeten, damit wir sie suchen sollen."

„Ich habe nichts dergleichen getan. Und es tut mir außerordentlich leid, dass ich eure Hilfe beansprucht habe. Hätte ich damals gewusst, was ich für eine Lawine lostrete, hätte ich davon Abstand genommen."

Der Betreuer stellte seine Tasche auf dem Boden ab.

„Es tut mit leid, dass ich mich hier einmische. Aber sie zeigen alle Anzeichen einer fortgeschrittenen Demenz. Auch als ich sie in ihrem Haus betreute, hat sich ihr Verhalten nicht wirklich gebessert. Ich war sehr viel damit beschäftigt, die alltäglichen Hausgegenstände wiederzufinden, die auf unerklärliche Art und Weise täglich verschwanden. Ich werde sie die nächste Zeit betreuen, und dann können wir gemeinsam mit ihren Ärzten entscheiden, ob sie in Zukunft alleine leben können."

„Das hört sich ganz toll an. Ich bin nahezu begeistert, dass ich bereits entmündigt wurde."

„Ich bitte um Entschuldigung Frau Korbfuss. So weit sind wir noch lange nicht."

„Das heißt, wenn ich absolut nicht will, dürfen sie ihren Betreuungsdienst nicht antreten?

„Auf keinen Fall. Niemand kann sie zwingen. Aber ist es ratsam, Frau Korbfuss? Denken sie doch an die letzten Wochen. Am Ende sind sie sogar in der Klinik gelandet. Sie hatten einen völligen Nervenzusammenbruch. Und durch die Ereignisse der letzten Wochen, war ihr Gesamtzustand nicht der Beste. Ich muss es deutlich aussprechen: Sie waren nicht in der Lage, alleine und selbstständig zu leben. Uns ist doch daran gelegen, dass wir gemeinsame eine Lösung für alle finden, nicht wahr?"

„Da ist was Wahres dran, Herr Gieseck. Wenn ich denn nicht geopfert werden soll."

„Aber wer sagt denn so etwas?"

„Man macht sich halt so seine Gedanken."

Joschi wies nach draußen. „Aber sieh doch nur. Sogar deine heißgeliebte Rattangruppe und diese scheu...ääh schönen Kissen mit dem Konterfei von Marylin haben wir hingestellt. Du sollst es so gemütlich wie möglich haben. Es soll dir an nichts fehlen. Hier, in deiner Wohnung, haben wir auch so viele persönliche Gegenstände aus deinem Haus deponiert, wie eben möglich war. Jetzt probiere es doch wenigstens für wenige Wochen aus. Danach sehen wir weiter."

Magdalena hatte trotzig die Arme ineinander verschränkt. „Ein paar Wochen sagst du? Und wo soll der feine Herr Gieseck wohnen? In dieser kleinen Wohnung ist wohl kaum Platz genug."

„Herr Gieseck bewohnt oben in der Mansarde zwei Zimmer. Das ist schon alles geregelt. Du musst nur noch ja sagen."

Herr Gieseck lächelt sie aufmunternd an.

„Lassen sie es zu, dass ich mich um sie kümmere. Dann werden wir weitersehen. Und im übrigen finde ich Angehörige, die sich Sorgen machen gar nicht so schlecht. Wissen sie, wie viele ältere Menschen in ihren Wohnungen alleine sitzen, und die einzige Verbindung zur Außenwelt sind wir, die Sozialdienste?"

Magdalena nickte.

„Da ist leider was Wahres dran. Jetzt müssen wir nur noch lernen, uns zu mögen. Nicht wahr Joschi?"

Der Angesprochene warf unruhig seinen Kopf hin und her und rollte übertrieben mit den Augen. „Ich arbeite daran. Aber du könntest uns auch etwas entgegenkommen."

„Willst du damit sagen, dass ich eine alte, immer nörgelnde Motztante bin, die immer etwas auszusetzen hat?"

Um die Augen von Magdalena bildeten sich verräterische kleine Lachfalten.

„Ich hätte es nicht besser ausdrücken können, Magdalena. Herzlich willkommen!"

Miranda mochte diesen Joschi ebenso wenig wie ihr Lieblingsmensch. Aber Tatsache war, dass er alles mögliche unternahm, um Magdalena zu helfen. Dafür waren Magdalena und sie, Gerda sehr zugetan. Sie wirkte irgendwie so zart und hilflos.

Miranda hatte wieder ihren Platz auf der Fensterbank eingenommen. Dieser Herr Gieseck war ihr äußerst suspekt. Nie lachte er oder zeigte sonst irgendwie, dass er gute Laune hatte. Eigentlich passte er perfekt zu Joschi. Aber sie würden die nächste Zeit mit ihm auskommen müssen. Herr Gieseck reichte Magdalena seine Hand.

„Wir werden gemeinsam eine Lösung finden."

„Vielleicht bin ich in ein paar Tagen wieder soweit, dass ich uns etwas kochen kann."

„Ihre Enkelin hat mir viel von ihren Kochkünsten erzählt und wie sie damit an Familienfesten alle verwöhnt haben. Das wäre phantastisch Frau Korbfuss. Ich räume jetzt meinen Koffer aus und dann kümmern wir uns um ihre Medikamente."

Joschi lächelt ihr aufmunternd zu, dann verließen er und Gieseck das Haus. Im Garten blieben sie noch einen Moment stehen. Miranda begleitet sie und nahm auf der Rattancouch Platz. Sie zerknautschte das Gesicht von Marylin auf dem Kissen, begrub es unter sich und hörte interessiert den Männern zu.

„Wissen sie jetzt was ich meine, Herr Gieseck? Faselt davon, dass sie in der Lage ist, ein Essen zu kochen. Sie ist sich nicht bewusst, in welch einer schwierigen Lage sie sich befindet."

„Das ist ganz normal, Herr Holten. Sie kann nicht verstehen, was mit ihr passiert. Bedenken sie doch, was sie noch vor einem Jahr alles geleistet hat! In lichten Momenten, die durchaus noch bestehen, schöpft sie Hoffnung, dass die Situation wieder umkehrbar ist. Wir sollten sie unbedingt in dem Glauben lassen, dass es Aussicht auf Besserung gibt."

*

Susanne war zum Teil hoch motiviert und andererseits war sie verunsichert, wie es in ihrem Leben weitergehen sollte. Der neue Job machte ihr durchaus Spaß. Sie wurde gefordert und sie war zufrieden, wenn sie sich mit neuen Ideen einbringen konnte. Zulange hatte sie nicht mehr in ihrem normalen Job agiert. Als sie heute Morgen ihre gewohnte Runde lief, war von Kathrin nichts zu sehen. Leicht enttäuscht beendete sie ihren Lauf und fuhr eine halbe Stunde früher zu ihrer neuen Arbeitsstelle. Als sie das große Büro betrat bemerkte sie, dass die anderen Mitarbeiter über sie tuschelten und schwiegen, wenn sie an ihnen vorbeilief. Erst als der Chef eintrat verstummten sie. Sie fand keine Erklärung dafür, dass sie in den Fokus der Mitarbeiter geraten war. Die Einstandsfeier war bei allen gut angekommen. Zu vorgerückter Stunde saß der Chef, Raimundo Kallert, nur noch mit ihr zusammen und schmiedete Pläne über die Zukunft in seiner Firma. Sie hatte gute Konzepte erarbeitet, und so etwas konnte man in der Werbebranche sehr gut gebrauchen. Jetzt zahlte sich aus, dass sie Kommunikationswissenschaft und Mediengestaltung studiert hatte. Zu später Stunde bot er ihr das „Du" an und sie erfuhr, dass seine Mutter Italienerin war. Vielleicht war das der Grund, warum sich die anderen Mitarbeiter zurückgezogen hatten. Das war nicht fair. Susanne wollte keine Extrabehandlung ihres Chefs. Die nächste Zeit würde sie das hinreichend klarstellen. Aber andererseits tat es ihr gut, wie er sich um sie bemühte. Manchmal stand morgens auf ihrem Schreibtisch ein kleiner Strauß Blumen hinter dem Monitor versteckt, damit ihn die anderen Mitarbeiter nicht entdeckten. Am Nachmittag fand sie hin und wieder eine kleine Praline neben ihrer Lesebrille. Oder er lud sie nach Feierabend, am Anfang noch mit Kollegen, zum Italiener ums Eck ein, um noch diverse Projekte durchzusprechen. Susanne verbrachte ihre Mittagspause in dem kleinen Bistro an der Ecke. Zunächst wollte sie Raimundo begleiten, aber dann erreichte ihn ein wichtiges Telefongespräch. Eigentlich war sie darüber erleichtert, weil sie in Ruhe nachdenken wollte. Sie dachte an den vergangenen Abend. Sie stand mit ihrem Auto in der Straße, unweit ihres Hauses und wartete, bis überall im Haus das Licht gelöscht war. In ihrem Kopf war alles durcheinander geraten. Sie schien sich selbst fremd zu sein. Warum suchte sie nicht die Nähe ihrer Kinder und ihres Mannes? Die letzte Zeit fühlte sie sich angespannt und eingeengt. Aber warum ausgerechnet von ihrer Familie? Brauchte sie eine sogenannte Auszeit? Sie schämte sich für ihre abstrusen Gedanken. Nach der Geburt der Kinder hatte sie, anstatt in ihren Beruf zurückzukehren, einen langweiligen Halbtagsjob in einem Büro angenommen. So war es ihr jahrelang möglich, sich zugleich um die Erziehung der Kinder und den Haushalt zu kümmern. Ihr Mann Stefan kam selten pünktlich nach Hause und so lag der große verantwortliche Teil allein auf ihren schmalen Schultern. Es hatte sie nie gestört. Aber jetzt hatte sie das Gefühl, dass sie aus dem Hamsterrad ausbrechen musste. Alte Strukturen aufbrechen. Sie fand, es war an der Zeit festzustellen, ob noch mehr in ihr steckte außer, dass die Familie reibungslos versorgt wurde und funktionierte. Keiner der Familienmitglieder schien sich dafür zu interessieren, wie es in ihr aussah. Alle waren daran gewöhnt, dass alles seinen gewohnten Gang hatte. Und wehe sie funktionierte nicht richtig! Ihre Tochter Melanie hatte einen Schreikrampf bekommen, weil ihr Lieblingsshirt nicht gewaschen war und ihr Sohn Fabian hatte in seinem Zimmer wütend alles in Unordnung gebracht, weil ihn seine Mama nicht pünktlich zum Fußballtraining fahren konnte. Susanne hatte die Nase gestrichen voll, von der Familie nur noch als Erfüllungsgehilfin angesehen zu werden. Es musste doch auch einmal Zeit nur für sich selbst möglich sein. Sich endlich selbst zu verwirklichen. In dieser Werbeagentur hatte sie diese Möglichkeit. Tausend Fächer in ihrem Gehirn schienen sich wieder zu öffnen, von denen sie geglaubt hatte, dass sie für immer verschlossen blieben. Vom Verdienst einmal ganz zu schweigen. Sie hatte das Gefühl, in einem Käfig zu leben. Aber war das gerecht? Was konnte denn ihre Familie dafür? Trug sie nicht Mitschuld daran, dass sie es zugelassen hatte und sie in dieser Rolle endete? In ihrem Herzen tobte ein erbitterter Kampf, der sogar darin gipfelte, dass sie ihre Zuneigung zu ihrem Mann in Frage stellte. War es nur noch der gemeinsame Haushalt und die Kinder, die sie zusammenhielten? Susanne erschrak zutiefst darüber, dass sie zum ersten Mal in Worte gefasst hatte, wovor sie sich so entsetzlich gefürchtet hatte. Langsam fuhr sie mit ihrem Wagen zum Haus. Es war bereits nach Mitternacht. Es hatte geregnet und der nasse Asphalt glänzte unter dem Schein der Laterne. Als sie in die Hofeinfahrt einfuhr, sah sie zwei dunkle Schatten auf der Fensterbank sitzen. Leise schlich sie sich in das Haus. Apollo und Adonis sprangen von der Fensterbank und warteten bereits im Flur. Sie saßen sehr aufrecht und ihre großen intensiv blauen Augen waren erwartungsvoll auf sie gerichtet. Las sie darin auch einen kleinen Hauch eines Vorwurfs? Oder bildete sie sich das ein? Sie setzte sich zu ihnen auf den Boden.

„Ich habe zur Zeit unglaublichen Stress. Und ich weiß nicht, wie es in Zukunft weitergehen soll. Wohin wird mein Weg mich führen? Ich habe einfach keine Lust mehr, immer nur die fürsorgende Mama und die verständnisvolle Ehefrau zu spielen, und immer für jeden da zu sein und ständig hinterherzuräumen. Hört sich ganz schön egoistisch an. Aber ich bin ziemlich am Ende und zugleich möchte ich neu anfangen...ach ich weiß einfach nicht mehr weiter."

„Das mag sein, Susanne. Aber du musst verstehen, dass wir dein

Verhalten auf keinen Fall billigen können. So kann das nicht weitergehen. Wo kämen wir denn da hin? Du bist einer unserer Lieblingsmenschen und mit solchen Fisimatenten können wir nichts anfangen. Du hast gefälligst zu funktionieren. Es ist schon schlimm genug, dass wir unser Frühstück eine halbe Stunde später bekommen. Das ist an sich schon eine mittlere Katastrophe."

„Und unser Futter war nicht vorgewärmt. Dadurch wurde das Aroma schon arg in Mitleidenschaft gezogen. Unsere feinen Sensoren für Geschmack leiden außerordentlich darunter. Auch sonst brauchen wir die gewohnte fünf Sterne Behandlung. Wenn man sich schon Siamkatzen anschafft, muss man auch dafür gerade stehen."

„Ich bin auch dafür, dass sich hier schnellstens etwas ändern muss. Aber zu unseren Gunsten! Denn um uns dreht sich die Welt und wir sind die wirklich empfindsamen in diesem Haus. Stell dich also bitte nicht so an, Susanne!"

„Halt die Klappe Adonis. Wir haben jetzt genug herum gemotzt und ihr alles an den Kopf geworfen, was uns eingefallen ist. Was sie jetzt brauch, sind Streicheleinheiten und keine Vorwürfe. Außerdem jammerst du auf hohem Niveau. Unter deinen Ohren fangen bereits deine gut gefüllten Backen an. Verhungern tust du jedenfalls nicht."

„Das war auch mehr prophetisch gemeint. Manchmal kann ich in die Zukunft schauen. Im Normalfall läuft das anders. Wir sind die Kreaturen, die Streicheleinheiten bekommen."

„Dann spring endlich über deinen Schatten. Du siehst doch, dass sie Hilfe brauch. Und vielleicht sind wir die einzigen, die diese Familie wieder zusammenschweißen können."

„Das ist ein dickes Ding, was du uns da aufhalst, Bruder."

„Mit Kleinigkeiten haben wir uns noch nie abgegeben."

Susanne saß mindestens eine Stunde im Flur mit den Siamkatern zusammen.

„Könnt ihr euch vorstellen, dass ich eventuell als Art-Direktor arbeite und eine eigene Abteilung bekomme?"

„Wir können uns ziemlich viel vorstellen, wenn wir nicht darunter leiden müssen."

Ihr durchgängiges sanftes Schnurren tat gut und Susanne beruhigte sich etwas...

Susanne kehrte in ihren Gedanken wieder zur Realität zurück. Im Bistro saßen etwas entfernt andere Kollegen und Kolleginnen ihrer Firma. Die Mittagspause war gleich vorbei. Als sie an deren Tisch vorbeiging, nickte sie kurz zum Gruß, legte eine Zeitung ab und verließ das Lokal.

*

Goldhaar entwickelte sich prächtig. Draußen vor der Hütte stand ein altes Fass. Gestern hatte es geregnet und es war voll mit frischem Regenwasser. Sie nutze die angenehme Frühlingswärme und wusch sich mit Seife ihre Haare und ließ sie anschließend in der warmen Frühlingssonne trocknen. Goldhaar trug ihren Namen zu recht, denn ihre Haare warfen den Glanz der Sonnenstrahlen zurück. Robert hatte Zuhause ein Paket mit Würstchen stibitzt und Richie brachte eine Packung Schokoladenmuffins mit. Goldhaar lächelte uns an.

„Jetzt bin ich schon den vierten Tag hier und ich kann mich immer noch an euch erinnern."

Pirat war zusammen mit Zorro auf Streife und Ekki blieb bei Goldhaar, um ihr Gesellschaft zu leisten. Als Richie mit den Muffins in der Schnauze unter einem Gebüsch herauskam, erschrak Goldhaar über alle Maßen.

„Was ist denn passiert?" maunzte ich. Die Augen Goldhaars waren vor Schreck immer noch weit aufgerissen. „Die Muffins sind sehr schwer, daher muss er die Packung öfters auf den Boden legen, denn sein Weg ist sehr weit. Aber ansonsten sind sie unbeschädigt. Die

Steinchen kann man wegräumen."

Goldhaar starrte immer noch Richie an. Entsetzt ließ er die Muffins fallen. „Was hat sie bloß? Ich bin doch noch derselbe wie gestern."

Goldhaar rannte auf Richie zu.

„Ich weiß nicht was sie hat. Aber ein wenig fürchte ich mich vor ihr. Vielleicht habe ich irgendwie einen Killerinstinkt in ihr geweckt."

Vorsorglich flüchtete er unter einen Holunderstrauch.

„Es wäre von Vorteil, wenn Goldhaar den Platz neben Richie einnimmt. Denn wie wir alle wissen, wirkt Holunder beruhigend und hält böse Geister fern."

Richie riss entsetzt die Augen auf und fauchte.

„Auf keinen Fall Namenlose. Ich habe mehr so das Gefühl, dass sie mich mit Haut und Fell auffressen will. Haltet sie mir bloß vom Leib, sonst muss ich womöglich noch mit Muffins nach ihr werfen!"

Kurz vor dem Holunderbusch ließ Goldhaar sich auf dem Boden nieder und schlug beide Hände vor das Gesicht. Leise begann sie zu weinen.

„W...was ist denn jetzt los? Ich habe sie doch nicht etwa bedroht? Hat sie jetzt Angst davor, dass ich sie eventuell mit Muffins bewerfe? Als ich vor ihr geflüchtet bin, habe ich noch nicht einmal gefaucht was schließlich mein gutes Recht gewesen wäre. Oder ist sie mir immer noch böse, weil ich eingeschlafen bin, als ich auf sie achtgeben sollte?"

Zögernd ging ich auf sie zu und tippte mit der Pfote sanft gegen ihre Hand. „Warum greifst du Richie an? Schau doch nur, was er dir mitgebracht hat, Schokoladenmuffins, sogar im Sechserpack. Dafür wird er Willi einiges erklären müssen. Er wird nie wieder einschlafen."

Goldhaar ließ ihre Hand sinken und sah mich traurig an.

„Für einen kurzen Augenblick dachte ich, die Erinnerung kehrt zurück. Aber es währte nur diesen einen Augenblick. Jetzt stehe ich wieder im Nebel und ohne euch wäre ich so schrecklich alleine."

Richie kletterte aus dem Holunderstrauch. Er zerrte sehr vorsichtig, und immer wieder einen Blick auf Goldhaar werfend, die Muffins vor ihre Füße. Ekki dachte sehr laut nach.

„Vielleicht hat sie sich daran erinnert, dass diese Schokoladendinger ab und zu im Discounter im Angebot sind. Mein Mensch bringt sich dann auch immer eine Packung mit, weil es für das gleiche Geld sechs Stück, anstatt wie sonst, vier gibt. Allerdings hat das bei uns einen Haken. Wir sitzen gemeinsam im Auto, ohne seine Freundin versteht sich, und verputzen alle sechs auf einmal mit einer Flasche Kakao. Nach dieser Fressattacke wird mir jedes Mal schlecht. Aber mein Mensch sagt, dass das unser gemeinsames Geheimnis ist, von dem seine gesundheitsbewusste, Gras fressende Freundin nichts wissen darf. Das sind so Momente, in denen ich zehn von diesen Schokoladenmuffeldingern essen würde."

Goldhaar nahm die Packung mit den Muffins in die Hand. Ihr Blick wanderte wieder zu Richie. Vorsichtshalber wich er aus der Reichweite ihrer Hände zurück. „Danke mein Freund. Du hast dir eine unglaubliche Mühe gemacht. Es tut mir leid, wenn ich dich erschreckt habe. Das war nicht meine Absicht. Ich mag Schokoladenmuffins sehr."

Richie begann ich zu strecken und demonstrativ seine Pfoten zu putzen. „Alles gut! Ich bin doch kein Weichei."

„Ach nein? Du hättest dir vor Angst beinahe ins rote Fell geschissen!"

„Ganz dünnes Eis!" fauchte Richie. „Und falls du dein einziges Auge nicht mehr brauchst, kann ich dir gerne Abhilfe verschaffen, Pirat. Dann bekommst du eine wunderschöne gelbe Plakette mit drei schwarzen Punkten."

„Mit der gelben Plakette werde ich dich höchstpersönlich

erschlagen. Ich werde sie wie einen Schild zu benutzen wissen, und dir in deine dämliche Feuerrübe eine Kerbe einfügen, dass man dein Hirn sehen kann, das wahrscheinlich die Farbe und die Konsistenz von gestampften Süßkartoffeln hat."

„Na und?" fauchte Richie zurück. „Mein Hirn hat wenigstens Konsistenz, im Gegensatz zu deinem. Wenn man deine Schädeldecke öffnet, ertönt das gleiche Geräusch wie bei einem Furzkissen."

Drohend gingen beide aufeinander zu.

„Richie! Pirat!" Zorros beeindruckendes Fauchen ließ die Kontrahenten innehalten.

„Ja, Boss?" tönten beide gleichzeitig.

„Wenn das so weitergeht, weide ich euch komplett aus, und hänge anschließend die Kadaver mit dem Kopf nach unten an die Decke. Die Fledermäuse werden euch mit Wohlbehagen als Kinderstube nutzen und ihre Bälger darin großziehen."

„Dann wären diese Streithähne wenigstens für eine Sache gut," flüsterte Robert.

„Da ist auch Platz für drei!" donnerte Zorro.

Ekki schaute nachdenklich. „Das hört sich warm und gemütlich an. Könnte ich auch eventuell über Winter so für ein paar Stunden..."

„Nein, Ekki! Das will ich den Fledermäusen nun doch nicht antun!"

„Schade, Boss."

„Warum gebe ich dir überhaupt Antwort, Ekki? Das ist doch Perlen vor die Säue geworfen."

„Das habe ich jetzt nicht verstanden. Ich kann hier weder Perlen und schon gar keine Säue sehen. Also was ich damit sagen will, Säue sind doch Mädchenschweine, die ganz kleine Schweinchen bekommen können. Was sollen die mit Perlen? Dafür haben die Mädchenschweine doch gar keine Zeit. Oder spielen ihre Kinder damit? Das ist doch sehr gefährlich. Stell dir nur einmal vor, wenn die kleinen winzigen Schweinchen die Perlen verschlucken, und..."

Zorro war jetzt endgültig mit den Nerven am Ende.

„Ekki?"

„Ja, Boss?"

„Halt die Klappe!"

Goldhaar streichelte versonnen über die Muffins. Ihr Blick war in die Ferne gerichtet. Von den internen Streitigkeiten zwischen den Katzen bekam sie nichts mit.

Die Namenlose hatte natürlich so ihre eigenen Gedanken. „ Warum gehen wir davon aus, dass es die Muffins waren, die bei ihr diesen Schub auslösten? Ich habe da so eine Idee."

*

Stefan und Jordi starrten das Foto an. Darauf war das Mordopfer mit dem einprägsamen Loch in der Stirn zu sehen. Die Identität des Mannes war immer noch unbekannt. Er wurde nicht vermisst. Und bis jetzt war er in den Akten der Polizei auch noch nicht aufgetaucht. Es war nach wie vor ein Rätsel. Auch war immer noch nicht klar, wie der Mann in das Gebäude gelangen konnte. Jeder Mitarbeiter und jeder Gast war von dem Überwachungssystem erfasst worden und sogar chronologisch mit Namen und dem Grund des Besuches eingetragen. Soweit war alles lückenlos nachzuweisen. Wie war es möglich? Und wer hatte ihn ermordet? Befand sich der Mörder bereits im Gebäude? Und wenn ja, wie konnte er es anscheinend ungehindert wieder verlassen? Stefan und Jordi mussten davon ausgehen, dass beide in der Lage waren, das Sicherheitssystem großzügig zu umgehen. Waren sie womöglich zusammen im Gebäude? Verfolgten sie ein gemeinsames Ziel? Aber was war das Ziel? Frau Siebenstock stand kurz vor einem Nervenzusammenbruch. An diesem Tage sollte „Inotec" ihr neues innovatives

System vorstellen und den Kunden, die aus aller Welt kamen, nahe gelegt werden. Mit diesem Mord wurde alles in Frage gestellt. Und nachdem die Gäste die, ihrer Meinung nach, entwürdigende Prozedur der Polizei, über sich ergehen lassen mussten, war verständlicherweise niemand mehr an einem Sicherheitssystem interessiert, das so löchrig war, wie ein Schweitzer Käse. Da das Sicherheitssystem anscheinend doch nicht so dicht war wie erhofft, gingen die Kunden auch davon aus, dass es mit dem sogenannten „Brokerservice" auch nicht sonderlich gut bestellt war. Die „Inotec" erlitt einen Schaden von mehreren Millionen Euro.

Stefan und Jordi durchleuchteten alle Mitarbeiter der Firma. Auf den ersten Blick war bei keinem etwas ungewöhnliches zu entdecken. Der Name Georg Kramacher, Ressortchef und Teamleiter von „Inotec", tauchte vor vielen Jahren in den Akten der Polizei auf. Bei einer Demonstration gegen die hohen Mietpreise, war er in einen Konflikt mit der Polizei geraten und vorübergehend festgenommen worden. Er war auch Mitglied in diversen Hackerclubs und hat in führenden Positionen bei verschiedenen Securityfirmen gearbeitet. Vor zwei Jahren hat er sich in diesem Bereich selbstständig gemacht. Aber nach einer sehr kurzen Erfolgssträhne blieben neue Kunden aus. Kramacher musste in Insolvenz gehen und seinen Laden dichtmachen. Der Job bei „Inotec" war für ihn so etwas wie ein Neuanfang. Aber ansonsten war über den Ressortchef nichts negatives zu erfahren. Sinan Granthoff, der Geschäftsführer von „Inotec", war nach wie vor nicht zu erreichen. Er war weder Zuhause noch in der Firma anzutreffen. Die Polizei hatte ihm schon mehrere E-Mails zukommen lassen, aber bis jetzt hatte er sich noch nicht gemeldet.

„Wenn das so weitergeht, werden wir ihn zur Fahndung ausschreiben lassen."

„Und wie willst du das begründen, Stefan?"

„Dann machen wir aus der Fahndung eine Vermisstenmeldung. Vielleicht gibt es diesen Sinan Granthoff in Wirklichkeit gar nicht, sondern er ist so ein Ding aus der KI. Ich verstehe das noch immer nicht mit dieser KI, künstlichen Intelligenz. Inwiefern soll das nützlich sein, Jordi?"

„Soweit wird die „Inotec" doch nicht gehen, und einen virtuellen Menschen als Geschäftsführer repräsentieren."

„Ich bin mir da längst nicht mehr so sicher. Warum meldet er sich nicht? Das ist doch seltsam."

„Künstliche Intelligenz kann nur so viel, wie ihr von einem Menschen beigebracht wurde. Aber das neue daran ist, dass sie in der Lage ist, sich selbstständig zu vernetzen und, wie hier, wenn sich die Kunden für das Sicherheitssystem entschieden haben, neue Pfründe für ihre Produkte zu finden."

„Also, wenn ich das richtig verstanden habe, wenn ich in meiner Firma dieses System installiere, dann sucht dieses KI selbständig Kunden, die mein Produkt gebrauchen können, und leitet unter Umständen auch schon Verhandlungen ein."

„Das weiß ich jetzt gar nicht, ob dieses System dazu in der Lage ist, selbstständig Verkaufsverhandlungen zu führen. Aber es hört sich spannend an."

„Glaubst du, dass dieses System etwas mit dem Mord zu tun hat?"

„Alles ist möglich, Stefan. Auf diesem Gebiet sind Milliarden zu verdienen. Und wenn man einen Konkurrenten erfolgreich vom Podest stoßen kann.... warum nicht?"

„Und da schreckt man auch nicht vor Mord zurück?"

„Bei so viel Geld erlischt jegliche Moral. Oder ein anderer trägt sich mit dem Gedanken, dieses System zu übernehmen und als sein eigenes herauszugeben."

„Mir macht so etwas Angst. Wie sollen sich die Menschen da noch sicher fühlen, Jordi?"

„Ich bin geneigt zu sagen, dass es bei der derzeitigen Entwicklung mehr um Kontrolle als um Sicherheit geht. Es wird nur als Sicherheit verbrämt. Denk doch nur an London. In der Innenstadt ist jeder Meter mit Kameras überwacht. Die dortige Polizei gibt nur eine Profilbeschreibung einer Person ein und das System sucht völlig selbstständig Menschen aus, die zu der Schemata passen."

„Dann kann es aber auch passieren, dass völlig harmlose Menschen ins Visier der Gesetzeshüter geraten, aus dem sie nur schwer wieder herauskommen."

„Das gefällt mir auch nicht, Stefan. Aber kommen wir zurück zu unserem Fall. Wenn hier wirklich Milliarden zu verdienen sind, müssen wir die Firmenangehörigen noch einmal unter die Lupe nehmen. Ferner wäre es gut zu wissen, ob eventuelle stille Teilhaber an der Firma beteiligt sind."

Die Tür flog auf und knallte an die Wand. Stefan ließ vor Schreck die Papiere fallen. Dennis stürmte wie ein Sturm im April ungefragt und laut ins Büro. „Ich habe etwas Neues. Das muss ich euch zeigen. Unsere Leiche hat endlich eine Identität."

„Wie ist dir denn das gelungen?" Stefan sammelte seine Papiere wieder auf.

„Schon einmal etwas von Darknet gehört, Stefan?"

„Das ist verboten, Dennis."

„Danke, dass du mich darauf hinweist. Das hätte ich doch glatt vergessen."

„Wie hast du die Genehmigung bekommen? Hast du das auf dem normalen Dienstweg geschafft?"

„Wie bist du denn drauf? Du kennst doch meinen fieseligen Chef."

„Oooh ja. Das Video schaue ich mir immer noch ab und zu an. Das werde ich nie vergessen, wie Hager die falschen Reporter ins Haus lässt. Er marschiert mit ihnen dienstbeflissen in die Asservatenkammer, und erleichtert sogar die Ausgangskontrolle. Ferner tat er jedem kund, der wissen oder auch nicht wissen wollte, dass er in diesem fiktiven Magazin auf dem Titelbild erscheinen würde. Das Ganze unterlegt mit der klagenden Mundharmonika aus dem berühmten Western. Ich habe nie verstanden, warum dieser unfähige Mann seinen Posten behalten hat."

„Es war kein anderer da, der diesen Job machen wollte. Aber seit diesem Tag darf ich viel freier arbeiten. Und ich werde ihn in wichtigen Dingen nicht mehr unterrichten. Sagen wir...ich habe von Zuhause aus gearbeitet. Und ihr werdet staunen, was man alles so im Darknet bestellen kann."

Jordi hob interessiert seine Augenbrauen. „Kann man da auch solche scharfen Ledersachen für Bondage bestellen und so?"

Dennis starrte ihn ungläubig an. „In welcher Welt lebst du denn?"

Jordi wurde vor Scham feuerrot. „Ich frage doch nur für einen Freund. Ich selbst kann damit überhaupt und rein gar nichts anfangen. Allerdings, wenn ich mir Irene in so einem heißen Outfit vorstelle..."

Dennis schüttelte fassungslos mit dem Kopf. „So lange sich dein Freund Irene nicht in Lack und Leder vorstellt, soll´s mir recht sein. So etwas bekommst du heute in fast jedem Onlinemarkt. Da kannst du dich ausstaffieren nach allen Facetten der Kunst. Mit Lack und Leder, mit oder ohne Dornen und Spitzen, und was sonst noch so alles weh tun kann. Sag das deinem Freund. Es gibt auch Treffpunkte in unserer Stadt, in denen dein „Freund" seinen Emotionen völlig freien Lauf lassen kann. Ist er ein Masochist oder mehr so Sadomasomäßig unterwegs? Also was ich damit sagen will, lässt er sich gerne die Fresse polieren oder teilt er lieber aus?"

„Mal so, Mal so."

„Sehr vielseitig, muss ich sagen. Das hat man äußerst selten."

Stefan rollte übertrieben mit seinen Augen. Ihm war klar, dass diese Verrückten den ganze Zinnober veranstalteten, um ihn von seinen Sorgen abzulenken.

„Bevor wir uns jetzt in die Sadomaso-Szene vertiefen und ob Irene so ein teuflisches Design stehen würde, wobei ich allerdings feststellen muss, dass Irene in einem Müllsack immer noch besser aussieht, als diese millionenschweren Models in edlen, teuren Roben, wüsste ich doch gerne den Grund für dein pöbelhaftes Eindringen in unser Büro."

„Pöbelhaft? Was ist das denn für ein Ausdruck? Stammt der noch aus dem vorigen Jahrhundert?"

„Komm endlich aus dem Quark, Dennis."

Dennis setzt sich unaufgefordert auf den Hocker und klappte seinen Laptop auf. „Ich gehe nicht hier ins Netz, ich bleibe in meinem eigenen. Man weiß ja nie."

Auf dem Laptop war zu sehen, wie die ersten Mitarbeiter der „Inotec" am frühen Morgen auf den Parkplatz fuhren.

Stefan dachte an seine Zigaretten in der Gesäßtasche. Er verdrängte den Gedanken daran, ausgerechnet jetzt eine rauchen zu gehen. „Das haben wir doch schon überprüft. Keiner von ihnen kommt als Täter in Frage. Wir müssen nur noch das Alibi von diesem Kramacher überprüfen. Da gibt es noch einige Unklarheiten. Es ist nicht klar abzusehen, wann er die Firma betreten hat."

„Genau darum geht es, Stefan."

Eine große, elegante, schwarze Limousine fuhr ebenfalls auf den Parkplatz der „Inotec" und blieb im hinteren Bereich stehen. Ein Mann stieg aus und ging auf das Gebäude zu. Dann verschwand er für einen Lidschlag lang hinter einem Transporter, und tauchte wieder auf.

„Da hätten wir doch den Herrn Kramacher. Jetzt wissen wir, wie er das Gebäude betreten hat."

„Warte, Stefan. Das ist noch nicht alles."

Der schwarze Wagen fuhr zurück auf die Straße und fuhr mit Vollgas an. Dann bremste er abrupt. Er blieb stehen. Auf dem

Bürgersteig tauchte eine attraktive Frau in einem pinkfarbenen, sportlichen Outfit auf. Die Frau blieb kurz stehen und schien sich mit dem Fahrer des Wagens zu unterhalten. Dann fuhr der Wagen wieder an. Die Frau überquerte die Straße und betrat das Gebäude der „Inotec".

„Das ist doch Susanne. Was hat sie mit dieser Limousine zu schaffen?"

„Das weiß ich nicht, Stefan. Aber das klärt sich bestimmt."

„Was zeigt die Kamera für genaue Uhrzeit?"

„Sieben Uhr und fünfzig Minuten."

„Ist das jetzt gut oder schlecht, Dennis?"

„Der Tod bei dem Mordopfer trat doch gegen sieben Uhr dreißig bis fünfunddreißig ein. Du musst unbedingt mit ihr sprechen."

Stefan nickte. „Das muss ich wohl. Ich stelle mir das so vor. Also, Susanne nimm bitte Platz und jetzt sag' mir genau, wo du vorgestern um sieben Uhr dreißig warst. Denn, wenn du das nicht erklären kannst, und keine Zeugen hast, dann bist du leider in einen Mord verwickelt. Halb Deutschland glaubt, dass du darin verwickelt bist, weil dein Foto gerade viral geht und du als Schlagzeile für phantastische Auflagen sorgst. Ich hoffe, du kannst mich verstehen, denn ich bin Polizist und kann nicht anders."

„Aber sie wird wissen, dass sie im Fokus der Polizei steht. Irgendeiner wird ihr dieses Käseblatt schon untergejubelt haben."

Jordi wurde es langsam ungemütlich. Es tat ihm weh, seinen besten Freund und Arbeitskollegen so leiden zu sehen.

„Was hältst du davon, wenn du und Susanne zu uns nach Hause kommt, auf neutralen Boden sozusagen, und dann sprechen wir darüber. Und da wir Kommissare sind, können wir die Aussage gleich fixieren."

„Und verifizieren?"

„Du wirst sehen, das klärt sich von ganz alleine."

In Stefan brannte alles lichterloh und ihm war nach heulen zumute.

„Gleich ist Mittagspause. Fährst du mit zu unserem Kiosk, Jordi?"

„Das ist eine gute Idee." Jordi wandte sich an Dennis. „Du erwähntest doch, dass du etwas im Darknet gefunden hast. Für diesen Film war das bestimmt nicht nötig."

Dennis nickte. „Ich habe herausgefunden, wenn man die finanziellen Voraussetzungen erfüllt, dass man sich gewisse Dienste leisten kann."

„Das ist jetzt aber nichts Neues, Dennis."

„Nein. Das nicht. Aber seht euch einmal diese Aufnahme an."

Auf einem weiteren Video war ein Restaurant zu sehen. Es schien eine feststehende Kamera zu sein. Ein Herr saß einer eleganten Dame gegenüber und sie nippten ab und zu an ihren Drinks. Dann war zu sehen, wie die Dame dem Herrn unauffällig einen Umschlag zusteckte. Danach trank sie ihr Glas leer und verließ das Lokal. Sie trug ein klassisches Kostüm und die blonden Haare waren hochgesteckt. Als sie aufstand, trug sie an ihrem linken Arm eine Tasche. Ihr Gang war gradlinig, der Kopf hocherhoben und nichts wies auf eine Unsicherheit hin.

„Werden wir hier Zeuge eines sogenannten „Abkommens?"

„Wo hast du das gefunden?"

„Genau dort, wo man sich diese speziellen Dienste kaufen kann. Aber das Beste kommt noch."

Dennis zoomte den Mann näher, bis sein Gesicht den Monitor ausfüllte. „Kommt euch das Gesicht bekannt vor?"

Unverkennbar. Es war eindeutig das Antlitz des immer noch unbekannten, ermordeten Mannes bei „Inotec"

„Er wird in diesem Unternehmen mit dem Namen „Eliminator"

geführt."

„Das ist so kitschig."

„Er kann sich aber sehr schlecht in dieser Branche mit seinem wahren Namen vermarkten, Stefan."

„Aber das ist doch kein „Markenzeichen" für Industriespionage, sondern der Name „Eliminator" deutet mehr darauf hin, dass es sich um einen Auftragskiller handelt."

„Der Schuss ging dann wohl, im wahrsten Sinne des Wortes, nach hinten los."

*

Gerda kam mit völlig verheulten Augen die Treppe herunter. Sie schniefte in ihr Taschentuch und wollte gerade an die Tür klopfen. Magdalena und ihre Katze saßen auf der gemütlichen Rattancouch auf der Terrasse. Sie hatte einen Kunstband aufgeschlagen und schaute sich zusammen mit Miranda Bilder von Salvador Dali an.

„Aber was ist denn los mein Herz? Komm her! Setz dich zu uns."

Gerda schniefte weiterhin in ihr Taschentuch. Magdalena nahm sie in den Arm und Gerda heulte jetzt erst richtig los.

„Hast du Kummer mit deinem Mann? Also das könnte ich voll verstehen. Und wenn du willst, geige ich ihn einmal flott zusammen. Danach ist er froh, wenn er wieder in deine liebevollen Arme sinken kann, und wird dir vorschlagen, dass ich in der nächsten Zeit ausziehe. So wäre uns allen geholfen."

Miranda stimmte ihr zu und schnurrte verständnisvoll.

„Wie kommst du darauf, dass Joschi etwas mit meinem Zustand zu tun hat?"

„Nein? Hat er nicht?"

„Ganz und gar nicht. Ich weiß nicht, was du gegen ihn hast. Er ist der liebevollste und beste Ehemann den..."

„...der so alt ist, dass er fast dein Vater sein könnte. Meine Güte! Was findest du bloß an diesem eingebildeten Schnösel, der zum Lachen in den Keller geht?"

„Oma! Du bist unmöglich! Hast du schon einmal etwas von Liebe gehört?"

„Du sollst nicht Oma sagen. Das klingt fürchterlich. Oh ja. Ich habe nicht nur davon gehört, sondern durfte sie bis ins kleinste Detail erleben. Deinen Großvater habe ich geliebt. Über alles. Er war ein unfassbar guter Liebhaber! Was war ich in diesen Mann vernarrt."

Gerdas blaue Augen nahmen die Größe von Untertellern an und sie errötete leicht. „Ein guter Liebhaber?" Ihre Erinnerung an den heißgeliebten Opa war natürlich eine andere.

„Und was für einer!" Magdalenas Blick war in die Ferne gerichtet, in eine vergangene, glückliche Zeit. „Und er musste uns leider schon vor drei Jahren verlassen. Ich war dabei als er starb. Er wollte mir noch etwas sagen, aber der Tod war schneller. Seit diesem Tag lebe ich nur noch zur Hälfte...meine Güte! Was bin ich doch für eine Drama Queen. Aber ich schweife ab. Du bist zu mir gekommen, weil dein Herz vor Kummer überläuft. Was macht dich so traurig, mein kleiner Schatz?"

Miranda bemerkte, dass durch das ununterbrochene Sprechen der Tränenfluss von Gerda versiegt war. Lediglich die aufgequollenen Augen zeugten noch davon.

„Manchmal weiß Magdalena genau was sie tut. Die Tränen von Gerda sind verschwunden ohne, dass auch nur mit einem Wort der Grund darüber erwähnt wurde."

Gerda schaute ihre Großmutter mit großen traurigen Augen an.

„Ich glaube nicht, dass ich es schaffe. Das macht mich total fertig."

„Was schaffst du nicht? Wie kann ich dir helfen?"

Magdalena stand mühselig von der Couch auf. Gerda sprang sofort auf, um ihr zu helfen.

„Bleib sitzen. Ich gehe in die Küche und mache uns einen leckeren Kakao. Ich muss lernen, wieder selbstständiger zu werden. Du magst doch Kakao?"

„Aber ja doch."

„Und dann erzählst du mir alles und lässt deinen Kummer einfach abfließen." Magdalena schaute sich suchend um. „Hast du meine Lesebrille gesehen? Eben hatte ich sie doch noch in der Hand."

Gerda beteiligte sich an der Suche. Aber die Brille blieb wie vom Erdboden verschluckt.

„Dann muss es eben ohne gehen. Irgendwo wird dieses Ding wieder auftauchen."

Miranda war sehr irritiert. Ging das Ganze wieder von vorne los? Sie machte sich ernsthaft Sorgen. Auch Gerda wirkte sehr besorgt aber tat so, als wäre es nur ein dummer Zufall.

„Dann nimmst du eben deine alte Brille. Um einen Kakao zu kochen reicht das allemal."

„Das werde ich tun. Aber ich muss dich um einen Gefallen bitten. Sage bitte nichts davon deinem Mann. Und Herr Gieseck, mein sogenannter Betreuer, darf auch nichts davon wissen. Die bauschen alles nur unnötig auf, was bei anderen älteren Leuten völlig normal wäre, und dann schicken sie mir wieder jede Menge Ärzte und Therapeuten auf den Hals."

„Mein Mund ist verschlossen, wie eine Schatztruhe."

Zehn Minuten später kam Magdalena mit zwei dampfenden Tassen und etwas Gebäck aus der Wohnung. Miranda hatte Magdalena begleitet. So nach dem Motto, Vertrauen ist gut, Kontrolle ist besser. Die Sonne schien warm auf die Couch. In der Wiese sprießten die Krokusse und die Amseln stimmten ein Nachmittagskonzert an.

„Was liegt dir am Herzen, mein Schatz?"

Gerda nahm eine Schluck von dem wohlschmeckenden Getränk. „Ach ist das gut. Schmecke ich da etwa Kardamom?"

„Du lenkst ab, Gerda! Eigentlich solltest du wissen, dass das bei mir nicht zieht."

Gerda legte beide Hände um die warme Tasse. „Ich glaube nicht, dass ich den neuen Posten in der Firma lange machen kann."

Entsetzt stellte Magdalena ihren Kakao ab. „Aber, du hast doch so lange und so hart dafür gearbeitet. Ich glaube, dass du es schaffen wirst. Du musst es nur wollen. Es wird nichts verlangt, auf das du dich nicht vorbereitet hast. Als meine Enkelin ist es dir sozusagen in die Wiege gelegt worden."

„Ich habe Angst."

„Das ist ganz normal. Vorher hast du in einem Kollektiv gearbeitet und jetzt musst du lernen, alleine Entscheidungen zu treffen. Das tun Chefs nun mal. Und deine Mitarbeiter müssen sich auf dich verlassen können."

„Gerade das ist es, was mir Probleme macht. Ich weiß nicht, ob ich dazu in der Lage bin. Was soll ich machen wenn langjährige Mitarbeiter kommen und mir von einem Problem erzählen? Hören die mir überhaupt zu?"

Magdalena hob die Kissen mit dem Konterfei Marilyns hoch. „Nein. Hier ist die Brille auch nicht. Ach Gott, Kindchen! Was soll denn schon groß passieren? Du sitzt doch am Hebel. Wenn dir der Posten nicht passt, erwählst du einen nach deiner Wahl, kehrst ins Team zurück und probierst es später noch einmal. Aber irgendwann bleibt dir nichts anderes übrig, als klarzustellen, dass du von nun an die Chefin bist. Und der Meute in der Firma bleibt nichts anders übrig, als es zu akzeptieren. Funktioniert es hingegen überhaupt nicht, dann wähle den scheinbaren Rückzug und einen Interimschef, den man jederzeit absetzen kann. Aber nur, um die Menschen und ihre Arbeitsweise zu erforschen. Lerne die Fallstricke und Gruben zu sehen, die man so gerne neuen Chefs legt und schöpfe neue Erkenntnisse daraus."

Gerda trocknete ihre Tränen und stopfte sich einen Haferkeks in den Mund. Dann nahm sie einen großen Schluck Kakao. In ihrem Mund entfaltet sich eine Geschmacksexplosion. Sie ließ diese wunderbare Melange von Schokolade und dem Keks eine Zeit lang wirken, bevor sie Magdalena eine Antwort gab. „Aber das wäre doch ganz und gar nicht in deinem Sinn. Du hast doch so gehofft, dass ich eines Tages die Leitung der Firma übernehme. Kannst du dir die Schadenfreude von Joschi vorstellen, wenn ich die Leitung nicht übernehme?"

Magdalena verzog das Gesicht. „Du weißt, ich habe mit deinem Mann so einige Probleme. Aber warum sollte er dir gegenüber so ein hässliches Gefühl entwickeln? Warum soll er sich freuen, wenn du Schiffbruch erleidest? Ich glaube, dass siehst du etwas zu negativ. Er liebt dich aufrichtig und er möchte, dass es dir gut geht. Außerdem hat er seinen eigenen Job, er hat mit der Firma nichts zu tun und kann viel von Zuhause aus im Homeoffice arbeiten. Bei mir ist das etwas anderes. Ich finde ständig etwas an ihm, damit ich herum mäkeln und ihm den Tag schwer machen kann. Was allerdings auf Gegenseitigkeit beruht. Wir mögen uns nicht besonders. Wie sagt man so schön...die Chemie stimmt eben nicht bei uns."

Gerda tat einen tiefen Seufzer. „Es ist alles nicht so einfach für mich. Ich bin eben keine Führungspersönlichkeit."

„Das war ich auch nicht, Gerda! Aber ich musste es lernen. Als dein Großvater vor drei Jahren starb, waren in der Firma einige Alteingesessene, die gerne die Führung übernommen hätten und Entscheidungen getroffen hätten, mit denen ich nicht einverstanden gewesen wäre. Sie wollten mich dahin indoktrinieren, dass ich ihnen Prokura gab und ich so praktisch in unserer eigenen Firma machtlos gewesen wäre. Ich hatte doch auch nur den Job einer Buchhalterin, mit Anteilen an der Firma. Aber dann erwachte in mir, neben der Trauer um den geliebten Mann, auch der Kampfgeist. Gegen den Widerstand der Steuerberater habe ich mich durchgesetzt, und es weitestgehend verhindert, dass ich zur Marionette in meiner eigenen Firma wurde. Lass dir Zeit! Du wirst es auch schaffen. Wenn du willst, kann ich dir ein wenig zur Seite stehen. Das heißt, wenn ich meinen Verstand im Griff habe und nicht wieder dumme Dinge tue."

Magdalena bemühte sich, unter der Rattancouch nachzusehen, ob eventuell ihre Brille da lag. Aber auf Grund ihrer Fülle war das nicht gut möglich.

„Ich verstehe das nicht. Sie muss doch da sein. Ich habe mich doch nur zwischen Terrasse und Wohnung bewegt."

Gerda kniete sich auf den Boden. „Nein. Hier ist sie auch nicht. Manchmal legt man etwas in Ungedanken irgendwohin, und weiß dann nicht mehr, wo man es gelassen hat. Sie wird schon wieder auftauchen. Das ist doch nicht so wichtig. Ich verlege auch ständig Sachen und muss sie dann suchen."

„Es sei denn, das Ding hat fliegen gelernt. Also sozusagen eine neue Dimension entdeckt."

Gerda blätterte in dem Kunsteinband von Salvador Dali.

„Wenn du dir ständig diese Bilder ansiehst, ist es kein Wunder, dass die Dinge bei dir andere Dimensionen annehmen."

Magdalena sah sie erschrocken an. Gerda trank ihren Kakao aus und nahm den letzten Haferkeks.

„Entschuldigung, Magdalena! So habe ich das nicht gemeint. Es wäre besser, wenn ich mein Gehirn vor dem sprechen einschalte."

Miranda beobachtete Magdalena mit gemischten Gefühlen. Ging es wieder los? Verlor sich ihr Lieblingsmensch wieder in den Irrungen und Wirrungen ihres Gemütes? War es das, was Gerda ebenfalls spürte? Miranda hatte so gehofft, dass es besser wurde. Aber es war doch nur eine Brille. Diese komischen Ersatzaugen für Menschen. Das ist doch jedem schon einmal passiert. Noch vor wenigen Minuten haben sie gemeinsam auf der Couch gesessen, und Magdalena hat ihr anschaulich mit ihren gläsernen Ersatzaugen die

Bilder von Salvador Dali erklärt. Zum Beispiel, wie es möglich war, die Zeit durch zerfließende Uhren darzustellen. Magdalena wurde ziemlich philosophisch und ihre Augen glänzten dabei, als sie erklärte, dass vielleicht Dali auch der Auffassung war, dass wertvolle Zeit zerfließt wie Wasser. Und kein Lebewesen dieser Welt kann daran etwas ändern. Magdalena sinnierte darüber, ob es auf anderen Welten möglich war, die Zeit regelrecht einzufangen und je nach Belieben so zu gestalten und zu formen, wie es eben nötig war. Das wäre aber auch langweilig, weil wahrscheinlich alle Lebewesen das gleiche Alter hätten. Oder wie Dali Dimensionen durchbricht, indem er Elefanten mit dürren überlangen Beinen darstellt. Eigentlich verstand Miranda kein Wort davon, aber sie hatte viel Spaß daran, Magdalena zuzuhören und sie dabei zu beobachten, wie sie immer wieder die Brille ungeduldig nach oben schob, weil sie ständig von ihrer Nase rutschte.

„Das wäre toll, wenn du wieder mit in die Firma einsteigen könntest, das wäre eine enorme Erleichterung für mich."

Magdalena streichelte Gerda durch das blonde halblange Haar. „Vielleicht als Unternehmensberater ohne besondere Befugnisse. Aber bis es soweit ist, muss ich noch warten. Die Ärzte müssen zunächst prüfen, ob ich noch alle Tassen im Schrank habe."

„Soweit kommt es noch! Lass dich bloß nicht verrückt machen. Aber mal abgesehen, davon der größte Firmenanteil gehört doch immer noch dir. Du brauchst nur aufzutauchen und alle müssen nach deiner Pfeife tanzen."

Magdalena schüttelte ihre rote Mähne. „Mit Einschränkungen, wie du weißt. Mir hängt immer noch dieses Desaster vom letzten Sommer nach. Ich wurde durch den Aufsichtsrat förmlich entmündigt und weggelobt. Das kann ich sogar verstehen. So viel Geld ist einfach verschwunden und bis heute nicht mehr aufgetaucht."

Gerda drückte die Hand ihrer Großmutter ganz fest und hielt sie sich an die Wange.

„Ja, ich weiß. Aber du hast mit deinem Privatvermögen dafür gerade gestanden."

„Das war auch nötig. Ich konnte mir doch nicht nachsagen lassen, ich hätte dreihunderttausend Euro veruntreut oder noch schlimmer, verschlampt."

„Das hat keiner gesagt. Und du hast sowieso so schrecklich gelitten, weil Miranda fast totgeschlagen worden wäre. Es war eine sehr schwere Zeit."

„Für mich eine einzige Katastrophe! Ich hatte Angst, meine kleine beste Freundin zu verlieren." Magdalena schob die leere Tasse hin und her. „Es war alles sehr schwierig für mich und wurde niemals ausgesprochen. Aber gedacht haben alle, dass ich eine alte Schachtel bin, die ihre Gedanken nicht mehr zusammen hat. Oder wie kannst du dir erklären, dass plötzlich so viele Gegenstände aus meinem Büro verschwunden waren, und an den unmöglichsten Stellen wieder auftauchten. Ich kann es mir doch selbst nicht erklären."

Gerda sah ihre Großmutter mit ihren großen blauen Augen an. „Bist du immer noch der Meinung, dass dir jemand einen üblen Streich gespielt hat?"

Magdalena ließ ihren Blick suchend über die Terrasse gleiten. Aber die Brille war nicht aufzufinden.

„Zuerst ja. Aber es wurde immer schlimmer und die Transaktion mit den dreihunderttausend Euro war ja nicht die einzige. Auf einmal verschwanden täglich wichtige Unterlagen, die plötzlich in meinem Büro auftauchten. Eine der Unterlagen war in einem Blumentopf vergraben und ich hatte keine Erinnerung daran, wie die Dokumente dorthin gekommen sind. Auf Grund dieses Stresses bin ich völlig zusammengebrochen und landete für mehrere Monate in einem Sanatorium. Die Doktoren, und die Pfleger, haben mich eigentlich wieder ganz gut zurecht gebogen, und ich schöpfte neue Hoffnung. Nach diesem Aufenthalt dachte ich, jetzt wird es besser, und kehrte nach Hause zurück mit der Aussicht, bald mal wieder in der Firma zu erscheinen. Aber Zuhause ging es dann wieder weiter.

Gegenstände verschwanden und tauchten nach einiger Zeit irgendwo in diesem großen Haus auf. Laut unseres Hausarztes habe ich die Medikamente falsch eingenommen, und war letzten Endes wirklich orientierungslos. Zum Schluss wurde mir, zusammen mit mehreren Ärzten, geraten, einen Betreuer zuzulassen, der täglich nach mir sieht. Er kontrolliert auch meine Medikamente und seit einem halben Jahr habe ich ihn nun an der Backe. Ich will nicht in dieses Vergessen abtrudeln und nur noch ein Körper sein, der unkontrolliert Essen zu sich nimmt und genau auch so wieder ausscheidet! Ach ich mache dich ganz verrückt, und das kannst du überhaupt nicht gebrauchen, mein Herz. Du wirst deinen Weg schon gehen. Aber es würde mich natürlich wahnsinnig freuen, wenn du mich, solange ich meine Gedanken noch beisammen habe, tatsächlich ab und zu miteinbeziehst...ohne Entscheidungsgewalt natürlich!"

Gerda kuschelte sich eng an ihre Großmutter „Das werde ich, Magdalena, das werde ich. Ich kann von deiner Erfahrung nur profitieren."

„Und das in alle Richtungen. Von tough bis bekloppt! Wer kann das noch?"

„Du bist unmöglich."

„Das hoffe ich doch. Vielleicht ist dieser Gieseck doch nicht so verkehrt."

„Du solltest es auf alle Fälle probieren. Allerdings wirkt er auch auf mich, als ob er einen Stock verschluckt hat."

„Das ist wahr. Mit dem Stock im Hals kann er nur aufrecht und sehr gerade sitzen. Manchmal juckt es mich in den Fingern ihn anzustupsen, nur um zu sehen, ob er dann motivlos nach hinten fällt, und wie ein Käfer auf dem Rücken liegt."

„Ab und zu lachen könnte ihm auch nicht schaden."

„Er passt eigentlich besser zu deinem Mann! Der geht auch zum Lachen in den Keller. Wenn die beiden schwul wären würden sie ein prächtiges Paar abgeben."

Gerda zog entrüstet die Augenbrauen nach oben.

„Also O...Magdalena ! Was denkst du dir eigentlich?"

„Nichts böses."

„Hat dieser Gieseck eigentlich kein Privatleben? Er ist doch hier in ein Zimmer eingezogen?"

„Das weiß ich nicht. Es ist so geregelt, dass er zwei Tage in der Woche frei hat. Auf mich wirkt er total asexuell. Ich kann mir einfach nicht vorstellen, dass er sich für jemanden begeistern oder gar verlieben kann. Aber soweit bin ich noch nicht zu ihm vorgedrungen. Ich kann aber auch nicht sagen, dass es mich brennend interessiert."

Sie lachten beide herzlich und ausgiebig. Gerda wischte sich die letzten Krümel vom Mund. „Ich muss dann mal wieder. Bitte nicht böse sein, Magdalena. Aber ich finde es schön, dass du zumindest vorübergehend hier im Haus wohnst. Wenn ich Sehnsucht nach dir habe, brauche ich nur die Treppe hinabzusteigen und schon bin ich bei dir."

„Egal wo ich mich aufhalte. Ob es im Sanatorium, in meinem großen Haus, oder hier in dieser zugegebenermaßen hübschen Wohnung ist, ich bin immer für dich da. Und wehe du sagst Joschi, dass ich die Wohnung hübsch finde. Dann spreche ich kein Wort mehr mit dir. Ich brauche diese Hassdialoge mit ihm. Dein Mann ist so etwas wie ein Sparringspartner für mich."

„Das hast du schön gesagt. Dann bin ich erleichtert, dass du mich nicht als Sparringspartner auserwählt hast. Ich könnte dir nicht sehr lange widerstehen und ich werde schweigen wie ein Grab. Aber Miranda musst du auch zum Stillschweigen verdonnern."

Miranda starrte ungläubig zu Gerda. Als ob sie mit diesem gefühllosen Menschen etwas anfangen könnte! Joschi suchte auch nicht gerade ihre Nähe und ging ihr mehr oder weniger den ganzen Tag aus dem Weg. Sie maunzte mehr als beherzt ihre Zustimmung. Jetzt hatten sie ein gemeinsames Geheimnis. Miranda fühlte sich als

Teil eines Trios, das vielleicht noch mehr so schöne Nachmittage zusammen verbrachte. Gerda drückte ihre Großmutter ganz fest.

„Jetzt werde ich mich hoch zu meinem Mann begeben. Heute habe ich ihn noch nicht gesehen. Ich bin lieber nach Feierabend zuerst zu dir gekommen. Das hat mir heute sehr gut getan."

„Sei nicht so streng mit ihm. Schließlich bin ich dafür da, mich ständig mit ihm über Kleinigkeiten zu streiten. Das ist gut für seinen Kreislauf, dann bleibt er in Bewegung."

Das Handy von Magdalena piepte. Sie hörte die Sprachnachricht ab und ein zufriedenes Lächeln zog über ihr Gesicht.

„Einen schönen Gruß von deiner Mama. Sie ist gut in Spanien angekommen. Sieh dir nur das tolle Foto an. Wie entspannt sie aussieht."

Gerda tat einen tiefen Seufzer. Dann endlich umspielte ein zartes kleines Lächeln ihren hübschen Mund.

„Wenn sie unterwegs sein kann, ist sie glücklich. Ich habe das nie verstanden. Aber Mama ist in der Welt Zuhause. Ich bin sehr erleichtert, dass sie sich gemeldet hat."

Gerda drückte einen Handkuss auf das Foto ihrer Mutter.

„Einerseits bin ich neidisch auf dich und andererseits würde ich mich nie wagen, so große Strecken alleine unterwegs zu sein."

Sie lächelte und ging durch das Treppenhaus nach oben. Unter dem Rattantisch befand sich ein weiteres Fach. Es war praktisch, um Zeitschriften oder ein Buch abzulegen... oder eine Lesebrille. Ganz offensichtlich.

*

Laura öffnete den Schrank, um eine neue Packung Kekse

herauszuholen. Aber das Fach wies nur eine gähnende Leere auf. Neugierig tapste Rosa herbei.

„Ääägse!"

„Das wird wohl nichts werden, Rosa. Es sind schon wieder alle Kekse aufgebraucht."

Rosa begann ihr kleines süßes Gesicht zu verziehen, und ihre großen schwarzen Augen, übrigens genau die gleichen wie ihre Mama, waren mehr als vorwurfsvoll auf sie gerichtet. Ihre Mundwinkel zogen sich nach unten und sie zog eine kleine zuckersüße Schnute.

„Ääägse!" wiederholte sie und wies mit ihrem kleinen Finger auf das leere Fach. Dann allerdings wandte sich die Richtung ihres kleinen süßen Fingers, und er zeigte auf die Katzenklappe. Laura konnte sich zunächst keinen Reim darauf machen.

„Dann werden wir zusammen Zwieback mit Milch und einem klein geriebenen Apfel essen. Das ist auch lecker. Nachher gehen wir zusammen neue Kekse kaufen."

Nach dem Frühstück spazierte Laura mit Rosa in den Lebensmittelmarkt und brachte jede Menge neuer Kekse mit. Rosa war begeistert. Sie nahm eine Packung heraus und legte sie vor die Katzenklappe. Sam kam aus dem Nachbarhaus und brachte noch ein neues Schweineohr mit.

„Das ist sehr lieb von dir Rosa. Meinst du, dass Kekse das richtige Essen für Katzen ist? Aber es ist schön, dass du an sie denkst. Und Sam, ich weiß, dass Oscar diese Leidenschaft mit dir teilt, an einem Schweineohr zu knabbern, wenn ihr gemeinsam nachdenken müsst."

Rosa duldete nicht, dass ihre Mama die Kekse zurück an ihren alten Platz stellte.

„Dann lasse ich sie hier stehen. Aber wenn Papa von der Arbeit nach Hause kommt, räumen wir sie gemeinsam dorthin, wo sie hingehören."

Laura begann damit, einen frisch gewaschenen Wäscheberg im

Wohnzimmer zusammenzulegen. Seit Rosa auf der Welt war, wurden die Wäscheberge jede Woche größer. Rosa kuschelte sich an den Bauch von Sam und steckte sich zufrieden das Schweineohr in den Mund. Aber sie achtete darauf, dass ihre Mama es nicht wahr nahm. Denn die war, aus einem für Rosa und Sam unerfindlichen Grund, nicht begeistert für ihre gemeinsame Affinität zu getrockneten Schweineohren.

*

Eigentlich wollte ich etwas ausspannen. Die letzten Tage waren sehr anstrengend gewesen. Goldhaar war zwar relativ einfach zu pflegen, aber trotzdem war es doch anstrengend, Tag und Nacht auf sie aufzupassen. Ihre Alpträume waren intensiv, aber sie wusste sie nicht zu deuten und wachte immer nur völlig schweißgebadet auf. Dann war es gut, dass sie nicht alleine war und wir immer in ihrer Nähe waren. Nach wie vor hatte sie keine Erinnerung darüber, wer sie war, und sie kannte nach wie vor ihren eigenen Namen nicht. Wir wollten nur etwas Zeit mit Rosa verbringen und mit ihr spielen und dann wieder zurück ans Clubhaus gehen. Oscar ging als erster durch die Katzenklappe.

„Autsch!"

„Was ist los? Hast du wieder zugenommen Oscar? Dann müssen wir Sebastian Bescheid sagen, damit er ein Garagentor montiert, am besten eines mit elektronischer Fernbedienung."

„Nein, Laila! Ich habe ganz bestimmt nicht zugenommen. Ich halte meine Figur und achte auf meine Linie. Allerdings achte ich auch darauf, dass sie nicht schmaler wird. Das steht mir nämlich nicht. Aber im Gegensatz zu dir, kann man mich aus der Entfernung schon als Katze wahrnehmen."

„Als Katze? Ich fürchte, dass man dich mehr so als verunglückten Pandabär sieht. Ich warte nur darauf, dass dich die Menschen mit

Bambus füttern."

„Dich könnte man hin und wieder schon einmal mit einer Fledermaus verwechseln," konterte Oscar.

„Nicht schlecht. Dann könnte ich wenigstens fliegen und dir von oben auf den Kopf spucken. Woran hast du dich eigentlich gestoßen?"

„Das hat ja ewig gedauert. Ich bin über eine Packung Kekse gestolpert."

„Kekse?"

„Ja, Kekse. Backteine waren keine da."

Die Namenlose hatte unterdessen Körperpflege gemacht bis ihr Fell seidenweich glänzte. „Seid ihr jetzt fertig mit streiten? Dann können wir uns jetzt mit den wichtigen Dingen des Lebens beschäftigen."

Sam stand auf, ließ das Schweineohr, fallen und kam uns entgegen. Rosa wachte auf, zog sich am Sessel hoch und trappelte mit kleinen Schritten ebenfalls auf uns zu. Sie packte die Kekse und stellte sie vor uns hin. Laura war weiterhin damit beschäftigt, Wäsche zusammenzulegen.

„Also wenn Rosa darauf besteht, werden wir die Kekse zu Goldhaar bringen. Danach bleibt immer noch Zeit zum entspannen. Zum Glück kann sie sich noch nicht so richtig mit Mama und Papa unterhalten. Sonst kämen wir ganz schön in Erklärungsnot."

„Ich bin auch der Meinung, dass es nicht schaden kann, wenn Goldhaar über etwas Vorrat verfügt. Mir macht es Sorgen, dass sich ihr Gedächtnis immer noch nicht einstellt. Aber ich habe da so eine Idee. Oscar, du bist der Stärkste von uns und übernimmst die erste Etappe die Kekse zu tragen. Danach werden Laila und ich dich ablösen."

Laura war immer noch damit beschäftigt, dafür zu sorgen, dass der Wäscheberg kleiner wurde. Rosa und Sam standen neben der Katzenklappe. Sie winkte uns mit ihrer winzigen Hand nach.

„Lala, Ossar, Memeloo!"

Laura hatte die Wäschestücke versonnen zur Seite gelegt. Sebastian kam zu Tür hinein.

„Hast du Bock auf einen Spaziergang?"

„Äääh, warum nicht?" entgegnete Sebastian leicht irritiert. „Normalerweise läuft das doch anders. Hattest du einen schönen Tag? Möchtest du einen Kuss? Und weißt du was Rosa neues gelernt hat."

„Genau darum geht es. Unsere kleine Rosa verzockt ihre Kekse an die Katzen. Und die scheinen ihrerseits einen guten Abnehmer zu haben."

„An die Katzen? Du willst damit sagen, dass unsere Katzen mit Keksen dealen? Das musst du mir näher erklären."

„Den Grund muss ich auch noch herausfinden. Denn unsere Drei sind gerade mit den Keksen unterwegs und unsere kleine Verschwörerin hat ihnen noch nachgewunken."

„Wir sollten ihnen also nachgehen, um der Sache auf den Grund zu gehen?"

„Das ist der Plan. Aber wir wissen doch gar nicht, wo sie hingegangen sind."

„Aber soweit ich davon unterrichtet bin, ist der Handel mit Frühstückskeksen nicht verboten. Zudem kann ich die Katzen nicht mehr sehen. Wo sollen wir denn suchen? Wir haben doch keine Ahnung, wohin sie mit ihrer Beute gelaufen sind."

„Nein. Wir nicht. Aber Sam!"

Als Sam seinen Namen hörte, war er außer sich vor Freude. Er war so durcheinander, dass er Rosa die Hundeleine hinlegte und Mütze und Jäckchen zwischen seine großen runden Pfoten legte.

„Das ist nett von dir, Sam. Aber die Jacke und die Mütze sind viel zu klein für dich. Eine große Salatschüssel wäre da besser angebracht.

Du musst uns zeigen, was die Katzen mit den Keksen anstellen. Dann bekommst du auch im Winter eine Mütze. So eine mit Bömmelchen dran. Die wird dir gefallen."

Damit war Sam mehr als einverstanden und bald zogen sie gemeinsam los. Rosa krähte vor Vergnügen, weil Mama und Papa im Laufschritt unterwegs waren. Sie hatte das Gefühl, mit ihrem Kinderwagen zu fliegen. Und Sam konnte es nicht schnell genug gehen. Die Witterung lag gut in seiner Nase. Als sie in einen einsamen Feldweg abgebogen waren, blieb Sebastian kurz stehen. „Ich ahne wohin die Reise geht. Hier geht es doch zu dem Clubheim dieser bescheuerten Kater. Seit wann fahren die so auf Kekse ab?"

Laura zuckte nur mit den Schultern. Ein vorwitzige Locke wippte im Takt mit, als sie im Stehen auf und ab hüpfte. Auf einmal blieb sie stehen, weil eine Bewegung ihre Aufmerksamkeit forderte. Ihre Augen suchten nach dem Grund. Sam hatte natürlich schon länger die Witterung in der Nase. Er begann leise zu knurren. Sebastian folgte dem Blick Lauras. Ein Mann in einem schwarzen Anzug verschwand aus ihren Blicken und lief mit schnellen Schritten in den Wald hinein.

„Ob der irgendwo ein Auto mit einer Panne stehen hat? Mit so einem Anzug läuft man höchst selten im Wald herum."

Laura runzelte die Stirn. Sam ließ weiterhin sein kehliges Knurren klingen. „Auf mich hat er gewirkt, als wäre es ihm peinlich, dass wir ihn gesehen haben. Vielleicht hat er hier irgendwo versteckt ein Date und beide sind verheiratet. Nur nicht miteinander."

„Jeder macht sich so viele Sorgen, wie er vertragen kann."

Sam knurrte weiterhin, aber von dem Mann im schwarzen Anzug war nichts mehr zu sehen. Als Laura weitergehen wollte, hielt Sebastian sie zurück. „Schau doch mal, wer da quer über die Felder läuft. Natürlich benutzen unsere Viecher die direkte Vogelfluglinie und laufen nicht über den Weg, so wie wir. Hinter der nächsten Kurve müsste der verlassene Schuppen stehen."

Oscar hatte das Paket vorne in der Schnauze und die Mädels packten hinten mit an. Sam freute sich und wollte auf die drei losstürmen, um ihnen zu helfen, und vielleicht einen Keks dabei abstauben.

„Nein! Nein! Nein, Sam! Wir dürfen sie vorläufig nicht stören." Sebastian hielt Sam zurück und band ihn vorsorglich an die Leine. „Ich will jetzt schon wissen, was sie damit vorhaben. Wir müssen uns leise verhalten, sonst wird das nichts."

Sam zog eine Schnute. Das hatte er von Rosa gelernt. Wenn sie ein Schnütchen zog, bekam sie oft ihren Willen. Aber dieses Mal funktionierte es leider nicht.

„Du bekommst nachher eine Extraportion stinkigen Pansen. Was hältst du davon?"

Sam behielt seine Schnute noch bei, damit Sebastian sich auch an das gegebene Versprechen erinnerte.

„Keine Sorge! Der Pansendeal steht."

Laura nahm Rosa auf den Arm. Sebastian versteckte den Kinderwagen im Gebüsch. Danach schlichen sie sich an das Clubheim heran. Vor ihnen, im Gebüsch, hob von ihnen völlig unbemerkt, ein grau getigerter Kater seinen Kopf.

„Das war abzusehen, dass das eines Tages passiert. Sie sind uns offensichtlich auf den Fersen. Ich muss die anderen vorwarnen. Heute kommt aber auch alles zusammen. Zuerst der komische Mensch im schwarzen Anzug und jetzt trabt die gesamte Familie von Laila an."

Robert rannte in schnellen Sätzen zum Clubheim. Er achtete nicht mehr im mindesten darauf, ob er genügend Deckung hatte.

„Wir sind aufgeflogen," maunzte er so laut er konnte.

Völlig erschöpft ließ ich den Zipfel der Packung fallen.

„Was ist los?"

Oscar schleppte die Kekse alleine in das Clubheim. Goldhaar nahm ihm die Packung dankbar ab.

„Wenn es nicht so dramatisch wäre, würde ich tatsächlich sagen, dass ihr mir das Leben gerettet habt. Ohne euch hätte ich hier im Wald gelegen und keiner hätte mich gefunden."

Robert stürmte in den Schuppen. „Wir sind aufgeflogen!" wiederholte er aufgeregt. „Wir müssen uns etwas Neues einfallen lassen."

Goldhaar machte Anstalten, das Clubheim zu verlassen, um den Frühling zu genießen.

„Das kannst du vergessen," schimpfte Robert und stellte sich demonstrativ in die Tür.

„Geht's noch?" fauchte ich ihn böse an. „Du kannst doch Goldhaar nicht einsperren."

„Was bleibt mir denn anderes übrig. Dank eures unvorsichtigen Tuns, ist eure gesamte Familie hier. Mit Sam, der sie wahrscheinlich hier her geführt hat."

Zorro nickte und sprach vorerst kein Wort. Goldhaar bemerkte unsere Nervosität.

„Was habt ihr denn? Bin ich zu lange bei euch? Gehe ich euch auf die Nerven? Dann wird es Zeit, dass ich weiterziehe. Ich habe eure Hilfe schon viel zu lange in Anspruch genommen."

Erschrocken wandten wir uns zu Goldhaar hin und begannen mit ihr zu schmusen. Alle.... außer Zorro.

„Die Familie von Laila, der Namenlosen, und Oscar haben sich schon so manches Mal als Verbündete von uns bewiesen. Ich freue mich, dass es eine Gelegenheit gibt, Rosa so außer der Reihe zu sehen. Stellen wir uns dem Kampf...ach Blödsinn...der Diskussion. Wir müssen ihnen vermitteln, dass Goldhaar nichts mit anderen Menschen zu tun haben möchte."

Richie krauste nachdenklich die Stirn. „Und Goldhaar müssen wir vermitteln, dass von Rosas Eltern keine Gefahr droht. Hoffentlich gelingt uns dieser Spagat. Menschen können manchmal so schwer von Begriff sein."

Ekki legte sich auf den Rücken und besah sich seine Hinterbeine. „Mit dem besten Willen bekomme ich keinen Spagat hin. Wie klappt das bei euch so?"

„Ekki?"

„Ja, Boss?"

„Hat die Klappe!"

Goldhaar bekam von dieser Unterhaltung nur das anhaltende Maunzen mit. „Habt ihr Querelen miteinander? Das kommt auch schon mal vor. Ich bin jedenfalls stolz, dass ich mich nach so vielen Tagen immer noch an euch erinnern kann. Ich lebe nicht mehr nur einen Tag. Das ist wunderbar und das werde ich euch nie vergessen."

Die Spannung war ungeheuer. Wir hörten Sam schon schnaufen. Rosa brabbelte leise vor sich hin. Das Gehör von Goldhaar funktionierte sehr gut. Auch sie hörte, wie Rosa sich in ihrer eigenen Sprache mit Sam unterhielt. Ekki hatte auf ihrem Schoß Platz genommen und die anderen Kater drängten sich eng an sie. In ihren Händen hielt sie verzweifelt die Kekse fest. Ich hörte, wie sie unter dem großen Druck zerbrachen. Sebastians blonder, wilder Schopf erschien am oberen Türrahmen.

„Da ist die ganze Bande zusammen."

Das klang nicht sehr klug, aber Sebastian wusste nicht, was er sonst sagen sollte. Denn er hatte nicht damit gerechnet, auf einen anderen Menschen zu stoßen.

„Ich glaube nicht, dass zu dieser Verbindung noch mehr Katzen gehören," antwortete Goldhaar. „Also zumindest habe ich keine anderen gesehen."

Das klang auch nicht besonders klug. Sam schnaufte und begrüßte Goldhaar. Schließlich kannte er sie schon von unseren Erzählungen.

Goldhaar stockte vor Angst der Atem, als der unfassbar große Hund auf sie zukam. Sie hielt weiterhin die Kekse eng an sich gepresst.

„Der tut nix."

Sam und Ekki überprüften, wie man es schaffte, nix zu tun. Man machte doch immer irgendwas. Selbst einfach nur ruhig sitzen und dafür zu sorgen, nicht umzufallen, war irgend etwas tun. Zorro bemerkte den ratlosen Blick der Beiden.

„Das ist so ein gern genommener Ausdruck bei den Menschen, es heißt nichts anderes, als, dass unsere rote Riesentonne lieb und völlig harmlos ist."

„Also, wenn ein anderer Hund böse ist, sagt sein Mensch dann nur: `Der tut was` und der andere weiß dann, wie er sich zu verhalten hat? Ich verstehe das nicht so ganz. Dann müsste doch der Hund schon von sich aus sagen: „hi, ich bin ein böser Miesepeter und ich werde dich beißen". Dann wüsste doch jeder gleich Bescheid. Es sei denn, der Hund ist zu doof und kann sich nicht vernünftig unterhalten. Aber dann ist es sowieso egal und am besten ist es wenn..."

„Ekki? Du sprengst wieder einmal jeglichen Rahmen. Dein Gehirn muss gebaut sein, wie eine kleine Achterbahn aus Holz. Manche Sachen sind einfach zu eckig für deinen runden Schädel."

„Ich habe verstanden Boss und halte meine Klappe. Aber wenn ich ehrlich sein soll, habe ich diese eckigen Dinge nicht verstanden. Die tun meinem Gehirn weh. Ich lasse das jetzt sein."

„Sehr brav."

Goldhaar starrte immer noch auf die Riesendogge vor ihren Augen. Die Zunge des großen Hundes hing aus dem Maul und er hechelte. Aber seine Augen waren klug und freundlich.

„Okay? Wenn sie das sagen, aber er ist nur so schrecklich groß."

„Das ist er. Das ist aber auch schon das einzig gefährliche an ihm. Zumindest sehe ich, dass die Kekse in guten Händen sind."

Sam warf einen Blick auf uns. Ich nickte ihm aufmunternd zu. Er legte sich auf den Bauch und pirschte sich langsam an Goldhaar heran.

„Dieser Hund mag Katzen und die Katzen mögen ihn. War das schon immer so?"

Sam kämpfte sich fast unsichtbar in Goldhaars Nähe. Immer nur ganz winzige Stückchen.

„Ich war der Meinung, dass hier ein kleines, unterernährtes Viech sitzt, welches die Katzen durchfüttern. Aber stattdessen sitzt hier ein ausgewachsener Mensch."

Nach unten scheint es für das Niveau dieser Unterhaltung keine Grenzen zu geben. Wie blöd kann man als Mensch denn sein? Ich war zutiefst bestürzt. Was hatte Sebastian denn geglaubt, was ihn hier erwartet? Es gibt doch nur zwei Sorten hier auf unserer Erde. Menschen oder Viecher. Laura erschien auf der Bildfläche mit Rosa auf dem Arm. Goldhaars Gesicht überzog ein sanftes Lächeln, als sie des Babys gewahr wurde.

„Guten Tag. Geht es ihnen gut? Brauchen sie Hilfe? Können sie noch Lebensmittel gebrauchen?"

Meine Laura! Mit drei Sätzen hat sie alles angesprochen, was wichtig ist. Sie ist so phantastisch. Die Kater schauten sie alle verliebt an. Und bei mir glomm so etwas wie Besitzerstolz auf. Mein Mensch!

„Danke! Ich brauche keine Hilfe. Die Kekse gehören ihnen?"

„Eigentlich gehören sie Rosa. Aber ich habe mit meinen eigenen Augen gesehen, wie sie höchstpersönlich die Kekse an unsere Katzen übergeben hat. Die kleine Schwarze, die elegante Graue und das schwarz-weiße Riesenbaby leben bei uns. Die anderen Kater sind uns auch wohlbekannt. Sie sind die Paten von unserer Rosa!"

„Das ist wunderbar. Und wie zu sehen ist, nehmen die Katzen ihre Aufgabe sehr ernst. Bessere Paten kann es gar nicht geben. Die Kater versorgen mich auch. Ich habe Toastbrot, Wurst, und Käse bekommen, und einer hat mir sogar Manuka-Honig gebracht. Das war dieser niedliche, kleine, Bunte hier. Ich hoffe, er hat Zuhause keine Schwierigkeiten bekommen, denn Manuka-Honig ist sehr teuer."

Ein leichtes Lächeln zog sich über das Gesicht von Goldhaar. „Ich weiß, dass Manuka-Honig teuer ist. Ich kann mich tatsächlich daran erinnern, dass er sehr teuer ist. Es ist nur ein kleiner Schritt, aber er geht vorwärts und nicht zurück."

„Für dich würde ich den Honig aus der Hölle holen," schnurrte Ekki zufrieden. „Der Honig ist Zuhause weg und die Freundin meines Menschen kann ihn nicht mehr damit nerven, wie schrecklich gesund dieses klebrige Zeug ist. Goldhaar mag ihn und genießt ihn. So ist jedem geholfen."

Laura setzte Rosa auf dem Boden ab. Sie krähte vor Vergnügen und zog Sam empfindlich am Ohr. Rosa watschelte mit kleinen Schritten auf Goldhaar zu, ohne das Ohr von Sam loszulassen. Es blieb ihm nichts anderes übrig, als, weiterhin auf dem Bauch liegend, Rosa zu folgen, wenn er sein Ohr behalten wollte.

„Fällt es ihnen schwer, sich an etwas zu erinnern? Können wir ihnen eventuell helfen?"

Goldhaar hob abwehrend beide Hände hoch. „Nein! Nein! Ich brauch keine Hilfe. Wenn es ihnen peinlich ist, werde ich wieder verschwinden! Es tut mir auch leid, dass die Katzen bei ihnen gestohlen haben. Ich werde ihnen keine Probleme mehr bereiten."

Goldhaars Augen füllten sich mit Tränen und kullerten die Wangen herunter.

„Ganz toll!" fauchte ich böse. „Das habt ihr gut hinbekommen. Wir haben Tage gebraucht, dass Goldhaar nicht mehr weint. Ihr seid zwei Minuten da und die Tränen fließen schon wieder."

Zorro schüttelte über so viel Unverstand nur mit dem Kopf.

„Das ist schon seltsam. Laura und Sebastian wollten nur helfen, aber erreichten genau das Gegenteil. Wie können wir das wieder hinbiegen? Weil, und das steht außer Frage, wir können Goldhaar nicht so zurück in die Welt schicken. Das funktioniert nicht. Anscheinend haben nur wir Katzen einen Draht zu ihr."

Er warf einen wohlwollenden Blick auf Sam, der immer noch mit seinem Ohr an Rosa hing. „Unsere rote Riesentonne natürlich, und kleine winzige Menschen, mit einem Windelpaket am Hintern, weil sie noch nicht ganz dicht sind, scheinen auch eine gewisse Anziehungskraft auf Goldhaar zu haben."

Sam leckte Goldhaar sanft über die Hand. Die Tränen versiegten wieder und sie streichelte die riesige Bordeauxdogge.

„Uns tut es nicht leid, dass die Katzen für sie Essen besorgt haben. Und wenn sie damit zufrieden sind, dann sind wir es auch. Wir wollten ihnen auf keinen Fall zu nahe treten. Sie kommen augenscheinlich mit ihnen besser zurecht, als mit Menschen, die ständig zu viele Fragen stellen."

Rosa watschelte mit niedlichen Schritten zu ihrem Kinderwagen und kam mit einer Rassel zurück. Sie überreichte sie fast feierlich an Goldhaar.

„Dankeschön! Ich glaube, ich habe schon einige Geschenke von dir."

Goldhaar griff nach ihrem Rucksack und förderte einen Schnuller und einen Beißring zu Tage.

„Willst du sie wiederhaben?"

Aber Rosa fand einen fetten Regenwurm viel spannender und ließ endlich das Ohr von Sam los.

„Bleiben sie hier, so lange sie wollen und wie es nötig ist. Wir versprechen ihnen, dass wir mit keinem anderen Menschen darüber sprechen werden."

Der fette Regenwurm fühlte sich wohl bei Rosa und ringelte sich um ihre Hand.

Gedankenverloren spielte Goldhaar mit der Rassel in der Hand. Ekki gefiel das und er beteiligte sich an dem Spiel.

„Die Katzen tun mir gut. Ich lerne wieder das Leben zu lieben."

Laura sah mit Entsetzen, dass Rosa dem Wurm um ihrem Handgelenk einen Kuss geben wollte. Sie versuchte zögerlich, das glitschige Vieh von der Hand Rosas zu entfernen, und nahm Rosa wieder auf den Arm. Aber den Regenwurm ließ die Kleine nicht mehr los.

„Den habe ich organisiert!" verkündete Ekki stolz.

„Du findest immer nur Regenwürmer. Was anderes siehst du gar nicht," höhnte Richie. „Wobei ich sagen muss, dass dieses Prachtexemplar wirklich beeindruckend ist."

„Aber mit dem spielt Rosa und Goldhaar hat sich auch schon damit beschäftigt. Mit deinen halben Mäusen machst du hier keinen Eindruck."

„Haltet die Klappe! Und zwar alle beide!" ließ Zorro verlauten.

Laura packte Rosa in den Kinderwagen. Nur unter Protest ließ sie schließlich zu, dass ihr Papa den zuckenden Regenwurm von der Hand band und auf den weichen Waldboden setzte.

„Hier fühlt er sich bedeutend wohler, als in deinem Kinderbettchen."

Sie zog ihr zuckersüßes Schnütchen, weil sie lieber noch bei den Katzen verweilen wollte. Sie trauerte ihrem Wurm nach, der umgehend in der weichen Erde verschwunden war. Aber wie Mamas so sind, Laura war unerbittlich und ließ sich durch nichts erweichen.

„Wie versprochen. Wir werden mit niemandem darüber sprechen."

„Das ist sehr lieb von ihnen."

„Ach übrigens. Der Dicke hier heißt Oscar. Die schöne Graue hat keinen Namen angenommen und heißt deshalb nur die Namenlose.

Die kleine Schwarze trägt den Namen Laila."

Sebastian zeigte auf die anderen Kater. „Das ist Pirat, Ekki, Richie, Robert und der große Schwarze ist Zorro. Er ist der Chef von allen."

„Er ist mein Freund, aber auf keinen Fall mein Chef!" maunzte ich ungehalten dazwischen.

„Du wärst mir auch viel zu anstrengend! Mit deinem Weiberkram bliebe keine Zeit mehr für meine eigentliche Arbeit!" konterte Zorro. Wir grinsten beide ziemlich breit.

„Wir sorgen dafür, dass die Katzen immer genügend Kekse „organisieren" können. Sind sie damit einverstanden?"

„Das würde mir sehr zusagen."

Laura und Sebastian zogen mit dem Kinderwagen wieder los.

„Geht ihr denn nicht mit ihnen?" fragte Goldhaar.

„Nur wenn wir Lust haben," maunzte ich. „Unsere Menschen wissen, dass wir manchmal tagelang nicht Zuhause sind."

„Sie haben unbegrenztes Vertrauen zu uns," ergänzte die Namenlose.

Goldhaar ging bis an den Eingang und atmete tief ein. Sie hörte noch, wie sich Laura und Sebastian unterhielten.

„Aber weißt du, Sebastian, ich frage mich immer noch, was der Mann im schwarzen Anzug hier zu suchen hatte. Komisch ist das schon. Weil, wie ein Spaziergänger sah er nicht aus."

„Das kann ich auch nicht sagen. Ich hatte auch den Eindruck, dass er vor uns davongelaufen ist. Wenn wir ihn jetzt wieder treffen, werden wir ihn fragen."

Goldhaar zuckte entsetzt zusammen. Waren ihre Alpträume womöglich doch real?

*

Die Mittagspause verbrachte Stefan, zusammen mit Jordi, in seinem Lieblingskiosk. Auf der Fahrt sprach Jordi kurz die brisante Situation mit Stefans Frau, hinsichtlich des aktuellen Falles, an.

„Wir wissen beide, dass Susanne unmöglich mit dem Mord etwas zu tun hat. Aber wir müssen das endlich klären, sonst heißt es, die Polizei ist befangen."

„Ich kümmere mich darum. Aber zunächst möchte ich mich mit dir über etwas gänzlich anderes unterhalten."

„Nur zu, mein Freund." Jordi legte ihm aufmunternd die Hand auf die Schulter. Stefan parkte den Wagen auf dem Parkplatz. Das Aroma von frisch zubereitetem Essen ließ ihnen das Wasser im Mund zusammenlaufen.

„Gerade habe ich schöne Bratkartoffeln fertig gemacht. Mögen die Herren eine Portion?"

„Nein!"

„Entschuldigung. War nur eine Frage."

„Wir wollen zwei."

„Was?"

„Liebe Frau Remberg. Sie haben vollkommen richtig gehört. Jeder von uns möchte zwei Portionen."

„Mit Rührei oder Würstchen?"

„Mit Rührei und Würstchen. Und als Aperitif einen guten Kaffee. Und als Digestif einen noch besseren Espresso."

„Das nenne ich doch mal eine phantastische Zusammenstellung. Nehmt Platz! Ich bringe euch den Kaffee sofort. Kann ich die doppelte Portion auf zwei große Teller verteilen. Sonst sieht das doch ziemlich merkwürdig aus, wenn ihr vier Teller vor euch stehen habt."

„Aber Frau Remberg! Dann würde doch auch jeder sehen, dass ihr Essen phantastisch ist und wir nicht genug davon bekommen können."

„Es könnte aber auch so aufgefasst werden, Stefan, dass man uns für Vielfraße hält."

„Was ist daran falsch?"

Frau Remberg lachte, reichte ihnen ihren Kaffee und wandte sich wieder ihrer kleinen Küche zu.

„Sollen wir uns über Computer oder über die Bundesliga unterhalten?"

„Wozu, Jordi? Mit Fußball kann ich nichts anfangen und von Computern habe ich keine Ahnung."

Stefan und Jordi genossen ihren Kaffee.

„Aber man sagt uns Männern doch nach, dass wir nicht in der Lage sind, über unsere wirklichen Probleme zu sprechen."

„Ich kann aber nichts anderes sagen, als, dass mir zum heulen ist. Und dann teile ich nach allen Richtungen Schläge aus. Entschuldige bitte. Es tut mit leid, dass ich dich so hart angefahren habe. Aber wenn nicht bald etwas geschieht, fahren wir nicht mehr zusammen auf ein Festival."

„Und warum nicht, Stefan?"

„Weil ich Angst habe, Susanne zu verlieren." Stefan konnte nichts gegen seine Emotionen tun. Heiße Tränen liefen an seinen Wangen herunter. Mit den Händen wischte er immer wieder verstohlen über die Augen.

Jordi stieß vor Schreck Stefans Kaffeetasse um. Sie kullerte gemächlich auf den Abgrund zu. Da die Tasse niemand aufhielt, stürzte sie sich in das gefährlichste, und wohl auch letzte, Abenteuer ihres keramischen Lebens. Auch wenn sie es sich im letzten Moment anders überlegt hätte, so war ihr vorschnelles Ende nicht mehr aufzuhalten. Sie zersprang auf dem Boden in tausend Teile und die heiße dampfende Flüssigkeit tropfte vom Tisch, über die Hände von Stefan, auf den Boden. Immer noch fassungslos starrte Jordi Stefan an und reichte ihm etwas hilflos seine Papierserviette. Frau Remberg ließ alles stehen und liegen und eilte Jordi mit Küchenrolle und Kehrschaufel zu Hilfe.

„Es war nur eine Tasse, Herr Wieland! Ich bringe ihnen einen neuen Kaffee. Nichts, über was man sich aufregen müsste."

Stefan half ebenfalls mit, den Kaffee und die Scherben aufzuwischen.

„Das ist wohl wahr, Frau Remberg. Aber es war eine schöne Tasse," schniefte er undeutlich. Es war ihm unendlich peinlich, dass Frau Remberg seinen Gefühlsausbruch mitbekommen hatte.

„Ich habe noch einmal die Gleiche, da schreibe ich ihren Namen drauf, und die ist nur für sie reserviert. Und jetzt freuen sie sich auf ihr Essen."

Als sie zurück hinter ihre Verkaufstheke ging, legte sie ihm sanft die Hand auf die Schulter.

Jordi hob entrüstet seine Augenbrauen. „Ich will auch eine Tasse mit meinem Namen. Geht das auch, ohne dass ich eine zerdeppere?"

Frau Remberg lächelte nachsichtig. „Selbstverständlich!"

Beide Kommissare nickten. Stefan hatte sich wieder weitestgehend im Griff. Er rieb mit der Serviette noch einmal über die Augen und schnäuzte sich geräuschvoll. Schweigend nahmen sie zunächst ihre Mahlzeit ein.

„Wieso hast du Angst deine Susanne zu verlieren. Für Irene und mich wart ihr immer unser Vorbild. Bei euch lief doch alles wie am Schnürchen. Alles war bei euch geregelt und keiner kam zu kurz."

Stefan brachte die leeren Teller an den Tresen zurück und kam mit zwei Espressi wieder an den Tisch.

„Und warum? Weil Susanne sich ständig um alles gekümmert hat. Die Kinder, den Haushalt, sie sorgte dafür, dass jeder mit allem ausreichend versorgt war, dass die Wäsche tadellos war. Und jetzt sind meine Shirts nicht mehr gebügelt. Ihre berufliche Laufbahn hat sie nie sonderlich interessiert. Die Liste wäre endlos lang."

Jordi schüttete drei Löffel Zucker in den Kaffee und rührte um. „Ich dachte, Susanne gefällt das, und sie geht auf in ihrer Rolle als Hausfrau, Mutter, Gartenspezialistin, Katzentrainerin, und ihr Job sei nur reine Nebensache."

„Den Job hat sie geschmissen und hat jetzt eine neue Stelle angetreten."

Jordi schlürfte einen Schluck von dem wohlschmeckenden Espresso, und tat noch einen Löffel Zucker hinein. „Früher haben wir uns öfter privat getroffen und haben ausführlich über so etwas gesprochen."

„Susanne hat sich auch von mir zurückgezogen. Die letzte Zeit wurde sie immer ruhiger und stiller."

„Das heißt, in eurem Bett wird nur noch geschlafen? Also was ich damit fragen will, jeder liegt auf seiner Seite und da spielt sich nichts mehr ab?"

„Mit einem abendfüllenden Spielfilm können wir zur Zeit nicht dienen."

„Kann es sein, dass ihr im Familienleben zu viel, und andererseits, zu wenig vom Leben, geboten wurde?"

„Darüber habe ich auch schon nachgedacht. Aber warum nimmt sie dann einen Job an, bei dem sie noch seltener Zuhause ist? Hörst du bitte auf, in der Tasse zu rühren, sonst fällt der Boden raus. Wir bekommen nur zwei Tassen mit unseren Namen."

Jordi schleckte den Löffel genüsslich ab. „Ich kann mir nur vorstellen, dass sie keinen Bock mehr darauf hat, eure Dienstbotin zu sein und ständig für euch „online" zu sein."

Stefan lief wieder zum Tresen und verlangte noch eine Tüte mit Rumkugeln. „Wenn es nur das wäre. Aber da ist noch etwas anderes. Ich habe völlig verlernt wie es ist, wenn man gegen einen anderen Mann kämpfen muss."

Die leere Espresso Tasse fiel Jordi aus der Hand. Aber Stefan fing sie geschickt auf. „Manchmal ist nur ein Handgriff nötig, um eine kleine Katastrophe zu verhindern." „A...aber wo soll denn der andere Mann herkommen? Oder geht Susanne öfter alleine aus?"

„Nach wie vor nicht. Aber ihr neuer Chef findet sie über alle Maßen anziehend, und ist mit ihrer Arbeit mehr als zufrieden."

„Woher kommt dein Misstrauen Susanne gegenüber? Hat sie dir schon einen handfesten Grund gegeben, an ihrer Treue zu zweifeln?"

„Nein...ja...Ich weiß es nicht. Es ist nur so ein blödes Gefühl. Hinten im Nacken. Ich kann es durch nichts bestimmen. Da ist keine Nähe mehr zu ihr und das macht mir Angst. Ihr neuer Chef lädt Susanne auch ständig zu irgendwelchen Meetings und Veranstaltungen ein. Sie kommt immer später nach Hause. Und jetzt soll sie auch noch den Chef an Wochenenden begleiten. Früher hätte sie das rundheraus abgelehnt! Dann muss ich sehen, dass die Kinder in die Schule kommen bevor alles im Chaos endet."

„Das ist schon unverschämt, Stefan. Aber am Wochenende gibt es relativ wenig Schulunterricht. Also daran kann es nicht liegen. Aber das ist schon heftig."

„Meinst du wirklich?"

„Oder anmaßend, ...weil du deiner Meinung nach an der Situation unverschuldet bist, und du dich mit den Kindern auseinandersetzen musst, wie es jeder normale Vater heute tut."

„O..ooh Scheiße. Was bist du bloß für ein Freund!"

„Ein ehrlicher. Es gibt noch einen Fakt, der nicht zu unterschätzen ist. Unsere Arbeitszeiten. Sie sind, na ja, ich drücke es mal diplomatisch aus, etwas unregelmäßig. Für Freunde und Familie ist es nicht einfach, sich darauf einzustellen. Und planen im voraus wird fast unmöglich."

„Also liegt es an mir, dass sich Susanne vielleicht „anderweitig" orientiert? Soll ich mich ins Büro versetzen lassen, um jeden Tag pünktlich Zuhause zu sein und den Rest des abends zusammen mit der Familie zu verbringen?"

„Das wäre für wenige Monate vielleicht gar nicht so schlecht! Dann könntest du genau nachempfinden, wie sich Susanne die letzte Zeit gefühlt hat."

„Ich liebe meine Arbeit! Das ist verdammt hart! Aber ihr zuliebe würde ich in den sauren Apfel beißen."

„Dann dauert es nur eine kurze Zeit, und du bist auf dem gleichen Level wie deine Frau, und ihr geht euch beide gehörig auf die Nerven. Das ist mit Sicherheit keine Lösung. Habe ich irgendetwas davon erwähnt? Nein! Mit keinem Wort habe ich so einen Mist verlauten lassen. Susanne war die letzten zwölf Jahre fast ausschließlich für euch da. Vielleicht ist die Zeit gekommen, ihr etwas zurückzugeben."

„Was soll das deiner Meinung nach sein? So schräge Erlebnis-wochenenden, wo man zum Beispiel in einem Wald ausgesetzt wird und nur mit Koordinaten wieder herausfindet und bei denen man nicht weiß, ob man noch lebend nach Hause kommt? Oder meinst du Tantrasex mit bescheuerten Stellungen, die, wenn du richtig Pech hast, auch nur schwerlich überlebst, sodass man am Schluss beim Chiropraktiker landet?"

„Warum nicht? Wenn es euch beiden Spaß macht."

„Chiropraktiker und Orthopäden machen keinen Spaß und tun nur weh."

„Hauptsache Susanne hat dann nur noch Augen für dich."

Stefan schaute auf die Uhr und steckte die Rumkugeln in die Tasche.

„Ja! Mit den Augen einer Krankenschwester, weil sie mich dann pflegen muss. Das ist jetzt nicht so das Ergebnis, wie ich es mir erhofft habe."

„Du kannst es auch einmal mit einer schicken Einladung zum Essen probieren."

„Sie braucht keine Einladung. Der Kühlschrank ist immer voll."

Jordi schüttelte entsetzt mit dem Kopf. „Wie ist es dir gelungen, Susanne dazu zu bringen, dich zu heiraten?"

Stefan kratzte sich intensiv am Kopf. „Wir waren im Kino. Und die Hauptdarsteller in dem Film hatten geheiratet. Da hatte ich so am Rande bemerkt, dass das doch eine gute Idee ist."

„Das war alles?"

„Das war alles."

„Es gibt viel zu tun."

*

Miranda kam gerade von einem kleinen Ausflug zurück. Mit halbem Herzen hatte sie unterwegs versucht, eine Maus zu fangen. Bei dem bloßen Gedanken an frisches, blutiges Muskelfleisch, lief ihr das Wasser in der Schnauze zusammen. Aber sie war mit den Gedanken nicht ganz bei der Sache. Seit sie diesen brutalen Schlag auf den Kopf erlitten hatte, war es manchmal sehr schwierig, sich auf etwas zu konzentrieren. Nach mehreren Fehlversuchen gab sie es auf. Ihr Mensch, Magdalena, hatte gerade ihre Unterrichtsstunde, zusammen mit diesem Herrn Gieseck. Er nannte es: 'zusammen den Alltag bewältigen und neu erlernen'.

„Liebe Frau Korbfuss. Wo befindet sich in dieser Wohnung die Obstschale?"

„Lieber Herr Gieseck. Es ist mir scheißegal wo sich die Obstschale befindet."

„Was soll das denn, Frau Korbfuss? Wir hatten doch schon so gute Fortschritt gemacht."

„Wir? Ich mache also Fortschritte, indem ich ihnen erkläre, dass dieses scheußliche Ding mit drei Äpfeln, einer Apfelsine und vier farblich abgestimmten Bananen, natürlich alles Bio, in der Küche neben der Kaffeemaschine steht?"

„Allerdings! Sie können nicht nur sagen, wo dieses Geschirrstück steht, sondern haben ganz nebenbei erklärt, welches Obst in der Schüssel liegt. Ich musste zuerst einen Blick darauf werfen, um mich über den Inhalt zu vergewissern."

„Ich kann das geplant haben, um sie auf eine falsche Fährte zu locken."

„Nein, Frau Korbfuss! Sie hatten keine Ahnung welche Frage ich ihnen stelle."

„Aber jeder Mensch entwickelt so etwas wie ein System. Auch sie! Oder gerade sie, weil sie ein Mensch sind, der nur in einer gewissen Ordnung leben kann. Es darf noch kein Bleistift außer der Reihe liegen. So etwas wie „Monk" in einer sanften Form. Vielleicht bin ich dahintergekommen, welche Fragen in einem gewissen Zeitraum sie zu stellen pflegen."

Herr Gieseck verschränkte seine Arme und lächelte hintergründig. „Und selbst wenn es so wäre. Alleine das setzt schon logisches Denken und Kombinationsgabe voraus. Im Prinzip ist das ein gutes Zeichen. Sie haben eine sehr gute Beobachtungsgabe und sie können Menschen gut einschätzen. Lassen sie uns noch weitere Wochen trainieren und dann werden wir weitersehen. Ihre kognitiven und vorausschauenden Fähigkeiten bauen sich wieder auf. Ich bin wirklich sehr zufrieden."

„Darauf sollten wir einen trinken."

Gieseck schaute sie entgeistert an. „Alkohol ist eigentlich tabu. Sie nehmen starke Medikamente und sie können in ihrer Wahrnehmung gestört werden. Das wollen wir doch auf gar keinen Fall riskieren, das kann uns um Wochen zurückwerfen."

„Können sie mir einen Gefallen tun, Herr Gieseck?"

„Wenn es mir irgendwie möglich ist."

„Hören sie bitte mit dem „Geschwafel vom Wir" auf. Es geht hier leider nur um mich, und ich war so frei mir einen Witz zu erlauben, den sie in „Monkscher Tradition" natürlich nicht verstanden haben. Ich probier es jetzt noch einmal. Haben sie Bock auf eine gute Tasse Earl Grey Tee?"

Gieseck lief rot an. „Selbstverständlich, Frau Korbfuss. Bitte entschuldigen sie, dass ich sie missverstanden habe. So etwas darf eigentlich nicht passieren."

„Ich hoffe es passiert noch öfter, und, dass wir irgendwann gemeinsam darüber lachen können."

Miranda hatte mit Vergnügen dieser Unterhaltung gelauscht. Also, wenn das die nächsten Tage so weiterging, bestand wirklich Hoffnung, dass sie vielleicht eines Tages in ihr schönes großes Haus am Stadtrand zurückkehrten. Magdalena fasste sich allen Mut zusammen, um mit Herrn Gieseck über ein bestimmtes Thema zu sprechen. Sie warf einen bedeutungsvollen Blick auf Miranda, die daraufhin aufmunternd und zart maunzte. „Ich bin bei dir, ich habe keine Angst mehr vor einem Überfall. Das wird nicht noch einmal passieren."

„Ich habe fast jede Nacht einen seltsamen Traum."

„Erzählen sie, Frau Korbfuss, das macht mich neugierig."

„Fast jede Nacht schwebe ich über den Wolken. Und in den Wolken befindet sich eine Tür. Aus Holz. Sie wirkt sehr solide und kommt mir irgendwie bekannt vor. Und jede Nacht komme ich der Tür näher. Eine unwirkliche, himmlische Stimme warnt mich davor, sie zu öffnen und hineinzugehen. Warum schwebe ich? Ist es eine

Vorahnung auf den Tod?"

„Das glaube ich nicht. Ich kenne diese Träume. Es kann sein, dass es eine unverarbeitete Situation aus ihrer Vergangenheit ist. Ihr Gehirn hat den Anlass sozusagen „vergessen" und erinnert sie hin und wieder daran. Sobald sie sich daran erinnern, ist der Traum vorbei."

„Bei ihnen hört sich das alles so einfach an. Wo ist denn bloß der Wasserkocher? Gestern war er doch noch da? Genau an diesem Platz hat er gestanden." Magdalena zeigte störrisch auf den Platz neben der Kaffeemaschine. „Das verstehe ich nicht"

Aber so sehr Magdalena auch suchte. Nirgendwo in der Küche war dieses wichtige Utensil zu finden. „Aber Frau Korbfuss! Das ist doch nicht wichtig. Setzen sie doch einen Topf mit Wasser auf. Das Ergebnis ist das Gleiche."

Magdalena warf einen verzweifelten Blick durch die Küche. „Auf diese Lösung hätte ich alleine kommen müssen! Das war es dann wohl mit dem kognitiven vorausschauenden Denken."

„Sie muten sich zu viel auf einmal zu." Herr Gieseck griff nach seinem Handy und begann hektisch darauf herumzutippen. „Atmen sie tief durch und gehen sie in aller Ruhe den Tag noch einmal durch. Vielleicht fällt es ihnen wieder ein."

„Bloß nicht durchdrehen!" dachte sich Magdalena. So etwas kommt immer mal wieder vor. Bloß jetzt nicht durchdrehen und einen klaren Kopf behalten." Magdalena öffnete den unteren Schrank, entnahm ihm einen Topf und setzte Wasser auf. „Ich sollte mir einen Teekessel zulegen," sagte sie laut. „So einen silbernen schönen."

„Das ist eine sehr gute Idee, Frau Korbfuss."

„Wenn der Tee fertig ist, können wir gemeinsam im Internet nachsehen, was alles an Teekesseln auf dem Markt ist. Nehmen sie schon einmal Platz."

Gieseck setzte sich an den Tisch. Er wirkte abwesend. Aber Magdalena wusste es besser. Es war seine Art, sich nach außen hin auszuklinken. So hoffte er, von Magdalena ein unkontrolliertes Verhalten beobachten zu können. Sie wollte ihm diesen Gefallen, nach dem Affront mit dem Wasserkocher, aber nicht tun und gab sich große Mühe, nach außen hin tough zu wirken. Wo war die Teedose? Ihr Herz begann schneller zu schlagen. Sie stand doch eben noch da? Oder war das gestern Abend? Diese bunte Dose stammte noch aus ihrem Haus. Sie befand sich schon seit Jahrzehnten in ihrem Besitz und war ein Geschenk ihres Mannes. Magdalena liebte sie über alles. Aber sie war wie vom Erdboden verschwunden.

„Suchen sie etwas? Kann ich helfen?"

Magdalena konnte es nicht länger verbergen. „Die Teedose ist nicht an ihrem Platz."

„Wo ist denn normalerweise der Platz?"

Magdalena deutete auf ein Regal über der Kaffeemaschine.

„Gerda hat, soweit es ihr möglich war, die Sachen des täglichen Gebrauchs in der Küche genau so deponiert, wie es in meinem Haus war. Sie sagte, das wäre am besten."

Gieseck blieb mit verschränkten Armen am Tisch sitzen.

„Wo könnte sich denn, ihrer Meinung nach, die Teedose sonst noch befinden?"

Magdalenas Blick irrte unstet in der Küche umher. „Ich weiß das nicht so genau." Bloß nicht fragen, ob er die Dose gesehen hat, spuckte es Magdalena im Kopf herum. Er könnte aber auch sagen, dass er dieses verdammte Ding heute schon gesehen hat. Aber nein! Er lässt mich schön auflaufen! Ich werde nervös und meine Hände werden feucht. Was passiert hier? Er nennt das bestimmt wieder „Stresssituation" und, dass zu viele von diesen „komischen Dingern" im Blut sind. Also ich nenne das, die Kontrolle verlieren und habe nicht die leiseste Ahnung was mit mir passiert.

„Sie werden nervös, Frau Korbfuss. Normalerweise ist ein klein wenig Stress gut, um uns zu höheren Leistungen anzuspornen. Aber in ihrem Fall produzieren sie viel zu viel Cortisol. Das Ergebnis sind Konzentrationsstörungen und unnötige Ängste, die sie blockieren."

Gieseck nahm das Blutdruckmessgerät und band Magdalena die Manschette um. „Ich habe es mir gedacht 180 zu neunzig. Das ist viel zu hoch. Zu viel Cortisol treibt auch den Blutdruck hoch. Aber das können sie steuern."

„Ich bin doch kein Computer, an dem man nur die Software zu regulieren braucht. Allerdings wäre das wirklich praktisch."

„Es geht darum, den Alltag zu bewältigen. Wenn nicht mehr so viel Cortisol produziert wird, entstehen auch keine neuen Ängste. Also fahren sie alles herunter und starten sozusagen neu. Gehen sie den Tagesablauf genau durch."

„Mein Kurzzeitgedächtnis hat etwas nachgelassen."

„Denken sie nach! Haben sie gestern Tee getrunken?"

„Aber ja doch. Gemeinsam mit ihnen. Wissen sie denn das nicht mehr?"

„Ich weiß es, Frau Korbfuss. Und wo stand diese Teedose gestern?"

Magdalena deutete wieder auf das leere Regal. „Na hier. Und jetzt ist sie weg. Schauen sie mich nicht so entsetzt an."

„Mir gefällt das nicht, Frau Korbfuss."

„Begeistert bin ich auch nicht."

„Wir werden morgen weitere Tests machen."

Miranda hörte im Garten, dass das Gespräch eine andere Wendung genommen hatte. Als sich Herr Gieseck bis vor wenigen Minuten noch anhörte wie ein normaler Mensch, so schlug jetzt der salbungsvolle Therapeutenton wieder durch. Gerne hätte sie noch im Garten verweilt, denn unter der Hecke konnte sie eine Bewegung wahrnehmen. Sie warf einen Blick zurück und sie hörte wie ein Kater maunzte,

„Hast du diese traumhaften Augen gesehen?"

„Ja, du karierter Depp! Natürlich habe ich diese Augen gesehen und sie hat sogar zwei davon."

„Das ist mir auch schon aufgefallen. Sie hat Goldaugen. So ein Zufall aber auch."

„Eigentlich sollte man dich erschlagen."

„Meinst du erschlagen wie ein Ei?"

„Ein Ei schlägt man auf, damit es ohne Schale in die Pfanne gelangt, weil, mit Schale ist es doof und funktioniert nicht. Eine Beute, die wir fangen, wird erschlagen bevor sie gegessen wird. Man kann sie dann leichter verspeisen, denn Beute, die nicht vorher erschlagen wurde, hat da meistens was dagegen."

„Aber tot und kaputt sind beide. Also wo ist der Unterschied."

Miranda hätte noch gerne weiter zugehört, aber ihre Alarmglocken schrillten unaufhaltsam.

„Was ist denn das?"

„Was weiß denn ich? Lass es einfach liegen, Ekki."

„Aber sieh doch nur Pirat, wie hübsch dieses Ding ist. Bei uns Zuhause steht auch so etwas herum. Aber im Küchenschrank, im obersten Fach. Die Freundin meines Menschen hat da jede Menge Knusperherzen für mich drin gebunkert. Aber ohne ihre Hilfe komm ich da nicht ran. Ich soll immer schön bitte bitte mit den Pfötchen machen, erst dann bekomme ich eine kleine Handvoll."

„Die Demütigung kennt keine Grenzen."

„Aber wenn ich diesen „Pfötchentanz" aufführe, mache ich die Stinkkralle."

„Das gefällt mir. So viel Würde muss sein. Die hier riecht aber nicht nach Knusperherzen. Das Ding stinkt und drin sind nur schwarze, vertrocknete Fäden. Aus einem unerfindlichen Grund schütten sich die Menschen diese verdorrten Fäden in eine Tasse und gießen heißes Wasser drüber. Aber anstatt diese Brühe, die aussieht wie schmutziges Spülwasser, auszuschütten, trinken sie es und halten dabei albern den kleinen Finger hoch."

Miranda ging langsam zu dem Gebüsch zurück.

„Könnt ihr nur Blödsinn quasseln, oder kann man mit euch auch einmal ein vernünftiges Wort sprechen?"

Pirat richtete mit der Pfote seinen Schnurrbart aus.

„Also uns genügt es, wenn du sprichst und wir dir zuhören. Könntest du uns dabei vielleicht ansehen? Deine Augen sind wirklich so was von ...von..."

„Phänomenal! Einzigartig!"

„Du erstaunst mich immer wieder Ekki."

*

Frau Siebenstock saß Stefan gegenüber.

„Es ist alles noch so verwirrend für mich. Bis jetzt habe ich immer noch nicht herausgefunden, wie dieser Mann das Büro betreten konnte."

„Dafür sind wir da. Erzählen sie uns, wie sie den Morgen, bis sie die Leiche gefunden haben, verbracht haben."

„Zunächst gehe ich jeden Morgen eine Runde joggen. Dabei habe ich die letzten Tage Susanne getroffen, von der ich leider erst durch die Presse erfahren habe, dass es sich dabei um ihre Frau handelte. Es tut mir sehr leid, dass sie dadurch in Mitleidenschaft gezogen wird. Dieses Foto, welches der Presse zugespielt wurde, ist mir nach wie vor ein Rätsel. Wir laufen eine Strecke gemeinsam und dann, in der Nähe meiner Firma, trennen sich unsere Wege. Am Anfang dieses Industriegebietes wurde eine neue Wohnanlage gebaut. Dort habe ich mich eingemietet. Es ist recht praktisch für mich, denn ich spare jede Menge Zeit. Ich dusche und ziehe mich um. Mit dem Auto sind es nur wenige Augenblicke bis zur meiner Firma. Das dauert bei mir höchstens zwanzig Minuten. Ich darf meinen Wagen hinter dem Haus parken. Und von da gehe ich dann in die Firma. An diesem Morgen bin ich ausnahmsweise durch den Seiteneingang im Keller gekommen. Ich habe dabei ständig mit Herrn Hansmann telefoniert. Er wird das bestätigen können."

„Müssen denn nicht alle Angestellten an Frau Ganzholt vorbei?"

„Normalerweise schon. Aber ich konnte erreichen, dass ich durch den Seiteneingang hinein darf. Dann gehe ich durch das Treppenhaus nach oben. An diesem Morgen traf ich Susanne an der Rezeption. Es gab einige Differenzen mit Frau Ganzholt. Aber das konnte ich klären und bin mit Susanne vor die Tür gegangen. Sie hat mir meine Börse überreicht, die ich während des joggens verloren hatte. Ich war ihr extrem dankbar. In dieser Börse befindet sich meine Identitätskarte, ohne die ich mein Büro nicht hätte betreten können. Zusammen mit Malte Hansmann habe ich das Büro betreten...," Frau Siebenstock unterbrach sich. Es fiel ihr schwer, weiterzusprechen. Ihr Antlitz erblasste. Sie atmete tief aus, und sprach dann leise weiter, „und dann haben wir die Leiche dieses Mannes gefunden. Dieser Mann hat sogar meinen Safe geöffnet."

„In seiner Hand wurde eine Spieluhr gefunden."

Kathrin Siebenstocks Augen füllten sich mit Tränen. „Die Spieluhr gehört mir. Es sind Kindheitserinnerungen. Sie lag im Safe."

„Ist sie so wichtig für sie?"

„Haben sie sonst nichts aus ihrer Kindheit, dass sie sie immer noch aufbewahren?"

Stefan dachte an seinen uralten, grauen Teddy, der im Wohnzimmer auf der Kante der Couch saß, und an hundert Stellen geflickt war.

„Ja, habe ich auch. Aber nichts ist so wichtig, dass ich es in einen dunklen Safe sperren müsste."

Der Blick von Frau Siebenstock irrte im Büro umher, und schien nach einem festen Punkt zu suchen. „Jeder hat seine eigene Methode."

„Wie sind sie in die Firma gekommen, wenn sie, laut ihrer eigenen Aussage, über keine Karte verfügten?"

Unter der Blässe färbten sich die Wangen leicht rosa.

„Ich kann über meinen Laptop den Code eingeben und so das Haus betreten. Kann ich jetzt gehen?"

Stefan las die Aussage von Frau Siebenstock mehrmals durch. „Frau Siebenstock kann das Haus, nach ihren eigenen Angaben, auch ohne ihre Identitätskarte betreten, wann sie will. Vielleicht hat sie damit mehr preisgegeben, als sie eigentlich wollte!"

„Das ist allerdings etwas, was uns bei den Überwachungskameras genauer hinschauen lassen muss."

Jordi und Stefan stellten fest, dass sie ein Zeitkonzept für alle Mitarbeiter des Hauses erstellen mussten. „Irgend etwas ist hier unrund. Ich komme mit dem Zeitkonzept nicht klar. Was ist mit diesem Kramacher? Wie passt der ins Bild? Schließlich war er Mitglied in diversen Hackerclubs."

„Meinst du, er könnte etwas mit diesem Mord zu tun haben? Außer bei den Demonstrationen gegen den Mietpreiswucher, ist Kramacher nicht nennenswert in den Polizeiakten aufgetaucht."

„Aber er war selbstständig und ist pleite gegangen, also war praktisch über Nacht kein Geld mehr auf dem Konto. Da könnte man schon auf Ideen kommen."

„Wir werden ihn uns noch einmal vorknöpfen."

Jordi sah sich noch einmal die Videos der Menschen an, die frühmorgens am Arbeitsplatz erschienen sind.

„Was hat es mit dieser schwarzen Limousine auf sich, Stefan? Ich komme da nicht richtig weiter. Hier sehen wir Kramacher aussteigen. Dann verschwindet er für einen Lidschlag lang hinter einem Transporter, weil das der direkte Weg ins Gebäude ist." Jordi wies mit dem Finger auf den Monitor. „...Da siehst du, hier taucht er wieder auf und betritt das Büro. Jetzt geht mir eine Frage durch den Kopf. Wenn Kramacher bankrott ist, wieso kommt er mit einer Limousine samt Fahrer hier auf den Platz?"

„Lass uns zur „Inotec" fahren, dort werden wir den Herrn Kramacher fragen. Und wenn er nicht da ist, werden wir ihm eine Vorladung schicken."

Während der Fahrt ließen sie sich mit gewohntem Metallsound voll dröhnen. Aber mittendrin wurde der Ton plötzlich leiser.

„Was ist, Stefan?"

„Wir brauchen doch noch die Zeugenaussage von Susanne."

„Das wäre von Vorteil. Und du wärst gezwungen, das Wort an sie zu richten. Aber wollten wir das nicht in familiärer Runde klären? Gemeinsam bei uns Zuhause?"

„Das wäre vielleicht klüger. Aber ich will in diese Werbefirma."

„Und dort willst du sie befragen?"

„Das ist doch jetzt ohnehin egal. Dank dieses schmutzigen Käseblattes wurde Susanne doch brutal an die Öffentlichkeit gezerrt. Nein! Das übernimmst du! Bitte!"

„Das schaffe ich. Und du bist stiller Beobachter?"

„Ich sehe mir ihren Chef an."

„Mach bloß keinen Scheiß."

„Ich werde ihn nicht töten, wenn du das meinst."

„Das ist gut. Verschiebe das auf später."

„Ich will wissen, was der so drauf hat."

„Und wenn du es weißt, willst du ihn dann kopieren?"

„Nein. Aber vielleicht doch eliminieren."

„Wie viele Verehrer von Susanne gedenkst du denn aus dem Weg zu kicken?"

„Alle, Jordi. Ich mach' sie alle platt."

„Susanne wird begeistert sein."

„Meinst du wirklich?"

„Ich bin raus."

Der Metallsound tat so gut. Eine ältere Dame schaute an der Ampel entsetzt zu ihnen rüber. Jordi und Stefan deuteten leichtes Headbangen an.

„Also, ich kann nicht verstehen, dass man Menschen, mit solch einer Störung in der Motorik, noch Auto fahren lässt," schimpfte sie und gab ordentlich Gas, damit sie an diesem „Gefahrentempel" schnell vorbei war.

Stefan und Jordi fuhren gemächlich in die Seitenstraße der kleinen Stadt. Hier befanden sich elegante Anwaltskanzleien, Notare und eben auch Werbeagenturen. Susannes Chefs hatte ihr den Posten eines Art-Direktors in Aussicht gestellt, was Stefan zusätzlich beunruhigte.

Das Büro war hell und freundlich. An den Wänden hingen gelungene Ausdrucke ihrer Werbetätigkeiten. Hier das markante Abbild einer unbekannten Whiskymarke. An einer anderen Wand prangte das Konzept eines Produktes, das, Dank der Werbeagentur, angeblich tausende Euro mehr Umsatz verzeichnen konnte.

Jordi fragte sich nach Susanne durch und ließ Stefan, wie verabredet, stehen. Er klopfte sanft an die Tür und wartete bis er hinein gebeten wurde.

„Jordi?"

Susanne drehte den Monitor weg und sah ihn mit großen Augen fragend an.

„Hast du denn nicht schon früher mit uns gerechnet?"

„Setz dich doch. Warte, ich hole uns einen Kaffee."

Jordi hatte Angst, dass Susanne ihrem Mann über die Füße laufen könnte. „Bleib nur hier. Ich muss dir ein paar Fragen zu dem Mord bei „Inotec" stellen. Du tauchst auf einem Überwachungsvideo dieser Firma auf. Und ganz am Rande, wir ermitteln auch, wer das Bild von dir an dieses Schmierblatt geliefert hat."

„Eine Kollegin war so freundlich, mir dieses Foto samt Zeitung, zu unterbreiten. Bist du alleine hier?"

„Nein."

„Ach du Scheiße."

„Alles gut, Susanne. Und jetzt erzähle mir in aller Ruhe, was an jenem Morgen passiert ist. Lass nichts aus. Jede Kleinigkeit zählt. Und wenn du nichts dagegen hast, nehme ich das Gespräch auf. Dann brauchst du nicht mehr zum Protokoll zu erscheinen." Jordi legte das Handy auf den Schreibtisch.

„Von mir aus, wenn's euch hilft. Ich bin 6 Uhr 45 aus dem Haus gegangen, um eine Runde zu laufen. Du kennst diesen herrlichen Feldweg, da sind wir schon zusammen mit dem Rad gefahren. Seit einigen Tagen kommt mir aus dem zweiten...nein warte, aus dem dritten Feldweg, eine Frau entgegen. Kathrin Siebenstock. Wir haben uns angefreundet und laufen sehr oft morgens unsere Runde gemeinsam. Bei dem neuen Industriegebiet biegt sie ab, weil sich dort ihre Firma befindet. Normalerweise laufe ich dann nach Hause zurück."

„Was hat dich bewogen, doch noch den Weg zu ändern?"

„Kathrin hat sich schon verabschiedet, als mein Blick auf den Boden fiel. Ich fand eine kleine Börse. Sie konnte nur von Kathrin stammen. Ich habe sie aufgehoben, und, weil sie mich nicht mehr hören konnte, bin ich ihr nachgelaufen. Auf dem Weg dorthin fuhr mich fast so eine große, schwarze, Protzlimousine über den Haufen. Anschließend fragte der Fahrer, wie er aus dem Industriegebiet kommt. Unfassbar oder?"

„Das erklärt so manches. Darüber gibt es auch ein Video. Und wie ging es dann weiter?"

„Ich zoffte mich zunächst mit dieser Tante am Empfang herum, bis endlich Kathrin auftauchte. Aber in dieser Bude ist alles abgesichert. Ich kam nicht hinein und Kathrin kam nicht hinaus. Sie musste erst ein wenig laut werden, dann ging sie mit mir hinaus und ich übergab ihr die Börse."

„Hat Frau Siebenstock etwas erwähnt?"

„Aber ja. Sie hat sich sehr dankbar gezeigt, weil sie ohne die Börse nicht in der Lage gewesen wäre, ihr Büro zu betreten. Das war es aber auch schon, und dann bin ich nach Hause gegangen. Nein, nicht gegangen, ich bin gerannt wie eine Irre, um etwas Zeit gutzumachen. Ich weiß nicht, wie es mir gelungen ist, aber ich bin trotzdem pünktlich hier angekommen. Eigentlich hatte ich damit gerechnet, zwanzig Minuten zu spät zu kommen."

Jordi schaltete das Handy aus. „Ich erlöse dich jetzt von meiner Gegenwart."

„Das ist schade."

„Es geht mich nichts an. Aber du und dein Mann... ihr solltet miteinander reden."

„Es geht dich sehr viel an. Du bist sein bester Freund und meiner auch."

„Ich sehe wie er leidet."

„Das war nicht meine Absicht. Aber ich leide auch."

„Ich weiß." Jordi drückte ihr beide Hände.

Eine Mitarbeiterin war gerade dabei, von einem Write Board Plakate zu entfernen.

„Sicherheit und Zukunft. Alles in einem Konzept. Gehen Sie mit uns auf Entdeckungseisen. Für Ihre Sicherheit auf Ihrem Gelände, und im Internet, brauchen Sie einen guten Partner. Da gibt es viele.

Aber, wenn Sie Sicherheit und Ihre Liquidität zugleich verbessern möchten, sehen Sie sich unser Konzept an! Sie werden das kein zweites Mal auf der Welt erleben. "

„Inotec. "

Stefan griff nach dem Plakat. „Kann ich das haben?"

„Selbstverständlich nicht! Wer sind sie überhaupt?"

Stefan griff nach seinem Ausweis. Die Mitarbeiterin rückte ihre Designerbrille zurecht und studierte sehr aufmerksam den Ausweis. „Ach sie sind das? Ich habe nur darauf gewartet, dass sie hier auftauchen."

„Warum betonen sie das so?"

Die Mitarbeiterin wedelte mit der Zeitung herum.

„Nichts besonderes."

Stefan besah sich das Käseblatt. „Ich hatte keine Ahnung, dass ihre Firma auf so hohem Niveau arbeitet. Sind das ihre Bezugsquellen hinsichtlich ihrer Kunden?"

Eine Tür zu einem Büro wurde geöffnet. „Haben sie den Raum fertig? Frau Wieland und ich sind bald soweit, um das neue Konzept vorzustellen."

„Nein, noch nicht ganz, Herr Kallert."

„Warum denn nicht?"

„Das wird mir jetzt doch zu viel. Können sie diese Angelegenheit bitte selbst klären?"

Die Frau ging, ohne ein weiteres Wort, aus dem Zimmer. Stefan hörte aber noch, wie sie leise fluchte. „Frau Wieland hier, Frau Wieland da. Jemand sollte diesem Kallert doch einmal die rosarote Brille auszuziehen."

Stefan spürte, wie die Eifersucht, wie glühende Lava, in ihm hoch kroch.

Raimundo Kallert höchstpersönlich kam neugierig aus seinem Büro. „Was ist denn hier los?"

Stefan hielt ihm den Dienstausweis zehn Zentimeter unter die Nase. Raimundo Kallert war größer als Stefan. Ausdrucksvolle dunkle Augen sahen ihn zunächst verständnislos an. Er hatte dunkle Haare, war schlank, und trug eine Designerjeans, ein blaues Hemd, und einen leichten Schal um den Hals.

„Sie können den Ausweis wieder einstecken. Ich habe ihn gelesen. Jedes einzelne Wort."

Beide standen voreinander und schienen sich gegenseitig wie Wölfe abzuschätzen.

„Ich habe nach diesem Plakat gefragt. Aber ihre Mitarbeiterin hat es rundheraus abgelehnt, dass ich es an mich nehme."

„Da hat sie sich völlig korrekt verhalten. Auf diesem Plakat befinden sich Daten, die nicht für sie bestimmt sind. Ich habe die Gesetze nicht gemacht. Ich dachte, als Kommissar wäre ihnen das geläufig."

„Aber sie gehen in die Werbung, und da sehen sie außer mir mitunter Millionen Menschen. Es wirkt also ziemlich lächerlich."

„Der Vertrag kommt vorläufig nicht zustande. Aber auch das geht sie einen feuchten Kehricht an."

„Aber Fakt ist, dass bei der „Inotec" ein Verbrechen verübt wurde, und sie irgendwie mit ihnen zusammenarbeiten." Stefan unterbrach seine Rede und schaute Kallert direkt in die Augen. „Also rücken sie in den Fokus. Das macht uns verständlicherweise neugierig."

Kallert atmete tief ein. „Wir sind lediglich eine Werbeagentur. Wir haben auch schon Werbung für eine Waffen- und Munitionsfirma gemacht, die in einem speziellen Hochglanzmagazin veröffentlicht wurde, und sind trotzdem keine Serienkiller."

„Da bin ich aber mächtig erleichtert. Das heißt, sie haben von „Inotec" den Auftrag bekommen?"

„Die „Inotec" hat sich an uns gewandt. Aber durch die Ereignisse der letzten Tage haben sie den Auftrag zurückgezogen. Wir bekommen aber eine Aufwandsentschädigung. Das ist so üblich."

„Glauben sie, dass das der einzige Grund ist?"

„Der einzige den ich kenne."

„Wo waren sie an jenem Morgen, als der Mord in der „Inotec" geschah?"

Sekundenlanges Schweigen. Weiterhin musterten sie sich gegenseitig. Es wirkte wie Kräfte messen.

„Sie wollen allen Ernstes ein Alibi?"

„Jawohl, das will ich. Und von allen anderen, die mit diesem Auftrag zu tun hatten."

„Wann geschah das Verbrechen? Ich kann mir das so schlecht merken"

„Vor zwei Tagen, am frühen Morgen des fünften April, zwischen 7 und acht Uhr."

Kallert überlegte. „Da hatte ich eine Videokonferenz mit einem Immobilienmakler in der Türkei. Dort ist es zwei Stunden später als bei uns. Er will seine Luxuswohnungen von der Türkei, bei uns in Deutschland gut vermarkten und da fiel seine Wahl auf uns."

„Wir werden das überprüfen."

„Das steht ihnen frei. Allerdings fand diese Konferenz bei mir Zuhause statt. Kann ich sonst noch was für sie tun?"

„Ist es eigentlich schwierig, Aufträge zu besorgen?"

„Leicht ist es nicht. Man muss ständig, sozusagen, auf der Jagd sein, mit einem noch nie dagewesenen Konzept glänzen, auf der Lauer liegen und den richtigen Moment abwarten."

„Das ist ein gutes Stichwort. Bei einer Jagd soll man immer schön in seinem Revier bleiben. So manch einer, der gewildert hat, wurde vom Förster versehentlich erschossen."

*

Ich lief meiner Familie noch ein wenig hinterher. Sebastian nahm sein Handy heraus und telefonierte.

„Stefan? Hast du kurz Zeit? Ich bin bei dir in der falschen Abteilung, aber du bist mein Freund und ich möchte nicht unnötig die Pferde scheu machen."

„Ich bin ganz Ohr."

„Du kennst das Clubheim unserer Kater?"

„Selbstverständlich."

„Seit einiger Zeit wohnt eine blonde Frau dort, die von den Katern regelmäßig mit Lebensmitteln versorgt wird. Unsere schleppen, übrigens mit Einverständnis von Rosa, Unmengen an Frühstückskeksen zu ihr. Das ist alles völlig in Ordnung. Aber die Frau wirkt, als ob sie sich mit einem Problem herumschlägt, und möchte keine weitere Hilfe von uns annehmen. Meine Frage jetzt? Könntest du, auf irgendwelchen Schleichwegen, herausbekommen, ob die Frau eventuell vermisst wird?"

Betrogen mich meine Ohren? Oder erlebe ich hier gerade einen fatalistischen Vertrauensbruch meiner Familie? Ich war tief gekränkt und fauchte.

„Ich habe heimlich ein Bild von ihr gemacht. Ich schicke es dir, aber du musst mir versprechen, es sofort wieder zu löschen."

Das wird ja immer besser! Was soll man dazu sagen? Eine ganze Menge...nahm ich mir vor. Oscar, die Namenlose, Rosa und ich, werden gemeinsam über eine ordentliche Abmahnung nachdenken! Hier geht es um das Prinzip! Ich fühle mich völlig zu recht angepisst.

„Nein, Stefan. Wir wissen nicht wie sie heißt."

„Warte kurz! Ich melde mich sofort, Sebastian."

Ich verbarg mich im Gebüsch. Rosa war eingeschlafen und bekam von diesem unglaublichen Vertrauensbruch ihrer Eltern nichts mit.

„Hi Sebastian. Also, ich habe das Bild durch die Suchdatei laufen lassen. Es wird zur Zeit keine blonde Frau um die fünfzig vermisst."

„Dann brauchen wir uns keine Sorgen zu machen?"

„Ich wüsste nicht warum. Anscheinend geht es der Frau bei den Katzen gut. Im Moment würde ich gerne mit ihr tauschen."

„So viel zu tun?"

„Ja...das auch."

„Dann lassen wir unsere Katzen weiterhin Lebensmittel stibitzen und Rosa darf ihnen dabei helfen. Ihre alten Beißringe, und anderes Spielzeug, haben wir in dem Clubheim auch schon gesehen."

„Das ist ein sehr wertvolles gutes Sozialprojekt. Grüßt mir diese Chaoten!"

Unverschämtheit! Als ob wir euch doch tatsächlich um Erlaubnis fragen! Ich trottete gemächlich zurück. Doch so sehr ich mich über das Verhalten von Sebastian geärgert habe, wurde nun aber klar, dass Goldhaar von keiner Familie vermisst wurde.

Goldhaar war, seitdem Laura diesen verhängnisvollen Satz fallen ließ, völlig durch den Wind. Sie grübelte den ganzen Tag gemeinsam mit uns darüber nach. Hatte sie doch mit jedem Tag mehr geglaubt, dass dieser Mann, im schwarzen Anzug, nur reine Einbildung war. Aber jetzt war er real. Ging von ihm eine Gefahr für sie aus? Fürchtete sie sich deshalb vor anderen Menschen, weil er die Ursache dafür war?

„Ich glaube, es ist besser, wenn ich wieder weiterziehe. Eure Familien kommen schon, um nachzusehen, was hier los ist. Das kleine Mädchen ist so unendlich süß."

„Das lassen wir nicht zu" maunzte Zorro tief und kehlig, „du stehst unter unserem Schutz! Wir sind ein starker Haufen. Durchgeknallt und völlig bescheuert, aber stark. Wir sorgen dafür, dass dir nichts passiert und passen auf dich auf. Alleine bist du völlig auf dich gestellt. Das muss doch nicht sein."

„Boss?"

„Ja, Richie?"

Der rote Kater flüsterte Zorro zu, sodass Goldhaar es nicht hören konnte, „wir sagen ihr am besten nichts davon, dass wir den schwarzen Mann auch wahrgenommen haben und tun so, als wäre alles völlig normal."

„Du meinst, dann entspannt sie sich wieder, und ihr Erinnerungsvermögen kehrt zurück?"

„Denk ich doch. Also wenn, dann funktioniert das nur hier unter unserem Schutz."

„Das ist ein wahres Wort."

Robert kehrte von seiner Patrouille zurück.

„Der schwarze Mann hat unsere Familie beobachtet. Also mir wäre es lieb, wenn die Familie nicht mehr zu uns kommt. Wir haben doch so schon genug zu tun."

Auf meiner Stirn bildete sich eine Zornesfalte.

„Wenn der meiner Familie zu nahe kommt, wird er mich kennenlernen. Und wir werden dafür sorgen, dass er Goldhaar nicht zu nahe kommt. Ab jetzt befinden wir uns im Krieg."

*

Joschi erschien ziemlich aufgelöst auf der Terrasse. In seinen Ohren steckten Kopfhörer. „Ich will nicht lange stören. Gleich bekomme ich einen wichtigen Anruf. Habe ich meine Smartwatch hier irgendwo liegenlassen? Ich kann sie nirgendwo finden."

„Warum ziehst du das Ding auch immer aus? Wer weiß wo die wieder auftaucht."

„Das wäre eine Katastrophe. Ich habe wichtige Daten darauf."

„Aber Joschi! Hast du denn keine Sicherungskopie gemacht?"

„Nein! Liebste Magdalena. Ich hatte noch keine Zeit dazu."

„Wenn ich sie finde, gebe ich sofort Bescheid. Herr Gieseck hält auch die Augen auf."

Das Handy von Joschi klingelte.

„Guten Tag! Ich freue mich von ihnen zu hören!" Joschi verschwand durch das Treppenhaus nach oben. „Also ihr Problem können wir so lösen. Sitzen sie an ihrem PC? Das ist gut. Also, passen sie auf, wir machen folgendes..."

Miranda schaute Joschi noch nach, dann setzte sie sich hin und ließ sich die Sonne auf ihr Fell scheinen. Ihr Fell reflektierte das Licht und leuchtete in mehreren Rottönen. Im Gebüsch vor ihr entstand eine Bewegung. Endlich erschien eine graue Pfote. Ihr folgte ein großer, grau gestreifter Kater. Als er das Gebüsch verließ, klatschten die Äste unsanft auf Ekki zurück.

„Das hat weh getan! Außerdem habe ich diese schwarzen Fäden

zwischen den Pfoten. Das ist voll doof."

Miranda ging vorsichtshalber ein paar Schritte zurück. Ekki wühlte sich durch die dämliche Ligusterhecke, die in fast jedem Garten als Begrenzung zu sehen war. Zwischen seinen Pfoten waren immer noch diese schwarzen Fäden zu finden. Im Schnurrbart steckten kleine Äste. Er schüttelte wie irre seine Pfoten, um sich von den schwarzen Fäden zu befreien. Danach putzte er ausgiebig seinen Schnurrbart und richtete seine Ohren.

„Dauert das noch lange?"

„Bin gleich soweit, Pirat."

„Das ist fein. Was glaubst du eigentlich, wie lange diese bezaubernde Dame hier noch verweilt und auf uns wartet?"

„Hat sie denn keine Zeit?"

„Das weiß ich nicht."

„Besteht die Möglichkeit, sie eventuell zu fragen?"

„Sie hat vor gefühlten hundert Stunden schon angefragt, ob wir nur Blödsinn im Kopf haben, oder man sich mit uns auch normal unterhalten kann."

„Und was haben wir gesagt?"

„Noch gar nichts."

„Noch gar nichts? Warum nicht?"

„Weil du mit dem Tee zwischen deinen Pfoten beschäftigt warst."

„Jetzt sind wir mit der Unterhaltung wieder da, wo wir angefangen haben."

Miranda hörte, dass Magdalena anfing zu weinen. „Ich muss mich um meinen Menschen kümmern. Vielleicht probieren wir es morgen wieder."

Auf der Terrasse erschien ein Mann.

„Jetzt nehmen sie hier Platz und ich mache uns zwei Kaffee. Und dann sprechen wir noch einmal über alles."

„Ich weiß nicht, wo die Teedose ist. Dabei hatte ich sie heute noch nicht in der Hand."

„Sie wird irgendwo wieder auftauchen. Warten wir es ab."

Miranda krabbelte in die Ligusterhecke.

„Aber was machst du denn da?"

„Ich muss die Teedose herausziehen. Wenn Magdalena sieht, dass sie wieder da ist, wird sie erleichtert sein."

„Das schaffst du nicht alleine. Wir helfen dir."

Ekki und Pirat griffen beherzt mit ihren Pfoten zu. Gemeinsam gelang es ihnen, die Teedose unter der Ligusterhecke hervorzuzerren. Jetzt hatten sie alle schwarze Fäden zwischen den Pfoten und kleine Äste im Schnurrbart. Mit Unterbrechungen gelang es ihnen, die Dose bis kurz vor die Rattangruppe zu ziehen. Magdalena wischte sich verstohlen die Tränen aus den Augen.

„Hast du neue Freunde, Miranda? Habt ihr die Teedose etwa mitgenommen?"

Miranda runzelte empört ihre Stirn. „Mich braucht ihr nicht anzusehen. Ich habe damit nichts zu tun! Und die freundlichen Herren haben die Dose gefunden. Ihr könntet euch ein wenig dankbarer zeigen," maunzte sie aufgebracht.

„Ich bin gespannt, was Joschi zu deinen neuen Freunden sagt. Er wird vor Freude an die Decke hüpfen. Aber ich glaube nicht, dass Miranda die Teedose entwendet hat. Warum sollte sie das tun?"

„Katzen spielen gerne."

„Aber doch nicht mit so was, Herr Gieseck."

„Ich versuche nur herauszufinden, was geschehen ist."

„Also zweifeln sie daran, dass ich die Teedose in die Ligusterhecke verschleppt habe."

„Mit zweifeln ist es nicht getan. Ich muss Fakten sammeln. Aber es kommt so einiges zusammen, was ich gemeinsam mit ihnen und den Ärzten durchsprechen möchte."

„Also doch in Zukunft „betreutes wohnen"?"

„Wir werden sehen."

Ekki legte den Kopf schief. „Wer schleppt Teedosen in den Garten unter die Hecke und warum?"

„Das ist doch das Problem meines Menschen. Jeder in diesem Haus glaubt, dass sie Sachen verschwinden lässt und es dann hinterher nicht mehr weiß und vergessen hat wo. Das wird allmählich zum Problem. Mein Mensch hat diesbezüglich schon viel mitgemacht, und war deswegen sogar lange Zeit in der Klinik. Wir dachten, dass ihr Zustand sich gebessert hat, aber dann habt ihr die Teedose gefunden."

Ekki nickte bekümmert. „Ich will deinem Menschen keine Schwierigkeiten machen. Nie wieder werde ich Teedosen finden und wenn, grabe ich sie wieder unter."

Gieseck versuchte, die Situation zu analysieren. „Könnte es sein, Frau Korbfuss, dass sie versehentlich dort gelandet ist? Denken sie nach! Oder könnte ihre Katze doch etwas damit zu tun haben? Dann hätten wir eine Erklärung."

„Miranda soll als Sündenbock fungieren? Nein! Auf keinen Fall!"

„Beruhigen sie sich doch bitte! Ich versuche doch nur herauszufinden, wie das alles passiert sein könnte."

„Wie soll das bitte schön funktionieren? Meinen sie, ich wäre in der Lage, so weit zu werfen? Denn dank meiner zarten Elfenfigur, kann ich sehr schlecht selbst unter die Hecke klettern. Und meine Katze…? Wäre das überhaupt möglich?"

„Wie kannst du über so etwas auch nur nachdenken, Magdalena?

Die Dose ist viel zu schwer für mich. Es macht mich traurig, dass du mir so etwas zutraust," fauchte Miranda und warf einen bösen Blick auf Gieseck.

„Man plaudert gewisse Sachen aus, aber ohne groß darüber nachzudenken. Ich bin da nicht besser, wie andere Menschen auch. Technisch gesehen wäre es für Miranda eine absolute Herausforderung. Ungefähr so, als wenn sie einen Küchenschrank Huckepack nehmen und nach draußen tragen würde."

Herr Gieseck tippte wieder hektisch auf seinem Handy herum.

„Was machen sie eigentlich immer mit ihrem Telefon, wenn so etwas passiert?"

„Ich mache mir nur Notizen, damit ich nichts vergesse."

„Ist das gut oder schlecht für mich?"

„Mir gehen so verschiedene Gedanken durch den Kopf."

„Ist es so schwierig, mich einzuschätzen?"

„Sie stellen mich vor immense Herausforderungen."

„Das war immer schon eine meiner größten Stärken. Meine Gegner wussten nie so recht, wie sie mich einschätzen sollten. Nach außen hin Bambi, aber innen sitzt die kampfbereite Tigerin, die bereit ist, zuzuschlagen. Aber Kontrollverlust? Es fällt mir schwer, das zu akzeptieren."

„Genau das ist es, was mir zu schaffen macht. Ihre kognitiven Fähigkeiten sind hervorragend. Das passt alles nicht zusammen! Ich muss noch mehr Tests und Studien mit ihnen durchführen. Ich würde gerne noch einmal einen Tag mit ihnen in die Klinik gehen und die Hirnströme messen lassen."

„Das ist doch noch keine vier Wochen her, als das bei mir gemacht wurde. Glauben sie, dass sich mein Hirn teilweise stilllegen, und es sich bei Bedarf wie die prächtigen Federn eines Pfaus ausbreiten kann?"

„Das ist eine sehr interessante These. Ich werde darüber nachdenken. Zumindest würde es so manches erklären."

„Was denn zum Beispiel? Erklären sie es mir, damit ich es auch verstehe."

„Den medizinischen Faktor. Wenn Zellen abgestorben sind, kann nichts und niemand sie wieder zum Leben erwecken! Heute versucht man mit dementen Patienten das Hirn darauf zu trainieren, dass es Funktionen abgestorbener Zellen übernimmt. Wenn das gelingt, erleichtert es den Alltag ungemein. Wenn ein Mensch einen Schlaganfall erleidet, wird das schon lange mit Erfolg trainiert und der Patient kann fast wie vorher sein Leben leben."

„Ich wollte nur einen Witz machen. Ich muss mich selbst ein wenig aufheitern. Ich war immer so stolz auf meinen Verstand. Aber anscheinend muss ich damit leben lernen, dass nichts mehr so ist, wie es war. Das macht mir Angst, Herr Gieseck. Ich habe wahnsinnig Angst davor, in Nichts abzutrudeln. Gauben sie, dass bei mir einige Hirnzellen abgestorben sind?"

„Ich weiß es wirklich nicht Frau Korbfuss. Aber wir werden nichts unversucht lassen."

Magdalena hob die leicht lädierte Teedose auf. Sie rieb fast zärtlich die erdigen Krümel weg, und stellte sie vor sich auf den Tisch. Gieseck ging in die Wohnung.

„Bin gleich wieder da. Ich bringe Kaffee mit."

Auf dem Weg in die Küche sah er, dass die Tür zum Bad offen stand. Der Deckel des Wasserkastens lag nicht richtig auf. Er wunderte sich, dass die Spülung nicht reibungslos lief und hob den Deckel hoch. Im Spülkasten fand er den Wasserkocher und darunter lagen zwei Eier. In seinen Augen war das pure Entsetzen zu sehen. Aber er hatte noch mehr gesehen. Es war Zeit zu reagieren. Er konnte es nicht mehr länger verheimlichen. Frau Korbfuss musste aus diesem Handlungsstrang unbedingt heraus genommen werden, bevor andere Personen in Mitleidenschaft gezogen wurden. Oder trog ihn seine Wahrnehmung?

*

Hansmann studierte immer wieder die Unterlagen und überprüfte das System. Wie war es möglich, dass der Mann in das Büro von Kathrin gelangen konnte? Und wer hatte ihn umgebracht? Malte Hansmann hat sich in den vergangenen Nächten den Kopf darüber zerbrochen, wer sich wohl Zugang zu dem Gebäude und anschließend in das Büro von Kathrin verschafft hat. Ihr System galt als eines der sichersten der Welt. Und nun war es keinen Pfifferling mehr wert. Die Kunden hatten sich, verständlicherweise, alle zurückgezogen und im Netz ging dieser Mord schneller viral, als ihnen lieb war. Das Büro von Kathrin war noch immer versiegelt und sie hatte keinen Zugang. Die KTU ging noch immer ein und aus. Sie saß ihm in seinem Büro gegenüber und überließ ihm einen Teil der Arbeit, weil sie immer noch mit den Nerven völlig am Ende war.

„Hast du schon mit der Versicherung gesprochen, Kathrin?"

„Ja. Aber das nützt nichts ohne Sinan. Er ist der Geschäftsführer und muss sein Okay geben."

„Das ist klar. Ich will doch nur wissen, ob sie die Ausfälle übernimmt? Ich denke, da kommt einiges auf uns zu. In Millionenhöhe. Von den Schadensansprüchen ganz zu schweigen."

„Die Versicherung sagt, dass sie erst abwarten muss, ob in unserem System ein Fehler war. Und wie schon gesagt, brauchen wir die Zustimmung von Sinan. Vor allem seine Unterschrift. Wo ist der eigentlich?"

„Als ich das letzte Mal etwas von ihm hörte, war er auf den kapverdischen Inseln, Kathrin. Allerdings ist das schon wieder eine Woche her."

„Wir müssen ihn erreichen. Sinan hat offenbar keine Ahnung, was hier passiert ist."

„Und das schleunigst. Sonst sitzt er irgendwo auf den Malediven oder sonst wo in der Welt, und die Kreditkarten geben ihren Geist auf. Wie konnte das geschehen? Unser System war doch nahezu perfekt."

„Ja, aber ganz offensichtlich liegt hier ein Fehler vor. Dann können wir getrost davon ausgehen, dass wir auf diesem Schlamassel sitzenbleiben. Wie soll es jetzt bloß weitergehen, Malte?"

„Darüber machen wir uns später Gedanken. Zunächst einmal müssen wir dafür sorgen, dass wir unter diesen Umständen mit einem blauen Auge davon kommen."

Über Kathrins Gesicht zog ein unergründliches Lächeln.

„Mit einem blauen Auge? In welcher Welt lebst du denn? Dieser unerklärliche Mord kostet uns den Kopf. Letzten Endes sind wir es, die in Erklärungsnot sind und werden der Welt da draußen erläutern müssen, wie es dazu kommen konnte. Uns bleibt nichts anderes übrig, als diese Firma zu schließen. Warum meldet sich Sinan nicht? So abgeschieden von der Welt kann man doch gar nicht leben. Zumal dieser Vorfall sich bis in die letzten Winkel dieser Erde verbreitet hat. Es ist egal wo du hingehst, oder was du machst, überall werden unsere Namen für immer mit der „Inotec" und ihrem sensationellen Konzept verbunden sein."

„Ich gehe noch einmal alles durch. Von Anfang an." „Schließ' dich doch mit diesem Typen von der KTU zusammen. Willich heißt er. Der hat echt etwas drauf."

„Das habe ich schon probiert. Aber er lässt sich nicht ins Konzept spucken. Das kann ich auch verstehen."

„Du meinst Datenschutz? Hier ist ein Mord geschehen. Da gibt es keine Bedenken mehr."

„Ich glaube nicht, dass es hier nur um Datenschutz geht. Es geht darum, zu sondieren, wie der Mord passiert ist. Dieser Willich will herausfinden, wo sich die Lücke befindet."

„Aber wir stehen außen vor und können nur noch abwarten."

„Wir stehen nicht außen vor, sondern mittendrin. Gehen wir nach Hause. Hier darfst du sowieso nichts mehr tun."

„Kannst du von Zuhause aus arbeiten?"

„Soll ich denn?"

„Das wäre schön."

„Aber ich muss damit rechnen, dass die Polizei jeden meiner Schritte im Internet überwacht."

„Aber auch sie unterliegen dem Datenschutz. Darum brauchen wir uns keine Sorgen zu machen."

„Habe ich auch nicht. Wir haben schließlich auch unsere Tricks."

*

Malte packte seine persönlichen Sachen ein und fuhr nach Hause. Seine Wohnung lag in einem eleganten Viertel der Stadt. Es waren alles Eigentumsimmobilien, aber Malte hatte die Wohnung nur angemietet. Er überlegte, wie lange er hier noch wohnen könnte, bevor seine Privatressourcen aufgebraucht waren. Vor Jahren hatten er, Kathrin und Sinan, sich auf der Universität kennengelernt und waren Mitglied in diversen „Hackerclubs". Sie studierten Informatik und IT-Management. Kathrin und Sinan waren für kurze Zeit ein Paar gewesen. Aber es hat nicht lange gedauert, bis sie sich wieder in aller Freundschaft getrennt haben. Sinan war ein hübscher Bursche und die weiblichen Kommilitoninnen machten ihm ständig schöne Augen. Das war Kathrin doch etwas zu anstrengend und sie zog die platonische Freundschaft mit ihm vor. Gemeinsam mit Sinan hatten sie eine stürmische Zeit mit viel zu kurzen Nächten und mehreren vermasselten Klausuren. Nach dem Studium trennten sich ihre Wege, die sie beruflich in die ganze Welt führten. Kathrin verbesserte sich in jeder Firma und nahm von jedem Arbeitsplatz, sozusagen, immer „etwas mit nach Hause". Auch in ihren Beziehungen mit anderen Männern. Aber die besten Firmen mit den innovativsten Ideen hatte sie hier in Deutschland. Ihre Sicherheitssysteme waren traditionell in Hardware gebaut, aber auf dem elektronischen Sektor waren sie weiter auf dem Vormarsch. In ihrem Hackerclub arbeiteten sie verbissen daran, die Sicherheitssysteme zu knacken. Das war phantastisch. Auf diese Art und Weise war es ihnen möglich, ein eigenes Konzept zu entwickeln. Auf die Idee, ein vernünftiges Sicherheitskonzept mit einem finanziellen „Boarding" zu versehen, ist noch keiner gekommen. Kathrin hatte die Idee und setzte sich mit ihm und Sinan in Verbindung.

„Das klingt mir zu weit hergeholt. Wer soll sich denn dafür interessieren?"

Kathrin hatte ihren Monitor eingeschaltet und erläuterte.

„Alle, die keinen Bock mehr haben für Sicherheit in ihrer Firma und im Netz extra Leute einzustellen. Und alle, die sich im finanziellen Bereich nicht so gut auskennen aber über die nötige Kohle verfügen, Geld anlegen müssen und solche Geschäfte lieber einem Broker überlassen, der auch wiederum einen Haufen Kohle kostet."

„Aber so ein System kannst du auch nicht verschenken. Wo liegt denn da der Verdienst?"

„Das ist eine sehr kluge Frage, Malte. Hier kommt unser System ins Spiel. Wenn wir garantieren können, dass die Daten in den jeweiligen Firmen sicher verwaltet werden, und kein anderer darauf zugreifen kann, wäre es doch nur gerecht, wenn man mit diesen Daten dafür sorgen kann, dass der Kunde sein Geld sicher anlegen und damit Ressourcen abschöpfen kann."

Sinans schwarze Augen fixierten den Monitor.

„Ich weiß immer noch nicht, wo der Verdienst liegt. Ich sehe für uns nur einen Haufen Arbeit."

„Dann denk doch einmal nach, Sinan. Kannst du dich noch erinnern, wie wir in einer einzigen Nacht vierhunderttausend Euro gutgemacht haben?"

„Daran erinnere ich mich noch sehr gut, Kathrin. Aber ich weiß auch noch, dass wir eine Woche später fünfhunderttausend Euro verloren haben, und ich nicht wusste, wovon ich die Miete zahlen sollte. Wir waren doch noch Studenten."

„Das war das Pech der Anfänger. Finanzielle Transaktionen diesen Ausmaßes kommen in dieser Firma nicht vor. Es sei denn, der Kunde wünscht dies so. Das setzt natürlich eine phantastische Bonität voraus, was uns wiederum zu ungeahnten Fähigkeiten beflügelt. Also um es kurz zu machen. Wir schenken unseren Kunden gegen eine geringe Gebühr unser ausgeklügeltes Sicherheitssystem und werden dafür prozentual an den Brokergeschäften beteiligt. Eine Win-Win Situation sozusagen. Ich wundere mich, dass sonst noch niemand dahintergestiegen ist."

„Bist du dir da absolut sicher, Kathrin?"

Vor Aufregung zeigten sich auf Kathrins Gesicht rote Flecken.

„Aber so was von!"

Sinan zeigte ungläubig auf den Monitor.

„Wir schenken den Kunden ein erstklassiges Sicherheitssystem, was einen Haufen Kohle kostet und verdienen nur an Brokergeschäften? Das ist ein verdammt heißes Eisen. Mashallah."

„Ja, ja," konterte Kathrin, „so Gott will. Aber meine Arbeit zusammen mit euch ist mir schon lieber."

„Das muss aber hieb- und stichfest sein. Kannst du dir vorstellen, was passiert, wenn ein genialer Hacker dieses System durchlöchert? Ich darf gar nicht daran denken."

„Wir sind die genialen Hacker und kennen alle Schlupflöcher. Deshalb wird dieses System funktionieren."

Und so arbeiteten sie gemeinsam das System Kathrins aus. Nach zwei Jahren schien es endlich soweit zu sein, dass sie eine eigene Firma hochziehen konnten. Und, damit ihnen bei diesem neuen Konzept niemand zuvor kommen konnte, meldete Kathrin ihre Idee gegen eine saftige Gebühr auf dem Patentamt in München an. Aber das Gesamtbild musste zuerst erstellt werden. Als Geschäftsführer wurde Sinan ausgewählt, weil er es fertig gebracht hatte, in den Hackerclubs, im Gegensatz zu Malte und Kathrin, nicht bei der Polizei aufzufallen. Dazu gehörte, dass ein vernünftiger repräsentativer Bürokomplex dem Kunden gegenüberstand und eine Menge Angestellter mit klangvollen, englischen Bezeichnungen wie zum Beispiel, „Computer Sciene Manager" oder „Content Management System" und „Content Direktor", die sich um die Belange der Kunden und ihrer Computer kümmerten. Sie hinterließen bei den finanzkräftigen Kunden einen guten und kompetenten Eindruck. Einen „Ressortchef" und „Teamleiter" gab es auch, der aber im Prinzip nichts zu sagen hatte, und nur da war, weil es eben in jeder guten Firma einen „Ressortchef" geben muss. Dem Kunden wurde so das Bild einer perfekten Firma vorgespiegelt. Das war aber besser, als ihnen ein Bild von unterernährten Computernerds mit Energydrinks und dicken Mützen auf dem Kopf, zu präsentieren. Das Auge isst mit wie man so schön sagt. Die Wahl fiel auf eine Kleinstadt in Deutschland, die über jeden neuen Arbeitsplatz hoch erfreut war und die Miete für den Glaspalast war auch nicht so teuer, wie beispielsweise in Frankfurt oder München. Die „Inotec" wurde aus den Ressourcen ihrer Brokergeschäfte gegründet, und konnte sich so eine Zeitlang über Wasser halten. Es war ihnen auch gelungen, eine kleine Gemeinschaft von finanzkräftigen Kunden für sich zu gewinnen. Mit deren Geld gelang es ihnen, den Alltag zu bestreiten und dafür zu sorgen, dass die Bankauskünfte immer schön positiv ausfielen. Und an dem Tag, an dem der Mord geschah wollten sie zu einem gelungenen Rundumschlag ansetzen. Finanzkräftiges Potential saß, gut gelaunt und schon gespannt, im geschmackvoll eingerichteten Konferenzsaal und mehrere Kunden waren per Video dazugeschaltet. Wenn es funktioniert hätte, wären innerhalb kürzester Zeit siebenstellige Summen auf das Konto gewandert. Aber dieser Traum war vorerst zerplatzt. An die Schadensausfallzahlen der anwesenden Unternehmen wagte er nicht einmal zu denken.

Es war bereits tief in der Nacht, als er den Monitor endlich ausschaltete. „Ich gehe noch einmal die Personalakten durch. Vielleicht habe ich etwas übersehen."

Malte ging in die Küche, machte sich einen Espresso und schaltete den Computer wieder an. Bei einem bestimmten Namen fing er an, im Internet nachzuforschen.

„Vielleicht hätten wir uns diesen Kramacher besser ansehen sollen."

*

Goldhaar ging ein wenig spazieren. Aber niemals alleine. An diesem Tag wurde sie von Ekki, Pirat und Robert begleitet. Ekki plapperte munter drauflos und erzählte Goldhaar von seiner neuen Bekanntschaft Miranda und von Magdalena.

„Vielleicht spazieren wir eines Tages zusammen zu diesem neuen Haus. Ich könnte mir vorstellen, dass du Magdalena magst. Sie hat nämlich auch ein wenig Probleme mit ihrer Erinnerung. Dann könntet ihr euch austauschen wer, wann, was und wo vergessen hat."

Robert sicherte wie immer das Gelände weitläufig ab. Aber an diesem Tag war er sehr unruhig. Der Geruch des fremden Menschen rückte jeden Tag näher und er macht sich große Sorgen.

„Mir wäre es lieb, wenn Goldhaar sich mehr um unser Clubheim herum aufhalten würde. Mir gefällt das nicht."

„Wir begleiten sie ständig und lassen sie niemals alleine," maunzte Ekki.

„Es wird nötig sein, dass wir sie niemals aus den Augen lassen."

„Auf uns kann man sich doch verlassen."

Robert warf einen kritischen Blick auf Ekki. „Na ja, wie ein sibirischer Tiger wirkst du nicht gerade."

„Aber du wirkst auch nicht gerade furchterregend. Mehr so wie ein eingelaufener Waschbär. Was soll das, Robert? Willst du uns etwas Angst machen?"

„Nein, Pirat. Ich möchte euch nur zur äußersten Vorsicht mahnen."

Sie pflückte einen Strauß schneeweißer Buschwindröschen zusammen. Eiligst liefen Pirat und Ekki ihr hinterher. Robert umkreiste sie wie immer in einem weitem Bogen. Goldhaar hatte Freude an ihren weißen Blümchen.

„Diese zarten Blüten haben einen unvergleichlichen Duft. Möchtet ihr auch einmal riechen?" Goldhaar hielt Ekki und Pirat die Blümchen unter die Nase. Ekki musste fürchterlich niesen.

„Oh je. Bist du gegen Blumen allergisch?"

„Nein. Er ist bloß zu blöd, um an den Blumen zu riechen."

„Ich wusste bis eben nicht, dass ich 'allegerisch' gegen Blumen bin" schniefte Ekki. „Ich kann auch nichts schönes an dem Geruch finden. Wenn sie nach Maus riechen würden, wäre das schon etwas anderes. So einen Hauch nach frischem Blut und zuckendem Herz. Aber so riechen sie nur wie dieses klebrige Zeug, mit dem die Freundin meines Menschen sich immer unter der Dusche einseift. Wenn ich zur gleichen Zeit aufs Klo muss, komme ich aus dem Niesen nicht mehr heraus. Ich habe jetzt Kackverbot wenn sie duscht."

Pirat grinste und wartete, bis Ekki damit fertig war, sich seine Nase zu putzen. Goldhaar schaute verträumt in den Wald. Irgendwo im Wald hallte der Ruf eines Kuckuck. Die Amseln sangen sich die Seele aus dem Leib. Das erste zarte Blattgrün erschien an den Bäumen. Ein Specht hämmerte mit seinem Schnabel gegen einen Baumstamm, unter dem er leckere Larven vermutete. Oben im Himmel drehte ein Greifvogel seine Runden und hielt nach Beute

Ausschau.

„Wenn hier eine Maus läuft, ist die für uns bestimmt du großer brauner Vogel" maunzte Pirat. „Es sei denn, Ekki hat sie mit seiner Niesattacke alle vertrieben."

Goldhaar lief zurück auf den Weg. „Die Blumen brauchen Wasser. Ich habe einen Becher dabei und stelle ihn auf die Fensterbank. Dann kann ich sie mir jeden Tag ansehen."

Robert gab einen warnenden Ruf ab. „Wo bist du?" rief Pirat. „Jetzt übertreib mal nicht mit deinem Überwachungsprogramm."

„Das hat er von den Eichelhähern gelernt. Die warnen auch immer vor, wenn Gefahr droht."

„Dann bin ich gespannt, wann Robert fliegen kann."

Im Wald waren Geräusche von knackenden Ästen zu hören. Ekki und Pirat trieben Goldhaar zur Eile an, damit sie schneller zurück im Clubheim waren. „Was ist denn los? Habt ihr keine Freude mehr an dem Spaziergang?"

„Wir müssen zurück, Goldhaar. Du bist nicht mehr sicher," maunzte Ekki.

„Robert wo bist du? Verdammt noch einmal! Jetzt komm in unsere Nähe, damit wir dich sehen können."

Wieder knackten Äste.

„Vorsicht!" brüllte Robert. „Ich biii..." Die Stimme brach abrupt ab.

„Wir brauchen Hilfe!" brüllte Ekki verzweifelt.

Ich hatte gerade zusammen mit Oscar und der Namenlosen wieder eine Ladung Kekse „organisiert", als uns eine Botschaft von Ekki erreichte. Goldhaar spürte, dass wir alle sehr aufgeregt waren. Aber anstatt ins Clubheim zu rennen, blieb sie bei uns. Wir rannten in den Wald und riefen nach Robert. Pirat blieb an einer bestimmten Stelle stehen.

„Hier habe ich Robert zum letzten Mal gehört. Er wollte gerade sagen wo er sich befindet, aber er konnte nur noch einen Schmerzensschrei loslassen."

Wie im Fieber liefen wir umher. Goldhaar war ein kluges Mädchen und bemerkte, dass wir auf der Suche nach Robert waren. Auch sie rief mehrmals im Wald seinen Namen.

„Sie soll still sein," rief Zorro. „Es ist nicht nötig, dass sie die Aufmerksamkeit direkt auf sich lenkt."

Aber Goldhaar war aus Angst um Robert wie von Sinnen und rannte immer tiefer in den Wald hinein.

„Laila, bleib mit Oscar und der Namenlosen in ihrer Nähe. Wir suchen derweil weiter nach Robert."

Immer wieder rief sie seinen Namen. Im Wald waren Geräusche zu hören. Ich hatte eine Witterung und folgte der Spur.

„Goldhaar bleib bei uns. Nur gemeinsam können wir Robert finden."

Sie schaute uns mit Tränen in den Augen an. „Was habe ich euch bloß angetan?" Dann rannte sie weiter in den Wald hinein.

„Hinterher!" brüllte ich aus Leibeskräften.

Goldhaar rief immer wieder nach Robert und lief tiefer in den Wald hinein. Oscar bemerkte den Schatten eines Menschen und schaltete auf Leisegang um. Wir Katzen können von null auf hundert so leise sein, dass wir uns neben euch Menschen anschleichen können und ihr Taubnüsse nichts davon bemerkt. Ich sandte eine Botschaft an Ekki. Er antwortete umgehend, dass sie auf dem Wege zu uns waren. Goldhaar verschwand im Unterholz. Wir setzten nach. Plötzlich hörten wir einen entsetzlichen Schrei!

„Goldhaar!"

Hinter ihr stand ein Mensch in einem schwarzen Anzug mit einem Knüppel in der Hand. Mit einer Hand griff er ihr ins Haar und mit der anderen Hand war er im Begriff zuzuschlagen. Ohne lange nachzudenken fielen wir den Mensch an. Ich sprang hoch und biss in seine Hand und Oscar hakte sich in seiner Kniekehle fest. Die Namenlose sprang ihm ins Gesicht aber, das Antlitz war durch eine Maske verhüllt, und sie blieb anfangs mit ihren Krallen hängen. Der Mensch schlug nach ihr, aber sie rettete sich durch einen kühnen Sprung. Ich hatte ihn am Hals empfindlich verletzt, und er versuchte verzweifelt, sich von mir zu befreien. Er schrie vor Schmerz auf und ließ den Knüppel fallen. Die anderen Kater trafen mittlerweile ein und sprangen den Mensch ohne Vorwarnung an. Dadurch gelang es Goldhaar, tiefer in den Wald hineinzurennen. Der Mensch im schwarzen Anzug schlug wild um sich. Da Goldhaar nicht mehr in unmittelbarer Gefahr war, sprangen wir ins sichere dichte Unterholz. Der Mensch lief nicht mehr hinter Goldhaar her, sondern trat die Flucht an.

Goldhaar blieb erschöpft hinter einem Baum sitzen. Erst nach einer Weile wagte sie es, aus dem Dickicht herauszutreten. Oscar blieb bei ihr, während wir weiter verzweifelt nach Robert suchten. Dann fanden wir ihn. Langgestreckt lag er im Gras. Als Goldhaar ihn sah, fing sie bitterlich an zu weinen. Seine Augen waren weit geöffnet. Ich konnte auf den ersten Blick kein Lebenszeichen mehr feststellen.

*

Stefan steckte sich eine Zigarette an. Noch nie tat ihm der Rauch so gut wie jetzt. „Was hat Susanne gesagt? Gibt es da etwas Neues?"

„Ich habe mit ihrem Einverständnis ihre Aussage aufgenommen. Dann können wir gemeinsam daran arbeiten, ob sie noch in der Gefahrenzone ist. Ich konnte jedenfalls nichts verfängliches finden, woraus man ihr einen Strick hätte drehen könnte."

Stefans Hand zitterte leicht. Er ballte sie zur Faust und schlug sich immer wieder auf die andere Hand.

„Deine Hand kann nichts dafür! Jetzt quäl' dich doch nicht noch mehr. Lass uns wie Polizisten denken. Kallert hat für diesen Morgen ein Alibi. Er hat mit diesem türkischen Kunden über eine Stunde per Video-schalte gesprochen. Wir werden das genau überprüfen."

„Kann man so ein Gespräch nicht „türken"?

„Freut mich, dass du langsam wieder zu deinem Humor zurückfindest. Aber auch das werden wir feststellen, wenn es so sein sollte."

„Dieses Arschloch ist hinter meiner Frau her, Jordi!"

„Wie kannst du dir da so sicher sein?"

„Es mag sein, dass ich ein Grobklotz bin und was die Feinmotorik angeht, könnte ich wahrscheinlich mehrere Verbesserungsvorschläge einreichen. Aber, dass dieser Typ hinter Susanne her ist, rieche ich zehn Meter gegen den Wind. So etwas spüre ich. Ich habe das dringende Bedürfnis, meine Faust in sein Gesicht zu drücken und neu zu formieren, damit er nicht mehr so verdammt gut aussieht. Er scheint auch hin und wieder in einem Fitnessstudio zu sein, und in einer weitaus besseren Form zu sein, wie ich."

Stefan sah besorgt auf seinen Bauchansatz herab.

„Glaubst du denn wirklich, dass Susanne nur auf eine äußere Hülle hereinfällt? Das ist doch mehr so ein Männerding. Blonde Mähne, lange Beine, und der Verstand ist hinüber, oder eine Etage tiefer. Schätzt du Susanne wirklich so ein?"

Stefans Haltung entspannte sich etwas. „Nein! Auf gar keinen Fall. Sie ist schon kritisch, wenn es darum geht, uns Männer zu beurteilen. Aber besonders dumm wirkt dieser „Raimundo" auch nicht. Und das macht ihn meiner Meinung nach so gefährlich...ich kann da mit meinen unregelmäßigen Arbeitszeiten und dem viel kleineren Gehalt nicht mithalten."

„Ich glaube, da bist du auf einer völlig falschen Fährte. Susanne möchte nur ein Leben mit mehr Selbstbestimmung führen. Ob sie sich wirklich von dir trennen möchte, muss man abwarten."

„Wie lange soll ich denn abwarten?"

„So lange es nötig ist, Stefan. Hast du etwas dagegen, wenn ich zur „Inotec" fahre? Ich würde gerne an einem Stück ankommen."

„Nein."

Bei der „Inotec" lief alles nur auf Sparflamme. Dennis und seine Leute liefen immer noch ein und aus. Keiner von den Mitarbeitern wusste, ob die Firma überhaupt noch weitergeführt würde, weil das eigentliche Konzept von der Sicherheit null und nichtig war. Stefan und Jordi durchquerten das große Büro, bis sie vor dem Schreibtisch von Kramacher standen. Sein Schreibtisch war leer. Daneben, an einem anderen Schreibtisch, saß eine Frau die ihre Akten sortierte.

„Kommt Herr Kramacher heute nicht?"

„Doch. Er kommt nur etwas später. Wozu auch noch die Eile? Wenn man vom Teufel spricht. Was wollen sie denn von ihm?"

„Nichts besonders."

Kramacher schritt mit großen Schritten durch das Büro. Er hing seine Jacke auf und setzte sich an den Schreibtisch. Trotz des frühlingshaften Wetters trug er einen Schal um den Hals. Auf dem Schreibtisch stand ein Pappkarton, in den er seine privaten Sachen einräumte.

„Was wollen sie denn schon wieder? Ich habe doch ihren hochgeschätzten Mitarbeitern schon alles erzählt."

„Wir sind wie Schmeißfliegen," kommentierte Stefan trocken, „und kommen immer wieder."

Kramacher ließ sich nicht davon beirren und setzte seine Tätigkeit fort.

„Sie packen?"

„Nach was sieht es denn sonst aus? Nach diesem Eklat dürfte sich mein Arbeitsplatz, und der meiner Kollegen, erledigt haben."

„Stimmt es Herr Kramacher, dass sie Mitglied in diversen Hackerclubs waren?"

„Das bestreite ich nicht. Ebenso wie meine Chefs. Das gehört heute zum guten Ton. Denn letztendlich verstehen wir etwas von unserem Konzept. Aber anscheinend war noch jemand besser. Aber warum der Mann hier eingedrungen ist und umgebracht wurde, ist mir nach wie vor ein Rätsel."

„Genau darum geht es uns, Herr Kramacher. Können sie uns genau sagen, was sie an diesem Morgen am fünften April gemacht haben?"

„Bin ich ein Tatverdächtiger?"

„Antworten sie einfach. Das erleichtert die Sache ungemein."

„Ich bin so gegen 7.30 Uhr hier angekommen. Frau Ganzholt kann das bezeugen und wahrscheinlich alle Kameras, die hier im Hause aufgestellt sind. Ich bin mir nicht einmal sicher, ob ich noch unbeaufsichtigt die Toilette aufsuchen kann."

Sein Pullover rutschte hoch und auf dem Arm waren Kratzspuren zu sehen.

„Sie haben sich verletzt?"

„Meine Frau bestand auf einem offenen Kamin in unserem alten Haus. Ich habe zwei linke Hände und muss für das Feuerholz sorgen. Hier sehen sie das Ergebnis."

„Sieht es ihr Salär vor, dass sie mit einer Limousine inklusive Chauffeur unterwegs sind?"

Kramacher sah sie verständnislos an. „Ich kann ihnen nicht ganz folgen. Wie ich auf das Gebäude gekommen bin, können sie ganz genau auf den Videos verfolgen. Und jetzt lassen sie mich meinen Kram zusammenpacken."

„Nur noch eine Frage Herr Kramacher. Ihre Kommunikation mit Herrn Granthoff ist sehr einseitig?"

Kramacher unterbrach seine Tätigkeit. „Meine Kommunikation mit Herrn Granthoff hat überhaupt nicht stattgefunden." „Aber auf den Videos im Eingangsbereich ist zu sehen, wie ihr Chef sich mit ihnen unterhält. Aber sobald ein anderer das Gebäude betritt, verstummt er. Können sie uns das erklären? Und um was ging es in diesem Gespräch, das anscheinend keiner etwas mitbekommen durfte?"

Kramacher schüttelte nur verständnislos den Kopf. „Noch einmal zum besseren Verständnis. Ich habe mit Granthoff keine Unterhaltung geführt. Das erste und letzte Mal als ich mich mit ihm unterhalten habe, war am Tag meiner Einstellung. Seitdem habe ich ihn nie wieder bei der „Inotec" gesehen. Ich will damit nicht sagen, dass er nicht anwesend war, aber ich habe ihn nicht mehr zu Gesicht bekommen."

„Und wie erklären sie sich die Aufnahmen vor zwei Tagen?"

„Das kann ich mir nicht erklären. Vielleicht hat er sich mit jemand anderem unterhalten und er ist auf dem Video bloß nicht zu sehen. Ich weiß wo in der Halle die Kamera steht. Ein Teil der Wand verdeckt den Rest des Eingangsbereiches. Nur so kann es gewesen sein."

„Wir werden das überprüfen."

„Ich hoffe doch. Aber denken sie doch einmal selbst nach. Warum sollte Herr Granthoff mit mir ausgerechnet im Eingangsbereich eine konspirative Unterhaltung führen, von der niemand etwas erfahren darf? Er weiß doch auch wo die Kameras stehen."

„Vielen Dank für den Tipp, dass wir nachdenken sollen. Sie halten sich vorläufig zu unserer Verfügung, Herr Kramacher."

Ohne seine Tätigkeit zu unterbrechen sagte er, „aber wohnen darf ich noch Zuhause."

Stefan und Jordi verließen das Büro und liefen Dennis in die Arme.

„Gut, dass ihr da seid!" Dennis wies auf den Konferenzsaal. „Ich muss euch etwas zeigen."

„Hoffentlich ist es wichtig, sonst lernst du mich von einer anderen Seite kennen. Hat das nicht Zeit bis später im Büro? Da wären wir ungestört."

„Nein. Hat es nicht, Stefan. Bist du immer noch so mies drauf und für deine Arbeitskollegen unerträglich? Nach unten in der Depri- und Agrophase scheint es bei dir keine Grenzen zu geben."

„Soll ich dir zeigen, wie ich reagiere, wenn mir ein Kollege besonders auf den Sender geht?"

„Jordi, kannst du bitte deinem Kollegen eine Rumkugel in die Schnauze stopfen, damit etwas Zucker in die viel zu bittere Blutbahn kommt?"

„Ich bin doch kein Choleriker und schon gar nicht unterzuckert!" schimpfte Stefan.

„Mach die Klappe auf."

Gemeinsam genossen sie den perfekten Geschmack der Rumkugeln und warteten, bis der Mund völlig leer war.

„Besser jetzt?"

„Das geht dich einen verdammten Schei...ja, doch. Es geht besser und ich kann dir zuhören."

„Habt ihr diesen Ressortchef danach gefragt, mit welchem Auto er hier war?"

„Uns ging es mehr um sein Alibi. Wie er auf den Parkplatz kam ist doch auf den Videos zu sehen."

„Dann habe ich eine Überraschung für euch."

Sie nahmen in den eleganten Stühlen Platz. Auf dem Tisch standen, im Abstand, diverse Wasser und Softgetränke mit Gläsern dabei. Dennis klappte seinen Laptop auf. Auf dem Schirm war zu sehen, wie die schwarze Limousine auf den Parkplatz fuhr, Kramacher ausstieg und auf das Gebäude zuging.

„Da kann man Kramacher doch sehen. Das ist doch klar ersichtlich."

Dennis nickte verständnisvoll. „Ich habe mir das Video genauer angesehen. Und jetzt wird es spannend... passt auf. Hier sehen wir, wie Kramacher kurz hinter dem Lieferwagen verschwindet und kurz darauf taucht er wieder auf."

„Was ist daran so ungewöhnlich?" „Wartet! Das ist die Überraschung."

Dennis hantierte an seinem Laptop herum. „Es ist ein Trick, den ich lange nicht durchschaut habe. Aber es gibt da so gewisse Anwendungen, die praktisch von den Aufnahmen die oberste Haut abziehen. Bitte entschuldigt, aber ich kann es leider nicht anders ausdrücken. Diese Kameras sind nicht fähig, Handlungen, Dinge oder ähnliches, die weiter entfernt sind, genau und scharf aufzunehmen. Deshalb sind sie sehr anfällig dafür, dass man sie fälschen kann."

Stefan und Jordi wurden hellhörig.

„So meine Herren! Seht euch jetzt dieses Video noch einmal an. Und jetzt sagt mir, was ihr seht."

Aus der schwarzen Limousine stieg der Mann aus, der wenig später als Leiche im Büro von Frau Siebenstock endete.

„Wer von uns spricht mit dem Staatsanwalt?"

*

„Wo bleiben sie denn, Herr Gieseck? Sie haben doch versprochen Kaffee mitzubringen?"

Gieseck gab keine Antwort. „Das ist jetzt aber ziemlich unhöflich von ihnen."

Gerda kam aus der oberen Etage die Treppe hinunter. „Hast du schon Feierabend gemacht? Nimm Platz mein Herz. Ich muss nachsehen, wo Gieseck bleibt. Magst du Kaffee?"

„Ich muss dir unbedingt etwas erzählen. Heute Mittag habe ich meinen ersten Vertragsabschluss. Ich bin schon ganz aufgeregt."

„Ich komme sofort."

Gerda drehte sich einmal im Kreis. „Wie findest du den neuen Hosenanzug? Ich hoffe er ist angemessen. Ich habe ihn heute Morgen in der Stadt abgeholt. Er musste noch geändert werden. Die Hose war zu lang."

Magdalena bewunderte sie gebührend. „Der steht dir ausgezeichnet und ist perfekt ausgewählt. Das dunkle Blau passt perfekt zu deinen blonden Haaren. Die hochgesteckten Haare verleihen dir das Image einer knallharten Geschäftsfrau, das Parfüm ist auch gut gewählt und wohl dosiert. Ich hätte es nicht besser machen können. Und der Schal in mauve toppt alles. Dabei magst du doch gar keine Schals."

„Du hast immer die passenden Schals getragen. Und daran habe ich mich erinnert. Passen die Pumps dazu? Da war ich noch ein wenig unsicher."

„Du musst gut darauf laufen können. Es geht nicht, dass du mit hochhackigen Schuhen durch das Büro stöckelst und womöglich stürzt, und Gefahr läufst, wie ein Maikäfer auf dem Rücken zu liegen. Dann hat ich das Image der toughen Geschäftsfrau erledigt. Die Pumps sind genau richtig. Du siehst perfekt aus. Hach, wäre ich gerne dabei...Nur so im Hintergrund."

„Es macht mich sehr stolz, dass du das sagst, Magdalena. Das gibt mir die nötige Kraft."

Gieseck erschien auf der Bildfläche. Er wirkte abwesend und tippte auf seinem Handy herum. Magdalena sah ihm besorgt entgegen. „Geht es ihnen nicht gut?" Gieseck stand wie versteinert.

„Ist etwas passiert? So setzen sie sich doch! Sie sind blass wie ein Leintuch. Haben sie eine schlechte Nachricht bekommen?"

Gerda legte ihren Laptop vor sich auf den Tisch und sah den Betreuer von Magdalena aufmerksam an. „Ich werde mich um den Kaffee kümmern. Ganz offensichtlich braucht Herr Gieseck irgend eine Droge, wie Koffein oder vielleicht doch einen Cognac?" Gieseck winkte dankend ab. „Ich muss noch einmal ins Bad."

Gerda ließ ihren Laptop liegen und ging in die Küche. Wenig später erschien sie mit einem Tablett, auf dem drei Tassen mit Kaffee standen. Auf dem Handrücken prangte ein wunderbares Pflaster.

„Gerda? Hattest du schon wieder Probleme mit den Alukapseln? Das schafft keiner außer dir, dich an diesen Dingern zu verletzen."

„Das ist eben Talent, Magdalena. Deshalb haben wir auch eine Schweitzer Kaffeemaschine. Aber Joschi war der Meinung, dass du nur diese Kapseln magst."

„Ich widerspreche Joschi sehr gerne und aufrichtig. Aber da hat er meine volle Zustimmung. Ich mag sie wirklich sehr gerne. Mit diesen Dingern hatten dein Opa und ich unsere zehn Minuten für uns ganz alleine. Und immer, wenn ich einen Kaffee trinke, denke ich an ihn."

Gerda nahm die Hand ihrer Großmutter und gab einen zarten Kuss auf die Innenfläche ab. Miranda hatte das Kissen mit dem Konterfei von Marilyn unter sich begraben und studierte Gieseck sehr intensiv. Was war mit dem Mann los? Er sprach kein Wort und starrte nur in seine Tasse.

„Ich muss kurz nach oben, Frau Korbfuss."

„Das ist eine gute Idee. Legen sie sich eine Weile hin. Danach geht es ihnen besser."

Gerda schaute auf ihre Uhr. „Für mich wird es Zeit. Drück mir die Daumen, Magdalena. Ich bin so schrecklich aufgeregt."

Magdalena drückte ihre Enkelin herzlich an sich. „Du bist soweit. Das kann ich fühlen. Weißt du was? Wir rufen Mama an. Sie soll wissen, wie weit du mittlerweile bist."

„Muss das sein?"

„Du bist soweit, und ich finde, das kann sie ruhig wissen. Das soll sie sogar wissen."

„Warte doch noch bis morgen."

„Blödsinn! Ich sage es noch einmal: du bist soweit!"

Magdalena schnappte sich ihr Handy und wählte.

„Hallo?"

„Ja, hier auch hallo. Geht es dir gut?"

„Mir geht es phantastisch. Das Wetter ist hervorragend und hier sind es fünfundzwanzig Grad."

„Hier haben wir auch herrliches Frühlingswetter. Bist du schon in Oliva Gandia ?"

„Ja. Alles gut verlaufen. Kaum Stau in Lyon. Es ist angenehm warm und ich trinke einen Café Hielo."

„Was ist das denn? Außer Café habe ich nichts verstanden."

„Café Hielo ist Kaffee Americano mit Eiswürfeln."

„Hört sich sehr gut an und tut bestimmt gut, wenn es sehr warm ist. Stell dir nur vor, deine Tochter hat heute Mittag ihren ersten Vertragsabschluss. Vor einem halben Jahr hätte niemand auch nur gewagt, daran zu denken.Wie findest du das?"

„Das freut mich. Es ist schön, das zu hören."

„Warte ich gebe sie dir, dann kann sie es dir selbst sagen."

Nur widerstrebend nahm Gerda das Handy in die Hand. „Hallo Mama. Da staunst du was? Ich bin Oma sehr dankbar, dass sie an mich geglaubt hat. Oh je, jetzt bekomme ich mächtig Stress. Ich darf sie doch nicht Oma nennen. Ja, das mache ich. Genieße deinen Urlaub, Mama. Bitte nicht böse sein, aber ich bin froh, wenn du wieder Zuhause bist, und ich dir alles von Angesicht zu Angesicht erzählen kann. Ich richte allen schöne Grüße aus und ja, ich vergesse niemanden. Darauf kannst du dich verlassen."

Gerda gab Magdalena das Handy zurück. „Ein wenig beneide ich Mama schon. Woher nimmt sie nur den Mut? Seit sie sich von Papa getrennt hat, ist sie eine andere Frau geworden. Viel mutiger und entschlossener! So jetzt muss ich aber los. Drück mir die Daumen, Magdalena."

Magdalena nahm ihre Enkelin in den Arm. „Das mache ich doch. Wenn du willst, kannst du mir kurzes Feedback geben, wie es gelaufen ist. Und nicht vergessen. Niemals das Ruder aus der Hand geben. Es ist dein Revier und alles muss so laufen, wie du es dir vorgestellt hast und nicht anders."

„Das habe ich durch dich verinnerlicht. Ich werde dich nicht vergessen."

Magdalena stand schwerfällig auf, warf sich einen Schal um die Schultern und blieb auffordernd vor Miranda stehen. „Und weißt du was wir beiden Hübschen jetzt machen?"

Miranda hatte den Blick immer noch auf Gieseck gerichtet. „Ich habe nicht die geringste Ahnung."

„Wir werden jetzt etwas spazieren gehen. Von mir aus bis an den Waldrand. Was hältst du davon?"

„Ich weiß nicht so recht. Noch nie war ich so weit von Zuhause entfernt," zickte Miranda herum und legte die Ohren an. „Ich habe Angst."

„Ich bin doch bei dir, Miranda. Niemand wird dir etwas tun. Es wird dir gut tun in der freien Natur zu sein."

„Wenn du das sagst. Aber ich habe trotzdem ein mulmiges Gefühl."

Gieseck sah Gerda nach, wie sie die Treppen hoch stieg. Bald hörte er, wie ihr Wagen aus dem Hof fuhr.

„Trauen sie sich den Spaziergang zu, Frau Korbfuss? Wäre es nicht besser, wenn ich sie begleite?"

„Ich muss doch wieder lernen, alleine aus dem Haus zu gehen. Außerdem wird mich Miranda begleiten. Wenn ich es nicht probiere, werde ich es nie erfahren."

„Nehmen sie das Handy mit, damit sie mich jederzeit kontaktieren können. Und wenn sie zurück sind, müssen wir unbedingt miteinander reden."

„Ist es etwas ernstes? Sind sie deshalb so blass?"

„Genießen sie ihren Spaziergang. Ich buche das als einen gewaltigen Fortschritt."

„Ich kann den Wald von hier aus sehen. Das sind höchstens dreihundert Meter, ich bin in einer halben Stunde wieder da."

Miranda lief aufgeregt vor Magdalena her. In ihrem alten Haus waren sie öfter zusammen spazieren gegangen. Aber all das war, bevor sie niedergeschlagen wurde, und für sie beide, ab diesem Tag dramatische Veränderungen eintraten. Hier war es eine Premiere. Waren sie beide in der Lage, diesen Spaziergang zu meistern? Zuerst war sie sich unsicher und schaute ständig zu dem Haus zurück, so, als wollte sie abschätzen, ob der Rückweg noch zu schaffen wäre. Insgeheim bewunderte sie den Mut von Magdalena. Aber dann überwand sie mit jedem Schritt ihre Angst, genoss den Spaziergang mit ihr in vollen Zügen, und versuchte sogar, spielerisch einen Schmetterling zu fangen.

„Ich bin so gespannt wie Gerda ihren ersten Vertragsabschluss wuppt, Miranda. Meine Enkelin macht mir mittlerweile so viel Freude. Aber insgeheim ist sie immer noch böse auf ihre Mutter."

„Ich mag sie auch," maunzte Miranda. „Aber was war mit Gieseck los? Der war vollkommen von der Rolle."

Vor dem Wald stand eine Bank und Magdalena nahm darauf Platz. Vor ihnen breitete sich der Wald aus und im Hintergrund waren Weiden zu sehen, auf denen Pferde friedlich grasten. Neben der Bank blühten lila Veilchen und Löwenzahn. Auf den Weiden schwang sich eine Lerche mit ihrem typischen Gesang in den Himmel. Zwei Rehe standen am Waldrand und sahen aufmerksam zu ihnen hinüber. Dann verschwanden sie mit großen Sprüngen in den Wald. Schneeweiße, kleine Wölkchen zogen langsam über den blauen Himmel und schienen ebenfalls den Ausflug zu genießen.

„Eigentlich ein schönes Fleckchen Erde. Wir sollten öfter so einen kleinen Spaziergang machen. Ich bin immer noch völlig von der Rolle, dass Herr Gieseck es mir zutraut, alleine das Haus zu verlassen."

Miranda schüttelte mit dem Kopf. „Du bist doch nicht alleine. Ich bin doch bei dir. Gieseck weiß, dass ich in jedem Falle den Heimweg finde. Er mag keine Katzen, aber irgendwie vertraut er mir."

Miranda erkundete vorsichtig die Gegend um die Bank herum und die am Waldrand. Sie roch Spuren von Kaninchen, Hunden von anderen Katzen und Katern. Zwei davon erkannte sie sofort. Sie war schon gespannt darauf, wann die Kater wieder erschienen. Die anderen Witterungen waren ihr schon einmal im Garten in die Nase gestiegen, nur zu sehen bekam sie die Katzen nicht. Miranda mochte Ekki und Pirat, weil die beiden sie zum lachen brachten. Aber da war noch eine Witterung. Von einem Menschen. Und er war nicht allzu weit von ihnen entfernt. Miranda sondierte mit ihrem Jakobsorgan die Duftmoleküle. Aber dadurch, dass sie selten in der freien Natur unterwegs war, war sie etwas überfordert, diese einzuordnen. Der Mensch schien sie aus dem Wald heraus zu beobachten. Miranda hörte Magdalena zu, aber ihr Blick blieb in den Wald gerichtet. Nach einer Weile wurde die Witterung spärlicher und Miranda ging davon aus, dass der unbekannte Mensch wieder seiner Wege zog. „Ich glaube es wird Zeit für uns." Magdalena stand auf, um den Heimweg anzutreten.

„Herr Gieseck soll sich nicht unnötig aufregen. Ich bin neugierig, über was er mit mir sprechen möchte. Er machte ein ziemliches Geheimnis draus. Morgen machen wir wieder einen Spaziergang."

Magdalena spazierte langsam zurück. Der Nachmittag war noch angenehm und sie hatte keine Lust, schon ins Haus zu gehen. Joschi tappte ungeschickt durch das Treppenhaus herunter zu Magdalena. Er trug ein schickes Hemd und eine passende Krawatte dazu. Nur die feuerroten Boxershorts mit den grünen Melonen und die Badelatschen mit den karierten Socken, wollten nicht so richtig ins Bild passen.

„Du meine Güte! Wie siehst du denn aus. Hast du vergessen die untere Hälfte von dir auszustaffieren?"

„Nein, Magdalena. Ich habe es nicht vergessen. Aber wenn ich mit den Kunden spreche, sehen sie von mir nur die obere Hälfte. Also kann ich mit der anderen Hälfte verfahren wie ich möchte."

„Dann bist du ein Mensch, den man nur zur Hälfte zeigen kann."

„Die andere Hälfte von mir geht, außer Gerda, niemanden was an. Auch dich nicht."

„Ich will ziemlich viel, aber auf keinen Fall mich in euer Sexualleben einmischen."

„Das möchte ich dir auch geraten haben. Wo habe ich bloß die Uhr hingelegt? Das ist so peinlich. Aber ausgerechnet seine Daten habe ich darauf gespeichert. Er meint natürlich, dass ich dieses Problem bereits gelöst habe und nun muss ich ihn noch einmal abfragen. Er wird nicht begeistert sein. Vielleicht habe ich sie doch beim letzten Mal hier liegen lassen."

„Ich habe dieses Ding hier nicht gesehen, Joschi. Sieh doch einmal in deinen Daten nach. Vielleicht hast du doch eine Sicherungskopie erstellt und die ganze Aufregung war umsonst."

Joschi nickte verzweifelt. „Das werde ich tun. Aber ich habe nicht mehr viel Zeit." Ziemlich geknickt verschwand er durch das Treppenhaus nach oben.

„Manchmal frage ich mich wer seine Gedanken nicht zusammen halten kann, Miranda. Aber weißt du was wir jetzt tun? Wir sind schließlich Rentner und genießen diesen wunderbaren Tag. Wir legen uns hier auf unsere Couch auf der Terrasse. Wenn Herr Gieseck herunterkommt, sind wir nicht zu übersehen. Was hältst du davon? Wir lassen alles auf uns zukommen. Am Ende wird alles gut. Und ist es nicht gut, dann ist es noch nicht das Ende. Oscar Wilde hat das vor vielen Jahren aufgeschrieben."

Miranda war begeistert. Gesagt, getan! Magdalena legte eine leichte Decke über sich und Miranda kuschelte sich in ihren Arm. Bevor Magdalena einschlief, fiel ihr Blick auf eine Person, die an ihrem Haus vorbei lief. Sie erhaschte gerade noch die blonden Haarspitzen, dann war sie auch schon hinter den schützenden Hecken verschwunden. Magdalena fiel in einen leichten, unbeschwerten Nachmittagsschlaf. Über ihnen am Himmel tirilierte die Lerche und Bienen summten in den ersten Blumen. Da Magdalena auf klopfen nicht reagierte, öffnete Joschi die Tür. Es war sehr still.

„Magdalena? Hast du meine Uhr gesehen. Ich werde noch wahnsinnig, denn ich kann sie nirgendwo finden. Vielleicht liegt sie doch bei dir. Ich kann mich daran erinnern, dass ich sie einmal kurz ausgezogen habe. Aber ich weiß nicht mehr wo das war."

Das Badezimmer stand offen und Joschi warf einen kurzen Blick ins Bad. „Hier sieht es aus wie Kraut und Rüben. Jetzt muss man Magdalena schon den lieben langen Tag hinterherräumen."

Der Deckel des Wasserkastens lag nicht richtig auf. Er wollte ihn richtig platzieren, als aus dem Wohnzimmer ein leises Stöhnen erklang.

„Magdalena?"

Aber es war nicht Magdalena, die er vorfand. Herr Gieseck lag blutüberströmt vor dem klobigen Sessel. Seine Hand zeigte auf etwas. Joschi beugte sich über ihn. Gieseck schaute ihn an und atmete schwer. Er wollte etwas sagen, aber dann erstarb sein Atem und die Augen brachen. Die Bodenvase war in mehrere Teile zerbrochen und war ebenfalls mit Blut verschmiert.

*

Ich beugte mich über Robert. Ich spürte seinen Atem. Für einen Moment schlossen sich seine Augen. „Ist dieses Monster weg?"

„Ja, du brauchst dir keine Sorgen mehr zu machen. Bist du verletzt?"

Alle Katzen standen dicht um Robert gedrängt. Oscar fing an seine Ohren zu waschen.

„Ich hatte großes Glück. Er hat mich nur gestreift. Ich habe tote Katze gespielt, sonst hätte er womöglich noch einmal zugeschlagen."

„Über dem linken Ohr wirst du eine Beule bekommen. Das lässt sich leider nicht verhindern," stellte Oscar fest.

„Bin ich jetzt ein Feigling?"

„Die Namenlose wusch Robert das andere Ohr. „Nein! Es war sehr mutig von dir liegenzubleiben. Um das eigene Leben zu schützen, muss man manchmal seltsame Wege gehen."

Robert schüttelte mit dem Kopf und verdrehte dabei die Augen. Vor seinen Augen tanzten bunte Sterne. „Die sind so schön bunt. Könnt ihr die Sterne auch sehen? Sie halten sich an den Zacken fest und singen ein Lied."

Die Namenlose grinste. „Dieses Privileg gehört ganz alleine dir. Die Sterne singen nur für dich. Dann hat es wenigstens etwas positives."

„Schade, dass ihr es nicht sehen könnt. Einer winkt mir sogar zu."

„Das kenne ich!" mischte ich mich ungefragt ein. „Mir wurde auch einmal etwas über den Scheitel gezogen. Du hast jetzt eine sogenannte Hirnverschüttung. Die Sterne sind die Vermittler von der Zwischenwelt, dem Jenseits und der Welt, auf der wir gerade leben. Richie? Hattest du nicht auch so ähnliche Erfahrungen, als das Auto dich überfahren hat."

„Meine Sterne haben mir damals gesagt, dass es besser ist, wenn ich mit ihnen gehe. Meine Zeit auf der Erde wäre vorbei. Dass ich das überlebt habe, habe ich einzig und allein meinem Willi zu verdanken."

So ist das, meine Freunde. Richies gefahrvollen Trip, der ihn um ein Haar das Leben gekostet hätte, könnt ihr in „Schwarze Katze ...und die Abgründe der Moral" selber nachlesen. Die Pupillen in Roberts Augen wurden wieder kleiner. Die Namenlose deutete das als ein gutes Zeichen. Robert schüttelte mit dem Kopf. „Uuiuiui...jetzt kommen sie aber ordentlich in Fahrt, wie auf einem Kettenkarussell. Ich bin aber doch jetzt auf der Welt, in der wir gerade leben, und das zusammen mit den Sternen. Ich mag sie. Soll ich ihnen Namen geben?"

Ich war begeistert. „Das ist eine hervorragende Idee. Dann können sich deine Sterne und meine gelegentlich treffen und sich austauschen."

Zorro rollt genervt mit den Augen. Robert betastete vorsichtig mit der Pfote die Stelle am Ohr, an der er vom Knüppel getroffen wurde. Die Beule wuchs und sah aus wie ein kleines Hütchen. Vor Schmerz zuckte er leicht zusammen.

„Konnten wir das Leben von Goldhaar auch schützen? Denn darum ging es doch letztendlich. Oder hatte sie auch Besuch aus der Zwischenwelt?"

„Goldhaar ist nichts passiert. Aber dem Mensch haben wir einige Schrammen zugefügt. Hoffentlich lässt er jetzt davon ab, Goldhaar zu verfolgen."

Pirat schaute sich suchend um. „Wo ist unser Goldmädchen eigentlich? Die Gefahr ist doch zumindest für heute vorüber?"

„Eben war sie doch noch da?"

Aber von Goldhaar war weit und breit nichts zu sehen. Zorros dicker schwarzer Kopf wandte sich nach allen Richtungen, um die Witterung von Goldhaar aufzunehmen. „Sie fühlt sich schuldig. Im Wald hat sie laut gerufen, was sie uns angetan hat. Das muss man sich mal vorstellen. Sie uns! Wir müssen sie wiederfinden! Es ist eine Katastrophe, wenn sie weiter so durch die Gegend rennt. Sie kennt ihre Identität nicht und weiß nicht wer ihr Feind ist."

„Vielleicht ist sie auch zurück ins Clubheim gegangen," sinnierte Oscar. An die Möglichkeit hat noch keiner von uns gedacht."

Pirat und Ekki rannten vor um nachzusehen. Wir liefen etwas langsamer hinterher, weil Robert noch etwas schwankte und sich mit seinen Sternen unterhielt. Aber von Goldhaar war nichts zu sehen. Der Schlafsack und ihr Rucksack waren weg, als wäre sie nie da gewesen. Nur die Buschwindröschen auf dem Fensterbrett verrieten etwas von ihrer Anwesenheit. Und ihr Duft war noch anwesend.

„Ganz toll! Das haben wir ordentlich verbockt!" Zorro schaute verdrießlich auf die Blümchen. Auf dem Regal an der Wand standen noch immer ihre Lebensmittelvorräte. „Sie hat noch nicht einmal etwas zu essen mitgenommen. Wir werden sie finden müssen."

„Wohin hat die Spur dieses Menschen eigentlich geführt, der Goldhaar böses wollte. Hat das einer von euch eruiert?"

Ich hasse es abgrundtief, wenn die Namenlose mit Fremdwörtern um sich wirft. Außer ihr versteht es keiner. Sie steht wieder einmal als Hochintellektuelle dar und ich als tumbe doofe Nuss. Da könnt ich echt wild werden!

„Ich weiß nicht, was eduliert heißt, aber die Spur führt aus dem Wald hinaus. Die von Goldhaar übrigens auch. Und das habe ich festgestellt ohne zu errigieren."

„Das hast du gut gemacht, Ekki!" lobte Zorro. „Auch wenn errigieren etwas anders heißt."

Die Namenlose wirkte sehr nachdenklich. „Goldhaar hat zwar keine Erinnerung an ihr Leben und ihren Namen, aber hier hat sie sich zurechtgefunden. Sie wusste am nächsten Tag immer noch wo sie sich befand, und konnte sich an den Tag davor erinnern. Das ist schon ein kleiner Fortschritt. Noch wenige Tage, und ihr Erinnerungsvermögen wäre womöglich komplett zurückgekehrt."

„Was ist, wenn ihr Erinnerungsvermögen zurückgekehrt ist und sie deshalb die Flucht angetreten hat?"

Wir alle glotzen Richie an. „Habe ich was falsches gesagt?"

„Ich habe noch etwas gefunden. Das muss aus ihrem Rucksack gefallen sein."

Ein kleines Foto lag auf dem Boden. Es zeigte eine blonde Frau in einem Sessel. Irgendwo auf dieser Welt in einem Garten. Ekki setzte sich davor und glotzte das Bild an, indem er mit der Nase fast auf dem Foto klebte.

„Da ist eine kleine Pfote sichtbar. Eine zarte, kleine, bildschöne Katzenpfote."

*

Stefan und Jordi schielten zu Kramacher hinüber, der immer noch seinen Schreibtisch räumte. Er schaltete den Computer aus und verschloss den Pappkarton.

„Wir werden ihn jetzt freundlich bitten, uns zu begleiten. Der Staatsanwalt hat schon sein Einverständnis erklärt."

Dennis klappte seinen Laptop zusammen. „Nehmt ihr Georg Kramacher fest?"

„Vorerst werden wir ihn mit aufs Präsidium nehmen. Es muss doch eine Erklärung dafür geben, wie und wann dieses Video gefälscht wurde. Wenn du nicht so aufmerksam gewesen wärst, Dennis, hätte es niemand bemerkt."

„Danke für die Blumen. Aber ich glaube nicht, dass das alles ist.

Hier lauert noch mehr. Da gibt es noch eine Menge Arbeit. Sputet euch! Ich glaube, der Vogel will die heiligen Hallen verlassen."

Stefan schoss hinter Kramacher her. „Hansmann und Siebenstock werden uns ebenfalls begleiten," rief er Dennis zu. „Pass auf, dass sie nicht verschwinden."

„Herr Kramacher?"

„Was wollen sie denn noch? Es ist gerade einmal fünf Minuten her, dass wir uns gesprochen haben."

„In diesen fünf Minuten hat sich etwas ergeben, das ihr ganzes Leben verändern könnte. Begleiten sie uns bitte ins Präsidium."

„Ich denke nicht daran. Der Schreibtisch ist geräumt und ich werde nach Hause gehen."

„Das müssen sie leider verschieben. Ich hoffe, ihre Frau hat genug Brennholz für den Kamin?"

„Ich versteh' nicht."

„Wir dafür umso besser. Also kommen sie mit!!"

„Muss ich meinen Anwalt anrufen?"

Frau Siebenstock tauchte aus einem Büro auf. „Was ist denn hier los?"

Kramacher fuchtelte mit beiden Händen in der Luft herum. „Kathrin, das wird sich alles klären. Es kann sich hier nur um ein Missverständnis handeln."

Verständnislos schaute Kathrin zwischen den Beteiligten hin und her. „Kann mir vielleicht einer der Herren erklären, um was es hier geht?"

„Es ist noch nicht spruchreif, Frau Siebenstock. Aber wir haben eine Möglichkeit gefunden, wie das Mordopfer ins Gebäude gekommen ist. Aber noch können wir nichts dazu sagen, erst wenn alles hieb und stichfest ist."

„Und was hat der Kollege Kramacher damit zu tun?"

„Er kann dazu beitragen, dass dieser Fall schneller aufgeklärt wird."

„Denn er ist der Einzige, der dazu in der Lage ist?"

„Im Moment ja." Stefan wurde langsam sauer. Ihm ging dieses ganze Geschwafel fürchterlich auf die Nerven.

„Können wir jetzt endlich losgehen?"

Kramacher griff nach seinem Laptop. Dennis kam vom Nebenzimmer und nahm ihm den Computer aus der Hand. „Der bleibt vorläufig bei uns. Ich bin gespannt darauf, ob wir Übereinstimmungen finden."

„Das ist doch eine bodenlose Frechheit. Mit welchem Recht spielen sie sich hier so auf?"

Stefan hatte keine Lust mehr auf diese Art von Unterhaltung. „Dem Recht des Stärkeren. Das muss vorläufig genügen. Können wir jetzt?"

Jetzt endlich folgte Kramacher ihnen. „Das sind Methoden wie in einem Polizeistaat."

Jordi grinste säuerlich „Ja, ich weiß. Mir gefällt das auch nicht."

„Aber mir!" Dennis versiegelte das Laptop. „Morgen wissen wir schon mehr."

Kathrin Siebenstock stand wütend da mit den Händen in den Hüften. Malte Hansmann kam hinzu. „Hast du das gesehen. Die Polizei hat einfach so den Kramacher mitgenommen. Hast du eine Ahnung warum?"

Malte nickte. „Ich kann mir da so einiges vorstellen. So sauber, wie er sich bei der Bewerbung dargestellt hat, ist er nicht. Ich habe da heute Nacht noch einiges herausgefunden. Dieser Willich ist wirklich nicht doof und ein äußert kluger Kopf. Da muss ich dir Recht geben."

Kramacher telefonierte mit seiner Frau. „Es wird etwas später werden."

Stefan blieb vor Hansmann und Kathrin stehen. „Zu ihnen kommen wir auch noch. Es gibt da so einige Lücken im Zeitkonzept. Am besten ist es, sie kommen gleich mit."

„Sind wir auch verdächtig?"

„Wenn sie keine vernünftigen Alibis haben, ist es nicht auszuschließen."

Kathrin setzte sich auf einen Stuhl. „Können wir das nicht gleich jetzt klären? Meine ganze Zukunft ist gerade über mir zusammen gebrochen, und ich muss mich neu orientieren."

„Mir geht es nicht besser," beeilte sich Hansmann hinzuzufügen. „Wir stehen vor den Trümmern unseres Lebens."

„Und ich stehe vor eine Leiche, die keiner von ihnen kennt, niemand weiß wie sie das Haus betreten hat, und muss dazu noch einen Mörder suchen. Erklären sie noch einmal, wann sie das Gebäude der „Inotec" betreten haben."

„So kurz vor acht war ihre Frau an der Firma, um mir meine Börse zurückzugeben. Ich musste sie verloren haben, als ich mich von ihr nach dem gemeinsamen joggen verabschiedete. Ich war ihr zutiefst dankbar, denn in dieser Börse befand sich meine Karte, auf der sich die Zugangsdaten zu meinem Büro befanden. Ich hatte meine Unterlagen auf dem Tisch liegenlassen und musste vor Beginn des Meetings wieder zurück."

Die Augen Kathrins füllten sich wieder mit Tränen. „Ich hatte mich dadurch ein wenig verspätet. Mein Kollege Malte begleitete mich, weil ich nicht alleine das Meeting betreten wollte."

Irgendwie erreichten die Tränen von Kathrin Stefan nicht. Sie ließen ihn kalt.

„Und dann haben wir diesen Mann gefunden. Es war so schrecklich. Wie soll es jetzt weitergehen?"

„Indem wir den Mörder des Mannes suchen, Frau Siebenstock. Können sie die Aussage von ihrer Kollegin bestätigen?"

„Aber ja doch."

Im Büro des Präsidiums saß Kramacher unruhig ihnen gegenüber. „Warum sitze ich hier? Was wird mir eigentlich vorgeworfen? Bin ich ein Tatverdächtiger?"

Stefan verschränkt die Arme. „Fangen wir doch einmal so an. Wir sind diejenigen, die die Fragen stellen und alle, die auf diesem Stuhl sitzen, beantworten diese Fragen. Es gibt gewisse Unklarheiten mit ihrer Ankunftszeit bei der „Inotec"."

„Wieso? Es muss doch auf dem Video zu sehen sein, wann ich angekommen bin. Die Kamera ist doch unbestechlich, da kann ich ihnen doch erzählen was ich will."

Jordi nickte. „Und das sozusagen aus berufenem Munde. Dann haben sie hierfür bestimmt eine Erklärung."

Stefan schaltete den Monitor ein. Gebannt glotzte Kramacher auf den Bildschirm. „Die Aufnahme ist gefälscht."

„Zweifelsohne! Das ist sie. Aber an diesem Tag hatte sie ihren Zweck erfüllt."

„Aber wo ist die Aufnahme, mit der ich in diesem Transporter auf das Gelände fahre? Der Mann in der schwarzen Limousine ist ein anderer." Kramacher deutete auf das Video. „Hier sehen sie mich, wie ich kurz zuvor aus dem Wagen gestiegen bin."

„Sie können ihren Transporter auch schon früher abgestellt haben," widersprach Stefan.

„Und warum sollte ich das tun? Wo liegt der Sinn darin?"

„Um dem Mordopfer den Weg in die Firma zu ebnen. So konnte er praktisch mit ihrer Identität die „Inotec" betreten."

Kramacher wurde bleich. „Kann ich ein Glas Wasser haben?"

Jordi nahm ein Glas und füllte es mit Mineralwasser. „Ist ihnen dieses Argument auf den Magen geschlagen?"

„Das kann man wohl sagen. Ich glaube nicht, dass es mir etwas nützt, wenn ich ihnen sage, dass ich damit nichts zu tun habe."

Stefan schenkt sich auch ein Glas Wasser ein. In seinen Gedanken war er bei Susanne.

„Es fällt uns zugegebenermaßen schwer. Sie besitzen die nötige Kompetenz und die passende Software, um so etwas zu gestalten."

„Danke, dass sie mir das zutrauen. Aber wo liegt meine Motivation diesen, mir völlig unbekannten, Mann ins Haus zu schleusen?"

Jordi krauste die Stirn. Er konnte sehr schlecht zu Kramacher sagen, dass die Polizei sich die gleichen Fragen stellte. „Ihre Motivation könnte darin liegen, dem Mann Zutritt zu Frau Siebenstocks Büro zu ermöglichen."

Kramacher griff sich mit beiden Händen so verzweifelt durch die Haare, dass sie nach allen Seiten abstanden.

„Es kann sein, dass ich mich jetzt um Kopf und Kragen rede. Sie haben mich doch mit Sicherheit durchleuchtet, bis ins kleinste Detail. Dann müsste ihnen doch klar sein, dass ich keine Hilfe von außen brauche, wenn ich hier etwas herausfinden möchte. Und ganz offensichtlich hat es bei diesem Mann nicht funktioniert. Er ist tot"

„Was wollen sie damit sagen?"

Kramacher bekam einen ungesunden Glanz in den Augen. „Ich weiß nicht, was ich damit sagen wollte. Das kam mir nur so in den Sinn."

„Jetzt reden sie doch nicht so um den heißen Brei herum. Wenn ich das jetzt richtig verstanden habe, wären sie nach eigener Aussage auch in der Lage gewesen, den Sicherheitscode zu knacken."

Kramacher bekam feuchte Hände. „Nein. Sie drehen mir die Worte im Mund herum. So etwas habe ich nicht gesagt. Den Sicherheitscode hat Frau Siebenstock selbst entwickelt und eigentlich gilt er als sicher und unbezwingbar."

Stefan ließ noch einmal das Video ablaufen. „Der Mann trägt sogar fast den gleichen Anzug wie sie. Nur die Schuhe sind anders."

Kramacher klatschte sich mit seiner Hand empfindlich auf die Stirn. „Jetzt wird mir einiges klar."

„Klären sie uns doch bitte auf, Herr Kramacher."

„Als ich das Gebäude betreten und meine Karte eingelesen habe, hat mich Frau Ganzholt gefragt, ob ich etwas vergessen hätte. Ich dachte, sie meint irgendwelche Unterlagen für das Meeting oder so. Aber nein. Sie hat gefragt, weil ich laut dem System schon anwesend war."

*

Robert bedauerte es, dass die Sterne so langsam verblassten. Aber andererseits war er von uns der allerbeste Fährtenleser, und war schon bald wieder damit beschäftigt, die verschiedenen Spuren aufzunehmen.

„Aber welcher Spur sollen wir nun folgen? Dem Mensch in dem schwarzen Anzug oder Goldhaar?"

Das war eine gute Frage. Schnuppernd, wie ein Jagdhund, folgte Robert der Spur. „Es genügt, wenn wir der Spur von Goldhaar folgen. Der schwarze Anzug hält sich immer in ihrer Nähe auf. Er hat sich nur durch unsere Prügelattacke kurz davon abhalten lassen, sie zu verfolgen."

Zorro krauste die Stirn und kratzte sich mit seinen Hinterpfoten nachdenklich den Kopf, so, dass die Fellstückchen wie schwarze Schneeflocken zu Boden fielen. „Wir haben das voll verbockt und müssen das wieder hinbiegen."

„Das funktioniert aber besser, wenn du damit aufhörst dir dein Hirn aus dem Kopf zu kratzen, Boss."

„Was willst du damit sagen, Pirat? Was du hier fliegen siehst, sind Fellstücke. Oder glaubst du, dass mein Hirn wie eine löchrige Wolldecke offen zwischen den Ohren liegt?"

„Jetzt wo du es erwähnst, Boss. Also ich hätte mich nie gewagt, so etwas auch nur anzusprechen."

Drohend und mit aufgestelltem Kamm standen sich die zwei Kontrahenten gegenüber. Robert unterbrach seine Fährtenlesung und wartete gespannt, wie das Kräftemessen wohl ausgehen wird. Knisternde, aufgeladene Stimmung lag in der Luft.

„Das kann doch jetzt nicht wahr sein," schimpfte ich, „befinden wir uns hier in einem Katzenkindergarten?"

„Gewisse Sachen müssen geklärt werden und dulden leider keinen Aufschub!"

„Du willst jetzt nicht mit mir darüber diskutieren, ob dein Hirn wirklich wie eine löchrige Wolldecke offen zwischen den Ohren liegt, Zorro?"

„Ä...äh nein. Das hatte ich nicht vor, Laila. Hier geht es um wichtige Kompetenzen. Das ist Männersache. Davon versteht ihr Frauen nichts."

Vor Ärger wurden meine Pupillen tiefschwarz. „Also gut! Ich stelle fest, dass dein Hirn nicht offen zwischen deinen Ohren liegt, sondern irgendwo in deinem sturen Schädel. So viel dazu. Seid ihr alle damit einverstanden?"

Die Kater nickten etwas ratlos.

„Ich finde, das hat Laila sehr gut beschrieben", fuhr die Namenlose fort. „In meiner Funktion als Parlamentarierin..."

„Parla...was?"

„Ein Parlamentär oder in meinem Fall, eine Parlamentarierin muss objektiv an einen Streit herangehen, und darf auf keiner Seite stehen.

Nun geht es darum, die Kompetenzen wieder gerade zu rücken, damit wir unsere Arbeit aufnehmen können. Sonst sind wir ein Haufen, der nicht imstande ist, eine vernünftige Entscheidung zu fällen. Seid ihr damit auch einverstanden?"

Die Kater grummelten ein kaum verständliches: „Ja, von mir aus" und „wenn`s denn sein muss." Begeisterung sah anders aus.

„Wunderbar! So geht Demokratie."

„Wo geht sie denn hin, die Demokratie?" maulte Richie. „Braucht man so was?"

„Natürlich braucht man so was. Oder wollt ihr einen Diktator und Tyrannen als Boss haben?"

„Ist das so einer, der das Denken übernimmt? Dann wäre es vielleicht gar nicht so übel."

„Ich habe diese Wörter in meinem Leben noch nie gehört," schimpfte ich lauthals. Mir wurde das alles zu viel. Die Zeit lief uns davon, und die Namenlose machte mal wieder einen auf Akademiker. Die Namenlose rollte mit den Augen. „Kürzen wir das Verfahren ab! Dann möchte ich Zorro fragen, ob er bereit ist, seinen schwierigen und aufopferungsvollen Posten als Anführer dieser grandiosen Männerbande wieder aufzunehmen."

Sieben sehr aufmerksame Augenpaare waren auf ihn gerichtet.

Zorro hatte sich in Positur gesetzt. Aufrecht und stolz saß er da, wie es sich für einen Anführer gehört. Sein schwarzes Fell glänzte in der Nachmittagssonne und warf schimmernde Farben, die entfernt an einen Regenbogen erinnerten. Seine grünen Augen schienen unergründlich bis in das Universum und wieder zurückzuschauen.

„Weg mit der ganzen Hierarchiescheiße! Lasst uns den Boden nach Spuren abschnorcheln."

Erleichtert nahmen wir unsere Arbeit wieder auf und Richie flüsterte zu Pirat: „die Weiber machen mich jedes Mal völlig fertig."

„Eigentlich haben sie uns gar nichts zu sagen."

„Auch nicht als Parlamentärinnen?"

„So genau kenne ich die Regeln nicht."

„Aber wenn sie etwas sagen, hat es Hand und Pfote."

„Innilektüll können wir ihnen sowieso nicht folgen."

„Das ist wahr Ekki."

Die Spuren führten uns aus dem Wald heraus. Die, des schwarzen Anzugs, waren immer noch in der Nähe. An einer Waldbank nahmen wir andere Spuren auf. Die Kater waren in heller Aufregung.

„Das sind Moleküle von Miranda. Die riechen besser als das teuerste Parfüm."

„Man kann förmlich riechen, wie hübsch sie ist. Hier habe ich eine Note, da kann man herauslesen, dass sie bezauberndes rotes Fell hat."

Oscar schnupperte ebenfalls. „Ich glaube, ich rieche, dass sie wunderschöne goldene Augen hat."

Böse nahm auch ich wenige Partikel auf und fauchte Oscar böse an. „Sie stinkt wie ein einziges Sammelsurium von ausgedienten Klamotten und Mottenkugeln. Kaum zu ertragen. Und ihre Augen sehen aus, wie blinde Scheiben aus Bronze."

Das war schrecklich gemein von mir. Ich hatte Miranda doch nur für einen winzigen Moment gesehen. Aber meine Eifersucht war wieder einmal beispiellos. Zorro dröhnte über den Platz.

„Verlieren wir nicht die Contenance, meine Damen und Herren. Konzentrieren wir uns auf das Wesentliche."

Alle Kater brüllten durcheinander.

„Goldene Augen?"

„Seidiges rotes Fell?"

„Ein „Eins a Fahrgestell?"

„Ein äußerst sexy Parfüm?"

Zorro hob seine Hinterpfote an, ließ sie aber zum Glück wieder sinken. „Konzentriert euch auf die Spur von Goldhaar, ihr Kackpratzen. Alles andere kommt später. Könnt ihr denn immer nur an das eine denken?"

„Was ist denn das andere, Boss? Gibt es da sonst noch etwas?"

„Das hast du jetzt nicht wirklich gesagt, Richie."

„Nein, Boss."

Wir setzten unseren Weg fort. Das letzte Haus in der Straße war uns schon wohlbekannt. Es war diese schreckliche neue Bude aus Glas. Hier wohnt diese Miranda, die meine Jungs so überaus bekloppt macht. Der reine Gedanke an sie hob meine Laune nicht wirklich an. Ich muss es leider zugeben. Nur allzu gerne stehe ich im Mittelpunkt, und kann es nur schwer ertragen, wenn man mir nicht genug huldigt. Vor dem neuen Haus vermischten sich die Spuren von Goldhaar und dem schwarzen Anzug. Wie war das möglich? Wir verfolgten die Spuren bis auf die andere Straßenseite. Aber hier war es schwierig. Hunde hatten dafür gesorgt, dass die Spuren überlagert wurden. Das war alles nicht so einfach. Ausgerechnet vor dem Haus von Miranda so ein Durcheinander. Ekki saß unter der Hecke, die das Haus zur Straße hin abgrenzte.

„Hier haben wir eine Teedose gefunden."

„Was ist eine Teedose? Dosen, in denen keine Knusperherzen oder andere Leckerlis aufbewahrt werden, sind vollkommen sinnlos."

„Das habe ich mir auch gedacht und bin vollkommen deiner Meinung, Richie. Als Miranda, zusammen mit mir und Pirat, die Teedose in den Hof schleppte, hat der Lieblingsmensch von Miranda schrecklich geweint. Und da mochte ich diese Dose noch viel weniger."

„Miranda hat uns erzählt," fuhr Pirat fort, „dass ihr Lieblingsmensch schon sehr viel gelitten hat. Anscheinend vergisst sie sehr viel und weiß später nicht mehr, wo sie etwas hingelegt hat."

„Das erinnert mich an unsere Katzenomi, die alle fünf Minuten von Zorro wissen wollte, wer er war."

„Was ist eigentlich aus ihr geworden?"

„Darum kümmern wir uns später," knurrte Zorro.

„Alles klar, Boss!"

Neugierig, und auf äußerst leisen Pfoten, sahen wir uns in dem gepflegten Garten um. Auf der Rattancouch lag Miranda, zusammen mit einer fülligen Frau, unter einer leichten Decke. Beide schliefen tief uns fest. Sie wirkten glücklich und zufrieden.

Aus dem Haus waren verschiedene Geräusche zu hören. Ein Gegenstand zerbrach. Das kam mir bekannt vor. Als ich mit meiner Pfote aus Lauras Tasse etwas Milchschaum schaufeln wollte, fiel sie vom Tisch und zerbrach in tausend Teile. Aber hier musste es sich um eine wirklich große Tasse handeln. Ich war erstaunt, dass Miranda davon nicht aufwachte. Wenig später war zu hören, wie etwas zu Boden plumpste. Wir zogen uns unter die Hecken zurück und warteten ab was passiert. Es war bestimmt nicht so gut, wenn der Lieblingsmensch erwachte, und acht fremde Katzen dasaßen und sie anglotzten.

Irgendwo wurde eine Tür leise geschlossen. Im Gebüsch gegenüber war eine Bewegung auszumachen. Aber es war keine fremde Witterung zu spüren. Die Moleküle in unserem Kopf wirbelten alle durcheinander.

Jemand tapste mit ungeschickten Schritten eine Treppe hinunter. Der oder die musste sich im Haus befinden, denn wir konnten nur die Schritte hören, und auf dem Treppenhaus von außen war niemand zu sehen.

„Magdalena? Hast du meine Uhr gesehen?" Es war eine männliche Stimme, die unaufgefordert weiterquatschte.

„Hier sieht es aus wie Kraut und Rüben. Jetzt muss man Magdalena schon den lieben langen Tag hinterherräumen."

Aus der Wohnung war ein leises Stöhnen zu vernehmen.

„Magdalena?" rief die Stimme. „Brauchst du Hilfe?"

Einige Augenblicke war nichts zu hören. Aber das sollte sich alsbald ändern.

„O...ooh mein Gott! Herr Gieseck! Nicht doch! Nicht doch! Nicht doch! Herr Gieseck, atmen sie. Das ist nicht gut! Das ist überhaupt nicht gut!" Dann schrie der Mann verzweifelt.

„Magdalena!"

Die Frau wachte erschrocken auf. „Was brüllst du denn so herum, Joschi? Suchst du immer noch nach dieser dämlichen Uhr? Sprich mit dem Kunden. So etwas ist doch kein Beinbruch."

Miranda erwachte ebenfalls und streckte sich gemütlich aus.

„Kannst du bitte sofort ins Bad kommen."

„Meine Güte, Joschi! Was ist denn so wichtig? Ist das Klopapier alle?"

Magdalena setzte sich ächzend auf, gähnte ausgiebig und legte sich die Decke über die Schultern. „Ich brauche zunächst einen Kaffee. Soll ich dir auch einen machen?"

Joschi gab ihr keine Antwort. Statt dessen hörte sie, wie er sagte: „Kommen sie schnell. Aber ich glaube, dass es bereits zu spät ist."

Magdalena schlug entsetzt die Hände übereinander und begann zu weinen. Miranda hatte ihren Mensch begleitet und Gieseck in seinem Blut gesehen.

„Was hast du gemacht, Magdalena?"

Magdalena sah verständnislos zu Joschi. „Was meinst du damit?" Sie griff nach der Hand von Gieseck um seinen Puls zu fühlen.

„Fass ihn nicht an. Du hast genug Unheil angerichtet."

„A...aber du glaubst doch wohl nicht im Ernst, dass ich zu so einer Tat fähig sein würde."

„Ich weiß gar nichts mehr. Gieseck liegt erschlagen im Bad und außer uns beiden befindet sich sonst niemand im Haus."

Magdalena bekam durch den Stress Atemnot. Miranda klagte laut, und Joschi brachte sie hinaus auf die Terrasse und platziert sie auf der Rattancouch. „Du bewegst dich nicht vom Fleck."

„Wo sollte ich auch hingehen? Die nächste Station wird wohl endgültig das Sanatorium sein."

„Das hätten wir schon früher machen sollen. Dann würde Herr Gieseck noch leben."

Magdalena sank völlig haltlos in sich zusammen und weinte bitterlich. Miranda kuschelte sich in ihren Arm und versuchte, so gut es eben ging, sie zu trösten. Drohend ging der Mann auf die rothaarige Frau zu und packte sie grob am Arm.

„Glaub mir! Es ist das Beste für dich. Du hast keine Kontrolle mehr über dich. Die hattest du schon lange nicht mehr. Ich kann es immer noch nicht fassen. Du hast diesen Mann erschlagen und dich dann in aller Seelenruhe draußen auf die Couch gelegt. Wie abgefeimt muss man denn sein? Du bist eine Gefahr für die Menschheit und kannst nicht mehr frei herumlaufen. Wir haben alle schon viel zu lange zugesehen."

„Was soll das?" maunzte ich ungehalten über die Grobheit des Mannes. „Warum brüllt dieser Mann so? Wir müssen ihn zurückhalten!" Ich sprang unter den Hecken hervor und fauchte ihn an. Die Kater taten es mir gleich und nahmen schützend vor der Frau Platz. Zorro stand direkt vor dem Mann. „Du redest Müll. Lass sie in Ruhe, sonst bekommst du es mit uns zu tun. Hast du das verstanden, du Held in Unterhosen."

Der Mann erschrak zutiefst. Er ließ die Frau sofort los und

verschanzte sich hinter der Terrassentür.

Die Namenlose war zutiefst schockiert.

„Wir sind Zeuge geworden, wie ein Mensch getötet wurde."

„Und wir haben es nicht verhindert."

*

„Aber das müssen sie überprüfen. Es muss doch festzustellen sein, wann ich akkurat das Büro betreten habe. Sie können meine Karte auslesen lassen, da ist alles ganz genau darauf verzeichnet. Abgesehen davon gibt es auch Zeugen, die wissen, wann ich die „Inotec" betreten habe."

„Das werden wir auch tun, Herr Kramacher."

„Kann ich jetzt endlich nach Hause?"

„Ja, aber halten sie sich zu unserer Verfügung," antwortet Stefan sauertöpfisch.

„Aber selbstverständlich. So wie die Butter im Kühlschrank. Was ist mit meinem Laptop?"

„Der bleibt vorläufig hier."

„Ich brauch das Ding. Schließlich muss ich mich um einen neuen Job kümmern."

„Um eine Bewerbung zu schreiben, leiht ihre Frau ihnen ganz sicher ihren Computer."

Kramacher stand kopfschüttelnd auf. „Ihr macht es euch ziemlich leicht."

„Ja wir machen es uns leicht. Wir saufen den ganzen Tag Kaffee und lesen Comics, weil wir sonst nicht wissen, was wir zehn bis zwölf Stunden am Tag tun sollen."

Kramacher knöpfte seine Jacke zu. „An ihren katastrophalen Arbeitszeiten bin ich völlig unschuldig."

„Das wird sich noch herausstellen."

„Ich bin gespannt, wann ich mein Laptop wieder bekomme."

Stefan hatte nicht mehr richtig zugehört und antwortete mit halbem Ohr: „Wenn wir fertig sind. Aber dann ganz bestimmt."

Kramacher verließ wütend das Büro. Stefan suchte das Video vom Eliminator auf seinem Computer. Aber es tauchte nirgendwo mehr auf. „Jordi? Ist das Video bei dir noch zu finden?"

„Nein. Bei mir steht, dass die Datei gelöscht wurde."

„Wo ist dieses Rumkugelvernichtungsmonster, wenn man es braucht?"

„Leg eine Duftspur! Du glaubst nicht, wie schnell Dennis auftaucht."

Aber Jordi hatte schon seine Nummer gewählt, und die Aussicht, diesen leckeren Konfekt zu bekommen, taten ein übriges.

„Ohne mich geht es nicht. Ohne mich seid ihr verloren. Wo ist meine Gage?" Dennis warf einen Blick auf den Schreibtisch.

„Zuerst wird das geschäftliche geregelt. So läuft der Deal."

„Ich wusste doch, dass ein Haken dabei ist." Er klappte sein Laptop auf.

„Das ist nicht nötig. Es geht um diesen Eliminator. Du hast uns das Video doch geschickt. Aber wir können es nicht mehr finden. Das müsste doch für dich eine Leichtigkeit sein."

„Ich hoffe, du hast es genossen und gut verinnerlicht. Denn es ist nicht für die Ewigkeit bestimmt."

„Hä?"

„Mit diesem intelligenten Kommentar habe ich gerechnet. Es hat sich selbst gelöscht. Ich habe es präpariert, damit es wenigstens zwei Tage sichtbar ist. Im Bericht steht das übrigens dabei, für dich sogar in fetten roten Buchstaben!"

„Was machen wir jetzt?"

„Auf meinem Computer habe ich natürlich so meine Möglichkeiten, die ich hier nicht näher erörtern möchte. Das WLAN bei der Polizei ist mir viel zu unsicher. Wie kann ich euch helfen?"

Stefan griff in die Schublade und legte eine neue Packung Rumkugeln auf den Tisch. „Die sind für dich, aber nur wenn deine Arbeit von Erfolg gekrönt ist."

„Das ist Nötigung."

„Aber so was von!"

Dennis hämmerte auf seinem Laptop herum. „Es hat schon etwas für sich, wenn man genug Gigabytes und Server in der ganzen Welt zur Verfügung hat."

Wenig später hatte er das Video und präsentierte es, wie ein Zirkusdirektor seine neueste Pferdedressurnummer.

„Tadaaa!"

Stefan sah sich das Video genau an. Ein elegantes, teures Restaurant. Eine gut gekleidete Frau und ein Mann, in ausgesuchter Garderobe, saßen an einem Tisch. Sie trug ein klassisches Kostüm in beige und trug eine Hochsteckfrisur. Der Mann war in einen dunkelblauen Anzug gekleidet. Sie überreichte ihm einen Umschlag. Dann stand sie auf, nickte dem Mann kurz zu und verließ das Restaurant. Der Mann blieb sitzen. Aber als sie das Lokal verlassen wollte, sprach ein Kellner sie an. In seiner Hand hielt er einen leichten hellen Mantel. Die Frau wandte ihren Kopf und sah den Kellner an. Formvollendet half er ihr in das edle Kleidungsstück, dann hielt er ihr die Tür auf.

„Kannst du den Film ein Stück zurückspulen?"

„Alles was du willst, Stefan."

214

„Jetzt stopp ihn. Kannst du das Bild vergrößern und ausdrucken?"

„Läuft schon. Aber bei mir Zuhause. Ich kann das hier nicht machen, sonst kommt mir mein Chef auf die Schliche."

„Dafür müsste er zumindest geradeaus denken können."

„So einfach ist das nicht. Bei uns arbeiten noch mehr von meiner Sorte."

„Das ist allerdings ein Argument. Aber das geht schon in Ordnung."

Vor ihren Augen war eine blonde, attraktive Frau zu sehen. Aber in ihren Augen war kein Gefühl zu sehen. Sie wirkte kalt und unnahbar.

„Irgendwo habe ich diese Frau schon einmal gesehen."

Eine Polizeibeamtin trat unaufgefordert ein. Stefan polterte los, wie er es immer tat. „Kannst du nicht an...?" Er schluckte den Rest des Satzes unter. Die Kollegin pochte sanft an die Tür und lächelte ihn an.

„Das nächste Mal klopfe ich früher an. Am Brunnenborn 7 gibt es eine männliche Leiche. Womöglich Gewalteinwirkung."

„Das passt wunderbar. Dann komme ich aus diesem miefigen Büro heraus."

*

Plötzlich war alles wieder da. Nein. Nicht alles. Aber Goldhaar erkannte so manchen Straßenzug wieder. War es nicht schon so, als sie hier angekommen war? Da kam ihr doch auch das eine oder andere Café bekannt vor. Aber konnte sie sich hier frei bewegen? Oder machte der Mann in dem schwarzen Anzug auch hier Jagd auf sie? Es tat ihr leid, dass sie die Katzen so zurücklassen musste. Aber nach dem Angriff auf sie, bei dem Robert empfindlich verletzt wurde, sah sie keine andere Möglichkeit, als sich sofort zurückzuziehen. Die Katzen waren so mutig. Vielleicht war es besser, wenn sie sich mehr in der Öffentlichkeit zeigte, um so dem Mann, in dem schwarzen Anzug, jeglichen Zugriff zu vereiteln. Aber wo sollte sie in der Nacht hin? Sie musste doch irgendwo schlafen? Wenn sie sich viel in der Stadt aufhielt, erkannte sie vielleicht jemand und sprach sie an. Aber davor hatte sie auch Angst. Was war, wenn sie vor Wochen oder Monaten diesen Zustand selbst gewählt hatte? Aus Selbstschutz? Sie war durch eine Straße gelaufen, die ihr recht bekannt vorkam. Aber sie achtete darauf, dass sie von niemandem gesehen wurde. Ein großes, neues, modernes Haus stand als letztes da. Goldhaar hatte keine Erinnerung, wie sie an das Haus gekommen war. Es handelte sich um eine Sackgasse. Ein Fußweg führte direkt in den Wald hinein. Am Rande stand eine Bank, die zum Verweilen einlud. Von der Bank hatte man eine herrliche Aussicht über den schönen Wald, und im Hintergrund waren Weiden zu sehen, auf denen Pferde friedlich grasten. Auf der Bank saß eine füllige Frau mit grellrot gefärbten Haaren und bei ihr befand sich eine rote Katze. Die Katze schnüffelte intensiv unter der Bank. Dann setzte sie sich zu der fülligen Frau. Bei dem Anblick der roten Katze dämmerte etwas in ihrer Erinnerung. Wie ein winziges Kellerfenster, durch das Tageslicht dringt.

„Das ist vollkommener Blödsinn! Das kann auch Richie sein, an den ich mich erinnere. Ich muss vorläufig damit zufrieden sein, dass ich mich in einer Stadt aufhalte, in der ich anscheinend schon einmal gewesen bin."

Sie schaute die füllige Frau an. Nein. Hier kamen keine Erinnerungen hoch. Oder doch? Die Katze schien ihre Anwesenheit zu spüren und schaute dauernd in ihre Richtung. Goldhaar wollte nicht, dass sie entdeckt wurde, und zog sich aus dem Sichtfeld zurück. Die Frau musste schon weit über siebzig sein. Sie unterhielt sich mit ihrer Katze über belanglose Sachen, wie schön doch die Gegend ist und, dass sie öfter unterwegs sein sollten. Die rothaarige Frau war erstaunt darüber, dass ein gewisser Herr Gieseck sie zu diesem Spaziergang ermutigte. Dann brachen sie auf und gingen in die Siedlung. Bei dem neuen, großen Haus öffnete sie das Gartentor und beide gingen hinein. Goldhaar bedauerte es, diese rothaarige Frau nicht näher kennengelernt zu haben. Die Frau und die Katze legten sich auf die Rattancouch. Bevor die Frau mit den grellroten Haaren die Augen schloss, gewahrte sie, wie ein Schatten an den Hecken vorüberging. Goldhaar war es gewohnt, sich vor den Blicken der Menschen zu verbergen, und zog sich blitzschnell hinter einen Baum, auf der gegenüberliegenden Seite, zurück.

*

„Am Brunnenborn sieben? Das ist doch eine total friedliche Gegend., Stefan."

„Na und? Vielleicht hat jemand das berühmte Fass zum überlaufen gebracht, und ihm den verdienten Garaus gemacht! Ich könnte mir da auch so einiges vorstellen. Zum Beispiel, wie ich einem bestimmten Herrn gewisse Körperteile entferne, und sie zum trocknen an die Wäscheleine hänge."

„Aber nicht an deine eigene."

„Da sagst du was. Vielleicht in einem öffentlichen Bus? So schön dekoriert an den Haltegriffen?"

„Hast du auch an die Schulkinder gedacht, die sich das andächtig ansehen und alles, schneller als die Polizei erlaubt, in den sozialen Medien verbreiten?"

„Ä...äääh nein? Die habe ich in meiner hervorragenden, gravierenden Eifersuchtsversion komplett vergessen. Ob ich einen eigenen YouTube Kanal eröffnen soll?"

„Vor oder nach der Kastration von Raimundo?"

„Was hältst du von...während der Umformung? Und du hältst die Kamera."

„Das habe ich mir schon immer gewünscht."

„Einen YouTube Kanal?"

„Das auch."

Jordi steuerte den kleinen roten Wagen zielstrebig aus der Stadt in die Vorortsiedlung.

„Vielleicht in Zukunft auch immer mit an Kinder denken. Irene und ich haben leider keine eigenen Kinder Dafür müssen unsere Viecher, Sissi, das verhaltensgestörte Pudelchen, welches sich für eine Katze hält, und Medea, die blinde Katze, herhalten, was sie eben so an Liebe aushalten. Aber wir haben euch schon oft darum beneidet. Ich habe lange mit Irene darüber gesprochen. Ihr könnt das Problem nur gemeinsam rocken."

„Wenn es noch ein 'gemeinsam' gibt! Soll ich den Kindern vielleicht erzählen, dass ihre Mama von ihrem neuen Chef mit Namen Raimundo heftig angebaggert wird? Was soll das bringen?"

„So habe ich das auch nicht gemeint, Stefan. Susanne soll sich wieder freuen, wenn sie nach Hause kommt. Hast du einmal daran gedacht?"

„Wie macht man so was? Ich kenne mich mit Blümchen und Romantikmist nicht so aus. Soll ich die Kinder zu Oma und Opa schicken, die Bude mit Blütenblättern zulegen, Kerzen anzünden, und mit einem Glas Rotwein in der mit gut riechendem Schaum aufgefüllten Wanne auf sie warten? Ich muss nur vorher mit den Siamkatern darüber diskutieren, dass sie die Blütenblätter und die Kerzen in Ruhe lassen. Um den Wein brauche ich mir keine Sorgen zu machen, sie sind Antialkoholiker."

„Ist eine gute Idee. Für einen Abend, aber es löst auf Dauer nicht euer Problem. Mit den Kindern gemeinsam dafür sorgen, dass die Wäsche sauber in den Schränken liegt. Geschirrspüler ein und wieder ausräumen. Den Staubsauger benutzen und was sonst so im Haushalt anfällt. Man kann alles gemeinsam machen."

„Aber dann hat Susanne doch noch mehr Zeit, um sie mit diesem arroganten gutaussehenden Schnösel zu verbringen. Glaubst du, dass das eine gut Idee ist."

„Wenn du sie weiterhin mit allem, was den Haushalt und die Kinder betrifft im Stich lässt, bringst du diese fürchterliche Situation noch schneller voran, Stefan."

„Scheiße!"

„Mensch! Denk doch einmal nach! Es geht darum, dieser arroganten und gutaussehenden „Krönung der Schöpfung" das Krönchen herunterzureißen."

„Das geht schnell, Jordi! Lass mich fünf Minuten mit ihm alleine!"

„Doch nicht so! Der Schuss kann nach hinten losgehen. Verbünde dich mit deinen Kindern und entlastet Susanne, so weit es geht, im Haushalt, und gib ihr den Freiraum, den sie dringend braucht."

„Und was soll das bringen?"

„Es geht darum, Raimundo den Platz zuzuweisen, wo er normalerweise sein muss. Chef und Arbeitskollege und mehr nicht!"

„Und das funktioniert mit Geschirrspüler einräumen und Staub saugen?

„Manchmal sind es die einfachen Dinge, die das Leben wieder ins Lot bringen. Und ein wenig Romantik könnte auch nicht schaden. Ein Besuch im Restaurant zum Beispiel, auch wenn der Kühlschrank voll ist."

„Ich fange mit dem Geschirrspüler und Staub saugen an. Zur Zeit würde ich es nicht wagen, sie in ein Restaurant einzuladen. Ich höre immer nur „die Kinder und ich". Was ist mit diesen arroganten Siamkatern? Die können doch auch etwas zur Familien-zusammenführung beitragen?"

„Das sind eure Psychotherapeuten. Sie hören wirklich jedem in deiner Familie geduldig zu und teilen ihr Spielzeug mit euch. Das muss doch genügen. Ihr könnt froh sein, dass sie nicht ausziehen wollen."

Jordi bog in den Brunnenborn ein. Nummer sieben war das letzte Haus in der Straße. Ein Neubau mit großen Fenstern, die viel Licht ins Innere des Hauses ließen. Eine gepflegte Grünanlage mit sorgfältig angelegten Hecken. Eigentlich ein schönes Bild, wenn da nicht die vielen Einsatzfahrzeuge der Polizei gewesen wären. Ein schwarzer Bestattungswagen war auch bereits vor Ort. Unter den Hecken glaubte Stefan eine Bewegung ausgemacht zu haben. Das Haus stand in der Nähe des Waldes.

„Ich befürchte das Schlimmste!"

„Ich kann dir nicht ganz folgen, Stefan."

„Wenn ich das richtig beobachtet habe, ist unsere Katzengang auch schon hier."

„Das gibt mir zu denken. Und unsere Kollegen werden sich wieder freuen."

Sie parkten den Wagen direkt hinter dem Fahrzeug des Bestatters, hoben das weiß-rote Band hoch und betraten den Garten. Auf einer Rattancouch saß völlig zusammengesunken eine füllige Frau und links und rechts standen jeweils, in respektvollem Abstand, ein Polizeibeamter. Sie wagten sich nicht zu setzen, weil mehrere Katzen sie ständig anfauchten.

„Es wird Zeit, dass sie auftauchen. Wir können noch nicht einmal diese Frau befragen, weil wir massiv," der Beamte deutete klagend mit dem Finger auf uns Katzen, „von diesen Viechern bedrängt und bedroht werden. So geht das wirklich nicht weiter!"

„Mich haben sie auch angegriffen!" brüllte ein Mann in feinem Hemd und Krawatte vom Eingang aus. Die roten Boxershorts leuchteten in der Nachmittagssonne. Auf den haarigen Beinen des Mannes zeigte sich leichte Gänsehaut. Die grünen Melonen auf den Shorts, schienen angewidert das Gesicht zu verziehen.

„Ich wünsche mir, dass wir die Ursache für die Gänsehaut sind,"
grummelte Richie. „Und, dass er eine gehörige Portion Angst vor uns
hat. Sonst müssen wir noch etwas zulegen."

Stefan nickte den Polizisten zustimmend an.

„So geht das wirklich nicht. Wir werden sie verhaften. Wir haben
doch genügend Arrestzellen. Aber bei uns hat alles seine Ordnung.
Natürlich werden Katzen und Kater in verschiedenen Zellen
untergebracht, damit sie nicht auf dumme Gedanken kommen. Hat
jemand die Personalien der Katzen aufgenommen? Ich kann das
leider nicht machen, weil ich befangen bin."

Ein Polizeibeamter starrte Stefan an, als würde er an seinem
Verstand zweifeln. „Du bist befangen? Wie wäre es mit...du bist
komplett bescheuert?"

Ich hatte mittlerweile die Schnauze voll. Mit einem Satz sprang ich
an Stefans Hose hoch und kuschelte mich an seiner Schulter fest.
Wie immer, wenn wir zusammen ermitteln. „Egal was sie dir
erzählen, Stefan, glaub ihnen kein Wort. Und mal ganz ehrlich, und
nur unter uns, Stefan, wer am helllichten Tag in solchen Unterhosen
herumläuft, dem kann man doch nicht trauen!"

Und damit er wusste, dass es mir mit dieser Aussage sehr ernst war,
begann ich sein Ohr zu waschen. Ein weiterer Polizeibeamter kam
auf die Kommissare zu und warf einen verzweifelten Blick auf mich.

„Reiß dich zusammen, Kollege. Die Katze tut dir nichts!"

„So würde ich das nicht sagen," maunzte ich hinterhältig, ließ meine
grünen Augen blitzen und fauchte.

„Was ist mit der Frau? Sie sieht ziemlich fertig aus. Ist ihr etwas
zugestoßen? Wurde sie verletzt?"

Der Polizist schüttelte mit dem Kopf. „Das ist Magdalena Korbfuss.
Ihr ist nichts passiert. Aber ihr Betreuer, Herr Martin Gieseck, liegt
erschlagen vor dem Bad."

„Warum wird sie von zwei Polizisten flankiert?"

„Es besteht der Verdacht, dass sie ihn ermordet hat."

Ungläubig schaute Jordi auf die völlig verängstigte Frau. „Womit wird der Verdacht begründet?"

„Laut Aussage des Ehemannes der Enkelin von Frau Korbfuss, Joachim Holten, war sonst niemand im Haus, der den Mord verübt haben könnte. Außerdem hätte sie massive, psychische Probleme und würde Zeichen einer Altersdemenz vorweisen. Deshalb lebt sie auch hier in dieser Wohnung und wurde von Herrn Gieseck betreut."

„War er Augenzeuge?"

„Nein."

„Dann ist das ein bisschen dünn, um einen Menschen für einen Mord verantwortlich zu machen."

„Das sehe ich auch so," kommentierte Zorro trocken. „Der Bursche ist noch nicht einmal in der Lage, sich vernünftig anzuziehen."

„Genau!" folgerte Ekki. „Es wäre viel besser, wenn wenigstens keine Melonen auf der Hose wären."

Jordi beugte sich zu Frau Korbfuss hinunter. Miranda setzte sich aufrecht hin und richtete ihr Augenmerk voll auf den Mann, der sich so nah zu ihrem Lieblingsmenschen gesellte, und ihr einen Ausweis vorhielt.

„Ich bin Kommissar Montroig und das ist mein Kollege Wieland. Können sie uns ein paar Fragen beantworten, Frau Korbfuss?"

Magdalena sah die Kommissare mit tränenumflorten Augen an.

„Ich weiß es nicht. Ich weiß noch nicht einmal genau, was hier passiert ist. Herr Gieseck soll erschlagen in der Wohnung liegen, und der Mann meiner Enkelin bezichtigt mich, ich hätte den Mann erschlagen. Vielleicht war ich es auch und weiß es nur nicht mehr. Mit mir geschehen seltsame Dinge die letzte Zeit."

Ich stellte entrüstet den Kamm auf, soweit das auf der Schulter von Stefan möglich war.

„Also das ist doch die Höhe. Ich werde diesem Mann seine Boxershorts herunterreißen und seinen Hintern zerkratzen, bis aufs Steißbein."

Stefan reagierte umgehend auf meinen Gefühlsausbruch. „Du musst dich schon gedulden, Laila. Wir müssen unsere Ermittlungen ohne Störungen durchführen können, sonst bekommen wir mächtig Ärger."

„Wer macht dir Ärger?" flüsterte ich leise in sein Ohr. „Gib mir Bescheid und wir werden alle, die dir Ärger machen, aus dem Weg räumen."

Jordi nahm neben Frau Korbfuss auf der Rattancouch Platz. „Erzählen sie doch einfach der Reihe nach, was passiert ist, Frau Korbfuss."

Magdalena seufzte tief. „Ich habe mich mit Herrn Gieseck unterhalten. Er liebt solche Spiele, in denen er meine Merkfähigkeit testet. Er hat mich gelobt, weil ich, laut seinem Test, sehr gut abgeschnitten habe. Dann kam meine Enkelin Gerda und hat ihren neuen eleganten Hosenanzug vorgeführt. Dazu müssen sie wissen, dass sie heute in der Firma ihren ersten Abschluss tätigt, und ich bin unbändig stolz darauf. Sie hat sich sehr lange darauf vorbereitet und war doch ziemlich unsicher, ob sie das alles bewältigt. Zwischendurch hat meine Tochter aus Spanien angerufen, die Mutter von Gerda. Sie ist mit dem Wohnmobil in Spanien unterwegs, genau genommen ist sie jetzt in Oliva bei Gandia, und genießt die Zeit und das Leben.. Zwischendurch kam Herr Gieseck wieder herein, er war irgendwie geistesabwesend und hantierte ständig mit seinem Handy herum. Anschließend habe ich mit meiner Katze einen kleinen Spaziergang gemacht. Der erste seit Monaten. Herr Gieseck bestand darauf, dass ich mein Telefon mitnehme und ihn sofort kontaktiere, wenn etwas nicht in Ordnung ist. Das war schon seltsam. Wir sind bis zu der Bank am Waldrand spaziert, dort ruhte ich mich etwas aus, und dann sind wir wieder zurückgegangen. Joschi kam zu mir und hat nach seiner Uhr gefragt. Er war vollkommen außer sich, weil er irgendwelche Daten auf dieser Uhr gespeichert hatte, und dann ging er wieder nach oben. Ich habe mich mit meiner Katze auf die Rattancouch gelegt und bin eingeschlafen. Später wurde ich wach, weil Joschi wieder nach seiner Uhr gefragt hat. Und dann hat er Herr Gieseck gefunden. Und ich soll ihn erschlagen haben. Vielleicht war ich es auch. Wer weiß das so genau?"

Jordi warf einen bedeutungsvollen Blick auf Stefan. „Wir sind dafür da, um das herauszufinden, Frau Korbfuss. Alles wird von uns genau untersucht werden. Bleiben sie hier auf der Couch sitzen und lassen sich von ihrer Katze trösten."

Stefan und Jordi gingen unter meinen strengen Augen in das Haus an den Kollegen der Spurensicherung vorbei.

„Ist dir etwas aufgefallen, Stefan?"

„Allerdings. Frau Korbfuss konnte, praktisch im Sekundentakt, genau erklären, was am Nachmittag passiert war. Fällt mir schwer zu glauben, dass sie an Demenz oder sonst was leidet, wie sie anscheinend selbst glaubt."

„Das wird nicht einfach für uns. Wenn ihr Verstand klar ist, kann sie es aus Berechnung getan haben. Sollte sie tatsächlich dement und aggressiv sein, leider auch."

Beide zogen sich Gummihandschuhe an.

„Wagt es bloß nicht, mich mit diesen ekelhaften Dingern anzufassen," maunzte ich ungehalten. Der Flur war mit Blut besudelt. Im Eingang, zwischen Bad und Flur, lag der Mensch mit dem Namen Gieseck. Über ihn gebeugt, stand im weißen Overall, Lothar Gingold. Dennis Willich war auch anwesend und machte Fotos. Die Leiche das Mannes lag in seitlicher Haltung. Die Hände hatte er vor dem Kopf positioniert. Auf der Hinterseite des Kopfes klaffte der Schädel auseinander. Hirnmasse hatte sich teilweise über den Boden verbreitet.

„Hier hat aber jemand ganze Arbeit geleistet."

„Das kann man wohl sagen," antwortete Lothar und deutete dabei auf die zerbrochene Bodenvase.

„Ist das das Mordinstrument?"

„Sprichst du von der Tatwaffe? Siehst du sonst noch eine Bodenvase hier rumliegen, die mindestens fünf Kilo wiegt?"

Mir passte der Umgangston nicht, mit dem der Doktor mit meinem Freund Stefan sprach und ich schimpfte.

„Alles gut, Laila. Das ist unser ganz normaler Umgangston," entschuldigte sich der Doktor bei mir.

Stefan schüttelte den Kopf. „Laila ist etwas empfindlich, Lothar." Er deutete auf die Trümmer der Vase. „Glaubst du, dass Frau Korbfuss in der Lage war, diese Vase auf dem Schädel dieses Mannes zu zertrümmern?"

Lothar zuckte mit den Schultern. „Es ist eure Arbeit festzustellen, ob Frau Korbfuss psychisch dazu in der Lage ist. Ob sie allerdings physisch dazu fähig ist, muss erst noch untersucht werden. Da geht es zum Beispiel um Körpergröße. Wurde er erschlagen, als er aufrecht stand oder wurde er ermordet, als er sich über das Waschbecken beugte...das sind Fragen, die zuerst geklärt werden müssen. Die Wunde lässt allerdings darauf schließen, dass Herr Gieseck von hinten ermordet wurde."

„Kannst du schon etwas zur Tatzeit sagen? Und ich weiß... genaues gibt es erst nach der Obduktion."

„Der Mann ist nicht länger als zwei Stunden tot. Es ist noch keine Leichenstarre eingetreten. Aber das ist keine Gewährleistung."

Stefan wandte sich an den Mann in den roten Boxershorts.

„In welchem Verhältnis stehen sie zu Frau Korbfuss?"

„Ich bin mit ihrer Enkelin Gerda verheiratet."

„Und wie lange wohnt Frau Korbfuss hier?"

„Noch nicht so lange. Jetzt sind es gerade einmal fünf Tage."

„Und wo lebte Frau Korbfuss vorher?"

„In ihrem Haus, etwas außerhalb der Stadt."

„Und warum lebt sie jetzt hier bei ihnen?"

„Frau Korbfuss ist leider nicht mehr in der Lage, ihr Leben alleine zu meistern. Sie hat schon, durch enormen Realitätsverlust, lange Zeit in der Klinik verbracht. Sie kam zu uns zusammen mit ihrem Betreuer, Herrn Gieseck. Wir alle versuchten, das Beste aus der Situation zu machen."

Stefans blaue Augen waren auf den Mann in den Boxershorts gerichtet. „Aber sie glauben, dass Frau Korbfuss in der Lage war, diesen Mann zu erschlagen."

„Wer denn sonst? Es war doch außer ihr keiner in der Wohnung."

„Was ist mit ihnen? Wo befanden sie sich zur Tatzeit?"

Lothar gab den Bestattern ein Zeichen, und sie fingen an, die Leiche des Mannes in den Zinksarg zu packen. „Soll das Hirn auch mit? Dann bräuchten wir noch ein Tütchen, mit Verlaub."

„Natürlich! Das brauchen wir unbedingt, um das Hirn wieder komplett zusammenzusetzen! Was glauben sie was wir hier machen? Wir haben alles nötige schon eingetütet!" giftete Lothar die Bestatter an.

Holten starrte den Kommissar immer noch fassungslos an. „Ich? Sie meinen tatsächlich mich?"

Stefan hätte gerne mit der Schulter gezuckt. Aber das ließ er sein, weil ich sonst Schwierigkeiten bekommen hätte. Ich fixierte ihn mit meinen grünen Augen. „Ganz genau! Du schwingst hier große Reden und bist ziemlich schnell dabei, jemanden zu beschuldigen. Also wo warst du denn die ganze Zeit?"

Stefan warf mir einen vorwurfsvollen Blick zu. „Alles klar! Du bist der Kommissar. Ich werde schweigen, wie die Innereien einer toten

Maus."

Dann wandte er sich wieder an Holten. „Könnten sie einfach nur die Frage beantworten? Wir kommen sonst nicht weiter."

Holten sah an sich herunter und stellte mit Bestürzung fest, dass er vor diesen Menschen in seinen feuerroten Boxershorts stand und schämte sich fürchterlich. „Kann ich mir etwas anziehen?"

„Selbstverständlich. Aber zuerst beantworten sie meine Frage."

Holten versuchte, die Hose etwas herunterzuziehen, um die Blöße seiner haarigen Beine zu bedecken.

„Ich war die ganze Zeit hier im Haus. Zweimal bin ich zu Magdalena gegangen, weil ich fieberhaft meine Uhr gesucht habe. Und als ich das zweite Mal hier war, habe ich Herrn Gieseck erschlagen im Flur gefunden."

„Kann das jemand bezeugen?"

„N...nein."

Stefan hob überrascht die Augenbrauen. „Sieh mal einer an. Dann können sie genauso in die Wohnung eingedrungen sein und Herrn Gieseck erschlagen haben."

Holtens Augen wurden immer größer. „A...aber das ist doch nicht möglich...i..ich kann so etwas nicht."

„Aber Frau Korbfuss trauen sie so etwas zu?"

„Nein, vielleicht, ja, ach ich weiß nicht mehr was ich glauben soll."

„Wir werden überprüfen, ob sie für die Tatzeit ein Alibi haben, genau wie bei Frau Korbfuss. Da werden keine Unterschiede gemacht."

Ich war sehr stolz auf Stefan. Man darf das Ruder nicht aus der Hand geben, und sich schon gar nicht auf der Nase herumtanzen lassen. Zorro und die anderen saßen geschlossen neben Magdalena und Miranda und hofften so, unseren Kommissaren das richtige

Zeichen geben zu können. Magdalena schaute verwundert auf die Katzenschar, die sie alle aufmunternd anschnurrten. Die Namenlose maunzte sie sanft an, „Wir wissen, dass du den Mord nicht begangen hast. Wir waren dabei. Unsere Schuld besteht darin, dass wir ihn nicht verhindert haben."

Magdalena streichelte kurz der Namenlosen über den Kopf. „Ich weiß nicht warum, aber anscheinend haltet ihr alle zu mir. Aber die Wahrheit muss trotzdem herausgefunden werden."

Sie stand schwerfällig auf und stemmte die Hände unwillig in die Hüften.

„Ich kann Joschi nicht ausstehen. Wirklich! Mir wird schon übel, wenn ich ihn nur sehe! Wir beide sind wie Feuer und Wasser. Aber so einen feigen und hinterhältigen Mord? Nie im Leben! Und wozu auch. Es gibt keinen Grund, warum er das tun sollte. Hinterhältig und feige ist er auch nicht, als dass er mir den Mord in die Schuhe schieben möchte. Dazu ist er einfach nicht in der Lage. Aber mir traut man so etwas zu. Das habe ich sogar schriftlich, dass ich völlig unkontrolliert Dinge tue, über die ich keine Kontrolle habe."

„Das sagst du so," maunzte ich. „Ich traue jemandem, der in solchen hässlichen Boxershorts herumläuft alles zu."

Stefan warf mir wieder einen bösen Blick zu... ich schloss meine Schnauze und schluckte mein wichtiges Argument tapfer hinunter.

Lothar sammelte seine Gerätschaften ein und hörte Frau Korbfuss zu. Dann nahm er seinen Koffer und strebte dem Ausgang zu. „Ich verziehe mich, Leute. Ich habe noch eine Menge Arbeit vor mir."

Im Garten wurde er von einem kleinen, bunt gescheckten Kater angemaunzt. „Kannst du dich noch an mich erinnern? Ich durfte dir leider heute nicht helfen. Das haben diese doofen Polizisten verhindert. Bist du auch gut ohne meine Hilfe ausgekommen?"

Lothars immer mürrisches Gesicht nahm weiche Züge an. „Da ist doch mein kleiner Freund Ekki. Wie geht es dir? Ist die Narbe gut verheilt?"

„Ooooh ja. Und wie. Ich bin jetzt sogar so etwas wie ein Wetterfrosch. Wenn das Wetter sich ändert, beginnt sie zu jucken. Das hast du gut gemacht."

Lothar streichelte sanft über Ekkis Bauch und fühlte die Narbe ab. „Ist gut verheilt, mein kleiner Freund. Das war damals mehr als knapp! Für mich war es eine sehr schöne Erfahrung, einmal jemanden ins Leben zurückzuholen. Ich werde das nie vergessen!"

„Ich auch nicht! Dank dir, bin ich noch da! Ohne dich wäre ich schon längst im Katzenhimmel."

Auch Zorro bedankte sich persönlich bei Lothar. „Keiner von uns vergisst, was du an diesem Tag an diesem nervigen Telefonkater geleistet hast. Das war einfach nur grandios."

Lothar nickte anerkennend. „Sogar euer Boss richtet das Wort an mich! Ich fühle mich sehr geehrt. Aber jetzt muss ich gehen. Auf mich wartet jede Menge Arbeit. Schließlich wollen wir alle wissen, wie der Mord passiert ist."

„Geht klar!" brüllte ich von Stefans Schulter herunter. Wenn es euch interessiert, liebe Leser, könnt ihr in *„Schwarze Katze...und die Erinnerung aus dem Jenseits"* nachlesen, welch schreckliches Unglück Ekki erleiden musste.

„Kann ich mir etwas anziehen?" Holten schaute nun völlig irritiert und hilflos auf Magdalena.

„Sie können zur Zeit das Haus nicht verlassen." Die Polizisten waren unerbittlich.

„Und was soll ich jetzt machen?" klagte Holten. „Weiter so herumlaufen?"

„Ich leihe dir etwas," entgegnete Magdalena. „Damit kannst du deine Scham genügend bedecken. Und lass dir jetzt, um Himmelswillen, endlich die Fingerabdrücke nehmen."

Völlig in sich zusammengesunken ließ Joschi die Prozedur über sich ergehen. Frau Korbfuss nahm wieder auf der Rattancouch Platz.

Dennis setzte sich zu ihr auf die Couch.

„Wir müssen von ihnen ebenfalls noch Fingerabdrücke nehmen. Aber nur, wenn sie sich dazu stark genug fühlen."

Magdalena hielt ihm beide Hände hin. „So viel Kraft gehört nicht dazu. Tun sie nur ihre Pflicht."

Stefan setzte seine Befragung fort. „Wie kommen sie darauf, Frau Korbfuss, dass sie Herr Gieseck umgebracht haben?"

„Warum denn nicht? Ich habe über dreihunderttausend Euro in der Firma veruntreut und weiß nichts mehr davon. Und ich habe noch mehr Dinge getan, die auf keine Kuhhaut passen. Dieser Mord könnte der krönende Abschluss sein!"

„Das wollen wir erst einmal sehen, Frau Korbfuss."

Ich staunte über den kleinen Apparat, mit dem Dennis sehr behutsam die Fingerabdrücke abnahm.

„Sind die jetzt alle in dem kleinen Kasten?" Ekki legte den Kopf schief und reckte den Hals. „Wie kann Dennis die jetzt unterscheiden? Ob er meine auch will?" Ekki hielt ihm die Pfote hin.

„Danke schön, mein Freund. Aber das wird nicht nötig sein. Ich glaube, als Täter kommst du nicht in Frage."

„Warum nimmst du dann Fingerabdrücke von Magdalena? Sie war es nämlich auch nicht."

Zorro rollte genervt mit den Augen. „Die Polizisten wissen nicht, was wir wissen. Also müssen sie ihr Wissen mit Technik vervollkommnen."

Ekki legte seinen Kopf noch schiefer. „Und das geht mit Abdrücken? Dennis du bist voll cool."

Dennis sammelte seine Utensilien ein, nahm Ekki auf den Arm und knuddelte ihn. „Stefan? Kann ich dich kurz sprechen?"

„Klar doch. Nur heraus damit."

„Nicht hier, Stefan. Kann ich kurz bei euch Zuhause vorbeischauen?"

Stefan sah die pure Verzweiflung in Dennis Gesicht.

„Aber ja doch. Ich stelle ein Bier kalt."

„Das werden wir auch brauchen!"

*

Es war wahnsinnig kompliziert. Die Leiche dieses Mannes wurde abgeholt. Leicht pikiert ließen die Bestatter die Hirnmasse der Leiche im Flur liegen, und legten die Leiche in den Zinksarg. Ich konnte gut verstehen, dass die Bestatter sauer waren. Schließlich wollten sie nur behilflich sein. Miranda verstand die Welt nicht mehr und war völlig irritiert.

„Wann soll denn das alles passiert sein? Wir haben doch nichts vernommen? Es war nach so langer Zeit endlich mal ein schöner Nachmittag. Ich konnte es kaum fassen, dass ich mit Magdalena so weit spazieren gegangen bin. Wir waren beide sehr stolz auf uns."

„Ach ja, ich erinnere mich," maunzte Robert. „Wir haben deine Spur unter der Waldbank gefunden. Du hast phantastische Moleküle."

„O..ooh ja," schwärmte Oscar. „Ich konnte an deinen Molekülen sogar deine wunderschönen goldenen Augen erkennen."

Meine Rückenhaare stellten sich vor Eifersucht auf, wie ein Kamm, ohne, dass ich es es verhindern konnte.

„Goldene Augen?" schimpfte ich leise. „Sie sehen vielmehr aus wie das Glas einer billigen Limonadenflasche." Ich holte tief Luft, um meinem Ärger freie Bahn geben zu können. Aber bevor ich noch mehr Frechheiten loslassen konnte, unterbrach die Namenlose meine Tirade.

„Hast du bei dem Spaziergang eine blonde Frau gesehen?"

Miranda überlegte fieberhaft. „Nein. Aber als wir es uns auf der Rattancouch gemütlich gemacht haben, huschte ein Schatten vorüber und ich glaubte, eine blonde Strähne gesehen zu haben. Warum fragst du? Ist das wichtig?"

„Nicht für dich, Miranda. Ihr habt im Moment andere Sorgen. Wir haben die letzten Tage eine Frau betreut, die ziemlich hilflos war. Sie kannte ihren eigenen Namen nicht, auch wusste sie nichts über sich selbst. Es tut mir leid, dass wir sie aus den Augen verloren haben."

Die Namenlose ließ einen Löffel vom Tisch klirrend auf den Boden fallen. Wir Katzen haben uns tüchtig erschrocken und sind aus dem Stand hochgesprungen, wie ein Schwarm Stare. Außer Miranda. Sie saß nach wie vor auf der Rattancouch neben Magdalena. Die Namenlose nickte nur bestätigend.

„Du kannst nicht gut hören, Miranda!" Die Namenlose warf mir einen bedeutungsvollen Blick zu. „Und manchmal ist es sogar gut, dass du nicht alles verstehst, was man hier so von sich gibt."

Ich putzte meine niedlichen Pfötchen obwohl ich genau wusste, wen sie damit ansprach.

„Du willst damit sagen, dass ich von dem Mord nichts mitbekommen habe, weil meine Ohren mich im Stich gelassen haben?"

„Dafür kannst du nichts."

„Ich habe es befürchtet. Voriges Jahr im Sommer wurde ich im Garten unseres Hauses niedergeschlagen. Ich trug eine schwere Kopfverletzung davon und konnte mich noch durch die Katzenklappe in die Wohnung schleppen. Als Magdalena mich am Abend fand, war ich bereits im Zwischenreich und wachte erst Tage später in einer Box beim Tierarzt auf. Magdalena hat mir später erzählt, dass ich am Abend noch notoperiert wurde. Es dauerte viele Wochen, bis ich mich wieder erholt hatte. Aber meine Ohren scheinen sich nicht mehr zu regenerieren."

„Auch wenn deine Ohren nicht retretiert sind, finde ich sie sehr hübsch."

„Da muss ich Ekki Recht geben. Deine Öhrchen sind wirklich formvollendet."

Erbost legte ich meine „Öhrchen" nach hinten. „Na und?" fauchte ich Zorro und Ekki an. „Sie sind so nützlich wie zwei leere Eistüten und taugen nur noch zur Deko."

Aber aus Anstand hatte ich diesen Satz nur geflüstert. Schließlich weiß ich, was sich gehört. Die Namenlose schaute mich vorwurfsvoll an und schüttelte den Kopf. „Hat man herausgefunden, wer dir das angetan hat, Miranda?"

Die Angesprochene atmete tief ein. „Nein. Ich habe nicht gesehen, wer mich so schwer verletzt hat. Ich sah nur plötzlich einen Schatten über mir, aber da war es schon zu spät."

„Hattest du die Witterung des Menschen, der dir das angetan hat?"

„Nein. Es ging viel zu schnell. Aber seit diesem Tag wurde alles anders bei uns. Magdalena veränderte sich zusehends und in unserem Haus geschahen seltsame Dinge."

Das klang für mich nicht logisch genug. „Wieso verändert sich Magdalena, wenn du eins auf die Rübe bekommst?"

Zorro gab mir mit seiner Pfote einen sanften Nasenstüber.

„Die Gabe des Zuhörens ist dir manchmal nicht gegeben, Laila. Magdalena hat sich nicht verändert, weil Miranda eins auf die Rübe bekommen hat, sondern ab diesem Tag. Das hat eine ganz andere Bedeutung."

„Ich weiß noch als sie von ihrer Firma nach Hause gekommen ist, und fürchterlich geweint hat. Es war so schrecklich anzusehen. Ich verstehe nicht viel davon, aber angeblich soll sie dafür gesorgt haben, dass jede Menge Geld plötzlich nicht mehr da war. Sie hat so schrecklich geweint und ständig die Schuld bei sich gesucht. Bis tief in die Nacht saß sie an ihrem Computer und hat nachgerechnet. Aber sie kam zu keinem Ergebnis. Und da kam dann wieder das Gerücht auf, Magdalena wäre nicht mehr ganz bei Verstand. Ich konnte das nicht glauben, aber die Menschen um sie herum waren nicht davon abzubringen. Und Wochen später hat man sie doch tatsächlich in eine Klinik geschafft, und ich habe sie wochenlang nicht gesehen."

Miranda fing an zu weinen. „Ich habe so schreckliche Angst, dass das wieder passiert."

Die Namenlose nickte ihr aufmunternd zu. „Unsere Kommissare sind die Besten der Welt. Ihnen entgeht nichts, und eines kannst du mir glauben, sie werden den wirklichen Täter überführen."

Stefan und Jordi schickten sich an, zu gehen. Wir begleiteten sie zu ihrem kleinen roten Wagen. „Es tut uns wahnsinnig leid, dass wir euch den Mörder nicht präsentieren können. Wir haben gehört, wie dieser Gieseck umgebracht wurde. Aber das wird euch auch nicht weiterhelfen."

Jordi und Stefan verteilten nach der Arbeit Katzenstängchen an uns. Eine lieb gewordene Tradition, die gut gepflegt werden muss.

„Warum sind die bloß so aufgeregt?"

„Manchmal ärgere ich mich, dass wir unsere Katzengang nicht besser verstehen können."

„Ich habe so das Gefühl, dass sie uns etwas mitteilen wollen."

Die Kommissare sahen sich groß an. „Genau! Wie lange sind sie schon da?"

„Waren sie womöglich Zeuge dieses Mordes?"

„Das ist wunderbar, Jordi. Ich weiß nur nicht, wie wir das dem Staatsanwalt vermitteln. Er ist nicht so leicht zugänglich und schon gar nicht offen, für so eine gewagte Theorie."

Ekki strich um die Beine von Stefan. „Unser Boss ist nicht doof. Vielleicht sollte er mal mit dem Staatsanwalt sprechen?"

Zorro starrte Ekki entsetzt an. „Wirst du wohl still sein? Ich kenne den Typen nicht. Und wie du selbst gehört hast, kommen die Kommissare selbst nicht gut mit ihm aus." Aber dann krauste er seine Nase, dass sein Schnurrbart steil nach oben stand und fügte hinzu: „Wenn die Kommissare meine Hilfe brauchen, werde ich selbstverständlich für eine Unterredung mit dem Staatsanwalt zur Verfügung stehen, so von Boss zu Boss."

„Ich fürchte, ihr habt das auch nicht verstanden. Das kann so nicht weitergehen. Demnächst gebe ich euch Unterricht in Katzensprache," murrte ich zwischen dem Kauen. „Viel zu viele wichtige Informationen gehen euch dadurch verloren Aber bei euch wohnen doch auch Katzen. Gut, ich muss zugeben, die Siamkater sind nicht die hellsten Kerzen auf der Torte und als Lehrer denkbar ungeeignet."

Mir fiel auf, dass die Namenlose unentwegt ihr Augenmerk auf Stefan gerichtet hatte.

„Was ist los? Trägt Stefan die Jacke auf links? Oder warum starrst du ihn so an?"

„Irgendetwas stimmt nicht mit ihm, Laila. Er hat Kummer. Und es nagt an ihm."

„Mir fällt auch auf, dass Stefan zum Antworten länger braucht als gewöhnlich. Meinst du er hat Beziehungsprobleme?"

„Kann gut sein. Aber jetzt können wir das nicht klären. Wobei, Ohrenwaschen hilft immer. Das gibt ihm Kraft."

Miranda hatte wieder ihren Platz bei Magdalena eingenommen und sie schienen sich gegenseitig zu trösten. Stefan schaute versonnen zu, wie die rote Katze sich in den Arm von Frau Korbfuss drehte und schnurrte. Er genoss sichtlich unsere Zuwendung und ich biss ihm sanft ins Ohrläppchen.

„Glaubst du, dass wir Frau Korbfuss festnehmen lassen müssen?"

„Nein, Jordi. Dann müssten wir genau genommen auch Holten

festnehmen. Beide waren zur Tatzeit im Haus."

„Wir müssen noch die Enkeltochter befragen, wo sie sich zur Zeit des Mordes befand."

„Die Einzige, die eventuell ein Mordmotiv hätte, ist und bleibt Frau Korbfuss."

„Holten will sie in eine Klinik einweisen lassen, aber sie weigert sich beharrlich."

„Er zweifelt an ihrem Geisteszustand. Und da scheint er nicht alleine zu sein. Sonst hätte man ihr nicht diesen Betreuer an die Seite gestellt."

„Aber ich finde, wir sollten eigene Untersuchungen anstellen, ob Frau Korbfuss im Sinne des Gesetzes strafmündig ist, Stefan. Das müssen wir mit dem Staatsanwalt klären. Und ich finde, ein Herr Holten sollte nicht darüber entscheiden dürfen, ob Frau Korbfuss in eine geschlossene psychiatrische Klinik eingewiesen wird. Schließlich ist er mit der Alibinummer auch noch nicht raus."

Irgend etwas in Stefan rumorte und wühlte ihn, ohne, dass er es näher erklären konnte, auf.

„Aber es wäre von Vorteil, wenn sie von einem Ärzteteam untersucht wird, die ohne jedes Vorurteil an die Sache herangehen."

Dennis hatte zunächst noch Abschlagproben von Frau Korbfuss und und Herrn Holten genommen. Beide mussten sich umziehen und ihre derzeitige Garderobe wurde in Tüten verpackt und mitgenommen. Holten saß anschließend da, in einen rosa flauschigen Bademantel von Magdalena gehüllt.

„Das hat was niedliches," meinte die Namenlose.

„Was ist an dem niedlich?" fauchte ich, „also ich finde, er sieht aus wie ein rosa Schweinchen mit dem Gesicht einer hysterischen Spitzmaus."

Holten hat einen unglaublichen Aufstand gemacht und

herumgebrüllt, dass er sich an höherer Stelle beschweren werde. Es nützte auch nichts, dass Dennis ihm versicherte, dass es dabei um ein Ausschlussverfahren ging, und man nur so herausfinden kann, wer der Täter war, oder eben nicht war. Er konnte vor Aufregung gar nicht richtig zuhören. Erst als Magdalena zu ihm sprach beruhigte er sich.

„Verstehst du das denn nicht, Joschi? Sie haben Proben von unseren Händen genommen. Wenn an deiner Hand und deiner Kleidung nichts von der Bodenvase gefunden wird, bist du aus dem Schneider. Hör jetzt auf so herumzubrüllen. Denkst du vielleicht auch mal nur einen Augenblick an den armen Herrn Gieseck, der völlig sinnlos ermordet wurde? Nur einen Augenblick?"

Beschämt schaute Joschi zu Boden.

Die Namenlose marschierte mit einem Katzenstängchen in der Schnauze zu Miranda. „Hier, genieße das, mit einem schönen Gruß von Stefan und Jordi."

„Ich kann jetzt nichts essen. Magdalena wird bezichtigt, einen Mord verübt zu haben. Und teilweise glaubt sie selbst daran. Aber dieses Mal bin ich mir absolut sicher, dass sie nichts damit zu tun hat."

„Nein. Hat sie auch nicht. Wir alle haben gehört, wie dieser Gieseck ermordet wurde. Deine Magdalena kann es nicht gewesen sein. Ihr beide habt auf der Rattancouch gelegen und geschlafen. Aber weißt du was wirklich seltsam ist?"

Meine Neugier trieb mich zu Miranda zurück. Auch mir ging eine gewisse Sache nicht mehr aus dem Kopf.

„Egal wer Gieseck umgebracht hat. Er muss eine Witterung hinterlassen haben, aber wieso haben wir die nicht aufgenommen?"

Miranda wirkte etwas ratlos. „Vielleicht sind nicht nur meine Ohren, sondern auch mein Geruchssinn seit dem Überfall beschädigt und nicht ganz in Takt?"

Pirat und Ekki hatten sich auch wieder herangepirscht.

„Als wir das erste Mal bei dir Zuhause waren, hast du uns da zuerst gesehen oder zuerst die Witterung aufgenommen?"

Miranda nickte eifrig. „Gesehen habe ich euch nicht, aber euren Duft habe ich sofort aufgenommen. Ich konnte euch sogar unterscheiden."

Die Namenlose krauste die Stirn. „Also dein Geruchssinn und dein Jakobsorgan funktionieren bestens. Das bringt mich zu der nächsten Frage. Hast du, als du überfallen wurdest, auch keine fremde Witterung aufgenommen?"

Miranda schaute traurig zu Boden. „Nein. Ich sagte doch schon. Es ging viel zu schnell."

„Ich habe eine ganz andere Theorie."

„Was ist das denn schon wieder für ein Geschwätz, Namenlose?"

„Das ist kein Geschwätz, Laila. Wir tauschen uns gegenseitig aus und versuchen den Grund herauszufinden, warum wir und Miranda keine Witterung aufgenommen haben."

„Und der wäre?" entgegnete ich angriffslustig.

„Weil die Witterung schon im Haus vorhanden ist und sie deshalb nicht erkannt wurde!"

*

„Was hast du herausgefunden?"

„Ich kann nicht mehr so arbeiten, wie ich möchte."

„Das habe ich schon erfahren. Die Presse war schließlich voll davon. Hast du etwas damit zu tun?"

„Wie kommst du darauf?"

„Na ja. Alle unsere Probleme scheinen mit einem Schlag gelöst zu sein."

„Das sehe ich anders. Wie das System funktioniert wissen wir immer noch nicht. Auch wenn die Firma im Moment stillsteht. Aber ich konnte leider noch nicht alles aufarbeiten. Mir sind, im wahrsten Sinne des Wortes, die Hände gebunden."

„Aber sie sind doch nicht mehr geschäftsfähig. Der Traum dürfte ausgeträumt sein. Kannst du nicht weiter forschen?"

„Das wird sehr schwierig werden. Der Zugang zur Firma ist mehr als begrenzt. Ich habe ohnehin schon Probleme genug."

„Was soll schon groß passieren?"

„Dass ich auffliege. Bei Industriespionage ist man nicht zimperlich."

„Man kann dir nichts nachweisen. Dafür habe ich gesorgt."

„Ich muss aufpassen, dass das so bleibt, was im Moment mit sehr großen Schwierigkeiten verbunden ist. Am liebsten würde ich mich ganz zurückziehen."

„Starte noch einen letzten Versuch. Das bist du mir schuldig!"

*

Stefan kam spät abends in Begleitung mit Jordi nach Hause. Apollo und Adonis saßen im Flur und wollten selbstverständlich zuerst gehuldigt werden.

„Die Kinder verlangen heute deine besondere Aufmerksamkeit," maunzte Adonis mit seiner rauchigen Stimme.

„Die Küche sieht aus wie ein Schlachtfeld, so ungefähr wie ein Tatort, nach einem Mord. Das dürfte euch ja hinlängst vertraut sein, aber damit haben wir nichts zu tun," fügte Apollo hinzu. „Tut einfach so, als würdet ihr euch freuen!"

„Susanne glänzt mal wieder durch Abwesenheit. Das gehört sich nicht. Weil nur sie weiß, dass wir unser Futter wahnsinnig gerne essen, wenn sie es mit ihrer Hand vorwärmt. Mach was Stefan, damit hier alles wieder in Ordnung kommt. Wir brauchen unseren täglichen Luxusservice."

„Jetzt hör auf herumzumäkeln, Adonis. Wir haben einen Gast und jetzt zeigen wir einmal, was wir so drauf haben. Allerdings schmeckt die Tomatensoße nach Wurmkur."

Die Siamkater liefen vor ihnen her in die Küche. Jeder der Kater nahm auf einem Stuhl am Tisch Platz, um so Jordi und Stefan zu zeigen, wo ihr Platz war.

Dennis wollte wenig später zu ihnen stoßen. Zu Stefans großer Überraschung hatten die Kinder schon auf ihn gewartet, und hatten sogar gekocht. Einen riesigen Topf voll Spaghetti mit Tomatensoße. Mit der roten Soße war der Fußboden und der Herd reichlich dekoriert. Fabian und Melanie waren erfreut darüber, dass Jordi mitgekommen war.

„Mama arbeitet heute schon wieder länger und kommt später nach Hause. Aber irgendetwas an ihrer Stimme klang anders als sonst."

„Anders?" Stefans Stimme zitterte leicht.

„Ja. Entgegen den letzten Wochen klang sie irgendwie gut gelaunt. Schade, dass sie nicht dabei sein kann."

Nach dem rauen Umgangston der letzten Tage tat es gut, die Kinder in halbwegs guter Verfassung zu sehen. Aber was bedeutete 'gut gelaunt'? Hatte sie eine Entscheidung getroffen? Und wenn ja, welche? Für wen hat sie sich entschieden? Für ihn und die Kinder? Oder ein Leben an der Seite des charmanten Raimundo, der genügend Kohle hatte, um ihr ein Leben ohne finanzielle Sorgen zu bereiten. Mit solcherlei Gedanken behaftet, beobachtete er Melanie und Fabian dabei, wie sie den Tisch schön eindeckten. Als die Spaghetti dampfend auf dem Tisch standen, traf auch Dennis ein. Die Siamkater waren zuerst an der Tür und begrüßten ihn.

„Du wurdest schon erwartet," schnurrte Adonis. Die Kater geleiteten Dennis mit sanftem Druck in die Küche.

„Ich habe wenig Zeit und wollte eigentlich nicht stören."

„Das interessiert uns nicht," maunzte Apollo. „Die Kinder haben gekocht und das wird gegessen, selbst wenn es schmeckt wie Hühnerscheiße mit Mayonnaise! Ist das klar?" Die blauen Augen der Kater fixierten Dennis, sodass es ihm eiskalt über den Rücken lief. Brav setzte er sich an den Tisch.

„Na also, geht doch!" frohlockte Adonis.

Fabian hielt Dennis spielerisch drohend die Spaghettizange unter die Nase.

„Du musst unsere Spaghetti probieren, ob du willst oder nicht. Schließlich habe ich die Soße gemacht. Es ist sogar Knoblauch drin."

„Das ist natürlich ein unschlagbares Argument, dem ich nichts entgegenzusetzen habe," erwiderte Dennis und fühlte immer noch, dass die blauen Augen der Siamkater unerbittlich auf ihn gerichtet waren.

Als sie alle am Tisch saßen, war Stefan mit unbändigem Stolz erfüllt. Dennis und Jordi lobten die Kochkünste seiner Kinder und alle langten kräftig zu. Mit einer ordentlichen Portion Käse wurde die Soße sogar einigermaßen erträglich. Apollo schob eine Nudel in Richtung Wohnzimmer vor sich her.

„Vergiss es!" schimpfte Stefan. „Heute werden keine Nudeln unter dem Sofa deponiert."

Apollo fühlte sich ertappt und aß mit langen Zähnen seine Nudel auf.

„Wir heben Mama eine Portion auf. Die kann sie sich im Mikrowellenherd warm machen." Als Melanie den Teller für ihre Mutter fertig machte, sah Stefan, wie traurig und verloren seine Tochter wirkte.

„Sie wird sich wahnsinnig darüber freuen, wenn sie spät von der Arbeit kommt." Aber insgeheim dachte er sich, was man um einundzwanzig Uhr dreißig denn in einem Büro noch so tun konnte.

„Aber jetzt wird es Zeit für euch, dass ihr ins Bett kommt. Morgen früh rappelt der Wecker unerbittlich."

„Wir müssen die Küche noch sauber machen, sonst trifft Mama der Schlag und dann ist wieder die Hölle los."

Jordi begann zusammen mit Dennis die Teller abzuräumen. „Das übernehmen wir. Nach diesem köstlichen und opulenten Mahl ist es wohl das mindeste, was wir tun können."

Melanie warf einen kritischen Blick auf ihren Vater.

„Wir schaffen das. Du wirst mit uns zufrieden sein."

Stefan umarmte seine Kinder. „Ihr habt mir eine große Freude gemacht. Ich bin so unfassbar stolz auf euch."

Nachdem die Tomatensoße überall entfernt war, die Küche blinkte, und die Spülmaschine leise summend lief, zogen sich die Männer und die Kater ins Wohnzimmer zurück. Stefan vergewisserte sich noch einmal, dass seine Kinder schliefen, und wartete nun gespannt, was Dennis ihm mitteilen würde. Dennis nippte an seinem Bier und öffnete den Laptop.

„Ich habe noch einmal alle Videos nachgesehen. Auch die, von diesem Kramacher. Und was ich dort gefunden habe, bringt enorme Schwierigkeiten mit sich."

Die Kater spürten an dem Umgangston, dass etwas folgenschweres, wichtiges folgte und setzten sich mitten auf den Tisch. Dennis drehte seinen Laptop und ließ ein Video laufen. Zuerst war zu sehen, wie Susanne sich mit Frau Ganzholt zoffte. So weit, so bekannt. Dann schaltete Dennis auf die Kamera im Keller um. Was Stefan dann zu sehen bekam, raubte ihm schier den Atem.

Zuerst war nur schemenhaft etwas zu erkennen. Aber dann wurde das Bild messerscharf erkennbar.

Susanne, im pinkfarbenen Sportdress, tauchte in den Kellerräumen auf und verschwand wieder hinter einer Tür.

„A...aber das ist doch nicht möglich. Was sollte denn Susanne dort im Keller zu tun haben?"

Die Siamkatzen sprangen plötzlich aufgeregt vom Tisch und rannten laut schnurrend in den Flur. Keiner der Männer hatte bemerkt, dass Susanne nach Hause gekommen war. Maunzend und schnurrend teilten sie ihr mit, was am Abend so passiert war.

„Schlafen die Kinder schon?"

„Um diese Uhrzeit ist es üblich, dass sie im Bett liegen. Hast du das vergessen?"

Stefan hätte sich mit Wonne für diese dämliche Antwort selbst gerne eine runtergehauen. Sie schüttelte nur den Kopf. „Soll ich dir vorrechnen, wie oft die Kinder auf dich gewartet haben? Ihr habt noch zu tun. Ich ziehe mich zurück."

Dennis und Jordi fühlten sich sichtlich unwohl, angesichts der angespannten und aufgeladenen Stimmung, im Hause Wieland.

„Ä...äääh vielleicht sollten wir morgen weitermachen. Es ist schon ziemlich spät, und..."

Sie starrte auf den Laptop und sah sich ihrem eigenen Konterfei gegenüber, das sich ständig wiederholte.

„Bleibt sitzen! Woher stammen diese Aufnahmen? Sind wir schon soweit, dass ihr mich ausspioniert?"

„Setz dich erst einmal hin, Susanne."

„Ich will mich nicht setzen, Jordi."

„Willst du dein Bier im stehen trinken? Das ist doch voll doof."

„Wieso nimmst du an, dass ich ein Bier trinken möchte?"

„W...weil da Hopfen drin ist. Und Hopfen, so sagt man doch, wirkt beruhigend. Deshalb dachte ich..."

„Beruhigend!" wiederholte Susanne. „Da bin ich aber gespannt. Und Gnade euch, wenn es nicht stimmt. Dann ist aber was los!"

Dennis wünschte sich ans Ende der Welt und darüber hinaus. Susanne nahm ungehalten neben ihm Platz. Stefan stellte ihr schüchtern eine Flasche Bier mit einem Glas hin. Ohne das Glas zu benutzen, nahm sie einen tiefen Zug aus der Flasche.

„Was sind das für Aufnahmen?"

„Dieses Video stammt aus den Kellerräumen der „Inotec," flüsterte Dennis leise. Susannes Augen waren so dunkel, dass er sich etwas fürchtete.

„Wie ist das möglich. Ich habe diese Räume nie betreten."

Die Siamkater hatten beide auf dem Schoß von Susanne Platz genommen.

„Ich hoffe, ihr habt das kapiert. Sie hat die Räume nie betreten! Damit ist der Fall für uns erledigt. Können wir nun zum gemütlichen Teil übergehen? Wir würden jetzt gerne Gruppenkuscheln."

„Gute Idee", fügte Adonis bei. „Die Chancen stehen gut. Das Beste wäre, wenn du und Jordi jetzt umgehend das Haus verlassen, damit wir die beiden fachmännisch wieder zusammen bringen."

Um seiner Meinung Ausdruck zu verleihen, latschte Adonis über das Tastenfeld. Apollo tat es ihm gleich und Dennis hatte seine liebe Mühe.

„Ich verstehe das alles nicht." Susanne fing an zu weinen. „Heute ist ein richtiger Scheißtag."

Stefan war es nicht gewohnt, dass Susanne mit Kraftausdrücken um sich warf. Er hätte sie so gerne in den Arm genommen, aber er wagte es nicht, sie anzufassen. Stattdessen sagte er bemüht sachlich, „Wir werden herausfinden, wie es zu dieser Aufnahme gekommen ist."

„Soll ich die Aufnahmen löschen?"

Dennis hielt seine Hände schon bereit.

„Wenn sie weg sind, kann niemand mehr daraus einen Strick drehen."

Stefan schüttelte mit dem Kopf. „Auf keinen Fall. Zumal wir nicht wissen, wer noch alles im Besitz dieser Videos ist. Es geht außerdem darum, in Erfahrung zu bringen, wie es zu dieser Aufnahme kommen konnte."

„Aber ich kann sie noch einen Tag zurückhalten, bevor wir sie dokumentieren."

„Können die Aufnahmen gefälscht sein?"

„Ich habe bis jetzt keine Anzeichen gefunden, dass irgendetwas daran manipuliert worden wäre."

Susanne nahm einen weiteren tiefen Schluck. „Also, das Video ist angeblich nicht manipuliert, aber ich war nie in diesen Kellerräumen. Ich wüsste auch gar nicht, wie ich da hinkomme. Man kann doch ohne Kontrolle noch nicht einmal den Eingangsbereich durchlaufen. Das habe ich doch am eigenen Leib erfahren, als ich mich mit dieser Giftspritze vom Empfang herumgestritten habe."

Dennis zuckte etwas hilflos mit den Schultern. „Das ist auch alles mit der Kamera dokumentiert. Aber warum hat ausgerechnet Kramacher auf seinem Computer dieses Video? Und warum konnte ich es auf den Kameras der Firma „Inotec" nicht finden? Das muss doch einen Grund haben."

Noch einmal schaute sie sich das Video an. „Eine Erklärung habe ich natürlich auch nicht. Aber ihr müsst mir glauben, dass ich noch nie in diesen Räumen war. Ich bin nicht an dem Empfangsportal von dieser Giftspritze vorbeigekommen. Sie wollte sogar die Polizei zu Hilfe rufen, wenn ich weiterhin darauf bestanden hätte, Kathrin zu sprechen. Aber zum Glück tauchte sie dann auf und hat mich erlöst."

„Was wolltest du denn von Frau Siebenstock? So gut kennst du sie doch gar nicht?"

Susanne sah mit großen Augen zu Jordi und hob entrüstet beide

Hände hoch. Jordi zuckte mit den Schultern. „Entschuldige Susanne! Stefan hat das Protokoll noch nicht gelesen."

„So, so! Das Protokoll noch nicht gelesen." Susannes Augen bekamen wieder diesen Unheil verkündenden schwarzen Glanz. „Es war dem Herrn also nicht wichtig genug, meine Aussage zu lesen. Das ist ja wunderbar."

Stefan wollte um keinen Preis der Welt zugeben, dass er vor Eifersucht innerlich zerfressen war. In seinen Phantasien wandte er an Raimundo mittelalterliche Hinrichtungsmethoden an, und von Tag zu Tag wurde er besser. Im Moment war er gerade dabei, Raimundo bei lebendigem Leib die Haut vom durchtrainierten Körper zu reißen. Aber nie war ihm Susanne so schön vorgekommen, wie gerade jetzt. Der Glanz ihrer schwarzen Augen verzauberte ihn und er fühlte so sehr, wie er sie liebte und immer lieben würde. Stefan wirkte enorm erleichtert und er hatte das dringende Bedürfnis, seine Frau in den Arm zu nehmen und zu küssen.

„Die Kinder haben gekocht. Hast du Hunger? Sie haben dir einen schönen Teller mit Spaghetti zurechtgemacht. Ich kann ihn dir in der Mikrowelle warm machen."

Susannes Augen nahmen für kurze Zeit wieder das sanfte, schöne dunkle Braun an, das Stefan so liebte. Der Hauch eines Lächelns zeigte sich auf ihren Lippen.

„Das wäre phantastisch."

„Noch ein Bier dabei?"

„Das passt sehr gut zu der mit Maggi durchtränkten Tomatensoße unseres Sohnes."

„Der Knoblauch mildert den Geschmack etwas und du brauchst sehr viel Käse. Aber es ist trotzdem ratsam mit einem Bier zu spülen."

Jordi, Dennis und die Siamkater hielten alle vor Aufregung zur gleichen Zeit die Luft an. Nichts sollte diese zarten, neu entstehenden Bande stören.

Aber, der kleine, blutrünstige Racheteufel auf Stefans Schulter, hatte leider etwas besseres vor. „Oder hast du schon mit Raimundo edel und teuer in diesem italienischen Lokal gegessen, in welchem ihr die letzte Zeit häufiger gesessen habt? Kollegen von der Streife haben euch da mindestens zweimal die Woche gesehen. Da können wir natürlich nicht mithalten."

Susanne knallte die Bierflasche hart auf den Tisch.

„Das war's! Du machst mir die Entscheidung wirklich leicht. Gute Nacht! Ich werde morgen früh vorübergehend zu einer Freundin ziehen!"

Wütend stand sie auf und ging mit schnellem Tritt die Stufen hoch. Mit hocherhobenen Köpfen folgten ihr die Siamkater und würdigten die Männer mit keinem Blick mehr. Zu seiner Bestürzung stellte Stefan fest, dass sie sich, anstatt ins gemeinsame Schlafzimmer, ins Gästezimmer zurückgezogen hatten.

„Donnerwetter, Stefan! Versöhnung kannst du. Für einen winzigen Augenblick glaubte ich, alles renkt sich wieder ein. Und dann kam dein unglaublich gutes Statement."

Jordi schüttelte enttäuscht seinen Kopf. Stefan stierte nur vor ich hin.

„Ich bin so ein Idiot."

Dennis griff nach seinem Laptop. „Wenn du ein Sofa brauchst, hast du immer einen Platz."

„Mein Platz ist hier...bei meiner Frau und meinen Kindern."

Dennis trank sein Bier aus und schickte sich an zu gehen.

„Das hast du mit deinem Spruch gerade so richtig verkackt. Diese Maschinerie zum stehen zu bringen, wird nicht so einfach sein. Selbst Apollo und Adonis sind nicht wirklich auf deiner Seite."

„Ich bin so ein Vollidiot."

„Das wissen wir. Bringt dich aber auch nicht weiter. Lass dir etwas einfallen! Womit drückt man Liebe aus?"

„Soll ich ein Gedicht schreiben?"

„Wenn das so aufschlussreich wird, wie deine Berichte, bitte ich dich, es zu lassen."

Stefan saß am Tisch und wirkte wie ein Häufchen Elend. Jordi legte ihm mitfühlend eine Hand auf die Schulter.

„Wir haben hier noch ein Problem. Wenn wir nicht beweisen können, dass es nicht Susanne ist, die auf den Videos der „Inotec" zu sehen ist, rückt sie in den Fokus eines Tatverdächtigen."

*

Keiner von uns wollte nach Hause. Es gab einfach zu viel zum nachdenken. Wir verabschiedeten uns von Miranda und Magdalena und marschierten in den nahen Wald hinein. Wir fingen jede Menge Mäuse und nahmen auf der Bank Platz, um unser Essen zu genießen. Zorro brach fachgerecht seine Maus auf. Mit der noch dampfenden Leber in der Schnauze meinte er: „also, das ist schon recht seltsam, Miranda wird niedergeschlagen und ab diesem Tag ist für sie und Magdalena alles anders."

Meine Maus ließ sich nicht richtig öffnen und ich musste mit meinen Krallen nachhelfen. Aber ich war zu ungeduldig und das Blut spritzte über mich, Richie und Pirat. Genüsslich reinigte ich meine Pfote von dem roten Blut. Selbstverständlich schleckte ich auch das Blut von den Katern ab, es war schließlich meine Maus. Richie und Pirat zeigten mir noch tausend Stellen, die angeblich mit Blut besudelt waren und ich wurde langsam misstrauisch. Pirat fing sogar an, vor Wohlbehagen laut zu schnurren. Das wäre noch endlos so weitergegangen, wenn Oscar nicht plötzlich, Eifersucht verspürend gesagt hätte, dass meine Maus kalt wird. Also kehrten wir wieder in die Realität zurück.

„Hat etwas gedauert. Aber jetzt habe ich es kapiert. Miranda hat gesagt, dass Magdalena ab diesem Tag so seltsam war und ständig etwas vergessen hat. Aber auf mich macht Magdalena einen hellwachen Eindruck. Mir hat besonders gut gefallen, wie sie diesen Schnösel in roten Unterhosen zusammengefaltet hat. Sie ist keinesfalls dumm."

Die Namenlose aß wie immer, schick, fein und anmutig, nur ganz kleine, zarte Stückchen von ihrer Maus und schob die Leber, wie immer, zu Oscar hinüber. „Das gibt mir auch zu denken. Magdalena hat eine gute Gabe, alles um sich herum aufzunehmen. Sie wirkt keineswegs verwirrt. Das passt alles nicht zusammen."

Für wenige Augenblicke war nur das zufriedene Schmatzen zu hören. Oscar schielte zu mir hinüber und ließ seine rosa Zunge über seine imposante Schnauze gleiten. Mit begehrlichem Blick schaute er mich an. Es war mir so unmöglich, meine Leber zu genießen.

„Hör sofort auf so zu gucken!"

„Wie soll ich denn gucken?"

„Irgendwie anders."

„So besser?"

Oscar schielte und ich musste lachen. Ich gab ihm meine Leber. Eigentlich so wie immer. Pirat hatte seine Maus verzehrt und putzte sich das Fell. Nur ein Stück des Schwanzes und etwas Darm, der bedauernswerten Maus, lagen noch vor ihm.

„Uns Katzen macht so schnell keiner was vor. Wenn wir alle der Meinung sind, dass Magdalena noch alle Leckerchen in der Tüte hat, ist es mir unbegreiflich, wieso die Menschen das Gegenteil glauben."

Mit der Kralle entfernte ich eine blutige Sehne aus meinen Zähnen. „Aber Miranda ist sich doch selbst nicht sicher, ob Magdalena nicht vielleicht doch einen an der Waffel hat."

Die Namenlose saß nach dem Essen wie immer anmutig da. Ihren Schwanz hatte sie um ihre Pfoten gelegt. Die Wolken rissen auf und ein Sonnenstrahl schien direkt auf sie und schenkte ihr eine goldene Aura. Sie wirkte so unerreichbar klug und schön. Beides zugleich gelang mir nie. Die Kater glotzten sie an und erwarteten, dass sie etwas kluges aussprach.

„Es gibt aber auch Menschen, die dafür sorgen können, dass jemand in Misskredit gebracht wird, ohne, dass er sich dagegen wehren kann. Ich nenne das 'geistigen Terror'. Und am Schluss tut er Dinge, die er normalerweise niemals tun würde."

Meine Zornesfalte über der Stirn schwoll an, ohne dass ich es wollte. Ich hasste es bis auf den Grund, wenn sie mit ihrer Bildung so schrecklich angab.

„Was ist verdammt noch einmal, ein Misskredit? Hat das was mit Geld zu tun?"

Die Kater sahen auch nicht gerade aus, als hätten sie ein Licht entzündet. Außer Zorro, der auf uns mitleidig herabsah.

„In Misskredit bringen heißt, jemanden mit Dreck zu beschmeißen und dafür zu sorgen, dass er unglaubwürdig wirkt und ihm kein Glauben mehr geschenkt wird, sodass er am Schluss ganz alleine dasteht."

„Also Boss ,wenn ich dich jetzt mit dem Schlachtabfall der Mäuse bewerfe, wirkst du unglaubwürdig und man glaubt dir nicht mehr? Sehr schwer verständlich für mich."

„Also Ekki. Ich erkläre dir das mit dem Misskredit jetzt sehr drastisch,. Wenn du mich mit dem Mäuseabfall bewirfst, hau ich dir aufs Maul. Das kannst du auf alle Fälle glauben."

Ekki schaute seinen Boss mit großen Augen an. „Das macht es für mich nicht verständlicher, auch dann nicht, wenn es wahrscheinlich sehr weh tut."

„Ich fange noch einmal von vorne an."

Die Namenlose putzte sich kurz mit ihrer zierlichen Pfote über ihre Schnauze.

„Wir alle haben Magdalena kennengelernt und sie macht auf uns einen aufgeweckten Eindruck. Aber irgend jemand, den wir noch nicht kennen, scheint ein Interesse daran zu haben, dass Magdalena in besonders schlechtem Licht dasteht. Man kann Sachen manipulieren und verändern, sodass der Eindruck entsteht, dass Magdalena für ihre Taten nicht mehr verantwortlich ist, weil sie nicht mehr im Besitz ihrer geistigen Kräfte ist."

„Aber wer sollte denn daran Interesse haben?" Ich hatte so etwas schreckliches noch nie gehört und war entsetzt.

„Das wissen wir nicht. Aber ich könnte mir vorstellen, dass es reizvoll wäre, es herauszufinden."

*

„Gibt es etwas Neues von dem Mord bei der „Inotec" ?"

„Nein. Deshalb sind wir auch nicht hier. Aber später werden wir noch hinfahren. Wir haben einen Termin mit Kathrin Siebenstock und Malte Hansmann. Die beiden haben sehr eng miteinander gearbeitet."

„Sind die Alibis alle überprüft?"

„Es gibt da ein Zeitloch, dass wir unbedingt noch ausfüllen müssen. Verschiedene Aussagen stimmen nicht überein. Dennis arbeitet fast Tag und Nacht die Videos durch."

„Unterrichten sie mich bitte, wenn es etwas Neues gibt."

Stefan und Jordi saßen ihrem Chef gegenüber. Rumpold wirkte sehr nachdenklich. Es war ihm nicht entgangen, dass Stefan puterrot wurde.

„Ich gebe ihnen einen Tag Zeit und dann erklären sie mir das, was ich hören möchte."

Rumpold ließ Stefan in Ruhe und hakte nicht weiter nach. Er hatte den Befund von Martin Gieseck vor sich liegen. Seine Kommissare sahen ihn erwartungsvoll an.

„Ihr erwartet von mir, dass ich mit dem Staatsanwalt spreche? Wie kann ich ihm glaubhaft darstellen, dass Frau Korbfuss sich von einem unabhängigen Ärztegremium untersuchen lassen soll? Man wird selbstverständlich auf die Berichte zurückgreifen, die bereits vorliegen und darauf aufbauen. Ihr wisst doch...eine Krähe hackt der anderen kein Auge aus."

„Genau darum geht es, Chef. Ich hatte von Frau Korbfuss nicht den Eindruck, dass sie geistig verwirrt ist, oder sonst irgendwie psychisch krank ist."

„Sind sie Doktor, haben sie diese Thematik studiert, Herr Wieland? Oder woher können sie sich so sicher sein, dass gleich mehrere Ärzte hier schiefliegen? Wieso schließen sie aus, dass Frau Korbfuss nicht doch ihren Betreuer brutal erschlagen hat, nur um sich von ihm zu befreien?"

Stefan rutschte unbehaglich auf seinem Sitz hin und her. Er und Jordi hatten die Frau nur für wenige Stunden an diesem Tag gesehen. War es Instinkt, der ihn warnte, dass hier alles nicht so war, wie es den Anschein hatte??? oder die Aufregung der Katzen, die ihm unbedingt etwas mitteilen wollten????

„Nein. Ich habe nicht studiert, Herr Rumpold, aber ich mache diesen Job nun schon über zwanzig Jahre. Wir haben Frau Korbfuss über den Verlauf des nachmittags ausgefragt. Sie konnte minutiös die letzten Stunden wiedergeben. Wir haben keine Beeinträchtigung ihrer geistigen Fähigkeiten bemerkt. Keine Sprachstörung, kein Verlust des Erinnerungsvermögens und auch sonst wirkte sie auf uns ziemlich stabil."

„Und das schließt sie aus, den Mord an Gieseck verübt zu haben?"

„Nein, Herr Rumpold! Keinesfalls. Denn sie bezichtigte sich selbst, vielleicht doch diesen Mord begangen zu haben und es auf Grund der medizinischen Diagnose nicht mehr weiß."

„Wenn sie so schlau ist, wie sie sagen, dann kann es doch auch von ihr geschickt eingefädelt sein, um die Strafe abzumildern?

Jordi zog die Mundwinkel nach unten. „Um den Rest des Lebens in einem Sanatorium zu verbringen? Also ich weiß nicht. Das hätte sie doch einfacher haben können."

„Also Herrschaften. Sie müssen sich jetzt klar ausdrücken. Schließlich sitzen sie hier, weil sie einen bestimmten Verdacht hegen, den ich aber nicht mit Bestimmtheit dem Staatsanwalt übermitteln kann. Ob sie wollen oder nicht, sie müssen mich in ihre Pläne einweihen."

Stefan holte tief Luft. „Wir können es nicht mit Bestimmtheit sagen und wir haben keine Beweise. Aber es kommt uns so vor, als wäre jemand brennend daran interessiert, dass Frau Korbfuss nicht mehr geschäftsfähig und im Verlust ihrer geistigen Kräfte ist. Ich habe in der Nacht alles recherchiert, was ich über Frau Korbfuss herausfinden konnte. Bis vor einem Jahr hat sie die Firma ihres Mannes weitergeführt."

„In der Nacht? Haben sie keinen Schlaf gefunden, Herr Wieland?"

„Zur Zeit ist es für mich besser, wenn ich wach bin. Außerdem stört mich dann keiner. In den einschlägigen Berichten war zu finden, dass nach dem Tod ihres Mannes der Vorstand der Firma „Sisymtre" die Firma in die eigene Hand nehmen wollte. Man bot Frau Korbfuss an, ihr ihre Anteile abzukaufen und ihr einen Obolus zu geben. Aber damit war sie nicht einverstanden und hat mit den Anteilen ihres Mannes und ihrer Tochter die Firma „Sisymtre" übernommen."

„Was bedeutet denn „Sisymtre"?"

„Sicherheitssysteme für Tresore, Herr Rumpold. Aber diese Firma stellt auch Sicherheitssysteme für Banken her. Schließfächer und derartige Dinge. Frau Korbfuss gelang es, die Firma aus den roten Zahlen zu bringen, in die sie nach dem Tod von Herrn Korbfuss, und durch die Querelen mit dem Vorstand, kurzzeitig geraten war. Alles lief gut, bis zu jenem Tag im Sommer vorigen Jahres. Immer öfter war in den Berichten zu lesen, dass Frau Korbfuss den Sitzungen fern bleiben musste. In den Vorstandsberichten ist zu lesen, dass Frau Korbfuss vorgeworfen wurde, dreihunderttausend Euro unsachgemäß aus dem Firmenvermögen entnommen zu haben. Frau Korbfuss wehrte sich gegen diesen Vorwurf und hat daraufhin die fehlende Summe, aber aus ihrem privaten Vermögen, wieder eingezahlt. Die einschlägigen Zeitungen berichteten darüber, dass Frau Korbfuss in einem Sanatorium für psychische Krankheiten gelandet sei, weil in den folgenden Tagen mehrere wichtige Dokumente verschwanden, und an unmöglichen Orten, wie zum Beispiel in einem Blumentopf in ihrem Büro, wieder auftauchten. Es stand ihr nun ein Verfahren bevor, in dem geprüft werden sollte, ob sie noch im Besitz ihrer geistigen Kräfte sei. Auf Anraten der Ärzte stellte man ihr den Betreuer Martin Gieseck an die Seite. Er war ein engagierter Sozialarbeiter, der speziell für solche Fälle geschult und ausgebildet worden ist."

„Das ist korrekt," fuhr Jordi weiter fort. „Nach den Ausführungen von Frau Korbfuss, war Herr Gieseck plötzlich wie ausgewechselt und hantierte viel mit seinem Handy herum. Dieses Handy wäre eventuell sehr aufschlussreich für uns. Aber die Spurensicherung hat es bis jetzt noch nicht gefunden."

Rumpold hatte seinen Kommissaren in aller Ruhe zugehört. „Und sie sind der Meinung, dass es hier nicht mit rechten Dingen zugeht? Ist hier jemand daran interessiert, Frau Korbfuss, sozusagen, aus dem Weg zu schaffen? Wie passt dieser Joachim Holten ins Geschehen? Er war doch auch zur Tatzeit im Haus?"

„Das ist richtig. Im Prinzip kommt er als Mörder genauso gut in Frage."

„Hätte er denn ein Motiv, um Gieseck zu töten, Herr Wieland?"

„Eigentlich nicht. Er arbeitet völlig unabhängig in einer anderen Firma und macht sehr viel Home Office. Frau Korbfuss und er mögen sich nicht besonders. Aber als er nach seinem Alibi gefragt wurde, hat ihn Frau Korbfuss verteidigt."

„Also gehe ich richtig in der Annahme, dass sie Frau Korbfuss für unschuldig halten?"

„Wir überprüfen das noch."

„Dann kann es doch genauso gut möglich sein, dass Herr Holten im Auftrag gehandelt hat, wenn ihre Theorie stimmt?"

*

Malte war in den letzte Tagen mehr als ratlos. Es war ihm immer noch unbegreiflich wie es möglich war, dieses System zu knacken. Er und Kathrin hatten doch jede Möglichkeit durchdacht und durchleuchtet. Aber irgendwie hatte er das Gefühl, dass Kathrin ihm etwas verheimlichte. War es möglich, dass sie etwas mit dem Mord zu tun hatte? Im nachhinein schämte er sich für diese abstrusen und bösen Gedanken. Aber der Stachel saß fest. Immer wieder kehrte dieses Gedankenmuster, wie eine Endlosschleife, zurück ob Kathrin eventuell doch etwas damit zu tun haben könnte. Nach langer, reiflicher Überlegung nahm er Kontakt zu den alten Mitgliedern in seinem Hackerclub auf. Von den meisten kannte er nur ihren Avatar. Es konnte sein, dass viele ihn mit der Zeit deaktiviert hatten. Aber einen Versuch war es wert. Und tatsächlich. Drei von ihnen waren unter ihrem alten Avatar noch zu erreichen. Er gab unter seinem Avatar das Problem ein und wartete ab. Ein niedlicher Pokemon antwortete als erster.

„Kann dir helfen. Das Problem ist bekannt."

Malte wurde regelrecht übel. „Das kann nicht sein. Wir haben das Konzept selbst erarbeitet."

Der Pokemon antwortete umgehend. „Aber ihr seid nicht alleine."

„Wie kannst du mir helfen? Das System ist zerstört, ebenso wie unsere Firma."

„Es gibt Möglichkeiten, dass du mit einem blauen Auge davon kommst."

„Es gibt einen Toten. Den kann man nicht wegdiskutieren. Es ist mir ein Rätsel. Er ist nicht von unsere Branche und ich weiß nicht, was er eigentlich gewollt hat."

„Ich kann dir helfen."

„Ich bin für jede Hilfe dankbar."

„Könnten wir uns irgendwo treffen?"

Malte wurde unsicher. Das war neu. Hier gab jemand seine Identität preis. Wie war das zu deuten? Aber hatte er eine andere Möglichkeit? Die Polizei hatte ihn genauso im Visier. Zunächst hatten sie sich an Kramacher festgekrallt. Aber es war nur eine Frage der Zeit, wann sie vor seiner Tür stehen würden.

„Weißt du denn wo ich wohne?"

„Ja."

„Das gefällt mir nicht wirklich."

„Willst du wissen, wie euer System geknackt wurde oder nicht?"

„Bleibt mir was anderes übrig?"

„Ich glaube nicht."

„Komm herunter. Ich stehe vor deiner Tür."

Sollte er Kathrin Bescheid geben? Die Hände lagen bereits auf der Tastatur, um ihr eine Nachricht zu senden. Aber mehr als Kathrin, brachte er nicht zustande. Das Gedankenmuster mit dem unheilvollen Gift, durchfloss wieder sein Gehirn. Konnte es sein, dass Kramacher mit Kathrin gemeinsame Sache machte? Ihm gefiel nicht, was er über Kramacher herausgefunden hatte. Wie sollte er sich bloß verhalten? Malte fühlte sich grenzenlos alleine. Handelte es sich bei diesem Avatar um einen alten Vertrauten? Ob er wollte oder nicht, er musste das Risiko eingehen. Es zeigte ihm aber auch, dass dieses so „bombensichere System" einige Löcher aufwies. Er dachte an die hohen Schadensansprüche, die unweigerlich auf ihre Firma zukamen. Er konnte nicht verstehen, dass Sinan sich nicht meldete? Steckte er mit Kathrin unter einer Decke? Konnte es sein, dass unter dem Synonym des Pokemon Sinan steckte? Das gab ihm Hoffnung. Genau! Das war es. Sinan hatte sich nicht mehr gemeldet, weil er ahnte was passiert. Malte zog seine Jacke an und verließ die Wohnung. Dem Computer hatte er keine weitere Beachtung mehr geschenkt. Draußen vor dem eleganten Häuserviertel stand er verloren herum. Immer wieder starrte er auf sein Handy, ob eine Nachricht eingetroffen war. Auf der Straße stand ein elegantes Fahrzeug. „Das ist doch der Wagen von Kathrin? Also steckt sie dahinter."

Er verstand das ganze lächerliche Versteckspiel nicht. Die Tür des teuren Wagens öffnete sich von selbst. Auf seinem Handy erschien eine Nachricht.

„Steig ein."

„Also an dich hätte ich jetzt am allerwenigsten gedacht."

*

Dennis glotzte auf den Monitor. Ohne hinzusehen, langte seine Hand nach den Rumkugeln. Immer wieder sah er sich dieses Video an. Wem war es gelungen, dieses Video so zu präparieren? Wer hatte ein Interesse daran, ausgerechnet die Frau des Kommissars, die absolut nichts mit dem Mord bei der „Inotec" zu tun hatte, dermaßen in die Bredouille zu bringen? Wenn es ihm nicht gelang, dieses Video als Fälschung zu entlarven, würde Susanne wohl eine Vorladung aufs Polizeirevier bekommen. Er ließ alle Programme durchlaufen, die ihm zur Verfügung standen. Aber nichts deutete daraufhin, dass an dem Video etwas manipuliert war. Bei den anderen Videos, auf

Kramachers Computer, war es ihm mit wenig Mühe gelungen zu beweisen, dass an ihnen nachträglich gearbeitet wurde. So wurde zumindest festgestellt, wie der „Eliminator" in das Gebäude kam, in dem er wenig später ermordet wurde. Allerdings hatte Dennis herausgefunden, dass sie nicht auf Kramachers Computer hergestellt waren. Hatte er von der Existenz des „Eliminators" gewusst? Die Videos schienen es zu beweisen. Stefan und Jordi waren zur Zeit völlig ausgelastet und überarbeitet. Stefan hatte Kramacher, Frau Siebenstock und Malte Hansmann vorgeladen. Hansmann und Siebenstock hatten später einen Termin. Kramacher saß sehr schlecht gelaunt im Vernehmungszimmer. Als Stefan das Büro betrat, sah er zunächst die leere Tüte, die außer dem bezaubernden Duft von Rumkugeln, leider sonst nichts mehr zu bieten hatte. Dann nahm er erst Dennis wahr, der mit einem Laptop auf dem Tisch vor ihm saß.

„Darf ich Kramacher zuerst befragen, Stefan? Von Computertechnik hast du doch sowieso keine Ahnung."

„Tu dir keinen Zwang an. Ich bin für jede Hilfe dankbar. Zumal wir hier praktisch zwei Morde haben und ich nicht weiß, wo ich anfangen soll."

„Am besten von vorne und der Reihe nach. Kramacher muss mir so einiges von den Videos erklären. Ich konfrontiere ihn mit seinem eigenen Laptop. Und bei dem Mord an Gieseck geht es auch langsam weiter. Meine Leute sind gerade dabei, die Bodenvase zu untersuchen, ob eventuell Fingerabdrücke darauf zu finden sind."

„Das ist mir völlig neu, dass man dir etwas erklären muss. Ich bin gespannt, wie Kramacher reagiert. Gib mir bitte sofort Bescheid, wenn ihr im Falle von Gieseck etwas findet. Der Fall liegt für mich völlig im dunkeln. Hier fehlt einfach das passende Motiv. Und Kramacher? Meinst du er wird sich von dir aufs Glatteis führen lassen?"

„Ich bin mir noch nicht sicher. Mit viel Glück läuft er in die Falle hinein." Den letzten Satz flüster er förmlich.

„Vielleicht kann ich so, etwas entlastendes für Susanne finden."

„Wenn du das schaffst, bekommst du ein Jahr lang von mir eine komplette Tüte mit Rumkugeln. Jede Woche. Das verspreche ich dir."

„Für die Dinger würde ich einen Mord begehen."

„Aber nur im Notfall! Ansonsten schau, dass du im Rahmen bleibst. Ohne Scheiß jetzt! Ich wäre dir echt dankbar!"

Für Sekunden fiel kein Wort. Dennis rieb sich vor Verlegenheit über seinen Bauch.

„Ihr kriegt das wieder hin."

Stefan seufzte tief. „Ich hoffe es. Aber wenn ich mich weiterhin benehme wie ein absoluter Volldepp, wird das wohl nichts werden."

„Irgendwann wird sie sich erinnern, warum sie dich liebt und ihr zwei Kinder bekommen habt."

„Weil ich ein Vollidiot bin? Ein eifersüchtiger Vollidiot?"

„Ich fürchte ja."

„Wie würdest du denn in meiner Situation reagieren?"

„Eine Kühlkammer bei Lothar ist immer frei. Ich kann dich so was von verstehen, Mann!"

Dennis betrat das Zimmer und konfrontierte Kramacher mit den Aufnahmen. Er sah sich die Filme an und schüttelte immer wieder energisch mit dem Kopf.

„Ich sehe es selbst, aber ich kann mich nur wiederholen. Damit habe ich nichts zu tun."

Dennis zeigte ihm auch das Video von Susanne in den Kellerräumen.

„Wer soll das sein?"

Dennis antwortete zunächst nichts. Kramacher beugte sich weiter vor, um das Bild auf dem Monitor besser zu sehen. „Können sie den

Film anhalten?"

„Kramacher sah das Bild nun genauer an. „Diese Frau erinnert mich an unsere Chefin. Aber in einem solchen gruseligen Outfit habe ich sie noch nie gesehen. Und schon gar nicht an so einem wichtigen Tag. Nein. Das kann sie nicht sein. Wer ist diese Frau, hat sie etwas mit dem Mord zu tun?"

Dennis kam das ziemlich unglaubwürdig vor.

„Jetzt tun sie nicht so, als hätten sie diese Frau noch nie gesehen. Auf mehreren Überwachungsvideos ist sie an dem Tag des Mordes zu sehen, weil sie Frau Siebenstock ihre Börse zurückgebracht hatte."

„Ich hatte etwas anders zu tun. Diese Veranstaltung sollte für uns alle sehr wichtig sein. Wir haben uns viel davon versprochen. Ich hatte doch gar keine Zeit und Muße darüber nachzudenken. Wenig später hattet ihr mich doch schon im Visier."

„Wir haben sie immer noch auf Kimme und Korn."

Dennis dachte an dieses widerliche Revolverblatt, das schamlos das Foto von Susanne in ganzer Breite veröffentlicht hatte. Aber Rumpold hatte dafür gesorgt, dass Susanne nicht mehr in der Presse erwähnt wurde. Jetzt schrieb man in der Presse von der schönen Unbekannten, die wahrscheinlich in den Mord verwickelt war.

„Aber wie soll die Frau in den Keller gekommen sein? Das funktioniert doch nicht. Wie sie selbst auf den Videos sehen, kam sie nicht einmal an unserem Wachhund, Frau Ganzholt, vorbei."

„Gut, formulieren wir die Frage einmal anders. Sie sagen, mit diesen Videos haben sie nichts zu tun. Auf ihren sind sie selbst zu sehen, dann verschwinden sie und tauchen hinter dem weißen Transporter wieder auf."

„Sie haben doch selbst festgestellt, dass das eine Fälschung ist. Ich habe nicht die geringste Ahnung, wie das alles passiert ist. Sie können jeden meiner Schritte an diesem Morgen nachverfolgen.

Dafür habe ich mindestens zwanzig Zeugen. Wahrscheinlich sind es sogar mehr."

Dennis erinnerte sich an die Aussagen der Zeugen. Es stimmte. Jede Minute war bei ihm überprüfbar. Aber wo war die undichte Stelle?

„Können sie sich erklären, wie sie auf ihren Computer gekommen sind. Wie ist es möglich, dass ausgerechnet dieses Video mit der Frau, von der Datei, der Überwachungskameras, verschwunden ist?"

„Ich kann ihnen nur anbieten, dass sie in die Lockdatei gehen, und dann können sie sehen, wann die Videos bei mir eingegangen sind."

„Habe ich probiert. Aber laut ihrer Datei sind sie zur Originalzeit eingestellt worden."

„Das müsste ihnen doch zu denken geben, Herr Willich. Ich kann doch nicht zur gleichen Zeit an zwei Orten zugleich sein."

„Doch, man kann seine Dateien zeitversetzt senden."

„Nein. Eben nicht. Ich war doch die ganze Zeit im Konferenzraum, um die Kunden zu bespaßen. Jetzt wird es kompliziert. Und wenn, hätte ich sie höchstens später auf meinen Computer übermittelt."

„Wir werden das überprüfen."

„Ich bitte darum. Das geht doch schon los mit diesem Video, auf dem ich aus einer Luxuskarre steige. Aber die Wahrheit ist, dass ich mit meinem weißen Wagen gekommen bin, wie jeden Morgen."

„Das ist doch leicht zu manipulieren, Herr Kramacher."

„Aber leider nicht von mir. Ich habe die Karre überhaupt nicht zu Gesicht bekommen. Wie auf den Aufnahmen zu sehen ist, muss der Wagen kurz nach mir gekommen sein. Nur so ist es möglich, ihn mit mir zu verknüpfen. Die Schnittstellen werden so unsichtbar."

„Sind sie sich da ganz sicher?"

„Absolut! Frau Ganzholt hat mich sehr erstaunt angesehen, als ich an ihr vorüberging. Aber das hatte ich doch schon erklärt."

Dennis war ratlos. Es stimmte was Kramacher aussagte. Er konnte unmöglich zur gleichen Zeit an zwei Stellen sein. Und die Videos wurden zur Originalzeit auf seinen Computer überspielt. Wer war hier noch im Spiel? Aber er hatte noch etwas interessantes herausgefunden, über das er mit Stefan sprechen würde. Es war nur eine winzige Chance. Ein ganz kleines Fünkchen.

*

Wir zerbrachen uns unsere Köpfe. Wohin war Goldhaar so schnell verschwunden? Es war uns unbegreiflich, wie schnell so etwas geschehen konnte. Als wir bei Miranda waren, haben wir ihre Spur verloren. Aber wir gaben nicht auf. Zunächst einmal hielten wir es für unsere Pflicht, Miranda und ihren Lieblingsmenschen zu trösten. Miranda hatte wahnsinnige Angst um ihren Lieblingsmenschen und steckte ihren Kopf tief in die Achselhöhle von Magdalena, um ihr so zu zeigen, dass sie miteinander eins waren. Die Namenlose war dafür am besten geeignet und unterhielt sich lange mit Magdalena. Sie saß auf der Rattancouch und hörte der Namenlosen sprachlos zu. Ein Doktor war inzwischen gekommen, der Magdalena unbedingt etwas zur Beruhigung geben wollte, aber sie lehnte es ab. Joschi wickelte sich in den Bademantel ein und saß nun Magdalena gegenüber. Da der Doktor nichts ausrichten konnte, zog er wieder seines Weges. Joschi hatte verzweifelt versucht, Gerda zu erreichen. Aber jedes Mal, wenn er ihre Nummer anrief, lief nur die Mailbox. In der Firma anzurufen wagte er nicht. Gerda war nicht begeistert, wenn er dort anrief. Er hatte auch Angst, dass über diesen Mord einiges zu früh nach draußen drang und darum ließ er es lieber sein. Andererseits hatte Gerda heute ihren ersten wichtigen Verhandlungsabschluss und da war es gut, wenn sie nicht unterbrochen wurde. Die schlechte Nachricht würde sie noch früh genug erfahren. Magdalena hatte es auch schon mehrmals probiert, bei Gerda anzurufen, aber auch sie bekam keine Verbindung. Unter einem fadenscheinigen Vorwand rief sie in der Firma an. In ihrem Büro war Gerda nicht zu erreichen und sie landete vorne an der Information. Eine junge, männliche, ihr unbekannte Stimme am Telefon, sagte ihr nur, dass Frau Holten nicht an ihrem Platz war.

„Soll ich eine Nachricht hinterlegen? Wie war denn ihr Name?"

„Dankeschön. Aber das ist nicht nötig. Ich melde mich später noch einmal."

Joschi wirkte völlig verzweifelt. Ich marschierte zu ihm hinüber und begutachtet ihn. „Ich habe genau gehört, was Stefan gesagt hat. „Auch du könntest der Mörder von Gieseck sein," maunzte ich aufgeregt. „Warum reißt du auch so laut deine Klappe auf? Selber schuld. Hast du ihn platt gemacht?"

Joschi hob verzweifelt beide Hände hoch. „Heute Morgen noch hat Gieseck geglaubt, dass es besser mit dir wird. Er sagte noch, dass du alle Tests mit Bravour bestanden hast, sogar überdurchschnittlich. Deine Merkfähigkeit wäre phänomenal."

Magdalena streichelte gedankenverloren über Miranda.

„Glaubst du denn wirklich, dass ich Gieseck umgebracht habe?"

„Es ist egal was er glaubt," fauchte ich dazwischen. „Unsere Kommissare halten ihn für verdächtig. Da kann er labern was er will. Wir wissen nur, dass du es nicht warst. Schließlich sind wir Zeugen."

Joschi zuckte müde mit den Schultern. „Ich bin so schrecklich erschöpft und weiß nicht mehr, was ich glauben soll."

„Das einzige, was du vollends glauben kannst ist, dass dir der rosa flauschige Bademantel nicht steht," echote ich dazwischen. „Du siehst aus, wie dieser Vogel aus einer Kindersendung. Rosa würde vielleicht voll auf dich abfahren. Mehr möchte ich dazu nicht sagen."

Robert war wie immer auf Patrouille. Unter der Hecke schnüffelte er intensiv. Es war ihm einfach unmöglich, untätig hier herumzusitzen. Plötzlich blieb er stehen. Sein Jakobsorgan nahm Moleküle auf. „Ich habe es mir doch gedacht."

„Seit wann kannst du denken?" grölte Richie.

„Vielleicht hat ihm der Schlag auf den Kopf gutgetan, und sein restliches Hirn von der Größe einer Walnuss sortiert."

„Das kann nicht sein, Pirat. Unser Boss sagt immer, dass es mein Hirn ist, welches nicht größer als eine Walnuss ist."

„Entschuldige, Ekki. Das Privileg gehört natürlich dir. Habe ich völlig vergessen."

„Um was geht es eigentlich?"

„Ich glaube um Nüsse im Gehirn oder umgekehrt. So ganz verstanden habe ich es auch nicht."

Zorro schüttelte sich so, dass er für einen kurzen Moment aussah wie ein riesiger schwarzer Pompon.

„Jungs?"

„Ja Boss?" tönte es aus aus allen Katerkehlen.

„Haltet die Klappe und lasst endlich Robert vortragen, was er zu sagen hat."

„Diese Moleküle werde ich mein Lebtag nicht vergessen. Ich habe die Witterung von dem schwarzen Mann wieder gefunden. Und ich will ihn finden. Er hat noch etwas gut bei mir!"

*

Dennis baute das gefundene Puzzleteil weiter aus. Schließlich schlug er mit der flachen Hand auf den Tisch.

„Das ist die einzige Möglichkeit. Jetzt muss ich nur sehen, wie ich die beiden zusammenbekomme. Wahrscheinlich ist es einfacher, den Himmel mit der Hölle zu verbinden, als Susanne und Stefan an einen Tisch zu bekommen."

Stefan betrat das Büro mit einem Becher Kaffee und stieß mit Dennis zusammen. Der Inhalt ergoss sich gleichmäßig über die Shirts der Männer.

„Du wolltest das Zeug doch nicht wirklich an deinen Körper ran lassen, Stefan? Meine Güte, die Brühe war noch heiß!"

„Doch! Und sogar über deinen, wie du siehst. Warum rennst du so? Hast du etwas wichtiges herausbekommen?"

„Kramacher war sehr kooperativ. Er scheint wirklich nicht zu wissen, woher die Aufnahmen auf seinem Computer kommen."

„Das kann doch eine Schutzbehauptung sein. Er kennt sich in diesem Metier verdammt gut aus und kann ziemlich viel erzählen."

„Das ist wahr. Aber eines ist unumstößlich. Das hätte mir schon früher auffallen müssen. Ich habe die Lockdatei noch einmal gründlich durchsucht. Alle Videos sind zur Originalzeit auf seinen Computer übertragen worden. Zum Beispiel auch das Video, als er aus seinem Transporter ausstieg, von dem wir mittlerweile wissen, dass es gefälscht wurde, um dem „Eliminator" den Eintritt in das Gebäude zu ermöglichen. Da er das Gebäude der „Inotec" zur gleichen Zeit betreten hat, kann er es unmöglich gewesen sein."

„Wir müssen uns um Frau Siebenstock kümmern."

„Die ist noch nicht da. Hast du den Obduktionsbericht gelesen? Lothar hat ihn schon geschickt."

Das hatte Stefan völlig vergessen.

Dennis klickte auf dem Monitor von Stefan herum. „Die genaue Tatzeit ist... sieben Uhr und vierzig Minuten."

„Das ist die Originaltatzeit?" Ungläubig las Stefan oberflächlich den Bericht. „Aber wie passt das mit den Videoaufnahmen zusammen?"

„Das ist noch nicht alles, Stefan."

„Was denn noch?"

„Das Video, auf dem Susanne in den Kellerräumen zu sehen ist, wurde genau um sieben Uhr und zweiundvierzig aufgenommen. Du weißt was das bedeutet?"

„Wir müssen unbedingt Susanne hier ins Büro holen. Aber ich trau mich nicht."

„Was traust du dich nicht?" Jordi hatte unbemerkt das Büro betreten.

„Susanne müsste dringend ins Büro. Aber ich wage es nicht, sie anzusprechen. Zur Zeit habe ich das Gefühl, dass ich alles, was mit Susanne zusammenhängt, nur noch schlimmer mache."

„Da kann ich leider nicht widersprechen."

Jordi überflog den Obduktionsbericht.

„Aber ich werde dafür sorgen, dass sie hier auftaucht, Stefan. Und wir müssen das heute noch klären. Ich fahre sofort zu Kallerts Firma und bringe Susanne direkt mit." Sein Zeigefinger wies ungeniert auf Stefan. „Und du bleibst hier, rauchst vier oder fünf Zigaretten und versuchst, einen Kaffee von der Hand an den Mund zu führen."

Er deutete auf das mit Kaffee getränkte Shirt von Stefan und Dennis. „Nicht einmal das scheint zur Zeit bei dir noch zu funktionieren."

Jordi stürmte aus dem Büro und rief auf dem Weg zu dem roten Wagen Susanne an. „Du musst dringend ins Büro kommen. Ich weiß, dass dein Auto in der Werkstatt steht. Ich bin gleich da und nehme dich mit. Bist du in der Werbeagentur?"

Jordi setzte sich in den Wagen und hob überrascht die Augenbrauen.

„Okay! Dann warte ich dort. Nein. Ich werde niemandem etwas erzählen." Ob Stefan das gefällt, wenn er ihn so hinterging? Aber er versuchte klar zu denken. Etwas verschweigen, heißt doch nicht gleich hintergehen? Oder doch? Wie sollte er sich Stefan gegenüber bloß verhalten? Hier ging es darum, einen seltsamen Mord aufzuklären und es ging darum, Susanne aus der direkten Schusslinie zu holen.

Dreißig Minuten später saß Susanne mit Dennis, Jordi und Stefan im Büro. Stefan und Susanne versuchten, weitestgehend, Augenkontakt zu vermeiden. Alle waren in peinliches Schweigen gehüllt. Aber bevor man den Fliegen an der Wand zuhören konnte, was sie sich zum Abendessen wünschten, klappte Dennis seinen Laptop auf.

„Schau mal Susanne. Diese Aufnahme zeigt dich, wie du die Straße überquerst. Das Aufzeichnungsgerät zeigt als Uhrzeit 7 Uhr 55 an. Entspricht das ungefähr der Wahrheit?"

„Ich bin mir nicht ganz sicher. Aber das kann gut sein. Zuerst habe ich mit dieser Giftspritze herumgestritten und dann kam Kathrin. Sie hat mit jemandem telefoniert und es ging darum, dass es schon ziemlich spät ist und schon kurz nach Acht war."

Dennis schaltet um auf das nächste Video. Dieses Video, was ihnen alle solches Kopfzerbrechen machte. Susanne tauchte auf und verschwand gleich wieder.

„Muss ich mich wiederholen? Ich bin das nicht. Wann soll das denn gewesen sein?"

„Die Kamera zeigt als Uhrzeit 7 Uhr 45 an."

„Das kann nicht sein. Um diese Zeit war ich noch nicht einmal an dem Gebäude der „Inotec". Kathrin hatte wahrscheinlich um diese Zeit ihre Börse verloren und ich habe sie wenig später gefunden. Aber das erklärt immer noch nicht diese Aufnahmen."

Dennis ließ das Video in slow motion laufen. Immer und immer wieder. „Halt das Bild an!" rief Susanne plötzlich. „Kannst du einen Ausschnitt vergrößern?"

„Alles was du willst, Susanne."

„Zeige mir Bilder vom Unterarm."

Susanna starrte auf den Bildschirm. „Jetzt könnt ihr absolut sicher sein, dass ich es nicht bin. Hier handelt es sich um Kathrin. Sie trägt ein Armband von Pandora. Vielleicht hätte ich erwähnen sollen, dass sie das gleiche Sportdress wie ich an diesem Morgen trug."

„Schön, dass es dir endlich noch einfällt," murmelte Stefan erbost und extrem erleichtert zugleich.

„Ich kann auch gleich wieder gehen," fauchte sie zurück.

Dennis tippte aufgeregt auf seinem Laptop herum. „Die Kuh ist endlich vom Eis!"

„Also als Kuh hat mich noch keiner bezeichnet." In Susannes Mundwinkel zeichnete sich ein Hauch von Lächeln ab. In ihren Augen glomm so etwas wie Spott auf.

Dennis glotzte Susanne blöd an. „I...ich meint nicht dich. A...also in gewissem Sinne schon...nicht, dass man dich mit einer Kuh vergleichen könnte...dafür bist du viel zu hübsch. Ich glaube, ich rede mich gerade um Kopf und Kragen, aber eigentlich wollte ich nur etwas verständlich machen."

„Und was, bitte schön?"

„Wenn das Kathrin ist, wie an dem Armband zu beweisen ist, war sie zur Tatzeit im Haus. Und du bist aus dem Schneider, Susanne."

„Ich bin die Kuh, die mit dem Schneider und mit dem Eis nichts mehr zu tun hat. Jetzt wird es Zeit, an Land zu gehen. Ich habe viel zu regeln. Kann ich jetzt gehen?"

„Unser Kaffee in der Kantine soll sehr gut sein. Aus Äthiopien. Wegen der Hochlage und so."

Eure Kantine befindet sich in Hochlage?"

„...Ä...äh... Also eigentlich mehr so der Kaffee."

Susanne fühlte den Blick von Stefan auf sich ruhen, aber sie schien nur Interesse für eine wichtige Nachricht auf ihrem Handy zu haben. „Ich kann jetzt nicht. Habe einen wichtigen Termin."

Sie stand auf und verließ das Büro. Jordi sprang auf und schnappte sich den Autoschlüssel.

„Ich fahre dich zurück."

„Vielen Dank, Jordi. Ich nehme den Bus. Er fährt hier direkt vor dem Präsidium weg."

Stefan starrte ihr nach, dann wandte sich sein Blick Dennis zu. „Die Kuh ist vom Eis?"

„Mir ist auf die Schnelle nichts intelligenteres eingefallen. Das nächste Mal sage ich 'die Gazelle ist vom Eis', okay?"

„Hat jemand von euch eigentlich die Enkelin von Frau Korbfuss erreicht?"

„Auf ihrem Handy lief immer nur die Mailbox. Und in der Firma war sie gerade nie an ihrem Platz."

„Das heißt, sie weiß noch gar nicht was passiert ist?"

„Doch sie weiß es. Gegen Abend ist sie Zuhause aufgetaucht."

*

Wir waren alle ziemlich aufgeregt. Die Sonne verschwand hinter dem Horizont und es wurde empfindlich kühl. Gegen Abend erreichte Magdalena endlich ihre Enkelin per Videocall. Sie wirkte total zerstreut und ihre Frisur wirkte nicht mehr ganz so perfekt. Einzelne Haarsträhnen lugten unter der Hochsteckfrisur heraus. Aber sie saß an ihrem Schreibtisch in der Firma.

„Endlich erreiche ich dich! Ich bin so erleichtert dich zu sehen."

Magdalena liefen vor Aufregung wieder die Tränen.

„Was ist denn passiert, Magdalena? Du brauchst dir keine Sorgen zu machen, den Geschäftsabschluss habe ich in der Tasche. Es dauert noch ein wenig, aber dann komme ich nach Hause. Dann trinken wir ein Glas Wein miteinander."

„Ich glaube nicht, dass das heute Abend möglich sein wird."

„Warum nicht? Ich dachte, es wäre schön, wenn wir das ein wenig feiern."

„Hier ist etwas schreckliches passiert!"

Magdalena hielt das Tablett hoch und ließ es kreisen. Erstaunt registrierte Gerda das Polizeifahrzeug und die Absperrbänder.

„Was um Himmelswillen ist denn passiert?"

„Herr Gieseck ist erschlagen worden." In weiteren knappen Sätzen erklärte Magdalena diesen fürchterlichen Tag. Der anwesende Polizist befragte sie, wo sie sich den ganzen Tag aufgehalten hätte. Gerda liefen die Tränen.

„In der Firma natürlich. Heute waren wichtige Geschäftsabschlüsse zu tätigen, und da war meine Anwesenheit unbedingt erforderlich. Aber wie konnte es denn passieren, dass Herr Gieseck in unserem Haus erschlagen wurde? Weiß man denn schon, wer der Täter ist?"

Joschi drückte seiner Frau einen Handkuss auf den Schirm. „Komm nach Hause, damit ich dich in den Arm nehmen kann."

Gerda schluchzte erneut auf. „Wer macht denn so etwas schreckliches?" Ihre Augenschminke lief ungehindert über die Wangen und hinterließ auf dem dezenten Wangenrouge tiefe Spuren.

„Zwei Verdächtige gibt es schon."

Gerda wischte sich über die Augen und neigte ihren Kopf. „Zwei? Wo kommen die her? Aus der Nachbarschaft? Wurden sie verhaftet?"

„Nein. Das kann man so nicht sagen."

„Kannst du dich bitte einmal nicht so kryptisch ausdrücken? Also man hat zwei Verdächtige, aber verhaftet sie nicht. Das wird mir alles zu viel."

„Das ist alles nicht so ganz einfach, Liebes."

„Was ist daran so schwer zu verstehen? Und warum rennst du in diesem Bademantel herum?"

Joschi stand auf und rannte auf der Wiese hin und her. Er wirkte durch den Flauschemantel, der ihm mindestens drei Nummern zu groß war, wie ein adipöser rosa Flamingo in der Mauser. Dieses tolle Fremdwort hatte ich von der Namenlosen gelernt. „Kannst du dich bitte wieder hinsetzen. Wie soll ich mich sonst mit dir unterhalten?"

Notgedrungen nahm Joschi wieder auf der Rattancouch Platz. Der Bademantel plusterte sich im warmen Frühlingswind leicht auf.

„Es geht eigentlich darum, zu klären, wer sich zur Tatzeit im Haus befunden hat. Da du den ganzen Tag in der Firma warst, bleiben nur ich und dein Mann übrig, da sonst keiner da war."

Gerdas Tränenfluss stoppte abrupt. „Die Polizei hält einen von euch für den Mörder an Gieseck?"

„Überwiegend mich, mein Herz. Da ich ohnehin dummes Zeug mache, von dem ich hinterher nichts mehr weiß, geht die Polizei davon aus, dass durchaus die Möglichkeit besteht, dass ich den Mord begangen haben könnte."

„A...aber wozu denn? Warum solltest du das denn tun?"

„Das haben sie mir nicht gesagt. Und wenn ich es nicht war, dann..."

„Auf gar keinen Fall Oma...ääh ich meine Magdalena."

„Ich fange nocheinmal an, ...und wenn ich es nicht war, besteht leider, laut Polizei, die Möglichkeit, dass Joschi die Tat begangen haben könnte, weil er zur Tatzeit im Haus war."

„Und warum?"

„Das haben sie auch nicht gesagt."

Unsere Kommissare waren schon seit Stunden weg. Die Polizei hatte die Wohnung von Magdalena und Miranda versiegelt. Für die nächste Zeit würden sie hier nicht wohnen können. Das Blut und die Hirnmasse von Gieseck zersetzten sich langsam, und ein süßlicher, unangenehmer Geruch verbreitete sich im ganzen Haus. Magdalena und Joschi hatten, unter Aufsicht der Polizei, das nötigste eingepackt.

Miranda fing an zu weinen.

„Wo sollen wir bloß hingehen? Was machen wir jetzt?"

Auch Joschi war vollkommen von der Rolle. Er jammerte wild drauflos, dass er doch im Home Office arbeitete und sein Arbeitsplatz nun zur Disposition stehen würde.

„Ach was!" schimpfte Magdalena. „Das ist alles dummes Geschwätz. Da steht mein großes Haus leer und wir wissen nicht wohin. Bei mir ist ein perfektes WLAN. Da kannst du dich einloggen und weiter im Homeoffice arbeiten. Das bekommt von deinen Kunden keiner mit."

Hilfesuchend sah Joschi auf einen Polizisten. „Geht das?"

Der Polizeibeamte nahm sein Handy und telefonierte. „Salzmann hier. Ich bin immer noch am Brunnenborn, Stefan. Frau Korbfuss und Herr Holten wollen zunächst in dem Anwesen von Frau Korbfuss unterkommen."

Der Beamte nahm kurz das Handy herunter. „Befindet sich das Anwesen hier in der Stadt?"

„Aber ja doch." rief Magdalena. „So ein kleines Vorstadtviertel. „Im Flürchen". Es war eines der ersten Häuser, die dort erbaut wurden."

Der Polizist nickte.

„Der Kommissar hat sein Einverständnis gegeben. Dann können sie gerne umziehen, bis hier alles geklärt ist. Frau Holten? Ich muss ihre Aussage noch aufnehmen."

Nervös putzte sich Gerda mit einem Taschentuch über die Augen. „Ich komme direkt ins Flürchen. Ach Oma...es sollte so ein schöner Tag werden."

*

Mir entging nicht, dass Robert völlig irritiert war. „Was hast du denn? Was ist denn los?"

„Diese Witterung des schwarzen Mannes ist hier überall. Im ganzen Haus."

„Meinst du, dass das die Spur des Mörders ist?"

„Das könnte doch gut sein. Oder glaubst du, dass dieser schusselige Joschi Gieseck erschlagen hat?"

Ich nickte eifrig. „Klar traue ich ihm das zu." Mein Verständnis für diesen seltsamen Menschen wurde nicht gerade besser, als ich ihn dabei beobachtete, wie er mit spindeldürren, haarigen Beinen, wie ein kranker Storch, durch die Wiese stolzierte. „Er mag Magdalena nicht und wenn man sie zur Verantwortung zieht, wäre er sie los. Für immer."

„Wenn die Witterung permanent da ist, heißt das für mich, dass der schwarze Mann hier ein und ausgegangen ist, wie es ihm gerade passte."

„Und was schließt du daraus Zorro?"

„Zunächst sollten wir erleichtert sein, dass Magdalena von hier wegkommt. Vielleicht ist sie in ihrem alten Haus sicherer."

Miranda sah ängstlich von einer Katze zur anderen. „Ich habe Angst, dass wir vom Regen in die Traufe kommen. Dort bin ich schließlich niedergeschlagen worden. Und ab diesem Tag hat Magdalena sich verändert."

Die Namenlose saß vor Magdalena.

„Oder es fügt sich eins zum anderen. Wir werden euch nicht alleine lassen."

*

Stefan saß an seinem Computer und brütete.

„Jordi?"

Der Ton, in dem Stefan seinen Namen aussprach, klang irgendwie beunruhigend. „Ja, Stefan."

„Wohin ist meine Susanne mit dem Bus gefahren?"

„Woher soll ich das wissen?" Jordis Stimme klang ein wenig zittrig.

„Wenn sie vorm Präsidium weggefahren ist, fährt sie auf keinen Fall in das neue Gewerbegebiet, wo dieser softige widerliche Raimundo haust. Ich würde wahnsinnig gerne meine Faust in seinem halb italienischen Gesicht versenken."

„Nein. Auf gar keinen Fall."

„Du würdest es mir doch sagen, wenn du es weißt."

„Klar doch." Jordi begann zu schwitzen. Wenn das schief geht, würde Stefan ihm auf immer die Freundschaft kündigen. „Ich will mich nicht in eure Beziehung einmischen."

Stefans Verstand begann sofort hochzurechnen. „Was soll das heißen? Hat Susanne eine Entscheidung getroffen? Muss ich mir noch mehr Sorgen machen?"

Auf Jordis Stirn entstanden kleine Schweißperlen. Er hatte das Gefühl, keine Luft mehr zu bekommen. Stefan studierte seinen Freund eingehend.

„Dieses kleine Luder hat dich genötigt, ein Versprechen abzugeben."

„Ja." Nun war es endlich heraus. „Was soll ich denn machen? Ihr müsst miteinander reden. Und zwar schleunigst."

„Ist dieser durchtrainierte Softboy Raimundo noch immer im Spiel? Ich würde dem nur allzu gerne etwas am Zeug flicken. Zum Beispiel, wie kommt er an die Aufträge von der Inotec heran?"

„Das ist doch alles schon eruiert worden. Die Aufträge sind schon vor einem Jahr ausgeschrieben worden. Aber das kann so nicht mehr weitergehen. Sprich dich endlich aus mit ihr, sonst geht ihr beide vor die Hunde."

„Susanne hat gesagt dass sie sich vorübergehend bei einer Freundin einquartieren würde. Weißt du, um wen es sich dabei handelt?"

Jetzt entstanden auf der Stirn von Jordi kleine verräterische Schweißperlen. Sein Mund blieb verschlossen, weil er nicht wusste, was er tun sollte.

„Du weißt es! Das kann man dir doch ansehen. Also heraus mit der Sprache!"

„Wenn du mich verrätst, sind wir geschiedene Leute! Und das muss ich leider wörtlich nehmen. Mir wurde unter Androhung von Todesstrafe gedroht, dir ihren derzeitigen Standort zu verraten. Das nimmt dann Ausmaße an, denen wir beide nicht einmal annähernd gewachsen sind."

„Geschiedene Leute? Meine Fresse! Ein gemeinsames Komplott gegen mich? Ist das zu fassen?"

Jordi bekritzelte einen Zettel und gab ihn an Stefan. „So kann ich wenigstens behaupten, dass ich nichts gesagt habe. Aber bleib ihr von der Pelle! Hast du das verstanden?"

Stefan warf einen Blick auf den Zettel. „Selbstverständlich!"

Dennis kam mit seinem Laptop unter dem Arm ins Büro.

„Ich habe das Video noch einmal bearbeitet und sogar noch mehr gefunden, was Kathrin von Susanne unterscheidet. Das hat allerdings einen üblen Beigeschmack."

„Und was meinst du damit?"

„Also das könnt ihr jetzt sehen wie ihr wollt, aber auf mich wirkt das, als hätte sie diese Aufnahme mit Absicht gemacht."

„Um meine Susanne als Mörderin dastehen zu lassen!"

*

„Wieso konnte ich dich heute den ganzen Tag nicht erreichen?"

„Es gab viel zu tun. Hast du etwas Neues erfahren?"

„Das System hat eine undichte Stelle. So viel konnte ich in Erfahrung bringen."

„Das ist jetzt nicht wirklich etwas Neues, wie die Leiche beweist."

„Ich habe einen ganz anderen Verdacht."

„Teilst du ihn mir mit oder muss ich raten?"

„Was hältst du von der Opfertheorie?"

*

Kathrin musste unbedingt in das Firmengelände hinein. Es war ihr nicht mehr gelungen, den Fehler zu beheben. Aber unter keinen Umständen durfte das bekannt werden. Ihren Wagen hatte sie an ihrem Appartement stehen lassen, und war zu Fuß zu dem noch völlig dunklen Gebäude gelaufen. Die Polizei hatte die Firma überwiegend versiegelt. Man hatte sie ihre privaten Sachen noch herausnehmen lassen, aber dann war leider kein weiterer Zutritt mehr möglich. Der Tag begann. Am Horizont zog eine sanfte Morgenröte auf und färbte den Himmel in glühenden Farben. Die Vögel begannen zu zwitschern und auf dem Feldweg stiegen ihr die Düfte des Waldes in die Nase. Aber Kathrin hatte keinen Sinn für diesen wunderschönen Morgen. Es hing von diesem Tag ab, ob sie jemals wieder Fuß fassen würde. Sie musste unbedingt in Erfahrung bringen, wie es diesem kleinen scheckigen Kater gelungen war, in den Fahrstuhl zu kommen ohne, dass das Alarmsystem ausgelöst wurde. Sie schlich sich von hinten an die Firma heran. Sie wollte auf jeden Fall vermeiden, dass sie auf den Überwachungskameras auftauchte. Als die Kommissare sie befragten, waren ihre Tränen echt gewesen. Aber nicht wegen diesem überaus dämlichen Kerl, in den teuren und unbequemen Klamotten, der seiner Aufgabe ganz sicher nicht gewachsen war. Natürlich hatte sie gewusst, wie der Mann ins Gebäude gelangt war. Mit billigen Tricks über die Überwachungsvideos. Aber der Polizei würde sie das nicht preisgeben. Dieser Willich war fit und würde es noch schnell genug herausfinden. Aber solange er noch im Trüben fischte, musste sie ihre Chance nutzen. Sie hoffte, dass Malte sich an die Anweisung, hielt die sie ihm mitgegeben hatte. Sie war wütend darüber, dass sie keinen Zugang mehr zu ihren Sachen im Safe hatte. Jetzt musste sie sehen, wie sie das Sicherheitsleck alleine fand. Über die Bedeutung der Sachen im Safe, war sich hier keiner bewusst. Aber sie hatte leider keinen Zugang dazu. Dieser „Möchtegern Killer" hatte diese kleine Spieluhr in der Hand. Nun lag das Ding bei der Polizei in der Asservatenkammer. Kathrin hatte das Ding mehr aus sentimentalen Gründen aufgehoben. Aber jetzt war es weg. Wahrscheinlich für immer. Jetzt war für Sentimentalität keine Zeit. Bald würde es hell sein und die Möglichkeiten schwanden dahin. Sie hatte am Tag des Meetings mit Bedacht den gleichen Sportdress gewählt, um die Aufmerksamkeit auf Susanne zu lenken. Das war fies und gemein. Aber was blieb ihr denn anderes übrig? Nur so konnte sie sich Zeit verschaffen, um die vermeintlich undichte Stelle, zumindest provisorisch, zu reparieren. Aber dann lief alles schief.

Das Gebäude lag im Dunklen. Vor dem Haus stand lediglich ein Einsatzfahrzeug der Polizei.

„Unsere Polizei macht es sich einfach," flüsterte Kathrin. „Jetzt muss ich nur dafür sorgen, dass ich unbemerkt an dem Wagen vorbeikomme."

Das würde leicht sein. Die Polizisten hatten beide ihre Handys und starrten nur darauf. Für das Gebäude zeigten sie sehr wenig Interesse.

„Willkommen in der virtuellen Welt. Die Wirklichkeit ist aber auch so was von langweilig."

Langsam schlich sie sich zwischen den gepflegten Hecken entlang.

Keiner der Polizisten bemerkte sie. Sie zog das Tablett aus der Tasche. „Jetzt kommt es darauf an."

Sie gab verschiedene Codes auf ihrem Tablett ein. „Wenn das Alarmsystem jetzt ausgelöst wird, kann ich nur noch rennen." Kathrin horchte in den frühen Tag hinein. Aus dem Einsatzfahrzeug klang ein heiseres Lachen. Die Vögel begannen mit ihrem allmorgendlichen Konzert. Aber sonst war nichts zu hören. Sie gab den nächsten Code ein. „Wenn es ihnen jetzt einfällt, zum Fahrstuhl zu schauen, bin ich aufgeschmissen."

Die Polizisten waren ziemlich beeindruckt von den Maßen und Formen einer Blondine. Von dem Fahrstuhl bemerkten sie nichts. Das wäre auch schwierig gewesen, weil er sich hinter dem Haus befand. Plötzlich ging die Wagentür auf.

„Ich muss pinkeln. Dabei drehe ich gerade meine Runde. Meine Fresse! Bin ich froh, wenn es sechs Uhr ist und wir abgelöst werden. So eine Nacht ist verdammt lang."

Erschrocken zog Kathrin sich in die Hecken zurück. Der Fahrstuhl stand unten. Würde der Polizist den Unterschied bemerken? Der Polizist ging hinter das Gebäude und erleichterte sich direkt über ihr. Einige Spritzer bekam sie ab. In Gedanken fluchte sie. Der Polizist warf einen Blick auf den Fahrstuhl und wandte sich ab.

„Er hat entdeckt, dass der Fahrstuhl die ganze Nacht oben war. Was mache ich jetzt? So ein Ärger!" flucht Kathrin.

Der Polizist riss schwungvoll die Wagentür auf. „Was für eine Seite war das nochmal? Wwwpornodot. com?"

„Nein, du Volldepp, wwwpornokiss.com. So etwas ist doch leicht zu merken. Die andere kostet ein Haufen Geld."

„Ich könnte einen Kaffee gebrauchen."

„Damit du noch mehr pinkeln musst."

Die Tür schloss sich und die Polizisten widmeten sich wieder mit Hingabe ihren Handys.

Kathrin schlich sich näher an das Gebäude heran. Sie gab weitere Daten auf ihrem Tablett ein. Der Fahrstuhl öffnete sich und Kathrin krabbelte auf allen Vieren hinein. Sie lotste den Fahrstuhl hinunter in den Keller. Sie wusste genau, wo das Rechenzentrum war. Dort musste sie hin. Sie nahm ihr Handy, um damit die Gänge auszuleuchten.

„Das kannst du dir sparen. Wir beide kennen uns doch hier zur Genüge aus!"

*

Stefan war aufgewühlt. Er hatte es wahnsinnig eilig.

„Sollen wir nicht noch ein wenig warten?"

„Nein! Sie ist schon zwei Stunden überfällig. Wir fahren jetzt auf der Stelle zu Siebenstock in die Firma. Ich will das geklärt haben."

„In der Firma wirst du niemanden mehr finden. Unsere Kollegen haben das Gebäude dicht gemacht. Wir müssen die Siebenstock Zuhause besuchen. Ziehen wir los."

„Und du willst mir immer noch nicht sagen, wohin Susanne gefahren ist, Jordi?"

„Ich mag euch beide und deshalb klärt ihr das jetzt gefälligst unter euch ab. Zum Glück habt ihr phantastische Kinder, die euch nicht aus dem Haus schmeißen. Es genügt schon, dass du weißt wo sie wohnt. Aber über alles andere wirst du von mir kein Wort erfahren."

„Ich hatte ein lange Unterhaltung mit Melanie und Fabian. Auch sie haben kapiert, dass ihre Mama keine Angestellte und Befehlsempfängerin im Hause Wieland ist. Sie wollen alles dafür tun, dass sich ihre Mama Zuhause wieder wohlfühlt. Aber gegen einen anderen Mann können wir nicht kämpfen. Wenn Susanne diesen halb italienischen Sonnyboy mit dem teuren Rasierwasser anziehend findet, kann ich auch nichts machen. Vielleicht doch. Ich könnte mir das gleiche Duftwässerchen zulegen?"

„Jetzt wird's kriminell! Du willst als Kopie dieses Mannes herumlaufen? Das kann nicht dein Ernst sein."

„Ich weiß nicht mehr weiter."

„Deine Kinder sind einfallsreicher als du! Dann lass dir gefälligst etwas einfallen! Verdammt noch mal! Erinnere dich! Mit was hast du deine Frau früher zum Lachen gebracht? An Weihnachten bist du hingegangen und hast ihr den Silberreif geschenkt, von dem sie so lange geträumt hat. Und jetzt habe ich das Gefühl, du weißt nicht einmal wovon sie träumt oder was ihr gefällt. Selbst die Siamkater ließen sich dazu herab, Partei zu ergreifen und Susanne zu zeigen, dass es ohne sie keine Familie gibt."

„Das ist relativ einfach, wenn sie dich mit ihren blauen Augen anglotzen."

„Deine Augen sind auch blau."

„Ich soll Susanne so verliebt anglotzen wie unsere Kater? Das macht doch dieser Raimundo schon zur genüge. Dann erklärt sie mich endlich für bekloppt."

„Siehst du, es geht schon wieder los. Ich könnte mir vorstellen, dass sie einmal in deinen Augen lesen konnte, was du dir wünschst."

„Und was mache ich, wenn sie mir stattdessen eine Handvoll Leckerlis gibt?"

„Na und? Jetzt sieht sie nur Wut und Eifersucht."

„Bin ich wirklich so schlimm?"

„Also zur Zeit möchte ich nicht mit dir verheiratet sein."

„Du bist echt ein Arsch."

„Aber ein ehrlicher Arsch."

„Du hast mir viel Stoff zum Nachdenken gegeben."

„Dafür sind Freunde da."

„Ich mag dich."

„Das ist schön."

„Aber du sagst mir trotzdem nicht, wo Susanne hingefahren ist?"

„Selbstverständlich nicht!"

Stefan hatte auf dem Weg zum Auto in drei Zügen seine Zigarette aufgeraucht.

„Weißt du was seltsam ist?"

„Zur Zeit ist vieles seltsam, Jordi. Meine Ehe zum Beispiel. Die ist so was von seltsam."

„Das ist ein anderes Thema. Und wenn du endlich diese sinnlose Eifersucht aus deinem Gehirn spülst, bekommst du das wieder hin."

„Meine Eifersucht ist sinnlos?" Stefans Augen glänzten wie Aquamarine."

„Du treibst mich nicht in die Enge!"

„Aber du hast sinnlos gesagt."

„Das war ganz normale Konversation."

Stefan hatte ab diesem Moment ein leichtes entrücktes Grinsen im Gesicht. Jeder andere hätte behauptet, dass der Kommissar einen an der Klatsche hat.

„Du sagtest, dass noch etwas außer mir seltsam ist, Jordi."

„Allerdings. Der Mord bei „Inotec" und der Mord an Gieseck, haben womöglich einen gemeinsamen Nenner."

„Was haben Gieseck, der dafür ausgebildet wurde, alte Menschen Zuhause zu betreuen, und ein Killer mit Namen „Eliminator" gemeinsam?"

„Nicht unbedingt die Opfer, Stefan. Aber die Firmen. „Inotec" und

Sisymtre stellen beide Sicherheitssysteme her. Sisymtre hält sich mehr an Hardware und muss sich digital weiterentwickeln. Und bis voriges Jahr im Sommer hat Magdalena Korbfuss, nach dem überraschenden Tod ihres Mannes vor drei Jahren, die Firma Sisymtre geleitet."

„Und wer leitet dir Firma jetzt?"

„Soweit ich informiert bin, ihre Enkelin, Gerda Holten."

„Dennis soll sich die Firmen genauer ansehen. Er weiß, wie man an das „Eingemachte" kommt."

„Ich mache ihm eine Mail, Stefan. Das klingt alles sehr logisch. Endlich bekommt das Kind einen Namen."

„Den kennen wir noch nicht. Hat man eigentlich etwas Neues von dem Geschäftsführer der „Inotec" gehört? Diesem Sinan Granthoff?"

„Das letzte Mal war er auf dem Video, zwei Tage vor der Präsentation, zu sehen. Aber es gibt sonst keine Zeugen, die ihn an diesem Tage noch gesehen haben."

„Selbst Kramacher bestreitet, sich mit Granthoff unterhalten zu haben. Das wird immer mysteriöser."

Das Appartement von Frau Siebenstock war in dem neuen Wohnviertel. Fußläufig war die Firma „Inotec" von hier aus gut zu erreichen.

„Hier ist der Feldweg, auf dem Susanne und Frau Siebenstock ihre Runden drehten. Ich bin selbst schon hier am Wochenende mit ihr gelaufen. Das sollten wir wieder tun. Und hinterher ins Bett...äääh ich meine frühstücken."

„Ins Bett ist eine gute Option, Stefan."

Sie parkten den Wagen vor der modernen Wohnanlage. Aber sie klingelten vergeblich. Frau Siebenstock war anscheinend nicht da.

„Wir haben uns doch per E-Mail angemeldet. Diese hochmodernen Herrschaften sind per Handy leider nicht mehr zu erreichen."

„Lass uns den Feldweg abgehen, den Susanne mit Frau Siebenstock gelaufen ist, Stefan. Wenn wir zurück kommen, ist sie vielleicht da."

Der Feldweg gabelte in den anderen Weg, auf dem Frau Siebenstock jeden Morgen mit Susanne zusammentraf. Jordi und Stefan liefen die Strecke zusammen ab.

„Warum geht sie nach dem Jogging nicht zurück nach Hause, sondern rennt schnurstracks in die Firma? An so einem wichtigen Tag. Da legt man doch eigentlich Wert darauf, gut auszusehen, und achtet darauf, dass selbst die Kleinigkeiten stimmen."

„Das haben wir gleich, Stefan." Jordi lud die Aussage von Susanne auf das Handy herunter.

Jordi deutete auf den Weg, der von dem Feldweg abbog. „Laut Aussage von Susanne, lief Frau Siebenstock hier jeden Morgen entlang. Also auf keinen Fall nach Hause. Susanne fand die Börse auf dem Boden liegend und lief ihr nach, um sie darauf aufmerksam zu machen. Aber Frau Siebenstock konnte sie nicht hören, weil sie an diesem Morgen Kopfhörer getragen hat, und Susanne lief ihr schließlich nach. Vor der Straße hatte Susanne die Begegnung mit der Limousine, dessen Fahrer sie noch ansprach, wie man auf dem schnellsten Weg aus dem Industriegebiet kommt. Mittlerweile wissen wir, dass der Killer auf diesem Weg in das Gebäude gelangt sein muss."

„Ich darf nicht daran denken, was passiert wäre, wenn Susanne sich falsch verhalten hätte. Außerdem wir wissen immer noch nicht, wer das Fahrzeug gelenkt hat. Müssen wir uns immer noch Sorgen machen, Jordi? Er könnte doch Susanne für einen unliebsamen Zeugen halten."

„Das ist leider nicht auszuschließen. Und durch dieses dreckige Revolverblatt ist diese Gefahr noch nicht von der Platte."

„Wäre es dann nicht besser, wenn Susanne für eine Zeit untertaucht?"

„Willst du es ihr sagen, Stefan?"

„Ä...ääh nein."

Jordi wählte die Nummer von Susanne. „Es wäre gut, wenn du noch ein paar Nächte bei deiner „Freundin" bleibst. Das ist auf alle Fälle sicherer."

Ist Stefan bei dir?"

„Aber ja."

„Schicke ihm keine Grüße von mir. Er soll gefälligst leiden."

„Das funktioniert jetzt schon bestens. Wir hören uns."

Stefan starrte Jordi ungläubig an. „Hast du noch alle Tassen im Schrank? Du sorgst dafür, dass meine Frau außer Haus schläft?"

„Es ist die einzige Möglichkeit, sie zu schützen. Wenn du sie wirklich liebst, machst du ihr bitte nicht noch mehr Schwierigkeiten."

„Es fällt mir sehr schwer, aber ich halte meine Klappe."

Jordi beschäftigte sich wieder mit der Aussage von Susanne.

„Im Gebäude der „Inotec" blieb sie direkt am Eingang hängen, weil Frau Ganzholt sie nicht durch den Empfang ließ. In dieser Zeit entstand die Aufnahme von Frau Siebenstock im Kellergebäude. Diese Aufnahme wurde angeblich 7 Uhr 42 Minuten gemacht. Aber wenig später kam ihr Frau Siebenstock im eleganten Kostüm in der Empfangshalle entgegen. Frau Siebenstock nahm die Börse entgegen, telefonierte mit einem Arbeitskollegen. Wie wir mittlerweile wissen, war das Malte Hansmann, der im übrigen auch seit zwei Tagen von der Bildfläche verschwunden ist. Also für mich rückt Frau Siebenstock auf der Leiter der möglichen Täter ganz weit nach oben. Mir ist schleierhaft, wie sie das mit der Zeit gemacht hat. Das ist mir im Moment noch unbegreiflich. Vielleicht ist sie für die gefälschten Videos verantwortlich. Das Motiv ist leider immer noch nicht klar erkenntlich."

Wieder standen sie vor der Wohnanlage. Niemand öffnete auf ihr klingeln. Ein Mann, mit einem kleinen Hund, trat durch die Tür nach außen. Der Hund hatte so ein dichtes, langes Fell, dass man auf den ersten Blick den Kopf vom Schwanz nicht unterscheiden konnte. Stefan bückte sich und streichelte den Hund. Es erklang so etwas wie ein Knurren.

„Entschuldigen sie bitte. Aber Aiolos hat öfter Blähungen."

„Aiolos? Noch nie gehört."

„Das ist der Name des griechischen Gottes des Windes. Sie verstehen: Nomen est Omen."

„Ich dachte schon, dass ich ihm eventuell zu nahe gekommen bin."

„Sie haben ihn am Schwanz gestreichelt. Das hat wahrscheinlich stimulierend auf ihn gewirkt."

Auf der anderen Seite des Hundes lachten Stefan zwei schwarze, glänzende Augen, durch das dichte Fell, schadenfroh an.

Jordi deutete auf das Klingelschild.

„Wissen sie, wo sich diese Wohnung befindet?"

„Ich glaube nicht, dass ich ihnen darüber Auskunft erteile. Wer sind sie überhaupt?" Kopfschüttelnd wollte der Mann weitergehen. „Zum Glück ist hier alles Kamera überwacht. Ihre Gesichter sind hier für immer verewigt."

Jordi und Stefan zeigten ihre Ausweise. Der Mann deutete auf das letzte Fenster im dritten Stock.

„Hat die Frau etwas ausgefressen?"

„Nein. Es geht nur um eine Befragung." Jordis Blick wanderte nach oben. War das Fenster nicht eben noch offen?

„Sie müsste eigentlich da sein. Ich komme gerade von der Tiefgarage. Ihr Wagen steht wie immer an seinem Platz. Das teure Ding ist nicht zu übersehen. Wenn sie die Tiefgarage betreten, steht er in der dritten Reihe, das zweite Fahrzeug."

Aiolos wurde unruhig und zerrte an der Leine. Jetzt gelang es Stefan, das zunehmende Geräusch nicht als Knurren zu identifizieren. Eine Duftwolke schwebte unheilvoll über dem kleinen Hund und drohte, sich zu verbreiten. Er fing an mit seinen winzigen Vorderpfoten zu trippeln.

„Muss man das Haus verlassen, um in die Tiefgarage zu gelangen?"

„Nein. Es gibt einen separaten Fahrstuhl und ein Treppenhaus. Aber jetzt muss ich mit Aiolos seine Runde drehen. Die Blähungen...sie verstehen. Heute Abend kommt eine schöne Fernsehsendung und da muss ich dafür sorgen, dass Aiolos seine Verdauung im Griff hat und er die Winde los wird. Sonst ist es für alle schwer erträglich. Das Treppenhaus führt sie direkt in die Tiefgarage".

Stefan sah ihnen noch eine Weile nach. „So hat jeder sein Päckchen zu tragen."

Aiolos verabschiedete sich mit einem ordentlichen Furz. „Donnerwetter! Wie kann dieser kleine Kerl mit so einem winzigen Hintern solche Geräusche produzieren? Er trägt das gleiche Volumen in sich, wie ein Heißluftballon."

„Ich lasse Frau Siebenstock zur Fahndung ausschreiben."

Als sie die Tiefgarage betraten, ging das Licht wie von Geisterhand alleine an. Sie richteten ihr Augenmerk auf die dritte Reihe. Aber auf dem angegebenen Platz war kein Fahrzeug zu finden. Nur das Autokennzeichen war auf dem Boden zu lesen.

„Mein Verdacht wurde bestätigt. Als wir angekommen sind war das Fenster auf und wenig später war es geschlossen."

„Aber das Tor ist noch nicht aufgegangen. Also muss Frau Siebenstock noch hier im Hause sein."

Beide spurteten was das Zeug hielt auf den Ausgang zu. Aber es war zu spät. Das Tor öffnete sich. Frau Siebenstock schien versteckt hinter einer Wand gewartet zu haben. Mit hoher Geschwindigkeit schoss sie auf den Ausgang zu. Jordi stellte sich ihr mutig in den

Weg. Aber der Wagen, anstatt eine Bremsung einzuleiten, beschleunigte und gab Vollgas. Stefan riss seinen Freund in letzter Sekunde zur Seite. Mit atemberaubendem Tempo verließ der Wagen die Tiefgarage und bog mit quietschenden Reifen ab. Erschöpft und nach Atem ringend lagen Stefan und Jordi auf der Seite. Das Tor schloss sich, als wenn nichts passiert wäre. Stefan rief zunächst auf seinem Revier an und gab die notwendigen Maßnahmen durch. Er gab die Nummer des Wagens durch und ließ Frau Siebenstock zur Fahndung ausschreiben.

„Ja, natürlich mit großem Besteck. Sie hat versucht, meinen Kollegen über den Haufen zu fahren. Wir halten sie auch für mit schuldig am Tod des „Eliminators. Es gibt genügend Hinweise und Beweise dafür."

Jordi streifte eine Haarsträhne zurück.

„Du hast mir das Leben gerettet. Ohne dich wäre ich jetzt eine katalanische Hähnchenpfanne."

„Das könnte ich mal wieder essen."

„Demnächst bei mir. Mit zwei Knollen Knoblauch."

„Mindestens! Wir haben doch nach so vielen Jahren gelernt, Menschen einzuschätzen. Hättest du das Frau Siebenstock zugetraut?"

„Ich weiß nicht so recht...nein...aber andererseits weiß man nicht, wozu sie in der Lage ist. Dafür kennen wir sie zu wenig."

„Das ist allerdings wahr. Hier sind überall Kameras. Ich will die Videos sehen."

„Dieser Fall scheint nur über Videos zu laufen. Was läuft hier falsch? Ist das die neue Realität, dass man seinen eigenen Augen nicht trauen kann?"

Dennis meldete sich. „Habt ihr kurz Zeit?"

„Ich denke schon."

„Was ist los? Du hörst dich so komisch an, Jordi."

„Frau Siebenstock hat gerade versucht, mich in der Tiefgarage ihrer Wohnanlage über den Haufen zu fahren."

Für einen Moment war es ruhig. „Du machst Scheiß oder?"

„Nein. Leider nicht."

„Wenn sie dich näher kennen würde, könnte ich das vielleicht nachvollziehen," versuchte Dennis zu flachsen.

„Die Rumkugeln sind gestrichen."

„Geht es dir gut? Ist nichts passiert?"

„Dank Stefan ist es glimpflich ausgegangen."

„Euch kann man aber auch nicht eine Sekunde alleine lassen. Aber ich muss dich enttäuschen. Mein Vertrag mit Stefan, Rumkugeln für ein ganzes Jahr für mich alleine, ist gerade erst angelaufen."

„Warum hast du angerufen?"

„Ach ja. Ich habe herausgefunden, wie der Eliminator mit wahrem Namen heißt."

„Wie ist dir denn das gelungen? Auf dem offiziellen Weg?"

„Nicht doch. Du willst doch den Fall noch in diesem Leben aufklären."

„Pass auf, dass Hager dich nicht erwischt."

„Der schwärmt immer noch von der Pizza APP die ich ihm verabreicht habe."

„Unterschätze ihn nicht, das kann gefährlich sein. Also, wie hast du es herausgefunden?"

„Jeder macht in seinem Leben einen Fehler! Der Herr hat in dem Lokal mit Karte bezahlt."

*

Susanne fühlte sich hoffnungslos zerrissen. Bei ihrer guten Freundin Irene zu übernachten, tat ihr eines Teils gut. Aber andererseits war sie es nicht gewohnt, von ihren Kindern getrennt zu sein. Ihre Kinder fehlten ihr sehr. Sie telefonierte jeden Tag mit ihnen und ließ sich unterrichten, wie denn das „Familienleben" so ohne Mama funktionierte. Sie freute sich förmlich darüber, dass Melanies ehemals weißes Lieblingsshirt rosa eingefärbt war, und die kleine Teppichbrücke aus chinesischer Seide vom Wohnzimmer, ebenfalls die Farben eines Flamingos trug. Und das nur, weil die Kinder beim Aufräumen alles mit Tomatensauce verziert hatten. Ihr Vater hatte anschließend die Wäsche, samt Brücke, in die Waschmaschine bugsiert und auf sechzig Grad gestellt. Schließlich sollte alles sauber werden. Die Kinder haben ihren Vater über den grünen Klee gelobt, auch wenn das feuerrote Poloshirt die Wäsche nachhaltig veränderte. Melanie findet das Shirt jetzt noch viel besser als vorher. Und außerdem sei jetzt bauchfrei sowieso wieder der große Hype. Die Siamkater sitzen seit neuestem abends, bei der gemeinsamen Mahlzeit, nicht mit am Tisch sondern darauf. Aber das würden sie nur tun, beteuerten die Kinder, um Susanne würdig zu vertreten. Aber um ihnen das wieder abzugewöhnen, soll sich doch bitteschön Mama selbst mit ihnen auseinandersetzen. Die Kater bestehen darauf mit der Familie absolut auf Augenhöhe zu stehen.

Mit Irene, abends nach Feierabend bei einem guten Glas Wein zu sprechen, tat Susanne wahnsinnig gut. Die Freundin hörte gut zu und reflektierte ihre Gespräche. Jordi hielt sich dezent im Hintergrund und mischte sich auf keinen Fall ein. Sissi, das schneeweiße winzige Pudelmädchen, war da natürlich anderer Meinung. Neugierig saß sie mitten zwischen den Frauen und wollte nichts verpassen. Medea, die blinde Katze, saß in ihrem Bettchen und hörte nur zu.

„Liebst du deinen Mann noch? Oder ist es nur noch Gewohnheit geworden mit ihm zusammenzuleben. Das ist ein himmelsgroßer Unterschied, Susanne."

Darauf konnte Susanne auch nicht wahrheitsgemäß antworten. Weil sie es selbst nicht wusste?

„Ich weiß es nicht. Noch nie war ich so ratlos."

„Lass uns doch den Grund herausfinden. Liegen deine Interessen irgendwo anders?"

Susanne stellte das Weinglas auf den Tisch und zog die Beine auf dem Sofa eng an sich. „Wie meinst du das? Andere Interessen?"

Sissi legte ihren kleinen Kopf schief. „Das würde mich aber jetzt auch interessieren?"

„Ist das so schwer zu verstehen? Hast du dich in Raimundo verknallt? Ich sag mal so, verstehen kann ich es. Er sieht gut aus, ist verrückt nach dir und in seiner Werbeagentur stehen dir alle Türen für eine vielversprechende Karriere offen."

Susanne schaute verträumt in ihr Weinglas, als ob darin alle Lösungen ihrer Probleme lagen. Sissi glotzte ebenfalls ins Glas. „Also ich kann hier nichts entdecken. Und die Weinsäure kitzelt in der Nase."

Die Freundin bemerkte den verträumten Blick.

„Hast du mit ihm geschlafen?"

„Was?"

„Ob du mit Raimundo geschlafen hast?"

„Nein. Noch nicht."

„Aha! Noch nicht heißt, dass du nicht unbedingt abgeneigt bist."

Sissi schüttelte ihr kleines Köpfchen. „Was die beiden hier alles so im Wein sehen. Das wird mir zu viel." Sie sprang vom Sofa herunter und kuschelte sich zu Medea ins Körbchen.

Susanne starrte entsetzt ihre Freundin an. Die hob entschuldigend die Hände hoch. „Ich sage öfter Dinge die mir hinterher leid tun."

„Das muss es auf keinen Fall. Es tut mir gut, mit dir über diese zwiespältigen Gefühle zu sprechen."

„Du solltest das klären. Das hält niemand lange aus. Du gehst kaputt, deine Kinder und dein Mann gehen daran kaputt. Lieber ein Ende mit Schrecken, als ein Schrecken ohne Ende. Das bringt keinem was. Teste aus, wer an deiner Seit sein soll. Oder womöglich willst du auch die nächste Zeit frei und ungebunden sein? Finde es heraus, Susanne!"

Am nächsten Morgen fuhr sie in die Werbeagentur. Auf ihrem Schreibtisch stand ein frischer Strauß Blumen. Rote Rosen. Sie leuchteten in ihrem Büro und jeder, der an ihren Schreibtisch kam, konnte sie sehen. Sie roch an den Rosen und sog den wunderbaren Duft ein, der ihr so viel zu versprechen schien. Danach setzte sie sich an den Schreibtisch und schaltete ihren Rechner ein. Von Raimundo war zunächst nichts zu sehen. Sie arbeitete intensiv durch, bis zur Mittagspause. Der Entwurf gefiel ihr gut und sie war gespannt, was Raimundo davon hielt. Alle Mitarbeiter schielten auf ihre Rosen. Sie verließen nach und nach alle das Büro, um in ihrem Lieblingsbistro die Pause zu verbringen. Es war sehr still und Susanne genoss die Ruhe. Raimundo kam aus seinem Büro und hatte ein breites Grinsen im Gesicht.

„Du bist da?"

„Ja. Aber ich habe mich zurückgehalten, bis alle in der Mittagspause sind. Weißt du wofür die Rosen sind?"

Susanne wurde feuerrot. „Ä...äh, nein."

Er beugte sich über ihre Schulter und bediente ihren Computer. Susanne roch den Duft von dem eleganten Herrenparfüm, verbunden mit dem Aroma seiner Haut. Susanne wurde es leicht schwindelig.

Eine Hand von Raimundo lag vertrauensvoll auf ihrer Schulter und mit der anderen deutete er auf den Computer. „Dein gestriger Entwurf hat uns einen lukrativen Auftrag an Land gezogen. Damit werden wir gutes Geld verdienen. Du bist unbezahlbar, Susanne!"

Mit einem Finger zog er sanft ihren Kopf zu sich hoch. „Die roten Rosen sind außerdem eine direkte Botschaft an dich. Ich habe mich unsterblich in dich verliebt."

Er beugt sich sanft zu ihr hinunter und gab ihr einen sanften Kuss, der zunehmend erwidert wurde.

Die Mittagspause war vorbei und die Kollegen trudelten langsam wieder ein. Raimundo zog sich in sein Büro zurück. Seine glühenden, dunklen Augen ließen sie nicht mehr los.

Am Abend wusste Susanne was sie zu tun hatte.

*

Am Abend des provisorischen Umzuges, wurden sie von zwei Polizeibeamten begleitet. Aber sie waren sehr nett und haben Magdalena geholfen, ihre Sachen im Wagen zu verstauen.

„Wenn es sie nicht stört, dann können wir sie im Einsatzfahrzeug hinfahren."

„Soweit kommt es noch," moserte Joschi. „Meine Schwiegeroma kommt mit der Polizei in ihr eigenes Haus. Wie sieht denn das aus?"

„Sie müssen mit uns fahren. Ihnen bleibt leider nichts anders übrig."

„Also da hört sich doch alles auf! Das ist eine Unverschämtheit. Ich will meinen eigenen Wagen mitnehmen."

Mir ging dieses entsetzliche Genöle von diesem magersüchtigen Kleiderständer auf die Nerven.

„Kannst du bitte einmal den Rand halten? Du bist wirklich eine Zumutung für uns Katzen. Warum bleibt dieser Depp nicht hier? Es mag ihn doch sowieso keiner."

Joschi sah mich erschrocken an. „Was machen diese Viecher eigentlich noch hier. Können die nicht nach Hause gehen? Wir haben doch schon genug Sorgen."

Ich fauchte ihn böse an. „Wir bestimmen selbst, wann wir irgendwo hingehen. Nur wir alleine. Und du gehörst nicht dazu, uns überhaupt irgendetwas zu sagen. Du darfst, genau genommen, uns noch nicht einmal die Zeit bieten. Außerdem sind wir da, um eure Sorgen zu verkleinern. Aber das zu fühlen, bist du nicht im mindesten fähig."

Miranda schaute total verschüchtert zwischen uns hin und her.

„Könntest du bitte nicht ganz so streng sein, Laila? Immerhin hat Joschi mir jeden Tag Essen gegeben, als Magdalena für viele Wochen im Sanatorium war. Und er hat mein Klo sauber gemacht. Aber ich habe trotzdem jeden Tag von morgens bis abends geklagt, dass meine Magdalena nicht da war, und die fremde Umgebung hat mir auch zu schaffen gemacht. Zu Gerda hat er jeden Tag gesagt, dass ich in einem Tierheim besser aufgehoben wäre, weil man doch nicht sicher sein könnte, dass mein Lieblingsmensch jemals wieder nach Hause zurückkehren würde. Irgendwann käme ein junger Mensch mit viel mehr Zeit, der mich wieder liebhaben würde. Aber Gerda hat das rundheraus abgelehnt. Da wurde Joschi so richtig sauer und schimpfte an diesem besagten Morgen nur mit mir."

Die Namenlose deutete mit ihrem winzigen Näschen auf die versiegelte Wohnung.

„Warum hast du dich nicht in diese Wohnung zurückgezogen. Da wärst du doch aus seinem Blickfeld gewesen und er hätte sich wieder beruhigt."

„Ich wohnte doch zu der Zeit oben bei Joschi und Gerda. Hier unten wurde doch noch gebaut. Vor lauter Nervosität habe ich dann den Katzensand überall im Bad verteilt. Da verlor er seine Nerven vollends, hat mich brutal in eine Box gepackt und wollte mich im Tierheim abgeben. „Es ist besser für dich. Wir beide kommen einfach nicht klar miteinander. Magdalena und Gerda erzähle ich, dass du weggelaufen bist." Ich habe vor Angst schrecklich geweint und wünschte mir, tot zu sein. Aber anscheinend hat er doch so etwas wie ein Herz und das schlechte Gewissen meldete sich. Er blieb unschlüssig am Gartentor stehen, brüllte herum, dass er das nicht verdient hätte und kehrte mit mir um. Aber er war trotzdem böse auf mich, weil er es nicht fertigbrachte mich aus dem Haus zu bringen, und schimpft sich selbst einen unnützen, blöden Kerl, der keine Eier in der Hose hat. Ich habe allerdings nicht verstanden, was das heißt."

Das war natürlich das Stichwort für unsere Kater. Pirat gab als erster eine umfangreiche Erklärung ab.

„Das ist eine ganz linke Sache. Ich habe einen Bekannten, der hat das durchlitten. Sie packen dich in eine Box, dann wirst du von einem Weißkittel gepikst, und wenn du wach wirst, ist deine Welt plötzlich eine andere, und Babyspielsachen interessieren dich mehr, als heiße Katzenladys. Aber mir war neu, dass dieser Eingriff auch bei Menschen gemacht wird."

Ekki versuchte nachdenklich auszusehen. „Vielleicht hat er zu viel markiert und das in der Wohnung? Mit der Zeit fällt die Tapete von den Wänden. Und gelbe Blätter an Topfpflanzen sind auch nicht so prickelnd."

„Das ist in der Tat störend," fügte Richie hinzu. „Es kann aber auch sein, dass er den Damen am Bein hing, wie diese Köter. Da hat seine Frau vielleicht die notwendigen Maßnahmen ergreifen müssen. Das sieht wirklich nicht schön aus, wenn man in einem Restaurant sitzt und der Mann hängt an der Bedienung, wie ein Geschwür! Das kann so einen schönen Abend empfindlich stören."

Zorro kratzte sich intensiv am Hinterkopf. „So, nachdem wir das mit den Eiern geklärt haben, können wir wieder zum wesentlichen kommen. Du kennst das Haus. Gib uns einen Anhaltspunkt, wie wir die Bude schnellstens erreichen können."

„Sie liegt auf der anderen Seite der Stadt. Niemals würde es mir gelingen, von hier aus unser Haus zu finden. Mit dem Auto sind Joschi und Gerda quer durch die Stadt gefahren, und dann sind wir irgendwann an diesem Haus angekommen. In dem wohnen sie aber auch erst wenige Wochen."

Wie sollten wir dieses Haus nur finden?

„Miranda könnte doch markieren," überlegte Pirat. „Dann hätten wir es doch alle etwas leichter."

„Weißt du auch wie das geht?" Richie warf einen kritischen Blick auf Miranda.

„Nein. Ich kann nur auf meinem Katzenklo pinkeln."

„Das ist natürlich blöd. Wir können von Joschi nicht erwarten, dass er das Katzenklo immer herausschleppt und ums Haus verteilt."

Ich plusterte mich auf. „Da hilft nur eins. Training, Training, Training. Ich habe mit den Jungs zusammen einen unsympathischen Menschen eingedieselt, der das sein Lebtag nicht vergessen wird. Da bin ich bis heute stolz darauf. Das bringen dir die Jungs schon bei. Also, fangen wir an!"

Während die Polizisten, zusammen mit Joschi, ihre Habseligkeiten in den bereitstehenden Polizeiwagen luden, übten wir mit Miranda das Markieren ein. Zorro ließ uns der Reihe nach antanzen.

„Also, bei drei geht es los. Eins, zwei..."

„Ich soll jetzt einfach so pinkeln?"

„Ja bei drei, einfach so."

„Und das geht nur, wenn man immer bis drei zählt?"

„Also, das ist so." Zorro fing wieder an, sich am Hinterkopf zu kratzen. „Wenn wir dir alle zugleich demonstrieren wollen wie das funktioniert, ist zählen natürlich sehr hilfreich. Fangen wir nocheinmal an. Eins, zwei...

Miranda war die Konzentration selbst. „Ich bin soweit."

„Aber du darfst nicht alles auf einmal verballern!" bemühte sich Robert zu versichern. „Glaub mir, ich weiß wovon ich rede, da ich der beste Fährtensucher bin."

„Was heißt das jetzt wieder?"

„Wenn du eine gewisse Strecke markieren musst, ist es von Vorteil, wenn du den Inhalt deine Blase einteilen kannst. Dafür braucht es Übung."

Nach einer Stunde war es soweit. Mirandas „Vorräte" waren aufgebraucht und im ganzen Garten verteilt. Vor Aufregung bekamen ihre Augen einen eigentümlichen Glanz. Magdalena rief nach ihr.

„Komm her mein Herz. Es ist soweit! Wir fahren zurück in unser Haus."

Joschi kam mit der Box angerannt. Miranda weigerte sich beharrlich in die Box zu gehen und nahm Reißaus, sobald er auch nur in die Nähe kam. Aber Joschi deutete das falsch. „Siehst du Magdalena, die Katze hat sich an ihr neues Zuhause gewöhnt. Vielleicht solltest du einmal darüber nachdenken."

Magdalena sah ihn spöttisch an. „Du willst mir doch nicht durch die Blume mitteilen, dass ich mich hier für immer eingewöhnen soll?"

„Bloß nicht! Bewahre!"

„Ich habe für Gerda Sachen eingepackt und sie kommt direkt zu deinem Haus."

„Das war schließlich zwanzig Jahre lang ihr Zuhause."

„Dafür bin ich dir auch sehr dankbar. Mit ihrer Mutter konnte sie leider herzlich wenig anfangen."

Magdalena winkte müde ab. „So habe ich das nicht gemeint."

„Das weiß ich. Hast du schon mit Gerdas Mutter telefoniert?"

„Nein. Ich habe sie nicht erreichen können. Aber andererseits bin ich auch erleichtert. Was soll ich ihr denn sagen? Dass ihre Mutter und ihr Schwiegersohn verdächtigt werden, meinen Betreuer wie einen Hund erschlagen zu haben? Nach all ihren Problemen hat sie es verdient, ein neues Leben anzufangen. Das Wohnmobil tut ihr gut."

„Es ist gut, dass sie soweit vom Schuss ist. Wo hält sie sich zur Zeit auf?"

„In Oliva Gandia. Ich kenne den Ort nicht. Das soll hinter Valencia sein. Aber sie will weiter nach Malaga fahren und wenn es nicht zu heiß ist, sogar bis nach Marokko."

„Sie lebt ihren Traum. Das hätte ich nicht gedacht."

„Nach der Trennung fiel sie in ein tiefes Loch."

„So ähnlich wie bei dir."

„Das kann man so nicht vergleichen. Dieser Kerl war die Liebe ihres Lebens. Und den hatte ich, im Gegensatz zu dir, sogar gemocht."

„Du musst zugeben, dass deine menschlichen Kenntnisse dich hier völlig im Stich gelassen haben. Von wegen, weibliche Intuition und so. Vielleicht liegst du dieses Mal richtig. Mich magst du nicht, also kann ich doch eigentlich nur ein feiner Kerl sein."

„Ich weiß nicht so recht. Mich stört schon, dass du, bis auf wenige Jahre, so alt bist wie er. Du könntest fast der Vater von Gerda sein."

„Dafür kann ich jetzt aber nun wirklich nichts."

„Einen Vorschlag zur Güte. Du hättest die Hände von ihr lassen können."

„Geht die alte Leier wieder von vorne los?"

Magdalena winkte ab. „Nein. Nicht wirklich. Ich reagiere einfach nur auf alte Floskeln. Jetzt haben wir andere Sorgen."

„Kannst du dir einen Reim darauf machen, warum ausgerechnet Gieseck erschlagen wurde, Magdalena?"

„Nein. Ich kann es mir nicht erklären. Als er an diesem Nachmittag von der Toilette kam, war er wie ausgewechselt. Er machte sich große Sorgen und war dabei, nur sein Handy zu bedienen. Das passte so gar nicht zu ihm. Er schien ehrlich erfreut, dass ich mit Miranda einen Spaziergang unternahm. Aber er bestand darauf, dass ich mein Telefon mitnahm, um ihn sofort zu kontaktieren, wenn es Probleme geben sollte. Es war so ein schöner Nachmittag und ich schöpfte wieder Hoffnung ...und dann dieser schreckliche Mord."

„Meinst du er hat etwas geahnt?"

„Was denn? Was soll er denn geahnt haben? Dass er kurze Zeit später erschlagen wird?"

„Du hast recht. Das ist völliger Blödsinn. Aber vielleicht hat er etwas gesehen?"

„Du machst mir Angst Joschi und zur gleichen Zeit schöpfe ich Mut."

„Wie habe ich denn das geschafft?"

„Du hältst mich nicht mehr für eine Mörderin."

„Dafür kann ich jetzt auch nichts."

Die grellrot gefärbten Haare von Magdalena harmonierten wunderbar mit dem roten Fell von Miranda. Auf bloßes zurufen kam Miranda zu ihr und stieg gemeinsam mit ihr in den Polizeiwagen.

„Also das verstehe ich nicht." Jetzt kratzte ich mich am Hinterkopf, was sonst eigentlich die Domäne von Zorro war. So etwas hatte ich noch nie erlebt. „Miranda hat vor allem Angst, vor der ganzen Welt und ihrem eigenen Schatten! Aber dann bringt sie so unglaublich viel Mut auf und steigt in diese stinkende, blinkende, Lärm machende Fußgaskabine! Das ist für mich unfassbar!"

Ob ich wollte oder nicht. Das machte einen ungeheuren Eindruck auf mich. Der Polizeiwagen fuhr los und wir sahen dem Wagen nach, bis er aus unseren Blicken verschwand.

„Ich habe die Witterung des Wagens aufgenommen. Sollen wir ihm folgen?"

Mir wurde heiß und kalt zugleich. „Du meinst so mitten durch die Stadt, Robert?"

„Warum nicht? Das wäre der schnellste Weg und das haben wir doch schon einmal geschafft."

Allein die Vorstellung daran ließ in mir Übelkeit hochsteigen, und ich musste mich übergeben. Warum?... Das könnt ihr sogar selbst nachlesen in *„Schwarze Katze...und die Erinnerungen aus dem Jenseits. "*

Die Kater und die Namenlose bildeten einen Ring um mich. Keiner sagte etwas, weil von den Katzen niemand Bock hatte, die Würgegeräusche von mir zu übertönen. Nach dem Kotzen putzte ich mich und stöhnte erschöpft, „ich werde es schon irgendwie schaffen."

„So geht das nicht. So geht das auf keinen Fall." Zorro betrachtete mich mitfühlend. Er drehte mit seiner großen Pfote mein Schnauze zu sich. „Meine Güte! Was hast du denn gegessen? Das stinkt irgendwie nach Gülle."

„Vielleicht hat sie eine Stadtmaus zu sich genommen. Die essen alle zu viel Fast Food," meinte Oscar fachmännisch. „Das ist auf keinen Fall gesund und nachhaltig. Bei mir ist das etwas anderes. Ich kann alles essen und bleibe trotzdem groß und kräftig."

„Du meinst rund und fett, das kommt dann dabei heraus," stimmte ihm Richie zu.

Oscar überwand seine Abscheu und fing an, meine Ohren zu waschen. Er ist und bleibt mein bester Bruderfreund. Die Namenlose sah mich nur besorgt an. „Dieser Anfall hat nichts mit ihrer Ernährung zu tun. Vielmehr war es eine Erinnerung, die das ausgelöst hat." Ich saß immer noch da mit verdrehten Augen. „Begeistert bin ich auch nicht über diese Panikattacke." Ich rülpste noch ein bis zweimal. Die Kater drehten ihre Köpfe in den Wind, um von dem katastrophalen Geruch so wenig wie möglich mitzubekommen. Nach dem letzten herzhaften Rülpser spürte ich, wie mir langsam besser wurde. Zorro wartete eine Weile, bis die Duftwolke abgezogen war, dann fing er an zu sprechen.

„Wie wir alle soeben mitbekommen haben, können wir es Laila nicht zumuten, den Weg durch die Stadt anzutreten. Ganz abgesehen davon ist es auch für uns keine Freude, Lailas Innenleben allzu nah, mitzubekommen. Deshalb habe ich etwas anderes beschlossen."

Zorro bemerkte die hochgezogenen Augenbrauen der Katzen und hörte verschiedentliches Murren. „Wir können später darüber diskutieren, aber jetzt wird erst einmal zugehört und alle halten die Klappe."

Zorro warf einen Blick auf die Namenlose und mich. „Die Weiber auch! Bevor es wieder in einem endlosen Palaver endet, weil ihr immer das letzte Wort haben müsst."

Die Kater waren begeistert.

„Das freut uns aber ungemein Boss, dass du uns so in Schutz nimmst."

„Das ist echt lieb von dir."

„Du bist eine Granate."

Darauf musste ich einfach reagieren. Das verlangte .. nein schrie... mein Ego nahezu. „Ihr seid Schleimkübel! Keine Schnecke produziert so viel Schleim wie ihr. Nicht zu fassen. Also wenn das so weiter geht, dann..."

„Zum Donnerwetter nochmal! Ruhe jetzt. Unsere Mission ist zu wichtig, als dass sie jetzt in einer wilden Schlägerei endet."

„Och, schade!"

„Noch ein Wort und du bekommst die rote Karte Pirat! Das Haus von Magdalena und Miranda liegt nach ihren Schilderungen, direkt am Wald. Dieses Haus von Joschi liegt auch am Wald. Demzufolge wäre es doch nur logisch, wenn wir einfach immer nur am Waldrand entlanglaufen.Verpflegen können wir uns mit Mäusen oder stehlen uns etwas. So müssten wir doch irgendwann an der richtigen Adresse ankommen. Hat noch jemand von euch Zuhause was zu erledigen?"

Mir fiel auf die Kürze nichts ein, aber mein Gehirn schwappte noch hin und her, wie der morgendliche Brei von Rosa.

„Auf diesem Weg können wir doch am Clubheim vorbeigehen."

„Und was willst du dort, Namenlose? Sollen wir die restlichen

Kekse als Proviant mitnehmen?"

„Nein! Nicht unbedingt. Aber vielleicht ist Goldhaar zurückgekehrt. Sie muss doch irgendwo schlafen. Ich mache mir Sorgen um sie."

Zorro reckte den Hals. Seine intensiven, grünen Augen suchten den Garten ab. Robert fing ebenfalls an, das Gelände zu durchforsten.

„Hat einer von euch diesen bescheuerten, karierten Telefonkater gesehen? Er ist wie vom Erdboden verschwunden."

*

„Ich habe eine neue Kaffeemaschine. Wie wäre es mit einem Cappuccino? Zusammen mit einem frischen Croissant meines Lieblingsbäckers aus meiner Straße?"

„Auf jeden Fall, Frau Remberg. Und zwei Tüten mit ihren Rumkugeln."

„Donnerwetter! Ihr Verbrauch an diesen Dingern hat sich seit letzter Woche verdoppelt. Wenn das so weitergeht, muss ich Nachtschichten einlegen."

Dennis griff nach einer Packung. „Die ist konfisziert. Ich erinnere nur an den Vertragsabschluss."

„Sie sind dir von Herzen gegönnt, Dennis."

Dennis bekam große Augen als er sah, dass Frau Remberg Stefan und Jordi Riesentassen mit dem köstlichen Cappuccino bereitstellte, auf denen ihre Namen standen.

„Was muss man dafür tun, um in den Genuss so einer Tasse zu kommen?"

„Eine Tasse auf den Boden schmeißen und Stammgast werden!"

„Das ist ein höchst seltsames Aufnahmeritual. Aber das bekomme ich hin!"

Stefan löffelte genüsslich den Milchschaum. Dann biss er in das wunderbar duftende Croissant hinein. Jordi und Dennis beobachteten fasziniert, wie ein Ring von Krümeln wegflog, bevor sie es ihm gleichtaten.

„Eigentlich hätten wir sofort ins Büro fahren müssen," nuschelte Dennis etwas unverständlich mit vollem Mund.

„Es sind erschwerte Umstände. Ich habe überall Prellungen. Es ist jetzt unser Recht, hier zu sitzen." Jordi pickte mit den Fingern die Krümel von seinem Teller.

„Ich habe meinen Laptop immer dabei. Soll ich euch zeigen, was ich sonst noch gefunden habe? Aber keiner vergreift sich an meinen Rumkugeln." Dennis schaute misstrauisch von einem zum anderen.

„Euch kann man nicht trauen. Ihr seid linke Vögel und seht außerdem ziemlich verhungert aus. Ich werde sie vorsichtshalber in die Tasche stecken."

„Du bist vollkommen bekloppt. Selbst wenn wir die ganze Packung auf einmal auffressen, liegen doch hier genug neue herum."

„Ich will noch so ein Croissant haben."

Stefan und Jordi nickten zustimmend und Jordi meinte lakonisch: „irgendwie erinnerst du mich an einen Waschbären, Dennis. Für einen guten Bissen verkloppt der auch seinen eigenen Bruder."

„Gegen meinen Bruder habe ich keine Chance. Darum muss ich nehmen, was ich bekommen kann!"

Frau Remberg servierte ihnen weitere drei dieser Köstlichkeit. „Aber ich habe noch etwas für euch. Bin gespannt wie sie euch schmecken."

Auf jedem Teller lag eine Kaffeelöffel große, braune Pyramide. Sie duftete nach frischer, geriebener Schokolade. Skeptisch probierten die Männer die Köstlichkeit auf ihrem Teller.

„Das ist phantastisch. Aber ich sehe diese Neuheit nicht in ihrer Vitrine."

„Ich habe einen tollen Geschmack von Butter, Schokolade und Mandeln auf der Zunge."

„Meine Freundin wird davon begeistert sein. Das ist ein Kunstwerk des Genusses."

Frau Remberg stand vor ihnen und wurde wegen der vielen Komplimente ganz rot. „Gestern Abend, nach Feierabend, habe ich Zuhause experimentiert. Ihr seid sozusagen meine Versuchskaninchen."

„Die Polizei dein Freund und Experimentierer! Das schmeckt phantastisch. Ab wann können wir denn diese Köstlichkeit erwerben? Und wie heißen diese Dinger?"

„Ich nenne sie einfach Mandelberge."

„Das ist langweilig und wird ihnen nicht gerecht. Was halten sie von „Margits Mandeltraum". Dann kämen wir der Sache schon näher."

„Ich soll meinen Namen einfügen?"

„Selbstverständlich! Stefan hört sich blöd an."

Frau Remberg lachte, warf einen Blick auf den Laptop und zog sich dezent zurück.

Dennis bediente die Tastatur. Zunächst zeigte er wieder das Video von dem Restaurant, in dem die blonde Frau und der „Eliminator" sich gegenüber saßen. Die Frau in dem eleganten, beigen Kostüm und der Hochsteckfrisur überreichte dem Mann einen Umschlag. Dann stand sie auf, um das Lokal zu verlassen. Am Eingang wurde sie von einem Kellner gestoppt, der ihr einen hellen, leichten Mantel anreichte. Formvollendet half er ihr in das edle Kleidungsstück. Sie wandte den Kopf und war für einen Moment zu sehen. Und wieder hatte Stefan das Gefühl, diese Frau schon einmal gesehen zu haben."

„Das Video kennen wir. Diese Frau kommt mir bekannt vor. Aber ich bekomme in meinen Gedanken kein zusammenhängendes Bild."

„Speichere das Bild ab, Stefan. Aber jetzt geht es nicht um die Frau. Das Video geht weiter."

Nachdem die Frau das Restaurant verlassen hatte, winkte der Mann dem Kellner zu. Der Kellner kam mit einem Tablett und der Mann legte seine Kreditkarte darauf. Dennis hielt das Video nun an.

„Und jetzt kommt meine Spezialität."

Er vergrößerte einen Ausschnitt des Videos, bis alles andere nur noch verschwommen zu sehen war. Dann betätigte er mehrere Anwenderprogramme, von denen er nicht ein einziges an Stefan und Jordi verriet. Danach zeigte er wieder den Ausschnitt und plötzlich erschien auf dem Monitor klar und deutlich die Kreditkarte des Mannes.

„Darf ich vorstellen? Wolfgang Neureuther. Geboren 1971 in Frankfurt, gestorben am 5. April im Gebäude der „Inotec" durch eine Kugel in den Kopf."

Endlich war die Identität des „Eliminators" geklärt. „Jetzt können wir den Lebenslauf klären und der Person nachgehen."

Stefan schielte nach der Schale an der Bedientheke, auf der noch viele von „Margits Mandelträume" lagen. Frau Remberg registrierte den begehrlichen Blick von Stefan. „Es ist sowieso bald Feierabend," und stellte ihnen die Platte mit den Pralinen hin. „Besser kann ich ein neues Produkt nicht testen!"

Zucker und Kohlehydrate waren genau das richtige, für die völlig überlasteten Hirne der Polizisten.

„Jetzt wäre es klasse, wenn wir das Video von der Tiefgarage hätten. Ich kann mir einfach nicht vorstellen, dass Frau Siebenstock so eiskalt auf einen Menschen zurasen kann."

„Damit komme ich auch nicht klar, Stefan. Normalerweise haben wir uns auch in dieser Richtung noch nie geirrt."

„Es kann doch sein, dass jemand anders den Wagen gefahren hat."

„Aber derjenige ist aus der Wohnung gekommen."

„Ich habe auch die Überwachungsvideos von der Tiefgarage. Sollen wir einmal einen Blick darauf werfen?"

„Wie hast du das gemacht, Dennis? Dafür braucht man doch normalerweise eine Verfügung vom Staatsanwalt. Das geht schnell. Aber so schnell?"

„Was glaubt ihr, warum ich vorgeschlagen habe, dass wir uns bei Frau Remberg treffen? Das braucht niemand im Präsidium zu erfahren."

Beeindruckt glotzten Jordi und Stefan den Kriminaltechniker an.

„Du hast ein unermessliches Vertrauen zu uns."

„Manchmal kann ich mich selbst nicht begreifen."

„Es sei denn, es geht um Rumkugeln. Dann mutierst du zum Waschbärmonster!"

„Ich verstehe das nicht. Mein Croissant ist schon wieder alle."

„Versuch's erst gar nicht. Wir haben dich noch nie verstanden. Und jetzt zeig uns diesen sensationellen Stunt. Mir tun immer noch alle Knochen weh."

Zunächst war zu sehen, wie ein Wagen eingeparkt wurde. Aus dem Wagen stieg der Mann, mit dem sie vor dem Haus gesprochen hatten. An der Leine führte er Aiolos mit sich. Die Fürze dieses kleinen Fellballs hallten durch das Parkhaus wie Fehlzündungen.

„Wenn dir dein Frauchen noch ein einziges Mal Knoblauch gibt, weil es angeblich gut gegen Würmer ist, bekommen wir mächtigen Stress. Ich habe mich beim Weinhändler in Grund und Boden mit dir geschämt. Weißt du das?"

Aiolos sah ihn nur mit seinen großen, schwarzen Augen unschuldig an und schüttelte sich, dass die Haare nur so flogen.

„Ich weiß. Du kannst nichts dafür. Aber das nächste Mal bleibst du im Wagen...und wenn ich hinterher drei Tage lüften muss."

Eine Zeitlang geschah nichts. Dann war zu sehen, wie eine brünette Frau in ihren Wagen stieg und aus dem Bild dieser Kamera entschwand.

„Das muss in der Zeit passiert sein, als wir uns mit dem Mann vor dem Haus unterhielten. Aber ich glaube, ich muss mein Urteil über Frau Siebenstock revidieren."

Wenig später tauchten Stefan und Jordi auf.

„Jetzt bemerken wir, dass der Parkplatz von Frau Siebenstock leer ist."

Dennis hieb auf seiner Tastatur herum. „Ich habe alle Filme aus der Tiefgarage."

Eine andere Kameraeinstellung zeigte den Wagen von Frau Siebenstock auf der anderen Seite, hinter einem Pfeiler versteckt. Für die Kommissare zunächst unsichtbar.

„Hier bemerken wir, dass Frau Siebenstock noch im Haus sein muss."

Dennis vergrößerte das Video. „Und jetzt wird es interessant. Hör sofort auf, die Mandelberge alleine aufzufressen, Stefan! Wir brauchen gleich alle noch etwas Zucker."

Auf dem Monitor war nun zu sehen, wie Stefan und Jordi auf den Ausgang zurannten. Der Wagen gab Vollgas und raste auf Jordi zu. Im letzten Moment riss Stefan ihn zur Seite, beide fielen und landeten krachend an der Wand. Dennis hielt den Film an und vergrößerte ihn. Nun fuhr der Wagen im slow-motion-Tempo aus der Tiefgarage.

„Keine Frage. Das ist Frau Siebenstock mit leicht lädierter Frisur!"

*

Günter Hager, der Chef von Dennis, deutet auf die Scherben der Bodenvase.

„Wann kann ich endlich mit den Ergebnissen rechnen? Die Fingerabdrücke sind doch alle registriert? Warum dauert das so lange, Herr Willich?" „Weil sie vergessen haben, unsere Abdrücke auf den Scherben auf ihr Alter zu untersuchen. Obwohl sie es mir fest zugesagt hatten. Sie wissen doch genau, wenn ich im Außendienst bin, kann ich diese Versuchsreihe nicht starten. Wie weit sind die Untersuchungen an den Kleidern der Verdächtigen? Wurden Spuren der Vase an der Garderobe der Verdächtigen gefunden?"

Hager zog die Augenbrauen hoch und verschränkte seine Arme. Er wollte so seinem Gegenüber Selbstsicherheit suggerieren. Aber seine Hände versteckte er in seinen Achselhöhlen, als ob sie Wärme und Schutz suchten. Er hatte völlig vergessen, dass er selbst darüber mit Dennis debattiert hatte, diese wichtige Untersuchung zumindest zu beginnen. Unberührt lag der blaue Sack mit den Klamotten auf dem Tisch mit einem Zettel dran. In Hagers Handschrift stand in dicken, roten Lettern darauf, dass das Beweismaterial vorrangig nur von ihm zu untersuchen sei.

„Ich hatte im Büro viel zu tun. Das muss ja auch erledigt werden. Tut doch sonst keiner."

Dennis hielt an seinem Schreibtisch Ausschau, wo er am besten die Rumkugeln verstecken könnte. Hager ging ihm mit seiner Pedanterie gewaltig auf die Nerven. Dennis war klar, dass er mit diesen Aufgaben völlig überfordert war. Aber mit den Fingerabdrücken hätte er zumindest anfangen können. Dafür gab es sogar ein Anwenderprogramm, bei dem Hager, zumindest am Anfang, nichts falsch machen konnte. Wenn es wissenschaftlich wird, hätte Dennis ihn sowieso „entlasten" müssen. Dennis war ziemlich sauer.

„Klar, Chef. Ganz wichtig ist es, dass das Rundschreiben, wie die Asservatenkammer aufgeräumt sein soll, alle Mitarbeiter pünktlich erreicht. Und vor allen Dingen, dass der Zucker an der

Kaffeemaschine rechtzeitig nachgefüllt wird, und man bei der Kaffeesahne auf das Haltbarkeitsdatum achtet. Was für ein Desaster, wenn da kein ordnendes Auge drüber wacht. Es könnte ja sein, dass so mancher Kollege ausfällt, weil er von abgelaufener Kaffeesahne den Dünnpfiff bekommt...obwohl ich manchmal die Vermutung habe, dass bei gewissen Menschen die Hinterlassenschaft mehr IQ besitzt als das Hirn."

Hager fühlte sich sichtlich unwohl. Aber als Chef, von diesem rebellischen Willich, durfte er jetzt auf keinen Fall das Gesicht verlieren. Jetzt galt es, alles kritisch zu hinterfragen. Schon viel zu lange war dieser Willich zu frei unterwegs. Es wurde Zeit ihn an die Kandare zu nehmen.

„Was sind denn das für ständige Außendiensteinsätze? Sie sind die letzte Zeit verdächtig oft unterwegs."

Dennis setzte sich an seinen Computer. Eigentlich hatte er schon lange Feierabend. Aber etwas nagte an ihm und ließ ihm keine Ruhe. Er hatte in seiner Liste die Fingerabdrücke von Frau Korbfuss und Herrn Holten. Jetzt kam es darauf an, sie mit der Liste der gefundenen Abdrücke zu vergleichen. Nicht einmal dazu war sein Chef in der Lage gewesen. Die Lipid Auswertung hätte er dann schon selber ausgearbeitet. Aber zur Zeit war er wieder einmal damit beschäftigt, seine Ressourcen als Chef zu sichern und seinen Platz zu behaupten. Wenn er es mit Wissen alleine nicht schaffen konnte, probierte er es eben über die Hierarchie.

„Muss ich nicht, Herr Hager. Sie können selbstverständlich meinen Job übernehmen und dann mache ich diesen wichtigen Bürokram. So lustig fand ich es auch nicht, den Arm bis in Schulterhöhe in die Toilette von Frau Korbfuss hineinzutauchen, um noch Scherbenreste der angeblichen Mordwaffe zu finden. Auf dem verbliebenen Hirn des Mordopfers, das sich immer noch auf dem Boden befindet, rutscht man trotz modernster Sicherheitsschuhe aus, die natürlich keine Funktion haben, weil wir diese blauen Überschuhe aus Plastikfolie überziehen müssen. Und wenn man dir einen Becher

Kaffee anbietet, musst du daran denken, die Handschuhe auszuziehen, weil sonst die Gefahr besteht, dich am Leichengift zu verunreinigen, was Tod und Krankheit nach sich ziehen kann. Also, das wäre eine enorme Entlastung für mich, sie kämen aus diesem muffigen Büro heraus und wären öfter an der frischen Luft."

Hager verdrehte angewidert die Augen und steuerte zielstrebig auf sein „muffiges" Büro zu. Alles was er jetzt brauchte, war ein guter Kaffee und die angenehme Ruhe in seinem eigenen Bereich und Refugium.

„Machen sie ihre Arbeit und ich mache meine. Außerdem mache ich jetzt gleich Feierabend. Heute Abend habe ich noch eine wichtige Sitzung."

„Genau so machen wir`s"

„Ich erwarte vernünftige Ergebnisse!"

„Ich auch, Hager. Erzählen sie mir morgen, wie das Spiel der Bundesliga ausgegangen ist."

„Aber gerne!"

Hager sah den spöttischen Gesichtsausdruck von Dennis und fühlte sich ertappt. Er winkte nur müde ab und ging in sein Büro.

Kopfschüttelnd sah Dennis seinem Chef hinterher und gab die Daten ein.

„Ich wünsche dir, wenn du auf dem Klo sitzt und dein großes Geschäft erledigst, dass das Klopapier in unerreichbarer Ferne und die Spülung defekt ist."

Anschließend nahm er die Garderobe von Frau Korbfuss und Herr Holten in Augenschein. Ein Kollege rief durch den Flur, „machst du keinen Feierabend?"

„Ich will das erledigt haben."

„Ich helfe dir dabei."

„Du weißt aber schon, dass wir keine Überstunden bezahlt bekommen?"

„Das ist schon klar, Dennis. Aber ich will demnächst eine kleine Motorradtour mit meinen Kumpels machen und da könnte ich ein paar Überstunden gut gebrauchen."

„Also dann! Ran an den Speck!"

Bei ersten Untersuchungen konnten sie keine Spuren von Ton oder sonstigen keramischen Bestandteilen der Vase finden. Er las den Zettel.

„Vorrangig? Hager weiß doch noch nicht einmal, wie man das Mikroskop einschaltet. Wie hat der es bloß zu diesem Job geschafft?"

Dennis wandte für einen Moment seinen Blick ab. „Hager ist genau dort wo er hingehört. Den Mist, den der täglich produzieren würde, kannst du dir nicht ausdenken. Also hinein ins Vergnügen."

Dennis fand auf den Scherben bei Frau Korbfuss eine gewisse Übereinstimmung. Aber das war klar, die Bodenvase stammte aus ihrem Haus am anderen Ende der Stadt. Von Holten fand er genau fünf Abdrücke der rechten Hand. Vier an der Innenseite und einen Daumenabdruck an der Außenseite. Die Abdrücke waren auf drei Scherben verteilt. Er gab die Dateien ein. Dann legte er die Scherben nacheinander unter das Mikroskop. Nun galt es herauszufinden, wie alt die Abdrücke waren. Die neueste Technik half ihm dabei. Die sogenannte Massenspektrometrie-Bildgebung war der neuste Hype. Es ging darum, die Abbaurate der Lipide der Fingerabdrücke herauszufinden. Je älter ein Fingerabdruck war, umso weniger Lipide waren zu finden. Weder von Frau Korbfuss noch von Herrn Holten waren Spuren zu finden, die ungefähr vom Tag des Mordes stammen. Aber was war das? Dennis fand Abdrücke, die weder Frau Korbfuss noch Herrn Holten zuzuordnen waren. Und sie passten genau zu dem Todeszeitpunkt. Hatte er hier Spuren des Mörders gefunden?

*

„Ekki! Wo zum Teufel bist du?" Ich war ziemlich wütend und ich hoffte, dass mein Ton in meiner Botschaft an Ekki möglichst unfreundlich klang. Gerade als unsere große Expedition starten sollte, war Ekki unauffindbar. Es war immer das Gleiche. Ekki war und blieb unberechenbar.

„Ich weiß es nicht so genau. Eigentlich wollte ich mir nur diese schöne Kelle ausleihen."

„Was für eine Kelle? Ich kenne eigentlich nur die Kelle, mit der die Menschen unsere Häufchen aus den Katzenklos entfernen."

„Nö, die meine ich nicht. Obwohl die auch ziemlich praktisch sind und..."

„Ekki! Wir haben verdammt nochmal nicht viel Zeit! Was willst du uns mitteilen?" unterbrach ich Ekkis flüssigen Gedankenstrom.

„Mein Boss sagt in so einer Situation gerne, dass ich auf den Pudding kommen soll."

„Ich erschlage dich und mache Gulasch aus dir, wenn du jetzt nicht anfängst."

„Keine Seife?"

„Keine Seife! Aber nur aus dem Grund, weil ich das Rezept nicht kenne!"

„Mit Gulasch bin ich einverstanden. Damit kann ich leben."

„Wenn du das Gulasch bist, könnte es etwas schwierig sein. Fang endlich an!"

Für mehrere Lidschläge lang war nichts zu hören. Ekki musste sich sammeln. „Ach du weißt doch, wenn wir gemütlich vor unserem Clubheim abhängen, können wir doch aus der Ferne die Straße mit dem Parkplatz sehen."

„Ja, und? Was ist daran so prickelnd? Mach, dass du wieder auftauchst und zwar schleunigst, bevor Zorro wieder einmal Seife aus dir machen will. Er kennt nämlich das Rezept und weiß wie man das macht."

„Der Wille ist da, aber es gibt da ein Problem."

„Das musst du mir genauer erklären, Ekki."

„Das versuche ich doch die ganze Zeit. Ich fange noch einmal von vorne an. Also, auf diesem besagten Parkplatz, steht doch öfter mal die Polizei. Und wenn die andere Autos herauswinken, benutzen sie dabei so eine Kelle, die Autos folgen dann ganz brav dieser Kelle, und fahren auf den Parkplatz. Das ist ein Zauberding. Und genauso eines liegt auch in diesem Wagen versteckt. Und die wollte ich haben."

Ich war fassungslos. „Was in aller Katzenwelt willst du mit dem Ding?"

„Das ist schnell erklärt. Wenn wir in Zukunft auf Mäusejagd gehen, nehmen wir die Kelle mit. Mit der Kelle zeigen wir den Mäusen die Richtung und sie müssen folgen, ob sie wollen oder nicht."

„Wie kommst du darauf?"

„Weil es ein Zauberding ist. Oder meinst du, die Autos fahren freiwillig auf den Parkplatz? Und genauso machen wir es mit den Mäusen. Wir werden so viele fangen, dass wir sie verkaufen können."

„Darüber reden wir, wenn es soweit ist. Jetzt müssen wir andere Probleme klären. Und jetzt tauche endlich aus der Versenkung auf."

„Das geht nicht."

„Und warum nicht?"

„Weil ich neben der Kelle sitze und es fürchterlich dunkel ist. Ich habe nicht viel Platz. Außerdem muss ich pinkeln und ich fürchte, das große Geschäft kommt hinterher, weil ich wahnsinnige Angst habe."

Was hatte Ekki da nur wieder angestellt? Die Namenlose sah mich an und schüttelte nur mit dem Kopf.

„Du bist sehr mutig!" Die Namenlose schnurrte ihre Botschaft geradezu, damit Ekki nicht vollends die Kontrolle über sich verlor. Ich konnte nur allzu gut nachvollziehen, in welchem Dilemma er sich befand.

„Und schaffst es, vor uns allen da zu sein. Das ist großartig, Ekki!"

„Ich hoffe, die Kelle kann mit Häufchen auch noch zaubern."

„Sieh zu, dass du den Wagen so schnell wie möglich verlassen kannst, wenn ihr angekommen seid. Es kann doch sein, dass die Polizisten hier etwas anderer Meinung sind, was ihre Kelle angeht."

„Diese Kelle will ich sowieso nicht mehr. Die stinkt!"

Inzwischen haben wir uns auf den Weg gemacht. Keiner von uns sprach viel, weil sich jeder von uns um Ekki so seine eigenen Gedanken machte.

„Dieser karierte Telefonkater ist immer für eine Überraschung gut. Ich überlege mir, ob ich ihm nicht doch eventuell eine ordentliche Tracht Prügel zukommen lasse, bevor ich ihn zu Seife verarbeite und sein Fell als Rheumakissen benutze."

„Gute Idee, Boss!"

Aber wir alle wussten, dass nur die Sorge um Ekki Zorro umtrieb. Wir kamen gut voran. Ab und an schickten wir eine Botschaft zu Ekki, damit er die Nerven nicht vollends verlor. Nach einer Weile kam von ihm eine Botschaft zurück.

„Die Polizisten wollen die Kelle auch nicht mehr. Sie haben sie nach mir geworfen, als ich aus dem Kofferraum gesprungen bin. Aber der Zauber ist irgendwie kaputt. Ich habe nicht das Bedürfnis, ihr zu folgen. Ich warte, bis die alle im Haus sind, dann werde ich markieren. Miranda kann noch nicht markieren, weil sie mit ins Haus muss."

„Du bist so unfassbar tapfer, Ekki! Wir werden dich rächen! Ich habe mir die Gesichter der Polizisten gemerkt."

„Nicht mehr nötig, Laila. Ich habe in ihre Mützen gekackt!"

Mittlerweile war es mitten in der Nacht. Wir fingen uns Mäuse ein, und gedachten, sie auf dem Weg zum Clubheim der Kater, als Frühstück zu uns zu nehmen. Als wir dort ankamen, war es früh am Morgen. Die Vögel begannen hoch oben in den Bäumen, für uns unerreichbar, zu zwitschern. Haben die sonst nichts besseres zu tun, als jeden Morgen in der Gegend herumzubrüllen? Aber von Goldhaar fehlte jede Spur. Seit dem letzten Mal hatte sie auch das Clubheim nicht mehr betreten. Wir filetierten unsere Mäuse. Selbstverständlich bekam Oscar die Leber von meiner Maus und von der Maus der Namenlosen. Die Kommissare fuhren vorbei und hielten an, als sie uns sahen.

„Was habt ihr schon wieder vor? Ist das eine Krisensitzung?"

„Nein. Wir wollen nur nachsehen, ob Goldhaar wieder da ist. Sie ist auf unsere Hilfe angewiesen. Aber sie ist nicht da gewesen, die restlichen Kekse stehen immer noch da," maunzte ich.

„Vielleicht ist sie weitergezogen. Aber das wissen wir nicht. Ihr seid doch Kommissare! Nehmt doch eine Nase voll Witterung mit. Ihr habt doch mehr Chancen, sie zu finden, als wir."

„Pirat du bist so dämlich. Mit deinem Hornschädel könnte man Türen einrennen. Menschen können keine Witterung aufnehmen. Dafür sind sie zu blöd," echauffierte sich Richie.

Gekonnt öffnete Robert die Tür und bat die Kommissare einzutreten.

„Eigentlich haben wir keine Zeit," stöhnte Jordi. „Wir müssen noch weiter."

„Fünf Minuten gehen immer. Es ist schließlich eine große Ehre, dass sie uns einladen. Das kommt so oft nicht vor."

Auf dem Boden, eng an die Wand gepresst, klebt ein viereckiges Stück Papier. Ich erinnerte mich daran, dass Goldhaar ein Bild bei sich trug. Mit Mühe fummelte ich das Papier aus der Ritze zwischen den Holzbalken heraus. Es hatte ordentlich gelitten, aber die Person auf dem Bild war noch gut zu erkennen. Stefan bemerkte meine Bemühungen und bückte sich, um das Papier in Empfang zu nehmen. Aber bevor er das Bild anfasste, zog er sich Gummihandschuhe an.

„Was soll das?" schimpfte ich. „Ekelst du dich vor uns? Das hätte ich jetzt nicht von dir gedacht!"

Auch die anderen Katzen sahen ihn entrüstet an und fauchten.

„Entschuldigt bitte. Das ist so eine Angewohnheit. Aber wenn es wichtig ist, möchte ich nicht, dass es mit unseren Abdrücken kontaminiert wird. Ich packe das Foto in ein Klarsichttütchen und dann kann ich die Handschuhe ausziehen."

„Das möchte ich dir auch geraten haben. Was, zum Katzenteufel nochmal heißt kontaminiert, Namenlose? Ich will eine vernünftige Antwort und lass uns an deiner großkotzigen Intelligenz teilhaben."

Die Namenlose beobachtete, wie Stefan das Bild in ein durchsichtiges Tütchen packte. „Kontaminiert heißt, dass unsere Kommissare das Bild nicht mit ihren Fingern berühren wollen und damit Fingerabdrücke hinerlassen. Es kann sein, dass von Goldhaar Abdrücke darauf sind und das bedeutet, dass sie eventuell herausfinden können, wie Goldhaars wahrer Name ist."

Wir glotzten alle verständnislos die Namenlose an. „Mit einem Fingerabdruck?"

„Die Menschen lieben Karteien für alles und jeden. Und sie sammeln Fingerabdrücke. Denkt doch einmal daran, wie sie im Haus von Miranda Fingerabdrücke von Magdalena und Joschi abgenommen haben."

Pirat nickte. „Das ist wahr. Mein Mensch sammelt Bierdeckel und Kronkorken."

Insgeheim war ich unfassbar stolz darauf, so eine kluge Schwesterfreundin zu haben. Ich wusch ihr kommentarlos ein Ohr. Aber nur eins. Schließlich soll die Namenlose nicht größenwahnsinnig werden.

Stefan sah sich zusammen mit Jordi die Frau auf dem Bild an.

„Vor zwei Tagen hat uns doch Sebastian ein Foto gesandt mit einer Frau darauf. Er wollte lediglich wissen, ob sie irgendwo vermisst wird. Das könnte sie sein. Nur zwanzig Jahre jünger. Wir nehmen das Bild mit."

„Hast du das Foto noch, Stefan?"

„Nein. Das musste ich doch löschen. Ich habe keinen Bock, mit der Abteilung für Inneres noch mehr Schwierigkeiten zu bekommen."

„Aber dieses Foto wurde dir quasi geschenkt. Wir können auch sagen, dass wir es soeben hier in der Gegend auf dem Boden gefunden haben."

„Das ist allerdings ein gutes Argument." Stefan betrachtete das Foto intensiv. „Ich habe diese Frau schon irgendwo gesehen. Das macht mich noch verrückt."

Jordi nahm ihm das Bild aus der Hand. „Hier ist eine junge Frau auf einem Balkon zu sehen. Der Mode nach könnte es so zwanzig Jahre her sein. Ob es die Frau darstellt, die hier, laut Laura und Sebastian, einige Tage gewohnt hat?"

„Es besteht eine gewisse Ähnlichkeit."

Stefan griff nach seinem Handy. „Dennis? Hast du einen Augenblick Zeit?"

„Für dich immer, mein Freund."

„Kannst du uns das Video schicken, auf dem Wolfgang Neureuther, der „Eliminator" und die unbekannt Frau in dem Restaurant zu sehen sind?"

„Kein Thema. Habt ihr die Identität von Neureuther endgültig geklärt?"

„Das müssen wir noch erledigen."

„Soll ich mich drum kümmern?"

„Das ist eigentlich nicht deine Aufgabe, Dennis. Ich will nicht, dass du noch mehr Schwierigkeiten bekommst."

„Ich doch nicht! Was jetzt? Soll ich oder soll ich nicht?"

„Also wenn du so fragst.... gerne! Im Clubheim unserer Kater haben wir ein Bild gefunden. Das darfst du noch auf Spuren und Fingerabdrücke untersuchen."

„Unsere Kater sammeln Bilder? Bei diesen Typen wundert mich eigentlich nichts mehr."

„Nein. Eigentlich nicht. Eine Obdachlose hat hier für wenige Tage gewohnt, und wir glauben, dass sie das Bild verloren hat."

„Aber du hast irgendeine Intuition. Sonst würdest du nicht nach dem Video fragen."

„Ich weiß es selbst nicht so genau."

„Das Video müsste schon auf deinem Handy sein. Es gibt hier auch neue Nachrichten. Ich habe auf den Scherben fremde Abdrücke gefunden. Und vom Alter her würden sie zu dem Termin passen, an dem Gieseck ermordet wurde."

„Dann sind wir schon wieder einen Schritt weiter."

„Ich möchte mir auch noch die Konten von Kramacher ansehen, auch wenn er sich die letzte Zeit kooperativ zeigt."

„Was meinst du mit Konten?"

„Er hat noch eine ergiebige Geldquelle auf seinen Konten. Und ich will wissen, woher diese regelmäßigen Summen kommen. Es sind immerhin so sechstausend Euro jeden Monat."

„Das ist doch ein schönes Taschengeld. Steht denn da kein

Verwendungszweck dabei?"

„Nein. Da steht nur 'Verwendungszweck bekannt'. Sonst nichts. Und genau das will ich wissen."

„Du bist ein Fuchs."

„Ich bekomme schließlich auch eine gewisse Summe jede Woche... in Form von Rumkugeln."

„Eigentlich hast du dir die ein Leben lang verdient. Das werde ich dir nie vergessen, Dennis."

„Ein Leben lang? Ich werde drüber nachde...!"

Die Verbindung war unterbrochen. Stefan wollte sich das Video ansehen. „So ein Mist! Ausgerechnet jetzt haben wir kein Netz mehr! Nicht einmal telefonieren geht."

*

Wie war das noch mit der Intuition? Dennis rief auf dem Fundbüro an. „Guten Morgen. Hier spricht Dennis Willich von der KTU. Ist in der Nähe am Brunnenborn ein Handy gefunden worden?"

„Allerdings. In einem öffentlichen Müllbehälter. Bis jetzt hat sich noch niemand gemeldet, der es als vermisst gemeldet hat."

„Wann wurde denn das Handy gefunden?"

„Gestern."

Dennis wurde stutzig. Das war der Tag des Mordes an Gieseck.

„Wer hat es denn gefunden?"

„Ein Rentner, der Flaschen sammelte. Er war an diesem Tag schon das zweite Mal auf Tour. Spaziergänger legen hier ihre Pfandflaschen ab. Er sagte, dass das eine ergiebige Quelle sei und er manchmal zehn Flaschen pro Tag aus dem Behälter herausholt. Dafür geht er sich dann Brötchen holen."

Dennis musste schlucken. „Das ist wirklich das Allerletzte, dass aus unserem Land der Dichter und Denker, ein Land der Richter und Lenker wird. Geld ist genug da. Es ist nur in den falschen Händen. Aber ich muss diesem ehrlichen Kerl dankbar sein, dass er trotzdem das Handy abgegeben hat. Ich werde es von einem Polizisten abholen lassen."

Ein Einsatzwagen erklärte sich bereit, am Fundbüro vorbeizufahren. In einer halbe Stunde würde das Telefon vor ihm liegen. Er war gespannt wie eine Bogensehne, ob es das Handy Giesecks war.

Während die letzten Untersuchungen mit den Fingerabdrücken liefen, gab Dennis beiläufig auf seinem Laptop die Daten von Neureuther ein. Als der Kollege mit den Kleidern von Frau Korbfuss und Herrn Holten kam, schloss er das Laptop vorsichtshalber.

„Zockst du wieder während der Arbeitszeit?" Er legte zwei Säcke auf den Tisch. „An diesen Klamotten waren keine Spuren von den Scherben. Nicht die kleinste Spur von Ton oder anderen Bestandteilen waren zu finden. Allerdings an den Schuhen von Holten waren Partikel der Scherben zu finden."

„Also doch! Dann kommt er als Täter doch noch in Frage."

„Nee, warte noch Dennis. Gleich wirst du auch wissen warum. An der Garderobe von Frau Korbfuss waren jede Menge rote Katzenhaare zu finden. Und in Holtens Hemd haben wir so eine Smart Watch gefunden. Die war auf aufnehmen gestellt. Dieses verdammte Ding hat in seiner Hemdtasche gesteckt und schön brav alles wiedergegeben. Meine Güte, ist der auf Frau Korbfuss sauer, er wollte von ihr wissen, ob sie die Smart Watch gefunden hat, die er so schön brav seit Stunden mit sich herumträgt. Aber er hat die Leiche von Gieseck gefunden. Ohne es zu wissen, hat er praktisch sein eigenes Alibi erschaffen. Aber er beschuldigte sofort Frau Korbfuss, das Verbrechen begangen zu haben. Doch an ihren Klamotten war nichts zu finden."

„Und was schätzt du, wie die Spuren der Scherben an die Schuhsohlen von Holten gelangten?"

„Als er den Flur und das Bad betreten hat und er nach Frau Korbfuss suchte."

„Macht Sinn. Also scheiden die Besitzer dieser Textilien als Täter aus."

„Ich bin kein ermittelnder Polizist. Aber ich glaube, die können wir getrost vergessen. Ich brauche jetzt etwas frische Luft und einen Kaffee. So eine Nacht ist doch ziemlich lang."

„Bringst du mir einen mit? Ich brauche dieses Mal einen mit Zucker. Hager hat ja alles ordentlich nachgefüllt."

„Für etwas muss er doch gut sein."

Dennis leitete das Untersuchungsergebnis gleich zu Stefan und Jordi weiter.

„Dann müssen Stefan und Jordi im Mordfall Gieseck wieder bei Null anfangen."

Sein Kollege deutete auf das Laptop. „Hast du einen heißen Tipp für mich?"

„Ich habe was an Pferdewetten laufen."

„Ach so. Ich dachte du machst mehr in Fußball."

„Heute nicht. Habe da was läuten hören...über einen Außenseiter. Weißt du wie hoch da die Quoten sind?"

„Keine Ahnung."

„Eins zu fünfundzwanzig."

„Donnerwetter! Wie heißt denn das Pferd?"

„Trockene Himbeere."

„Also ich weiß nicht."

„Du musst ja nicht. Ich setze einhundert auf Sieg und gehe mit zweitausendfünfhundert nach Hause."

„Du scheinst dir absolut sicher zu sein."

„Yep"

„Deal! Mit fünfzig bin ich dabei. Aber pass auf, dass Hager dich nicht erwischt. Was machst du mit so viel Zaster, wenn du gewinnst?"

„Ich renoviere das Atelier meiner Freundin. Das ist dringend nötig. Und für neues Werkzeug bleibt dann auch noch genügend übrig."

„Deine Freundin braucht Werkzeug?"

„Ja. Sie ist Bildhauerin. Und was für eine!"

„Dann lohnt sich die Investition. Mein Motorrad braucht neue Reifen. Meine Kollegen waren der Meinung, dass ich mit diesen Schluffen nicht mehr auf die Straße darf. Ich bringe dir noch einen Kaffee vorbei mit viel Zucker. Hoffentlich gewinnt „trockene Himbeere"."

„Das wird sie."

Dennis vergewisserte sich, dass er alleine und unbeobachtet war, dann arbeitete er weiter. Sein Programm lief wie am Schnürchen. Neureuther war kein Unbekannter. Er hatte sich als Anlagenbetrüger vor Jahren einen Namen gemacht. Aber es war ihm niemals etwas nachzuweisen. Dann tauchte er unter und war für die Öffentlichkeit in Deutschland unauffindbar. Dennis verfolgte weiterhin gespannt seinen Lebenslauf. Neureuther diente vier Jahre in der Fremdenlegion und hatte dort als Scharfschütze Karriere gemacht. Das erklärte, warum er in Deutschland nirgendwo aufgeführt war. Schließlich landete er im Darknet, wo er als Auftragskiller Aufträge entgegennahm. Dennis ging wieder zurück zu den Zeiten, in denen Neureuther als Anlagenbetrüger arbeitete. Aber dann tauchte ein Foto auf, das Dennis zutiefst schockierte.

„Ich muss sofort Stefan und Jordi kontaktieren!"

*

Ekki hatte sich in den nahen Wald verkrochen und noch etwas gedöst. Er saß inmitten von Buschwindröschen und genoss den zarten Blütenduft. Schließlich war die Nacht ziemlich unruhig für ihn gewesen. So lustig fand er es schließlich auch nicht, dass der Polizist ihm erbost die Kelle hinterhergeworfen hat. Aber Ekki ist flink und die Kelle hat ihn nicht getroffen. Magdalena wies den Polizisten freundlich, aber sehr bestimmt an, sich zu beherrschen. Aber als sie im Begriff waren, ihre Mützen, die mit Ekkis Hinterlassenschaft reichlich angefüllt waren, anzuziehen, war es doch zu viel des Guten. Einer der Polizisten richtete sogar eine Waffe auf ihn. In seinen Augen glänzte die pure Mordlust. Magdalena stellte sich mutig vor den wütenden Polizisten und meinte nur, dass sie doch jetzt andere Sorgen hätten. Schließlich wären sie die Personen, die eines Mordes bezichtigt würden und nicht dieser süße kleine Kater! Ekki, erstaunt über so viel Mut der alten Lady, entkam in den nahen Wald.

Nachdem er eine Weile gedöst hatte, fing er sich eine Maus, aber essen wollte er sie nicht. Alleine essen fand er schon immer doof und schrecklich langweilig. Ekki vermisste seine Gang. Aber vielleicht war es ganz gut, wenn er jetzt alleine war. Nie war die Gelegenheit so günstig, Miranda alleine anzubaggern! Eventuell hatte sie Bock darauf mit ihm gemeinsam zu frühstücken? Er deponierte die Maus unter einem Stein und ging wieder auf die Jagd. Das Glück war ihm hold und er fing eine Maus, die ordentlich Speck auf den Rippen hatte. Die war noch größer, als die erste. „Hier sind eindeutig zu wenig Katzen. Da kann ich aus dem Vollen schöpfen."

Er schnappte die Mäuse an ihren Schwänzen und lief langsam zurück auf das Haus von Miranda zu. „Darüber wird sich Miranda freuen. Die große Maus ist nur für sie."

Unterwegs markierte er fleißig, damit seine Freunde das Haus sicher finden. Plötzlich wurde er stutzig. Der Schatten eines Menschen tauchte in den Hecken von Mirandas Haus auf. Ekki verbarg sich hinter einem Baum. Wer war das? Die Morgensonne schien ihm ins Gesicht und er konnte den Menschen nicht wirklich erkennen. Es war aber kein Polizist. Die rochen anders. Diese Witterung kam ihm bekannt vor. Aber sie wurde durch eine andere, stärkere Witterung, überlagert. Ekki rümpfte seine Nase, weil von den vielen Molekülen sein Jakobsorgan ziemlich überfordert war.

„Also hier würde ich mich auf Dauer nicht wohlfühlen. Das mag auch an den seltsamen Witterungen liegen."

Einer der Polizisten verließ das Haus, um vor der Tür eine Zigarette zu rauchen. Seine Augen spähten aufmerksam umher. Aber Ekki hatte nicht das Gefühl, dass der Polizist, wegen einer drohenden Gefahr aufmerksam war. „Wenn ich dieses Drecksvieh erwische, ziehe ich ihm das Fell über die Ohren. Und wenn dieser Katastrophenkater irgendwo registriert ist, darf sein Besitzer neue Mützen und eine neue Kelle bezahlen."

Aber es schien ihn noch etwas anderes zu beschäftigen. Alle zwei Minuten nahm er sein Telefon in die Hand. „Immer noch keine Nachricht!"

„Meinen Lieblingsmenschen wirst du damit nicht belästigen! Eine Unverschämtheit! Du wirst richtig persönlich! Dabei wollte ich euch nur helfen." Ekki drehte unwillig seine Ohren nach hinten. Also auf ihn hatte es der Polizist abgesehen. „Du erwischst mich nicht. Und wenn du deine Schuhe irgendwo hinstellst, werde ich die auch noch vollkacken."

Das Handy des Polizisten meldete sich. „Wild Boys," klang es durch den Morgen. Panisch starrte er darauf. Aber es war nicht die Nachricht, die er sich erhofft hatte. „Was meinst du? Wir können abziehen, sobald die Kommissare da sind? Es wird aber auch Zeit! Ihr wisst doch, was bei mir Zuhause ansteht."

Die Sonne verschwand hinter einer Wolke. Ekki hatte immer noch diese seltsame Witterung in der Nase. Er sandte eine Botschaft.

„Es wäre jetzt wirklich gut, wenn ihr endlich auftaucht. Hier stinkt es wie in einer Kloake. Ich kann nicht verstehen, wie Menschen so leben können."

*

Stefan las die E-Mail, die ihm Dennis mit der Bemerkung geschickt hatte, dass es dringend sei. Aber mit ständigen Unterbrechungen.

„Ach das nervt. Hat der Energiekonzern seine Arbeiten an den Glasfaserkabeln noch nicht abgeschlossen? Ich kann die Mail von Dennis immer nur stückweise lesen. Aber wenn das stimmt gefällt es mir."

„Was gefällt dir denn?"

„Dennis hat die Untersuchungsergebnisse der Garderobe von Frau Korbfuss und Herr Holten. Bei beiden war nicht die kleinste Spur einer Tonscherbe zu finden. Holten hatte nur winzige Spuren an seinen Schuhen. Dennis ist der Meinung, dass sie entstanden sind, als er die Leiche Giesecks gefunden hat. Wir fahren an dem Haus von Frau Korbfuss vorbei und geben Entwarnung. Ich gebe auch in der Einsatzzentrale Bescheid, dass die Polizisten den Standort verlassen können. Aber erst wenn wir da sind."

„Das wird eine enorme Erleichterung für Frau Korbfuss und Herr Holten."

„Nur, wer war es dann? Welches Motiv besteht für diesen Mord?"

*

Die Botschaft erreichte uns, als wir nicht mehr weit von Mirandas

Haus entfernt waren. Wir rochen selbstverständlich die Markierungen von Ekki, was uns natürlich sehr gut weitergeholfen hat. Wenn wir Katzen ein Ziel haben, dann legen wir einen bestimmten Tritt vor und wir spulten die Strecke schneller ab, als eine Fußgaskabine, die sich durch den morgendlichen Berufsverkehr wühlt. Allerdings waren wir ziemlich fertig und mussten erst einmal zu Atem kommen. Uns bot sich ein herrliches Bild. Die Kommissare waren gerade angekommen und stritten sich mit den Polizisten herum. Ekki war so unvorsichtig gewesen, und ist vor Freude strahlend, auf die Kommissare zugelaufen. Wutentbrannt griff einer der Polizisten nach Ekki. Aber Ekki wich geschickt aus und hieb mit seinen Krallen in die Hand des Polizisten.

„Das ist zu viel. Jetzt kommt zur Sachbeschädigung auch noch Körperverletzung hinzu. Wenn ich dich kriege, drehe ich dir den Hals um!"

Ekki hatte keine Zeit, um lange zu überlegen. Er wäre ohnehin damit völlig überfordert gewesen. Er kletterte an Stefans Hose hoch und setzte sich, genau wie ich es immer tue, auf die Schulter. Von dort aus fauchte er den Kollegen von Stefan an.

„Was ist denn hier los?"

„Du kennst dieses Viech?"

„Ja,natürlich. Wer kennt ihn nicht?"

„Dann kannst du mir auch bestimmt sagen, wer der Halter oder die Halterin dieses Katzenmonsters ist."

„Katzenmonster? Ek....Äh ich meine dieser Kater ist der friedfertigste in seinem Club. Da solltest du einmal den Rest der Gang kennenlernen. Die haben es faustdick hinter den Ohren. Aber ich weiß nicht, wem der Kater gehört."

„Du willst damit sagen, dass es mehr von diesen Dingern gibt?"

„Aber ja doch! Du hast sie doch gesehen. Im Garten am Brunnenborn. Aber bevor du dich weiter ereiferst, er gehört nicht zum Haushalt von Frau Korbfuss. Sie hat nur das rote hübsche Katzenmädchen. Und deswegen ist wahrscheinlich unser kleiner Freund hier. Wenn ich auch ziemlich erstaunt bin, wie er den Weg gefunden hat."

„Das kann ich dir sagen, wie er den Weg gefunden hat!" brüllte der Polizist. „Er ist im Kofferraum mitgefahren und hat unsere Mützen und die Kelle...verunreinigt!"

Stefan glotzte den Polizisten ungläubig an.

„Ich habe sie nicht verunreinigt," säuselte Ekki in Stefans Ohr, „reingeschissen habe ich, und zwar alles, was in meinem Bauch drin war. Ich hatte die absolute Panik und wollte das Auto nicht beschmutzen. Wie hättest du denn an meiner Stelle reagiert?"

„Und deshalb machst du so einen Aufstand?" Stefan streichelte Ekki sanft zwischen den Ohren. Er begann laut zu schnurren.

„Wir brauchen neue Mützen und eine neue Kelle. Wer soll das bitteschön bezahlen?"

Stefan griff nach seinen Zigaretten und bot dem Kollegen eine an. Beide nahmen zunächst eine tiefen Zug.

„Du bist sauer. Das kann ich verstehen. Aber weißt du, was der Kleine hier mitgemacht hat? Der hat sich wahrscheinlich zu Tode gefürchtet und hat deshalb eure Mützen vollgekackt. Geht einfach ins Magazin und lasst euch neue geben."

Ekki nickte zustimmend und schnurrte noch lauter. Der Polizist schaute ihn kritisch an.

„Ekki und ich, wir versprechen hiermit, dass das niemals wieder vorkommt."

„Du weißt also doch, wie dieses Mistvieh heißt?"

„Willst du noch eine Zigarette?"

„Ja! Sag mal, willst du mir so klar machen, dass ich den Vorfall vergessen soll?"

„So was in der Art! Wir haben doch Mützen genug! Sieh dir diesen kleinen Kater genau an. Können diese Augen lügen?"

Ekki wartete gespannt, wie diese Unterhaltung ausging, und richtete seine bernsteinfarbenen Augen auf den Polizisten. Leise maunzte er, „denk an deine Schuhe. Da ist ein Haufen Platz drin."

„Ich wüsste jetzt gerne, was er so denkt, Stefan."

„Über die Polizei oder so im allgemeinen?"

„Das überfordert mich jetzt doch ein wenig."

Ekki war hocherfreut. „Ich entdecke Gemeinsamkeiten zu mir. Ich bin auch öfter überfordert. Aber das ist nicht so tragisch. Du hast ja einen Bruderfreund, der die gleichen Klamotten trägt wie du. Der hilft dir ganz bestimmt, wenn du nicht mehr weiterweißt."

„Die Schwangerschaft schafft mich noch. Meiner Frau geht es nicht so gut. Es wird Zeit, dass das Fräulein auf die Welt kommt."

Stefan spürte, dass das Level des Kollegen wieder auf Normalniveau war. Er rauchte mit ihm noch gemütlich eine Zigarette.

„Wann kommt denn euer Baby?"

„Wir warten täglich darauf." Der Polizist fixierte sein Telefon.

„Dann wird es Zeit, dass du nach Hause kommst. Sind die denn in der Einsatzzentrale komplett irre, dich auf einen Nachtdienst zu schieben?"

„Ein Kollege ist krank geworden. Und hier sind doch besondere Umstände. Wo sollte den Frau Korbfuss hin? In Untersuchungshaft?"

„Das ist auch wieder wahr. Dann bin ich dir sehr dankbar. Gab es irgendwelche Vorkommnisse? Irgendetwas besonderes?"

Der Polizist schüttelte mit dem Kopf. „Nichts. Außer, dass Frau Korbfuss und Herr Holten sich wieder gegenseitig aufgezogen haben. Die dürfen nicht den ganzen Tag zusammen sein, das gäbe Mord und Totschlag. Die Enkelin von Frau Korbfuss kam direkt aus der Firma ins Haus, und war den ganzen Abend nicht ansprechbar."

„Aber hier gibt es seltsame Witterungen. Riecht ihr das denn nicht?" maunzte Ekki.

Miranda saß hinter dem großen Fenster im Wohnzimmer. Magdalena hatte es nicht gewagt, sie hinaus ins Freie zu lassen. Es schien ihr zu gefährlich. Miranda schämte sich in Grund und Boden, weil sie nicht, wie versprochen, das Gelände markieren konnte. Aber sie freute sich natürlich Ekki zu sehen.

Ekki sah sie hinter der großen Scheibe sitzen und wäre am liebsten sofort von der Schulter Stefans gesprungen. Aber er hatte immer noch etwas Furcht vor dem Polizisten und wartete ab. Aber der Polizist schien mit seinen Gedanken irgendwo anders zu sein. Er nickte Stefan zu, dann stieg er in den Einsatzwagen und sie fuhren los.

Wir hatten nur gewartet, bis die Polizisten weg waren und dann marschierten wir gemeinsam auf Stefan und Jordi zu.

„Aber das ist doch nicht möglich! Wie habt ihr denn das geschafft?"

Miranda hörte nicht mehr auf zu mäkeln und endlich ließ Magdalena sich erweichen und öffnete die Tür. Schnuppernd rannte sie durch den Garten. Blieb hier und da stehen und hielt weiterhin ihre Nase hoch in die Luft. Ekki lief freudestrahlend auf sie zu.

„Was hältst du von dieser Witterung?"

„Hier ist kein neuer Geruch. Die kenne ich noch vom letztes Jahr."

Wir wechselten ratlose Blicke. Ich roch ebenfalls, dass hier mehrere Witterungen zugegen waren.

„Du kennst die alle?"

„Aber ja doch."

Robert begann umgehend mit seinem Patrouillengang.

Stefan hockte sich vor mich und streichelte mich. „Ekki hat bei mir

Schutz gesucht und ist auf meine Schulter gestiegen. Ist das nicht klasse?"

„Ich kann mich beherrschen!" moserte ich. „Wenn ich auf deine Schulter steige, dann nur, weil ich mit dir zusammenarbeiten will. Aber Ekki blieb nichts anderes übrig. Er hat es in einer Botschaft erwähnt. Aber so etwas könnt ihr Menschen nicht. Dafür musstet ihr zunächst das Internet erfinden."

Magdalena sah, dass Miranda mit uns zusammensaß.

„Ihr seid unglaublich. Aber wo ihr schon einmal da seid, lade ich euch zum Frühstück ein. Ich habe hervorragende Knusperherzen."

Gerda, ihre Tochter, kam aus dem Haus. „Ich muss los, Om,,,ääh Magdalena. Ich will auf keinen Fall zu spät kommen."

„Geh nur, mein Schatz. Wir achten auch darauf, dass dein Mann und ich nicht ständig streiten."

„Da bin ich aber gespannt, ob das heute besser wird."

Gerda war gerade im Begriff, in ihren Wagen einzusteigen.

„Ich habe noch einige Fragen an sie, Frau Holten."

Gerda sah unseren Kommissar missmutig an. „Ich habe nicht viel Zeit."

„Dann nimmst du dir die Zeit!" Fauchte ich. „Wenn Stefan was wissen will, wird gefälligst geantwortet. Ist das klar?"

Und um zu zeigen, dass es mir ernst war, kletterte ich auf die Schulter von Stefan. Gerda schloss die Türe ihres Wagens. Robert schlich sich näher heran. Sein Jakobsorgan arbeitete fieberhaft. Er stand direkt hinter ihr. Sie schien sich vor uns zu fürchten.

„Wie kann ich ihnen helfen?"

„Wo haben sie den gestrigen Tag verbracht?"

„Verdächtigen sie mich, Herrn Gieseck ermordet zu haben?"

Stefan war müde, denn er hatte sehr schlecht geschlafen. Ich wollte eigentlich meinen Senf wieder dazutun, aber er hielt mich zurück.

„Sagen sie uns einfach wo sie waren. Das genügt mir vollkommen."

Gerda schaute etwas pikiert drein. „Ich war in der Firma. Gestern hatte ich einen sehr wichtigen Abschluss. Von diesem Abschluss hängt praktisch das Überleben unserer Firma ab."

„Gibt es dafür Zeugen?"

„Selbstverständlich. Kann ich jetzt gehen? Ich habe viel zu tun!"

„Warum waren sie für keinen von meinen Kollegen gestern zu sprechen?"

Gerda wurde es unter dem bohrenden Blick von Stefan unbehaglich. Es wurde nicht unbedingt besser, weil wir Katzen ebenfalls anfingen, sie zu fixieren.

„Das kann ich mir auch nicht erklären. Gestern war ein sehr wichtiger Tag für mich."

Stefan nickte nur. „Wollen sie nicht noch erfahren, weswegen wir hier sind?"

Robert machte einen weiteren Schritt auf sie zu. Entsetzt lehnte sich Gerda gegen ihren Wagen. Seine Augen fixierten die junge Frau.

„Aber Robert!" schalt Stefan. „Was soll das denn? Ich habe sie nur befragt und sonst nichts."

„Du weißt nicht, was ich weiß! Ich wollte nur auf Nummer sicher gehen, Stefan."

Auf Gerdas Stirn zeichneten sich winzig kleine Schweißperlen ab.

„Magdalena kann mich anrufen. Meine Arbeit duldet wirklich keinen Aufschub mehr. Ich muss jetzt los!"

Joschi hockte noch völlig verschlafen in der Küche. „Ich hätte gerne ein Brötchen zum Frühstück. Wo ist denn hier der nächste Bäcker?"

„Der ist zu weit weg. Aber im Keller, in der Tiefkühltruhe, habe ich noch jede Menge."

„Kann man die noch essen?"

„Gefroren nicht, lieber Joschi!"

Joschi fuhr sich durch die völlig zerzausten Haare.

„Wozu frage ich überhaupt."

Dann sah er die Kommissare inmitten der Katzen auf der Terrasse stehen. „Was wollen sie denn hier? Haben sie endlich einen Haftbefehl für uns in der Tasche? Aber zuerst frühstücken wir, dann können sie uns von mir aus mitnehmen."

Stefan winkte ab. „Wir sind hier, um ihnen etwas erfreuliches mitzuteilen, und zwar..."

Magdalena hatte auf mehreren Schälchen leckeres Frühstück verteilt und für uns hingestellt. Das feuerrote Haar von Magdalena reflektierte die Sonne und es sah aus, als wäre ihr Kopf in Flammen gehüllt. Aber wir hatten keinen richtigen Bock zum essen. Robert setzte sich frech auf die Motorhaube des Wagens von Gerda.

„Die fährt hier nicht mehr weg!"

Robert ist normalerweise der ruhigste und stillste von uns. Das er so entschieden auftrat, beeindruckte uns.

„Du hast recht. Die fährt hier nicht weg."

Wir setzten uns demonstrativ vor die Ausfahrt.

„Darf ich die Herren zu einer Tasse Kaffee einladen? Erfreuliche Mitteilungen hören sich mit eine Tasse Kaffee noch besser an."

„Das ist eine gute Idee."

Das Laptop von Magdalena ließ einen leisen Singsang erklingen.

„Das wird meine Tochter sein. Das ist die Mutter von Gerda. Ich kann sie später zurückrufen."

„Gehen sie ruhig ran. So viel Zeit muss ein."

Magdalena setzte sich an den Tisch. „Das ist aber eine Überraschung. Wie geht es dir?"

„Mir geht es gut, sehr gut sogar!"

Vom Laptop aus war ein quietschendes Geräusch zu hören.

„Was machst du denn?"

„Ich ziehe die Marquise auf. Heute soll es sehr heiß werden. Mal sehen, ob ich heute Mittag ins Meer gehen kann."

„Dann pass auf, dass du dir keinen Sonnenbrand einfängst."

Stefan und Jordi durchquerten das Wohnzimmer. Dabei fiel Stefans Blick auf ein Bild an der Wand. Erschrocken blieb er stehen. „Was ist los, Stefan?" flüsterte Jordi, um das Gespräch zwischen Magdalena und ihrer Tochter nicht zu stören.

„Das ist das Bild der Frau, das Sebastian uns geschickt hat."

„Du meinst, das ist die Frau, die Tage lang im Clubheim unserer Kater gewohnt hat, und praktisch von ihnen gefüttert wurde?"

„Ich bin mir absolut sicher."

Magdalena unterhielt sich immer noch mit ihrer Tochter.

„Ich freue mich, dass es dir gut geht. Ach, ich kann das Meeresrauschen bis hierhin hören. Bleib solange du willst."

„Ich genieße noch ein paar Tage die Ruhe und dann werde ich wohl weiterziehen."

„Willst du wirklich bis nach Marokko fahren? So ganz alleine?"

„Warum denn nicht? Wieso bist du wieder in deinem Haus? Du wohnst doch vorläufig bei Gerda und Joschi?"

Magdalena warf einen Hilfe suchenden Blick auf Joschi. Er eilte herbei und hob die Hand grüßend. „Im Badezimmer war eine Wasserleitung defekt und das ganze Haus steht unter Wasser. Ein schöner Mist ist das. Wir mussten Hals über Kopf das Haus verlassen. Aber wir bekommen das wieder hin. Das ist kein Ding. Es ist gut, dass wir uns hier verkriechen konnten."

„Na da bin ich ja erleichtert."

Stefan und Jordi gingen hinaus auf die Terrasse, um Frau Korbfuss nicht zu stören.

Joschi folgte ihnen mit zerbeulten Trainingshosen. Aber das sah immerhin besser aus, als der schreiend pinkfarbene Bademantel von Magdalena.

„Ich gehe in den Keller Brötchen holen."

„Weißt du wo die Kühltruhe steht?" rief Magdalena vom Wohnzimmer aus.

„Im letzten Kellerraum. Dort wo euer alter Safe steht."

„Du hast nichts vergessen."

Joschi wandte sich an die Kommissare.

„Frühstücken sie mit uns. Verhaften sie uns nun oder verhaften sie uns nicht?"

Stefan grinste leicht. „Vielleicht gibt es noch eine gute Nachricht. Gehen sie ruhig Brötchen holen."

„Ihr seid wirklich schräge Vögel," murmelte Joschi und sperrte die Kellertür auf.

*

Dennis liebte seinen Laptop sehr. Er konnte mit ihm Dinge erledigen, für die er auf dem normalen Dienstweg Wochen gebraucht hätte. Das Handy aus dem Müllbehälter war zum Teil zerstört. Dennis wurde klar, dass der Mensch, der dieses Handy gestohlen und unbrauchbar gemacht hatte, ein Profi war. Jeder normale Mensch hätte das Ding aus dem Müllbehälter entsorgt. Aber Dennis war da anderer Meinung.

„Zugleich ließ er noch auf einem Programm die Daten Kramachers durch laufen. Woher stammten diese sechstausend Euro? Das Programm lief und suchte. Dann blieb es plötzlich stehen. Es war abzusehen, dass es kein Geschenk war. Für welche Gegenleistung wurde Kramacher hier entlohnt? Ungläubig starrte Dennis auf seinen Laptop.

„Hoffentlich haben die zwei in Frau Korbfuss Haus ein anständiges Netz. Also, das ist der absolute Hammer! Ich bin gespannt, wie das zusammenpasst.

*

„Ich danke dir, Joschi!"

„Warum?"

Du hast für mich gelogen. Das war wirklich sehr nett von dir. Ich möchte Barbara jede Aufregung ersparen."

„Mich interessiert, warum du sie so in Watte packst."

„Es ist viel passiert. Sie muss noch so viel verarbeiten."

„Sie ist doch nicht die einzige Frau, die von ihrem Mann verlassen wird! Und wenn sie in der Firma geblieben wäre, hätte sie Gerda eine Menge Schwierigkeiten erspart. Aber nein! Barbara fand es am besten, wegzulaufen, als die Schwierigkeiten am größten waren."

„Das kann ich leider nicht bestreiten. Aber Barbara ist so schrecklich sensibel und ich hatte Angst, dass sie am Leben zerbricht!"

„Du nimmst sie ständig in Schutz. Dabei hat sie dich auch im Stich gelassen! Einfach so! So etwas tut eine Tochter nicht."

„Mütter sind dazu da, um zu verzeihen. Vielleicht weiß sie aber auch, dass sie eine wundervolle, liebenswerte Tochter und einen einigermaßen erträglichen Schwiegersohn hat. Warum läufst du von außen in den Keller? Du kannst doch das Treppenhaus benutzen. Dieser Junge ist und bleibt so ungeschickt."

Magdalena hatte ihren Laptop, nach dem Gespräch mit ihrer Tochter, wieder zugeklappt.

Stefans Handy meldete sich. „Dennis? Ich konnte deine Mail und das Video noch nicht lesen. Aber jetzt scheine ich endlich wieder ein Netz zu haben. Was gibt es denn?"

„Weißt du woher Kramacher die sechstausend Euro monatlich bekommt?"

„Nein. Woher soll ich das wissen?"

„Von einem Privatkonto. Und zwar von einer gewissen Gerda Holten. Ich denke, die junge Dame ist einen zweiten Blick wert."

„So ein Ärger. Frau Holten ist gerade im Begriff, ins Auto zu steigen."

Jordi stürmte nach draußen. Er wäre fast zu spät gekommen. Aber dann sah er, dass es für Frau Holten schlicht unmöglich war, das Gelände zu verlassen.

„Seid ihr Hellseher?"

Drei Kater saßen auf der Motorhaube und der Rest von uns stand eng um Gerda herum und hinderten sie am einsteigen. Wir rührten sie nicht an, aber fixierten sie mit unseren Augen. Gerda wagte kaum zu atmen und zitterte vor Angst.

„Da sind noch einige ungeklärte Fragen aufgetaucht. Würden sie bitte wieder mit ins Haus kommen, Frau Holten."

Das war alles so aufregend und neu für uns. Das Böse ist für uns Katzen eigentlich immer gut zu erkennen. Aber hier? Alles was wir dazu beisteuern konnten, war eine Witterung. Robert nickte nur. „Auf unsere Kommissare ist Verlass."

Ich war leicht irritiert. „Meinst du, Stefan und Jordi hätten auch etwas gewittert, Robert?"

„Bei unseren Kommissaren heißt das irgendwie anders. Instinkt oder so."

Jordi geleitete Gerda zurück. Sie war leichenblass und sagte kein Wort.

„Es ist schon komisch. Wie ein Killer sieht sie nicht gerade aus," maunzte Zorro. „Aber das erklärt natürlich, warum Miranda keinen fremden Geruch in der Nase hatte."

„Warum soll sie diesen Gieseck erschlagen haben? So richtig will es mir nicht in meinen Katzenschädel," brummte Pirat.

„Aber gewalttätig kann sie schon sein," maulte Robert und ließ Gerda nicht aus den Augen.

Jordi bat Gerda, sich zu setzen. Stefan telefonierte immer noch mit Dennis.

„Hast du Kramacher auf Grund dieser Information noch einmal kontaktiert?"

„Natürlich habe ich das. Aber ich habe nur seine Frau erreicht. Sie war hoffnungslos aufgelöst und hat bei der Polizei eine Vermisstenanzeige aufgegeben. Er ist gestern nicht nach Hause gekommen."

„Jordi hat Frau Holten noch stoppen können."

„Hört genau zu! Da gibt es noch mehr, das ihr wissen solltet. Zunächst einmal, den Mord an Gieseck kann Holten nicht begangen haben. In seinem Hemd war eine Smart Watch, die alles schön, treu und brav aufgenommen hat. Aber das wichtigste kommt jetzt..."

Magdalena kam aus der Küche und trug ein Tablett vor sich, auf dem Tassen und Teller standen. Sie stellte das Tablett ab und nahm ihren Laptop vom Tisch.

„Aber was machst du denn noch hier, Gerda? Hast du etwas vergessen? Dann kannst du auch noch in Ruhe eine Tasse Kaffee trinken."

„Danke. Mir ist nicht danach."

„Ich kann dir auch eine heiße Schokolade machen. Die hilft eigentlich immer. Sogar gegen Liebeskummer."

Aber Gerda schüttelte immer nur mit dem Kopf und hielt krampfhaft ihre Tasche fest. Stefan ging auf die Terrasse, um zu telefonieren. Aufmerksam positionierten wir uns um Stefan, damit wir nichts verpassen. Robert saß im Eingang des Wohnzimmers und achtete auf Gerda. Miranda verstand die Welt nicht mehr.

„Ich weiß nicht mehr, was hier los ist. Warum ist das Interesse der Polizei plötzlich an Gerda so groß? Sie hat doch mit diesem ganzen Schlamassel gar nichts zu tun."

Keiner von uns Katzen wollte etwas erwidern. Miranda hatte doch schließlich auch nichts damit zu tun. Ekki rannte hinaus und brachte die fette Maus für Miranda mit. „Magst du die? Essen vertreibt Kummer und Sorgen."

Aber Miranda schüttelte nur mit dem Kopf. „Danke, Ekki. Später vielleicht. Ich verstehe das alles nicht."

Die Namenlose rieb ihre Wange an Mirandas Wange. „Ich fühle mit dir. Wenn es um die Familie geht, wird es kompliziert. Dein Lieblingsmensch wird all deine Liebe und Kraft brauchen, die du zur Verfügung hast."

Nach einer Weile kam Stefan ins Wohnzimmer zurück. Ich habe ihn bis zur Tür begleitet. Dann stromerte ich um das Haus. „Wo läufst du hin?" rief Oscar mir nach.

„Immer an der Wand lang."

„Das ist wieder einmal eine sehr geistreiche Antwort, Laila."

„Lass mich darüber sprechen, wenn ich sicher sein kann."

Stefan nahm gegenüber von Frau Holten Platz. „Erklären sie uns jetzt, wo sie den gestrigen Tag verbracht haben?" Sein Ton war bestimmt und fordernd.

„Ich sagte schon, dass ich in der Firma war."

„Ich habe mit der Sisymtre telefoniert. Keiner hat sie gestern gesehen. Alle haben nur ihre Stimme aus ihrem Büro gehört. Aber gesehen hat sie keiner."

Gerdas Augen wurden vor Angst groß und dunkel. Ihre Hände begannen feucht zu werden.

„Ich hatte doch gestern meinen Abschluss. Er ist lebenswichtig für uns. Wissen sie was das bedeutet? Wir brauchen diesen Auftrag dringend, sonst geht es mit unserer Sisymtre steil bergab. Mit diesem Auftrag können wir diese Talfahrt noch verhindern."

Magdalena ließ vor Schreck ihre Kaffeetasse fallen. „Aber Schatz! Steht es denn wirklich so schlimm um unsere Firma?"

Gerda zuckte nur mit den Schultern und erwiderte nichts. Völlig verkrampft zerrte sie nur an den Griffen ihrer Tasche. Stefan hatte genug davon, ständig angelogen zu werden.

„Aber privat scheint es ihnen nicht sonderlich schlecht zu gehen, wenn sie in der Lage sind, jeden Monat sechstausend Euro an Herrn Kramacher zu überweisen."

*

Joschi sperrte die Kellertür auf. Aber die ließ sich nicht leicht öffnen. Nur mit sanfter Gewalt gelang es ihm, die Tür nach außen zu ziehen.

„Hier klemmt ein Tropfen Öl. Es wird Zeit, dass ich einmal nach dem Rechten sehe."

Er ließ die Tür offen stehen, damit frische Luft in den Keller strömen konnte.

„Meine Güte! Was müffelt denn hier so streng? Na ja, aber eigentlich ist es kein Wunder. Hier war schon seit Wochen niemand mehr. Aber andererseits könnte auch die Tiefkühltruhe ausgefallen sein. Ist mir auch schon passiert. Ich hatte wochenlang diesen Gestank in der Nase." Joschi schaltete das Licht im nächsten Kellerraum ein.

„Wo steht denn die verdammte Kühltruhe? Das ist wieder einmal typisch Magdalena. Anstatt einen Fünfer für frisches Frühstück herauszurücken, muss ich jetzt den Keller nach Brötchen durchforsten, von denen ich nicht weiß, wie lange die schon in diesem todesähnlichen Tiefschlaf sind, und ob sie nicht zufällig noch den Wechsel von D-Mark auf Euro mitbekommen haben."

Wir sahen, dass die Kellertür weit offen stand. „Willst du mir nicht endlich sagen was los ist?" moserte Oscar missgünstig.

„Du hast doch auch eine Nase und ein halbwegs vernünftiges Jakobsorgan."

„Natürlich verfüge ich über diese präzisen Messinstrumente."

„Dann benutze sie endlich."

„Hier sind erstaunlicherweise viele Witterungen. Aber eine kommt mir bekannt vor."

Ich rollte genervt mit den Augen. „Na endlich! Das hat aber auch gedauert."

*

Magdalena war mehr als entsetzt. Was war mit ihrem kleinen

Mädchen los? Sechstausend Euro? Dann auch noch von ihrem Privatkonto? Das wurde immer verwirrender. Gerda wurde noch blasser und die dunklen Augenschatten traten deutlich hervor. Aber wozu? Magdalena spürte, dass ihre Enkelin in der Hölle war und wollte sich zu ihr setzen.

„Bitte nicht," wies Jordi sie höflich darauf hin.

„Will noch irgendjemand Kaffee?" fragte Magdalena ratlos. Aber keiner gab ihr Antwort. Stefan hielt es nicht mehr im Sessel und er fing an, im Wohnzimmer hin und her zu laufen, wie er es immer tat, wenn er enorm unter Stress stand.

„Wollen sie nicht endlich erzählen, warum Herr Kramacher die letzten vier Monate von ihnen diese Zahlungen bekommen hat? Hat er für sie etwas erledigt? Hat er womöglich einen Auftrag ausgeführt, den sie nicht machen wollten? Soweit ich informiert bin, könnte sich die „Inotec" doch zu einem gefährlichen Konkurrenten entwickeln. Das wurde durch diesen Mord bei der „Inotec" geschickt vereitelt. Was sagen sie dazu, Frau Holten?"

„Ich möchte mit meinem Anwalt sprechen."

„Das ist auch dringend nötig. Sie stehen im dringenden Tatverdacht, Martin Gieseck getötet zu haben. Inwieweit sie an dem Mord an Wolfgang Neureuther, der bei der „Inotec" ermordet wurde, beteiligt sind, werden wir noch herausfinden."

Gerdas Augen waren entsetzt auf den Kommissar gerichtet. „Wie hieß der Mann? Sagen sie bitte noch einmal seinen Namen."

Jordi fiel auf, dass auch Magdalena unruhig wurde. „Wolfgang Neureuther hieß der Mann. Kannten sie ihn?"

Gerda ließ kraftlos ihre Hände sinken. Die Tasche rutschte auf den Boden.

Stefan drehte wieder seine Runde. Erst jetzt bemerkte er ein Foto auf dem Sideboard in dem gemütlichen Essraum. Er blieb wie angewurzelt davor stehen.

„Jordi! Sieh dir das an!"

Stefan deutete auf das Foto. „Frau Korbfuss. Können sie mir sagen, wer diese Frau auf dem Foto ist?"

Magdalena wechselte einen Blick mit Gerda bevor sie antwortete, und hob ratlos die Hände. „Das ist meine Tochter Barbara. Aber sie ist zur Zeit nicht hier, sondern in Spanien. Irgendwo bei Valencia. Ich habe doch vor höchstens zwanzig Minuten mit ihr gesprochen. Haben sie das nicht mitbekommen?"

„Doch natürlich," entgegnete Stefan. „Das ist mir nicht entgangen. Ich möchte ihnen etwas zeigen, Frau Korbfuss."

Magdalena schaute etwas ungläubig auf das Video, welches ihm Dennis noch geschickt hatte.

„Das ist meine Tochter und ihr damaliger Mann, Wolfgang Neureuther. Ich habe gehofft, dass es nur eine Namensgleichheit war. Das ist doch ein Allerweltsname, der sehr oft vorkommt." Magdalena fing an zu weinen. „Ich verstehe das alles nicht. Sie bezichtigen meine Tochter, ihren eigenen Vater umgebracht zu haben!"

*

Oscar sah mich entsetzt an. „Du meinst Goldhaar ist hier?"

„Genau das. Es kann sein, dass das Haus nicht richtig abgeschlossen war und da hat sie sich hier im Keller verkrochen."

„Das macht Sinn. Und gemütlicher und wärmer als das Clubheim der Kater ist es auch."

Joschi stapfte weiter durch den Keller auf der Suche nach der Kühltruhe. „Ich habe schon gar keine Lust mehr auf Brötchen. Das ist kein Haus. Das ist eine Festung. Der Keller ist größer, als der gesamte Wohnraum. Die Hütte ist fürchterlich."

Dann entdeckte er uns. „Verfolgt ihr mich auf Schritt und Tritt? Oder ist es eure Aufgabe, zu verhindern, dass ich weglaufe? Das sind sehr seltsame Methoden bei der Polizei heutzutage. Habt ihr kein Zuhause? Die extravagante Miranda genügt mir vollkommen."

„Selbstverständlich haben wir ein Zuhause. Aber wir bestimmen selbst, wann und wo wir hingehen. Je schneller du das kapierst, desto besser ist es für uns alle."

Joschi öffnete die nächste Tür. Der Gestank nach Verwesung wurde nun unerträglich. Sogar Joschi roch es nun und zog den Pullover über das Gesicht.

„Das stinkt ja hier zum Himmel!" Als er den Lichtschalter betätigte, glaubte er seinen Augen nicht zu trauen. Vor der überdimensionalen, leicht summenden Kühltruhe, lagen überall auf dem Boden eingepackte Fleischstücke und Plastikdosen mit Gemüse herum. Ehemals leckere Torten quollen aus ihren Verpackungen und Sahne, gemischt mit Buttercreme, verzierten den Boden. Joschi stolperte über eine Tüte mit Brötchen. Sie waren schon leicht grünlich verfärbt.

„Ich kann verstehen, dass, wenn man Hunger hat, in ein leerstehendes Haus einbricht und sich was zu essen holt. Aber für diese sinnlose Zerstörung fehlt mir jedes Verständnis. Oder wie seht ihr das?"

Richtete Joschi tatsächlich die Rede an uns?

Oscar rümpfte ebenfalls die Nase. „Die schönen Torten. So eine Verschwendung! Essen wegwerfen war und ist noch nie eine gute Idee gewesen."

„Du brauchst keine Torten. Sonst sprengst du Zuhause die Katzenklappe, Oscar."

Joschi stemmte die Hände in die Hüften. Dadurch rutschte der Pullover wieder nach unten. „Das halte ich nicht aus. Also ich für meinen Teil brauch jetzt frische Luft. Kommt ihr mit oder wollt ihr euch noch etwas ergötzen? Ich schicke dann später einen

Rettungstrupp vorbei, der euch wiederbeleben kann."

In der Ecke sah ich eine große blaue Mülltüte stehen. Darin lagen bereits mehrere Fleischpakete.

„Ich habe bis eben geglaubt, dass Magdalena auf dem Weg der Besserung sei. Aber wenn ich das hier sehe, kommen mir starke Zweifel. Einige Pakete liegen schon seit Wochen hier. Was hat sie hier nur wieder angestellt?"

Joschi brachte mich mit seinen Vorurteilen auf die Palme. Aber ordentlich!

„Riechst du hier eine Spur von Magdalena, du hirnloser Depp?" Ich war außer mir vor Wut. „Streng doch nur ein einziges Mal deine Blutwurstmasse, die man bei anderen Menschen Gehirn nennt, an. Du warst doch schon auf dem richtigen Weg."

Joschi glotzte mich verständnislos an, weil ich ihn gehörig zusammenstauchte und anfauchte. Er schien doch tatsächlich nachzudenken. Oscar stöberte neben der Kühltruhe herum.

„Voriges Jahr im Sommer war sie das letzte Mal hier. Das passt nicht so ganz. Das ist über ein halbes Jahr her. Die Torten wären mittlerweile eingetrocknet. Vielleicht waren es Jugendliche, die nur auf Randale aus waren."

„Bis auf die Jugendlichen, war das doch schon ganz klug. Du kannst, wenn du willst." Neugierig ging ich hinüber zu Oscar. Er hatte etwas gefunden. „Was ist denn das?"

Ein Herrenschuh. Er sah noch ziemlich neu aus. Und er hatte eine Witterung. So, wie das mit getragenen Schuhen nun einmal ist... Aber durch den Gestank war noch etwas zu erahnen. Zorro maunzte durch die offene Tür.

„Meine Güte stinkt das hier. Gefällt euch dieser Duft, oder was hält euch hier auf? Diese Duftmarke kenne ich nicht. Hat Joschi in die Bude gekackt?"

„Nein. Aber wenn wir das Terrain nicht gleich verlassen, kann es sein, dass er anfängt zu kotzen. Aber mir macht noch etwas anderes Sorgen. Hier ist eine Witterung von Goldhaar. Sieh nur wie es hier aussieht. Ich mache mir große Sorgen, dass ihr etwas passiert sein könnte."

„Wir müssen sie finden. Die Kommissare haben wahrscheinlich auch Interesse an ihr." Zorro brüllte nach oben. „Alles, was der Gattung Felidae angehört, runter in den Keller. Aber etwas dalli!"

Joschi bemerkte durch unser Interesse ebenfalls den Schuh. „Donnerwetter! Ein echter Budapester. Wer soll den getragen haben? Magdalenas Mann jedenfalls nicht. Der kommt hierfür nicht in Frage. Der mochte es eher schlicht und einfach. Der ist auch ziemlich modern und noch neu. Kaum benutzt sozusagen. Vielleicht hat ihn doch ein Einbrecher verloren und ich habe Magdalena zu unrecht verdächtigt. Allerdings..... ein Einbrecher mit echten Budapester? Die Dinger sind extrem teuer. Mein Budget würde es bei weitem überschreiten."

Joschi zog sich den Pullover wieder über die Nase, nahm einen leeren Müllbeuten und fasste damit den Schuh an. „Den bringe ich den Kommissaren mit. Vielleicht können sie den Schuh auf Spuren untersuchen lassen."

Mein Jakobsorgan arbeitete fieberhaft. Es war nicht einfach, zwischen all diesem Gestank eine vernünftige Witterung auszumachen. Nach und nach trafen alle Kater ein. Die Namenlose kam als Letzte. „Miranda ist bei Magdalena geblieben. Die weint sich zusammen mit ihrer Enkelin die Augen aus. Stefan hat Gerda festgenommen, weil er der Meinung ist, dass sie Gieseck umgebracht hat. Und der arme Joschi hat keine Ahnung von alledem."

Der sah sich im Keller um und fand sich von Katzen umgeben.

„Das gibt es doch nicht! Ihr seid doch total bescheuert. Alle miteinander! Los raus hier! Ich muss den Kommissaren den Fund zeigen."

Plötzlich fiel die Tür zu und es wurde finster. Da sich in diesem

Raum kein Fenster befand, war alles stockdunkel. Joschi fluchte. „So ein Mist! Wo befindet sich denn hier der Sicherungskasten? Das kann doch alles nicht wahr sein!"

Unsere Augen hatten sich schnell an die Dunkelheit gewöhnt. Nur unter dem Türschlitz drang etwas Licht durch. Das genügte uns, um einzelne Umrisse erkennen zu können.

„Scheiße ist tatsächlich magnetisch und zieht andere Scheiße nach sich. Ich muss sehen wie ich hier herauskomme. Ich darf bloß den Schuh nicht verlieren, den finde ich in der Dunkelheit nicht wieder."

Wir umkreisten Joschi, der vollkommen hilflos in der Dunkelheit umhertappte. Hinter der Kühltruhe tauchte ein weiterer Schatten auf.

„Manchmal macht man Fehler. Aber nur ein einziges Mal. Und ich werde keinen zweiten begehen. Lass den Schuh fallen. Er ist nicht an seinem Platz."

Das war doch die Stimme von Goldhaar! Aber sie hörte sich nicht mehr so freundlich und sanft an, wie wir sie in Erinnerung hatten. Joschi erschrak über alle Maßen, dass er so plötzlich in dieser absoluten Dunkelheit menschliche Gesellschaft bekam.

„Warum soll ich den Schuh fallen lassen? Erklären sie sich bitte. Sind sie für dieses Desaster hier verantwortlich?"

„Ist das so wichtig? Aber ich habe soeben beschlossen, dass du den Schuh behalten darfst. Er ist nicht mehr wichtig. „Erklären sie sich bitte." Du hast noch die gleichen Sprüche drauf wie damals."

„Barbara bist du das?"

Ein metallisches Klicken war zu hören. „Du hast ein gutes Gedächtnis, Joschi. Ich habe übrigens nie verstanden, was Gerda an dir findet."

„Deine Mutter auch nicht. Liebe findet sie bei mir. Dazu warst du nicht einmal annähernd in der Lage, ihr die nötige Zuwendung zu geben, die sie so dringend gebraucht hätte. Und ich weiß nicht, was aus Gerda geworden wäre, wenn deine Mutter nicht zur Verfügung gestanden hätte."

Joschis Stimme zitterte etwas. Aber ich bewunderte seinen Mut auszusprechen, wozu andere Menschen in so einer Situation wahrscheinlich nicht fähig gewesen wären.

„Ihre Verlässlichkeit ging mir damals schon auf die Nerven! Selbst als mein Vater starb, hat sie nie den Überblick verloren. Könntest du bitte zwei Schritte zurückgehen?"

„Nein, Barbara! Ich werde diesen Raum verlassen und nach oben gehen. Und dann werde ich den Kommissaren diesen Schuh zeigen, den du so gerne behalten möchtest."

„Ich fürchte, das kann ich nicht zulassen. Die Katzen, die hier bei dir sind, haben das metallische Klicken schon gehört. Sie sind aufmerksamer als du. Weißt du was das ist? Das ist eine vollautomatische Waffe mit Schalldämpfer."

„Du machst mir keine Angst!" Joschi versuchte wenigstens aufrecht und tapfer zu bleiben. Dafür gebührte ihm jeder Respekt. Wir nickten ihm anerkennend zu.

„Ich muss den Katzen zu Dank verpflichtet sein. Schließlich haben sie mich, nachdem ich einige Tage völlig orientierungslos gewesen bin, beschützt und durchgefüttert. Das habe ich deiner Frau zu verdanken. Sie hat mich niedergeschlagen und ich war für mehrere Tage nur noch in einer sehr begrenzten Welt." Für einen Moment hielt sie inne und wir konnten trotz Dunkelheit sehen, dass ein zartes Lächeln ihr hübsches Gesicht umspielte. Für einen kurzen Augenblick wirkte sie, wie die liebe zarte Goldhaar, die wir alle so lieb gewonnen hatten. Aber dann veränderte sich ihr Gesichtsausdruck und wurde wieder zur eisernen Maske.

„Schade, dass du sie nicht mehr nach dem Sachverhalt fragen kannst. Ich habe jetzt keine Zeit mehr. Bleib gefälligst ruhig stehen. Ich habe ein Präzisionswaffe mit Schalldämpfer. Es wird schnell gehen und du wirst nichts spüren."

Joschis Knie zitterten bedenklich. „Hast du Gieseck umgebracht?"

„Ich stand vor eurem Haus, aber ich wusste nicht mehr, wie ich dorthin gelangte. Aber dann ging alles ganz schnell. Was blieb mir denn anderes übrig? Er hat mich sofort erkannt, obwohl er mich nur auf Fotos gesehen hat. Ich habe es an seinen Augen gesehen. Da musste ich leider handeln. Kurz zuvor hatte ich erst mein Gedächtnis wieder erlangt. Es war ein Spruch meiner Mutter, den sie in meiner Kindheit oft verlauten ließ. „Am Ende wird alles gut - und wenn es noch nicht gut ist, dann ist es noch nicht das Ende."

Irgendso ein dämlicher Spruch von Oscar Wilde hat mich ins Jetzt zurückgeholt und ich musste sofort handeln! Und das ohne meine gewohnte Präzisionswaffe. Aber diese Bodenvase hatte auch gute Dienste getan."

„Aber warum? Gieseck hat dir doch nichts getan. Dieser Mord war und ist so sinnlos. Du hättest doch nur zu gehen brauchen. Keiner hätte Gieseck geglaubt."

„Mag sein. Ich betrachte Gieseck als „Kollateralschaden". Aber er war als einziger davon überzeugt, dass meine Mutter nicht dement und geisteskrank war, obwohl ich mir solche Mühe gegeben habe. Keiner von euch ist bis jetzt dahintergekommen, als die dreihunderttausend Euro verschwunden waren, wie das geschehen konnte. Da war ich ziemlich stolz auf mich."

„Du hast alle diese schrecklichen Dinge getan, für die Magdalena verantwortlich gemacht wurde?"

„Ich bin gut, was?"

Zorro hatte auf der Kühltruhe Platz genommen. „Wir sind im Handlungsbedarf Jungs und Mädels. Goldhaar ist im Glauben, dass sie im Alleinerstellungsmerkmal ist und kommt immer näher zu mir. Womöglich ist sie auch in dem Glauben verankert, wir würden solche Schandtaten decken und für gut heißen!"

„Jawoll!" maunzte ich dazwischen. „Wir sind doch keine Köter, die alles problemlos schlucken!"

„So sieht es aus. Aber ich wünsche, dass du mich nicht unterbrichst

Laila! Also, noch drei Katzen auf die Truhe. Wer von euch kann am besten springen?"

„Das dürfte ich sein. Darin bin ich unerreicht."

„Alles klar, Laila. Aber gelobhudelt wird später. Du springst so hoch, dass du ihre Hand mit der Waffe erreichst. Aber du darfst eines nicht vergessen, Laila. Du hast nur einen einzigen Versuch! Wenn es Goldhaar gelingt, die Waffe auf dich zu richten, ist alles zu spät!"

„Ich werde es nicht verbocken. Dafür verwette ich die Leber der nächsten Maus!"

Zorro nickte. „Das wollte ich hören! Oscar, Ekki und Robert, ihr greift sie von unten an. Wir fallen ihren Rücken an und die Namenlose darf sich an Goldhaars Gesicht vergnügen und ihr den Blick verwischen. Sie darf keine freie Sicht auf Joschi haben! Wir haben einmal einen Mord nicht verhindert. Das kommt nie wieder vor. Also bei drei."

Diese ganze Unterredung dauerte nicht länger als ein Wimpernschlag.

Joschi blieb vor Angst still stehen. Seine Knie zitterten und er drohte ohnmächtig zu werden.

Goldhaar schaltete das Licht ein. Wir sprangen alle zugleich und keine Sekunde zu früh. Die Namenlose sprang zuerst auf einen Tisch und von da direkt ins Gesicht von Goldhaar. Sie verhinderte so, dass Goldhaar einen gezielten Schuss auf Joschi abgeben konnte. Zorro, Pirat und Richie fielen ihr in den Rücken. Ekki, Robert und Oscar bissen sich an den Beinen fest. Dann kam mein Einsatz. Ich war hoch konzentriert. Nichts durfte daneben gehen. Ihre Hand bewegte sich vor meinen Augen hin und her wie eine Maus. Ich sprang hoch und biss so fest zu wie ich es vermochte. Ein Schuss löste sich und bohrte sich in die Decke hinein. Joschi ergriff seine Chance und rannte hinaus. Dieses Metallding fiel auf den Boden. Oscar schubste es geistesgegenwärtig hinter die Tiefkühltruhe. Goldhaar lag mit einigen Schrammen auf dem Boden und wir duldeten nicht, dass sie sich erhob.

„Eigentlich schade! Ihr wart so gut zu mir. Aber nur durch euch habe ich das Gericht der Rache kosten können. Ihr habt mir die Möglichkeit gegeben, meinen Racheschwur zu vollenden. Und jetzt habt ihr mich gestellt! Übrigens in der Kühltruhe liegt noch eine Überraschung für meine Tochter. Ich konnte nicht ahnen, dass Magdalena zusammen mit Gerda und Joschi, zurück in dieses schreckliche Haus geht. Wie ihr seht, hatte ich bereits mit dem aufräumen angefangen. Mein Plan hätte funktioniert und Gerdas Anwalt hätte sich mit mehreren Morden auseinandersetzen dürfen. Mein Mann hatte mich damals wegen Kathrin Siebenstock verlassen. Ich konnte nicht verkraften, dass er mich verlassen hatte. Ein Hurenvogel war er schon immer. Aber ich war trotzdem verrückt nach ihm! Wir hatten uns in diversen Hackerclubs kennengelernt. In unserer Firma stellte ich ihm eine vielversprechende Karriere in Aussicht. Aber dann lernte er in so einem Club Kathrin kennen. Ich dachte, es ist nur eine Affäre. Aber nein! Dieser Trottel erzählte mir etwas von großer Liebe! Aber nicht nur das. Er hatte auch gleich das Geheimnis unseres Systems mitgenommen und ihr in den gierigen Rachen geworfen. Aber wie das Leben so spielt. Sie war ihn bald leid und traf ihre eigenen Entscheidungen. Mit diesem Granthoff und Hansmann hatte sie dann, mit meiner Idee, die Firma „Inotec" gegründet. Mit dem System, welches ich in jahrelangen Überlegungen erarbeitet habe. Das durfte nicht ungestraft bleiben, schließlich wollte ich mich damit selbstständig machen, und der mir über alles gehassten Sisymtre endlich den Rücken kehren. Aber es kam eben anders und ich musste mich neu orientieren."

Zorro fühle sich auf einmal auf der Truhe irgendwie unwohl.

Auf der Straße hörte man, wie mehrere Einsatzfahrzuge in die Straße einfuhren. Jordi und Stefan waren in den Raum getreten und hörten zunächst nur zu.

„Es ist schön, dass ich sie nun aus der Nähe sehe, Kommissar. Obwohl, wenn ich einen Tick schneller gefahren wäre, würden sie hier nicht vor mir stehen. Was man mit Kopftuch und Perücke so alles erreichen kann."

„Unser Kriminaltechniker hat festgestellt, dass in dem Wagen nicht Frau Siebenstock saß. Ist sie mittlerweile ihre Komplizin?"

„Sie ist sehr klug. Vielleicht habe ich mich falsch entschieden. Aber Komplizin wäre jetzt zu viel gesagt."

Stefan öffnete die Tür, um möglichst viel frische Luft hereinzulassen. Er wollte den Redestrom von Frau Korbfuss Tochter auf keinen Fall unterbrechen. Jordi stellte sein Handy auf Aufnahme. Später, wenn der Rechtsanwalt daneben saß, würde sie nur noch das aussagen, was für ihr Strafmaß mildernd wirken würde.

„Wann haben sie zum ersten Mal mit ihrem Exmann Kontakt aufgenommen?"

Goldhaar richtete sich auf, aber wir hinderten sie am aufstehen. Sobald sie einen Fuß auf den Boden setzte, bekam sie von Zorro eine Backpfeife. Sie lehnte sich mit dem Rücken gegen die Kühltruhe und setzte ein leichtes Grinsen auf.

„Ich verfolgte ihn von Anfang an. Ich wusste immer wo er war und was er gerade so tat. Jede seiner Freundinnen vergraulte ich nach kurzer Zeit. Zu mir kam er dann jedes Mal, um sich auszuweinen. Irgendwann sind wir uns wieder nähergekommen und ich bin in sein Geschäft eingestiegen. Ich habe viele Talente und war bald eine bessere Auftragskillerin als er...die Seiten wechselten...und er bekam die Aufträge von mir. So unter anderem auch den, bei der „Inotec" einzubrechen. Dieser Einbruch war vollkommen sinnlos, aber ich hatte ihn dort, wo ich ihn haben wollte. Vom Leben ins Jenseits dauert es genau 6,3 Millisekunden. Das war komisch. Ich fühlte nichts. Nicht das geringste."

„Aber wie ist es ihnen gelungen, unbemerkt den Mord zu begehen? Es fehlen genau fünf Minuten. Wir haben alles durchgerechnet."

„Alles in dieser Firma ist computergesteuert. Sogar die Uhrzeit. Ich habe die Uhrzeit um genau sechs Minuten vorgestellt. Das gab mir den Vorsprung, den ich brauchte, um aus dem Gebäude zu kommen. Ich hatte einen kleinen Fehler eingebaut, den Kathrin verzweifelt versuchte, am Tag dieser äußerst wichtigen Veranstaltung, zu finden und dadurch wurde sie auf das Video gebannt. Das kam mir sehr zupass. Denn schon hatte ich eine Täterin. Im Eifer des Gefechts bemerkte keiner, dass ich die Uhr wieder auf Originalzeit gestellt hatte. Das Video, bei dem sie mich und meinen Mann sehen, habe ich Kramacher aufgespielt. Ich fand das lustig. Nicht böse sein, Kommissar, aber ich hatte auch das Bild ihrer Frau an die Presse gegeben. Sie ist übrigens die einzige, die mich gesehen hat."

Stefan schüttelte fast unmerklich mit dem Kopf. „Das kann nicht sein."

„Erinnern sie sich? Der schwarze Wagen? Ihre Frau musste zur Seite springen, damit ich sie nicht über den Haufen fahre. Aber dann habe ich das Ruder herumgerissen und sie gefragt, wie ich aus dem Industriegebiet herauskomme. Aber sie hat zu ihrem Glück nur meine Hände gesehen."

Stefan wollte vor Wut auf die Frau zugehen, aber Jordi hielt ihn zurück.

„Ihre Frau hätte diesen Tag sonst nicht überlebt. Keiner der „Inotec" hat etwas damit zu tun."

„Dann haben sie bei der „Inotec" ihren Exmann getötet?"

„Das hatte ich bereits erwähnt. Aber ich habe die Beweise so manipuliert, dass man zunächst ihre Frau und anschließend Kathrin Siebenstock verdächtigt hat. Aber Kathrin kann dazu auch nichts mehr beitragen. Das tut mir sehr leid."

„Wissen sie etwas über den Verbleib von Granthoff, Hansmann und Kramacher?"

„Sind alle schön zusammen und halten sich warm. Granthoff hatte ich zuerst mit Geld und dann mit meinen körperlichen Vorzügen angeworben. Ein hübscher, gutgebauter Bursche. Aber er besaß keinen Charakter. Ich benutzte ihn solange es nötig war. Hansmann wurde gefährlich...er fing an zu recherchieren. Da musste er auch leider den Weg in die kalte Ewigkeit antreten. Kramacher hatte mit dieser Sache eigentlich nichts zu tun, und wurde von meiner Tochter angeheuert, um bei der „Inotec" Werksspionage zu betreiben. Wir alle wissen, dass das brandgefährlich ist. Das weiß Kramacher jetzt auch. Das heißt er wusste es. Jetzt fühlt er nichts mehr."

Ich war entsetzt. Unsere liebe Goldhaar. Ein seelenloses Monster! Ich begann, mich vor ihr zu fürchten. Diese Kälte, die ihre Augen ausstrahlten, hatte ich so noch nie gesehen.

„In ihren Augen ist nicht die geringste Emotion zu sehen. Nur als sie von ihrer eigenen Tochter niedergeschlagen wurde, war sie lieb und gut. Und genau dieser Mann in schwarz war sie. Gerda wollt ihre Mutter ausschalten, aber nicht töten, damit dieser entsetzliche Teufelskreislauf mit den Morden endet. Aber wir haben sie davon abgehalten."

Die Namenlose sprach aus, was wir alle dachten. Zwei Polizisten legten Goldhaar Handschellen an und führten sie aus dem Keller hinaus. Oscar schob die schwere Waffe hinter der Kühltruhe hervor und Stefan nahm sie in Empfang.

Frau Korbfuss stand, von Joschi und ihrer Enkelin gestützt, vor dem Haus. Über ihre Wangen liefen Tränen. Als ihre Tochter Barbara von zwei Polizisten aus dem Keller geführt wurde, brach sie in lautes Wehklagen aus. Sie weinte hemmungslos. Barbara, alias Goldhaar, blieb einen Moment vor ihrer Mutter stehen. Ihr Gesicht zeigte einen spöttischen Ausdruck. Keine Spur von Reue oder Mitleid war darin zu lesen.

„Aber ich habe doch sogar das Meer rauschen hören, Barbara."

„Du hast eine generierte KI-Version von mir gesehen. Ich war nie weit weg von dir. Wenn du mich angerufen hast, habe ich ein Programm eingeschaltet, das mir das jeweils nötige Umfeld gegeben hat. Sogar Meeresrauschen habe ich einprogrammiert."

„Wo kommt nur dieser Hass her? Was haben wir dir angetan?"

Das eiskalte Gesicht von Goldhaar zeigte zum ersten Mal so etwas wie Gefühl. Unverblümter Hass. „Das weißt du genau! Ich wollte die Leitung der Firma übernehmen, aber du und mein Vater waren dagegen und habt mir so meine Karriere für immer ruiniert."

Frau Korbfuss wischte sich die Tränen von den Wangen.

„Du wolltest die Leitung der Sisymtre übernehmen und wir sollten einem fremden Mann, den wir damals nicht kannten, sogar Prokura geben. Kein vernünftiger Mensch stimmt so etwas zu. Du hast uns keine Zeit gelassen, Wolfgang näher kennenzulernen. Du wurdest schwanger, aber schon bald darauf hat sich dein Mann anderweitig orientiert. Er hatte andere Frauen und du hast dich auch nicht gerade wie eine Nonne benommen. Aber anstatt nach vorne zu sehen, hast du dich von uns, deiner Familie, völlig zurückgezogen und abgekapselt. Du hast deine eigene Tochter so vernachlässigt, dass ich einschreiten musste."

Der hasserfüllte Blick, mit dem Goldhaar Magdalena bedachte, flößte uns Angst ein.

„Meine Tochter trägt an diesem ganzen Debakel Schuld. Du solltest mir helfen, als ich völlig am Ende war. Aber stattdessen hast du die Erziehung an dich gerissen und nach Vaters Tod die Leitung der Sisymtre übernommen. Und das alles ohne mich zu fragen!"

„Ich habe dich nicht erreicht. Nichts habe ich unversucht gelassen. Aber du hast dich weiterhin abgekapselt und warst nächtelang unterwegs, in denen deine Tochter völlig auf sich gestellt und alleine in der Wohnung war. Was blieb mir denn anderes übrig? Kurz darauf bist du aus der Firma ausgestiegen und hast dieses System mitgenommen. Du hast dich auszahlen lassen und fingst ein neues Leben an, von dem ich bis heute nichts weiß. Dabei war ich so glücklich, als du dich nach Jahren bei mir gemeldet hast. Ich habe mir ernsthafte Sorgen um dich gemacht. Du hast mich nur belogen! Gibt es überhaupt ein Wohnmobil?"

„Ja, das gibt es. Es ist die unauffälligste Methode in Europa von A nach B zu kommen. Keine Daten, die man zurückverfolgen kann.

Ein Konzept meines Erfolges. Aber meine Tochter scheint mich entdeckt zu haben."

Gerda hielt krampfhaft die Hand ihrer Großmutter fest. „In den Hackerclubs habe ich dich aufgestöbert. Dein Avatar war unverkennbar. Von dort konnte ich deine Spur aufnehmen und ich wusste, dass du plötzlich wieder in dieser Stadt bist. Als mein Vater im Büro der „Inotec" ermordet wurde, habe ich befürchtet, dass du dahinter steckst. Eine große Trauer stellte sich bei mir nicht ein. Wozu auch? Er hat sich nie um mich gekümmert! Aber wie sollte ich beweisen, dass du hinter dem Mord steckst? Am Bahnhof habe ich dich entdeckt und wollte dich aus dem Verkehr ziehen. Danach verlor ich für kurze Zeit deine Spur. Dann tauchtest du wieder auf, und ich habe ein zweites Mal versucht, dich niederzuschlagen. Aber deine tapferen Katzenfreunde haben das leider verhindert!"

Gerda schob den Ärmel ihres Kleides hoch und zeigte einen Verband um ihr Handgelenk.

„Was sollten wir denn anderes tun? Goldhaar war zu der Zeit noch ein anderer Mensch. Sie wirkte so hilflos! Mir tut immer noch der Schädel weh!" schimpfte Robert. Gerda warf einen traurigen Blick auf Robert.

„Es tut mir sehr leid! Nie wollte ich einen Unschuldigen mit hineinziehen. Das lag niemals in meiner Absicht!"

„Können wir glauben! Müssen wir aber nicht!" motzte ich dazwischen. „Ich bin nach wie vor der Meinung, dass diese ganze Familie einen an der Waffel hat."

Gerda wandte sich von uns ab und wischt sich eine Haarsträhne aus dem Gesicht. „Dann habe ich mich umgezogen. Raus aus dem schwarzen Anzug und rein ins Bürooutfit und bin in die Firma gefahren...Ich kann es nicht fassen, dass du wenige Stunden später diesen harmlosen Gieseck getötet hast."

Magdalena nahm ihre Enkelin in den Arm. „Lass sie gehen, Gerda. Ihr Weg ist hier zu Ende." Joschi konnte kaum glauben was er hörte.

„Wie kannst du dich nur so in Gefahr bringen? Du hättest tot sein können. Deine Mutter ist ein Killer!"

„Du auch Joschi," sagt Magdalena leise. „Und du hast unfassbar viel Mut bewiesen. Vielleicht bist du doch kein so schlechter Kerl."

„Und vielleicht solltest du darüber nachdenken, doch weiterhin mit uns zusammenzuwohnen. Hier kannst du nicht bleiben. Und ich würde sagen, du musst zurück in die Firma. Gerda wird dich brauchen."

Magdalena seufzte tief. „Ich weiß nicht, ob ich dazu noch fähig bin."

„Ich glaube schon," erwiderte Stefan. „Giesecks Handy wurde gefunden. Er hat sich Notizen über sie gemacht und hat bestätigt, dass ihre geistige Referenz perfekt ist. Ihre Motorik und Merkfähigkeit sind außergewöhnlich gut ausgebildet. Er hatte schon länger den Verdacht, dass man sie manipulierte. Also steht einem neuen alten Leben nichts im Weg, Frau Korbfuss."

Die Polizisten drängten Goldhaar, weiterzugehen. Wieder blieb ihr Blick hasserfüllt auf ihrer Mutter hängen.

„Hast du übrigens gewusst, dass sich im Keller hinter der Kühltruhe ein Safe befindet? Mein Vater war sehr schlau. Aber niemand außer mir weiß wie er geöffnet wird!"

Magdalena nickt traurig. „Ich kenne diesen Safe. Dein Vater hat ihn gesichert. Mit einer Melodie! Er liebte diese technischen Spielereien. Er hat sogar extra eine kleine Spieluhr gebaut, mit einem alten Volkslied. Aber ich habe sie nicht mehr gefunden."

„Ich habe sie mitgenommen. Als ich ein paar Gläser zu viel getrunken hatte, habe ich Wolfgang von der Spieluhr erzählt. Dieser Idiot hatte sie an sich genommen und an Kathrin weitergegeben. Sie steckte sie in ihren Safe, aber hatte keine Ahnung, was dieses Spielzeug bedeutete. Wolfgang hatte dieses Ding in der Hand, als ich ihm das Licht ausgeblasen hatte. Aber mir blieb keine Zeit mehr, es an mich zu nehmen."

„Ich lege keinen Wert mehr darauf!"

„Du wirst deine Meinung ändern! Aber eines muss ich dir zugestehen. Deine Kühltruhe, die Platz für Lebensmittel für ein Restaurant mit zweihundert Menschen bietet, ist wirklich praktisch. Ich habe dir vor Jahren schon prophezeit, dass ich dir hinter der Holztür im Keller ein Geschenk hinterlege."

Goldhaar, alias Barbara, wurde in den Einsatzwagen der Polizei verfrachtet, der sofort losfuhr.

Magdalena ging mit ihrer Enkelin und Joschi zurück ins Haus.

„Jetzt weiß ich, was dieser Traum bedeutet, der mich schon seit Jahren verfolgt. Mein Unterbewusstsein wusste dich genau richtig einzuschätzen, aber das Herz einer Mutter vermag manchmal die Wahrheit schwerlich zu erkennen."

Die Polizei fand in der Kühltruhe die Leichen von vier Menschen. Sinan Granthoff, der Geschäftsführer von „Inotec", Malte Hansmann, Kathrin Siebenstock und Georg Kramacher.

Die Spieluhr war in der Asservatenkammer zu finden. Magdalena überließ es Dennis, den Safe im Keller zu öffnen. Nie wieder wollte sie dieses Haus betreten.

Dennis wurde von Jordi und Stefan begleitet. Sie betraten den Keller mit einem gewissen schaudern. Es überlief sie eiskalt, obwohl dieser grausame Schauplatz inzwischen gereinigt war. Dennis schob die kleine Spieluhr in die dafür vorgesehene Verankerung. Zunächst geschah nichts und sie wollten sich schon enttäuscht abwenden. Aber dann erklang plötzlich in sanften Tönen. „Ich weiß nicht, was soll es bedeuten, dass ich so traurig bin."

Der Safe öffnete sich wie von Geisterhand. Darin befand sich eine Patentanmeldung über ein sensationelles Sicherheitssystem. Die „Inotec" existierte praktisch nicht mehr, sonst hätte sie sich mit dem Vorwurf des Plagiats auseinandersetzen müssen.

„Dieses Patent wird niemals benutzt. Zu viel Blut ist geflossen."

Stefan überreichte Frau Korbfuss noch einen Brief, der an sie gerichtet war. Eine letzte Botschaft von ihrem Mann. Die Schrift war zittrig und wirkte, als ob ihn die Kräfte bereits verlassen hätten.

„Dieses System wird die Zukunft sein. Aber ich bin leider nicht mehr in der Lage, es umzusetzen. Aber ihr, meine heißgeliebte Magdalena und Gerda, ihr werdet es in unserer Firma umsetzen.

Aber es tut mir leid, dass ich dir diese Zeilen schreiben muss. Hüte dich vor unserer Tochter Barbara! So intelligent wie sie ist, so böse ist sie auch. Sie hat, nachdem sie uns und die Firma verlassen hatte, einen Weg eingeschlagen, den ich nicht mehr nachvollziehen kann. Wenn sie deine Nähe sucht, such du zu deinem eigenen Schutz die Nähe der Polizei.

Irgendwann, in einer anderen Welt, werde ich auf dich warten!"

*

Stefan hatte sein bestes T-Shirt aus dem Schrank herausgekramt. Aufgeregt saß er vor dem Laptop bei sich Zuhause im Wohnzimmer. Die Kater spürten seine Aufregung und nahmen wie selbstverständlich, jeweils zur Linken und zur Rechten, auf dem Tisch Platz. Sie glotzen erwartungsvoll auf den aufgeklappten Schirm, der jedoch immer noch dunkel war.

„Was ist los mit dir?" schimpfte Adonis. „Warum brauchst du so lange. Also ich hätte das an deiner Stelle schon lange erledigt!"

„Das frage ich mich auch. Jetzt sitzt der schon eine Ewigkeit vor dem verdammte Ding und nichts passiert."

„Stattdessen prüft er immer wieder, ob sein Haar richtig sitzt, und die Blumen auch in dem Ding hier zu sehen sind. Stefan hat dieses Scheibending auch so gestellt, dass Susanne die geputzten Fenster bemerkt. Dabei wäre es wichtiger, dass wir auf der komischen Scheibe zu sehen sind, Apollo. Sie soll schließlich wissen, dass wir auf ihrer Seite sind!"

„Und die Kinder hat er auch aus dem Haus geekelt! Nicht zu fassen!"

„Na, so krass würde ich das jetzt nicht sehen. Melanie und Fabian sind zu ihren Großeltern gefahren. Zum ersten Mal alleine mit dem Zug."

„Aber du musst zugeben, er tendiert schon dahin, dass er über das Wochenende eine sturmfreie Bude hat."

„Da bin ich gespannt, ob das hinhaut. Im Moment wagt unser Held noch nicht einmal anzurufen."

Die blauen Augen der Siamkater fixierten Stefan unerbittlich.

„Ich bekomme das hin, Jungs!"

„Das hoffen wir doch! Sonst kannst du nämlich ausziehen!"

Der Bildschirm ging an. Susannes hübsches Gesicht tauchte auf. Aber Stefan erkannte sofort, dass sie sich nicht im Büro der Werbeagentur befand. Sie saß irgendwo in der freien Natur auf einer Parkbank. Stefans Herz raste vor Aufregung. Ein leichter Wind spielte mit ihren Haaren und umrahmten ihre dunklen Augen. Susannes Haut schien wie aus Bronze zu sein. Stefan hatte das Gefühl, Susannes Aura ließ das Telefon erleuchten. Sie war so unfassbar schön. Für Sekunden sprach keiner von ihnen ein Wort und sahen sich nur an.

„Wird das heute noch was?" maunzte Adonis ungeduldig.

„Halt die Klappe!" fauchte Apollo.

„Ich muss dir was sagen!" tönten Susanne und Stefan gleichzeitig. Sie nickten beide.

„Du zuerst!" klang es wieder zugleich aus zwei Kehlen.

„Ganz toll!" maunzte Apollo leise. „Könnte schwierig werden mit der Zusammenführung."

„Wir müssen einschreiten. Sonst wird das nie was!"

Die Siamkater setzten sich direkt vor den Bildschirm, sodass Susanne nur dicke schwarze Nasen und blaue Augen sehen konnte.

„Komm endlich nach Hause, Susanne! Oder willst du wirklich, dass der nächste Seidenteppich in unserem Katzenbett landet?"

Stefans blaue Augen tauchten plötzlich in der Mitte des Schirms auf. „Ich habe nicht so ganz verstanden, um was es geht, aber ich bin ganz ihrer Meinung!"

„Als Siamkater würdest du auch eine gute Figur abgeben. Dann mach endlich die Tür auf. Ich bin gleich da!"

Zwei Stunden später...

Die Siamkater spielten mit den verstreuten Klamotten, die quer durch das Wohnzimmer und im Treppenhaus, bis vor das Schlafzimmer, lagen. Der Büstenhalter war besonders interessant. Die Kater füllten die Körbchen mit ihren Hintern aus, und rutschten mehrmals hintereinander in atemberaubenden Tempo die Stufen hinunter.

„Das ist besser als Bob fahren!"

„Nur bremsen müssen wir noch üben."

Ihre großen blauen Augen waren erwartungsvoll auf die geschlossene Tür im Schlafzimmer gerichtet.

„Und du bist sicher, dass wir nicht nachsehen müssen ob die Wiedervereinigung funktioniert?"

„Nein! Hast du was mit den Ohren? Sie lieben sich! Und wie!"

*

Jordi hatte eingeladen. Es gab seine berühmte „Hähnchenpfanne Catalan." Sebastian, Laura und Rosa freuten sich sehr auf diesen Nachmittag. Irene hatte noch leckeres Röstbrot und Salate gemacht. Es war wundervoll.

Wir saßen gemütlich im Garten und labten uns an dem zarten weißen Fleisch. Die Salate und das Brot überließen wir den Menschen. Sissi, dieses völlig durchgeknallte Pudelmädchen, textete uns mit Fragen über den letzten Fall zu. Aber wirklich interessant war, dass sie uns sehr intime Details von Irene und Susanne, wie sie über ihre Männer denken, verraten hat! Diese Weiber sind ja noch schlimmer als Katzen! Das gefällt mir! Stefan und Susanne fütterten sich gegenseitig und warfen sich immer wieder heiße Blicke zu. Ich fand das ziemlich bescheuert, aber so war es natürlich viel besser. Susanne hatte schon vor Tagen in der Werbeagentur fristlos gekündigt. Mit sichtlichem Stolz hatte sie verkündet, dass sie sich selbstständig machen wird, und zunächst von Zuhause aus arbeiten wird. Aber das allerwichtigste war, dass jeder in der Familie wusste, was zu tun ist, und Susanne nie mehr alleine mit der Haushalts- und Familienführung dastand. Raimundo hatte daraufhin weiterhin heimlich versucht, Kontakt zu Susanne aufzunehmen. Stefan hatte genug von seinem Gebalze. Er ist in die Firma gefahren und kündigte dem schönen Raimundo eine gehörige Tracht Prügel an, wenn er Susanne jemals wieder zu nahe kommen sollte. Selbstredend durfte Susanne von diesem „archaischen Gespräch mit animalistischem Ausgang" nichts erfahren.

An diesem Abend waren sie gemeinsam mit Jordi und Irene auf einem Konzert von „Hammersmith". Susanne war zunächst etwas irritiert, dachte sie doch, Lemmy von „Motörhead" wäre wieder auferstanden. Aber dann ließ sie sich von dem packenden Rhythmus mittragen. All der Frust und die Traurigkeit der letzten Wochen wurden einfach weg getanzt. Später tranken sie sogar noch zusammen mit Chris, Steel und Joe, den Mitgliedern der Band, ein Bier. Das konnten wir hören als er sich später leise mit Jordi darüber unterhielt. Zorro unterstützte ihn dabei.

„So ist das richtig! Man muss sein Revier sauber halten. Fremde Kater haben da nichts zu suchen. Wenn du unsere Hilfe brauchst, gib Bescheid. Wir regeln das!"

Die Kater saßen alle dicht gedrängt um Stefan und Jordi und zählten nacheinander auf, was sie mit dem Nebenbuhler so alles anstellen würden. Meiner Meinung nach noch viel zu kulant.

Medea, die blinde schwarze Katze, unterhielt sich mit der Namenlosen. Rosa watschelte mit einem Hähnchenschenkel in ihrer winzigen Hand, durch die Wiese. Sie bot die Leckerei Sam an, der sie dankbar annahm und ihr vorsorglich ihr fettiges Schnütchen abschleckte. Sogar Dennis und Lothar waren mit ihren Frauen eingeladen. Dennis erzählte voller Stolz, wie er das Atelier seiner schönen Freundin umbauen wird, weil „trockene Himbeere" ihm einen ordentlichen Gewinn beschieden hatte. Ekki saß lange mit Lothar zusammen und tauschte sich mit ihm so über dies und das aus. Seit Lothar Ekkis Leben auf dramatische Art und Weise gerettet hatte, waren sie unzertrennliche Freunde geworden.

Zu später Stunde, die Menschen saßen gemütlich um ein Lagerfeuer, Rosa lag warm eingepackt auf einem Liegestuhl und schlief, saßen wir Katzen und Hunde alle zusammen.

„Können wir jemals einem Menschen wieder vertrauen, Namenlose?"

„Wir haben unsere Menschen. Sieh doch nur! Alle, die heute Abend hier sitzen, vertrauen uns. Also vertrauen wir auch ihnen."

„Wo war unser Instinkt? Warum hat er uns nicht gewarnt?"

„Vielleicht hat er das. Aber wir haben es nicht wahrgenommen."

„Dann waren es eigentlich zwei Menschen in einem."

So saßen wir bis in die tiefe Nacht hinein und philosophierten über die Dinge der Welt. Ekki entdeckte einen Stern, der vom Himmel fiel. Lothar sagte daraufhin, dass das ein Ekkistern sei und er nur ihm gehörte. Oscar erfand eine wunderbare Geschichte über den Stern, der quer durch das Weltall trieb und in Ekki einen neuen Freund fand.

Heute blieb uns keine Zeit mehr, aber morgen Nacht würden wir uns auf die Suche nach Ekkis Stern machen.

*

Ich bedanke mich herzlich bei:

Ingrid Naß und Robert Derouet für ihre Hilfe und technische Beratung. Ebenfalls bedanke ich mich bei Ulrich Höfer für seine fachkundigen Ratschläge.

Ich bin stolz darauf euch meine Freunde nennen zu dürfen.

An meinen Herzensmann!

Wieder einmal wurden deine Nerven auf das äußerste strapaziert. Aber was uns nicht tötet macht uns härter.

Hab dich lieb!

www.hoefer.camera

Weitere Bücher der KriMIAUtorin

Elvy Jansen

Elvy Jansen

Roter Sessel,

schwarze Katze

344 Seiten

ISBN-13: 9783740744373

Eine kleine, schwarze, streunende Katze sucht sich ein Zuhause. In Laura und Sebastian findet sie die Menschen mit denen sie ihr Leben verbringen möchte, und wird auf den Namen Laila getauft.

Sie lebt sich schnell ein und lernt die Tiere in der Nachbarschaft kennen. Eine große rote Bordeauxdogge wird ihr bester Freund und eigentlich könnte alles gut sein...

Doch eine Bande teurer Edelkater möchte das Revier von Laila und ihren Freunden erobern. Laila und ihre Freunde fürchten sich in ihrem eigenen Revier zu Tode. Warum?

Als Laila eine grausam entstellte Katzenleiche findet spitzt sich die Situation zu. Und das ist erst der Anfang...

Laila begibt sich mit ihrer Gang auf Spurensuche. Mit Schlagfertigkeit, Witz und scharfen Krallen gelingt es ihr fast immer aus gefährlichen Situationen zu entkommen.

Fast immer!

Elvy Jansen

Schwarze Katze...

und der Mordsommer

244 Seiten

ISBN-13:9783740743697

In diesem Fall hat Laila, die kleine freche schwarze Katze, das Heft fest in ihrer Pfote. Ohne sie und ihre Gang wären Kommissar Wieland und Kollege Montroig völlig hilflos.

Der Nachbar von Laila wird brutal in seinem Haus zusammen geschlagen und schwer verletzt.

Aber es kommt noch schlimmer.

Ein junger Mann wird eiskalt ermordet!

Und eine Spedition scheint eine zentrale Rolle zu spielen.

Mit viel Witz und Humor wird hier ein bis zum Schluss spannender Kriminalfall zu Papier gebracht.

Elvy Jansen

Schwarze Katze...

und die Abgründe der

Moral

376 Seiten

ISBN-13: 9783759794710

Eine junge Frau fährt mit ihrem Motorrd durch eine einsame Waldstraße...Kurz darauf erleidet sie einen Unfall und liegt schwer verletzt, alleine und hilflos im Wald. Eine „Gang", aus Fünf Katern bestehend findet sie, und organisiert auf untypische Art und Weise Hilfe.

Es stellt sich heraus, dass der Unfall manipuliert worden ist. Kommissar Wieland und Kollege Montroig haben alle Hände voll zu tun. Aber sie haben Hilfe.

Laila, die kleine, selbstbewusste, schwarze Katze sieht natürlich viel mehr als es ein Mensch jemals könnte. Es wird nicht der einzige Unfall bleiben, bei dem sogar ein Mensch zu Tode kommt! Laila und „Konsorten" tauchen in die Motorradszene ein und stellen fest, dass das Zusammenleben zwischen Motorradfahrern sich nicht sonderlich von ihrem Leben unterscheidet.

Natürlich wie immer mit der üblichen Anarchie und schwarzem Humor!

Elvy Jansen

Schwarze Katze...

und die Wahrheit

hinter dem Spiegel

312 Seiten

ISBN-13: 9783740753399

Es ist bitter kalt und mitten in der Nacht, als Laila und ihre „Gang" einen schrecklchen Fund machen.

An einem Baum hängt ein Mensch...und er ist tot. War es Selbstmord?

Die Kommissare Stefan Wieland und Jordi Montroig können noch nicht ahnen, dass sie dieses Mal vor einem Fall mit ungeahnten Ausmaßen stehen...

Die Katzen lernen auf ihren Streifzügen Achim kennen. Er hat eine eigene Werkstatt.

Astrid, die Nachbarin von Achim, trauert immer noch um ihren verstorbenen Mann. Aber es scheint, als hätte er ein Geheimnis mit ins Grab genommen.

In Achims Werkstatt ereignet sich eine Katastrophe. Die Situation eskaliert!

Elvy Jansen

Schwarze Katze...

und die tödlichen Schatten

der Vergangenheit

660 Seiten

ISBN-13:9783740768133

Ein rätselhafter brutaler Banküberfall, bei dem zwei Menschen ihren Tod finden.

Laila, die kleine schwarze Katze, findet mit ihrer „Gang" in einer Sandgrube eine Leiche.

Eine Katze wird auf sehr dramatische Weise Zeugin eines Verbrechens. Sie verliert ihr Zuhause und wird obdachlos. Aber das richtig Böse lauert in ihrer Vergangenheit und lässt sie nicht mehr los!

Kommissar Wieland und sein Kollege Montroig werden mit Verbrechen konfrontiert, die weit über die Grenzen ihrer kleinen Stadt hinaus gehen. Aber auch hier werden sie tatkräftig von ihren „Undercoveragenten" unterstützt.

Wie immer hilft man sich mit äußerst bissigem schwarzem Humor gewürzt, selbstverständlich gegenseitig.

Elvy Jansen

Schwarze Katze...

und die Erinnerung aus dem

Jenseits

588 Seiten

ISBN-13: 9783740784461

Mehrere junge bildhübsche Frauen werden auf bestialische Art und Weise umgebracht und auf einem Grab eines alten Friedhofes deponiert. Man weiß nichts über ihre Identität und in der Kleinstadt sind sie völlig unbekannt.

Immer wieder taucht eine junge Frau namens Josefine auf, die anscheinend genau in das „Beuteschema" der Morde passt. Ist auch ihr Leben in Gefahr?

Kommissar Wieland und sein Kollege Montroig tauchen tief in die Vergangenheit ein, um dem Wesen des Verbrechens näher zu kommen.

Laila, die mittlerweile wohl bekannte, schwarze, kleine, freche Katze und ihre durchgeknallte „Gang" werden in diesem Fall mehr oder weniger freiwillig involviert.

Es ist nicht ungefährlich und dieser Fall verlangt von ihnen große Opfer...

Historischer Krimi

Elvy Jansen

Adriana die Fuhrfrau

und der Tod in Purpur

492 Seiten

ISBN-13:9783740713348

Adriana zieht mit ihrem Ochsenkarren quer durch das fränkische Reich zur Zeit Karls des Großen. Sie handelt mit Waren, die sie einkauft und mit Gewinn wieder verkauft.

Sie trifft sich mit ihrem Vater in einer Herberge in Thionville. Auf dem Weg nach Hause finden sie die grausam entstellte Leiche eines guten Freundes, der ebenfalls ein Fuhrmann war, mit dem sie den Abend zuvor noch gemeinsam verbracht hatten. Das Opfer ist fast bis zur Unkenntlichkeit verstümmelt.

In seinem Mund steckt ein edles, feines, purpurfarbenes Tuch.

Aber es bleibt nicht bei diesem Mord!

Adriana gerät in ein fürchterliches Komplott aus Lügen und Verrat, das sich bis in die höchsten Kreise des Kaisers zieht. Sie weiß nicht mehr wem sie noch trauen kann.

Historischer Krimi

Elvy Jansen

Adriana die Fufrfrau 2

Blut ist die Farbe des

Goldes

476 Seiten

ISBN-13: 9783740714307

Im Reich Karls des Großen werden Kutschen überfallen. Sie transportieren Tributzahlungen aus den eroberten Ländern nach Aachen an den kaiserlichen Hof.

Die Täter hinterlassen eine entsetztliche Spur von Tod und Verwüstung. Sie entkommen unerkannt.

Es bleibt ein Rätsel.

Als der unvorstellbar große Awarenschatz das fränkische Reich durchqueren muss, ist allerhöchste Alarmstufe geboten.

Wem kann der Kaiser noch trauen?

Adriana, Aumoury und Alexander werden um Hilfe gebeten, diese Überfälle zu untersuchen, da sie sich als Fuhrleute ständig auf den Straßen des Reiches aufhalten.

Wieviel sind Menschenleben angesichts von Gold noch wert?

Mystery Krimi

Elvy Jansen

Jo und die

Metamorphosen

324 Seiten

ISBN-13: 9783740726010

Jo hat wieder einmal ihren Job bei einer rennomierten Zeitung voll an die Wand gefahren! Jetzt sitzt sie da, ohne Arbeit in einer fremden Stadt und ist nicht mehr in der Lage das überteuert Appartement zu bezahlen.

Da erreicht sie die Nachricht, dass sie von ihrer Großtante irgendwo im tiefsten Südwesten Deutschlands eine alte Immobilie geerbt hat. Da ihr sonst keine Optionen offen stehen, bezieht sie das alte Haus.

Probleme bekommt sie mit einem Mitbewohner, der schon einige Zeit illegal in diesem Haus wohnt, offenbar noch mit dem Einverständnis ihrer Erbtante. Aber etwas stimmt nicht mit ihm! Keiner in dem Ort hat ihn je zu Gesicht bekommen, oder weiß etwas von seiner Existens. Geht von ihm eine Bedrohung aus?

Jo sucht sich derweil einen neuen Job als Journalistin. Bald fällt ihr auf, dass in dem kleinen Ort viele Menschen als vermisst gelten und nie wieder auftauchen. Ein Toter taucht am Fluss auf.